新中国的孩子

宁青 著

江苏凤凰文艺出版社
JIANGSU PHOENIX LITERATURE AND ART PUBLISHING, LTD

图书在版编目（CIP）数据

新中国的孩子 / 宁青著. — 南京：江苏凤凰文艺出版社，2017.10
ISBN 978-7-5594-1190-7

Ⅰ. ①新… Ⅱ. ①宁… Ⅲ. ①长篇小说－中国－当代
Ⅳ. ① I247.5

中国版本图书馆 CIP 数据核字（2017）第 246423 号

书　　名	新中国的孩子
著　　者	宁　青
责任编辑	于奎潮　王　青
出版发行	江苏凤凰文艺出版社
出版社地址	南京市中央路 165 号，邮编：210009
出版社网址	http：//www.jswenyi.com
印　　刷	三河市华东印刷有限公司
开　　本	718 × 1000 毫米　1/16
印　　张	19.5
字　　数	300 千字
版　　次	2017 年 10 月第 1 版　　2020 年 1 月第 2 次印刷
标准书号	ISBN 978-7-5594-1190-7
定　　价	36.00 元

他与她，在大海边青涩相识，在长江边永远相守。

——题记

目录

引子

人的一生，似大江大河的全程。婴儿、童年和少年时代，似涓涓流淌、逐渐汇聚力量的上游小溪；青年、壮年时代，似奔腾激荡、浩浩向前的中游巨澜；晚年时代，则似宽阔无垠、底蕴至深、平缓流向大海的下游江面，所谓“绚烂之极，归于平淡”是也。

第一部

小溪涓涓

第一章　怀抱

一

江东市太平天国王府故址内西花园中的石舫上，一群幼儿园小朋友正在幼儿教师的陪伴下高高兴兴地玩耍。

王府的四时景色美轮美奂。春雨中，迎春淌金，嫩柳滴翠；夏日里，荷花盛开，紫薇硕放；秋风起，桂子飘香，菊花齐绽；冬雪临，山茶展颜，红梅暗馨。然而，这里最美的还是新中国的花朵们天真烂漫的欢声笑语。

这是公元 1962 年的春天。王府西花园内的湖水边，淌金的迎春花、滴翠的柳树叶在春风里摇曳着。王府大殿前一长排十几间东厢房，是江东市市级机关幼儿园所在地。一个春暖花开的周六上午，幼儿园老师们带着小朋友，列队走过王府大殿前宽阔的青石路，来到西花园游玩。西花园内的数株绿梅正在盛开，梅树梢上，一群活泼的喜鹊欢闹着。

不满七周岁的小冷霞，在“不系舟”舟头双手撑着石舫边沿，探出身子看自己倒映在池水中的身影。今天早晨她按照老师教的方法，自己梳了辫子。她要看水中的自己漂亮不漂亮，自己梳的辫子好看不好看。冷不防，小冷霞被身后打闹着的男孩撞了一下，探出石舫的身体失去重心，就要向水面栽下去。正在她左侧玩耍的小路宁，迅速伸出左胳膊从她的胸前拦住，小冷霞安然无恙，但路宁的左胳膊肘却重重撞在石舫边沿。老师看到了这惊险的一幕，当场表扬了及时救人的小路宁。小冷霞出生在戏剧世家，老师表扬路宁的话音刚落，她就用清脆的童音对路宁有板有眼地说了一句:“滴水之恩，当涌泉相报。”逗得几位幼儿园老师哈哈大笑起来。

老师关切地托住小路宁的左胳膊，轻轻伸直运动了一下，路宁喊痛，左胳膊已不能伸直。老师立即将路宁送往医院，并通知了他的母亲。这年路宁不满七周岁，他在母亲的陪伴下，接受了左胳膊骨折治疗手术。

不过，路宁一生都觉得，能够在“不系舟”上留下人生深刻印记，还是挺值得的。这条名为“不系舟”的石舫，名气可大啦。中国近现代史上著名人物的云集地，只有北大红楼可与之相比。北京大学校长蔡元培、北大文科部主任陈独秀、北大图书馆主任李大钊、北大图书馆管理员毛泽东以及在北大文科部授课的鲁迅、胡适等都赋予了北大红楼永久的记忆。“不系舟”所在地，曾经是太平天国天王府、清两江总督府、中华民国临时大总统府、中华民国总统府。洪秀全、杨秀清、曾国藩、左宗棠、李鸿章、孙中山、黄兴、蒋介石，都曾经在“不系舟”中办公、休憩。

二

用“孟良崮上宣传兵，长津湖畔卫生员”来形容路宁的母亲，是恰如其分的。1946 年，路宁的母亲 16 岁时从胶东解放区初中毕业后参加革命，在中国人民解放军的“王牌”部队华东野战军第 9 纵队（后为第 27 军）宣传队服役。9 纵在全歼蒋军第一“王牌”整编第 74 师的孟良崮战役中，战役第一阶段是正面阻击进攻华东野战军司令部驻地坦埠的 74 师所部的第一主力，战役第二阶段是正面进攻孟良崮主峰的第一主力；在解放战争中拉开战略决战序幕的济南战役中，9 纵涌现出全军著名的“济南第一团”;在抗美援朝战争中被毛泽东主席评价为“完成了巨大的战略任务”的长津湖战役中，27 军是正面进攻美军第一“王牌”陆战第 1 师的第一主力；在长津湖战役新兴里战斗中，由 27 军 81 师首长统一指挥对新兴里之敌的总攻，创志愿军在抗美援朝战争中惟一成建制全歼美军一个整团的模范战例。解放战争全歼蒋军第一“王牌”整编第 74 师的孟良崮战役中，路宁母亲在岔路口打着快板激励急行军奔赴战场的将士；抗美援朝痛歼美军第一“王牌”陆战 1 师的长津湖战役中，路宁母亲在火线上救治伤员时，被美军飞机扔下的炸弹弹片削去浓密乌黑的一条长辫。她军旅生涯中最值得纪念的一件事情是：当 1948 年 9 月为我军拉开战略决战序幕的济南战役胜利时，她正在华野 9 纵宣传队工作，9 纵政治部因她书法比较好，要她代表领导机关为第一个打进济南城的 9 纵 73 团书写了“济南第一团”锦旗。这面她书写的由中共中央军委授予荣誉称号的“济南第一团”锦旗，至今仍悬挂在北京中国革命军事博物馆中。

1950 年 11 月路宁父母所在部队入朝作战。参加了痛歼美军最精锐王牌部队陆战第1师的长津湖战役。据史载：美军陆战第1师在“二战”对日作战中，是夺占瓜达卡纳尔岛、夺占冲绳岛的功勋第一部队。1950年11月28日，志愿军在长津湖地区完成对美陆战第1师主力和美陆军第7师一部的分割包围，震惊美军最高层。美军最高层担心，如果美军最精锐的王牌部队陆战第1师被中国军队歼灭，将在全世界造成负面影响。11月29日，美军参谋长联席会议指示侵朝美军由全面进攻转入全面防御，最后导致全面大溃退。长津湖战役期间，美陆战第1师兵力达2.5万余人，志愿军予美军最精锐的王牌部队陆战第1师以歼灭性打击；据美国海军陆战队官方战史披露，在长津湖战役中，陆战第1师减员达7321人。志愿军收复“三八线”以北全部地区，奠定抗美援朝战争胜局，被毛泽东主席评价为“完成了巨大的战略任务”。1950年11月27日至12月2日，27军80师、81师在长津湖战役中发起新兴里攻击战，全歼美陆军第7师第31加强团近3200人，毙团长、缴军旗。这期间，路宁父亲是27军81师宣传科副科长，路宁母亲是27军81师宣传队副队长兼卫生队副队长，在前线激励士气、救护伤员，直接参加了新兴里战斗，该场战斗创我军在抗美援朝战争中惟一成建制全歼美军一个整团的模范战例。路宁母亲经常乐滋滋地回忆起参加长津湖战役时的一段往事：她与81师卫生队的一位女战友用担架抬着一名志愿军重伤员送往后方医院，在大雪皑皑的公路上，经过一处刚结束战斗不久的战场时，看见遍地都是美军尸体，可见美军撤退的仓皇、志愿军堵截追击的勇猛。突然听见从一辆被志愿军打坏了的美军军用卡车底下，传出一名美国兵的哇哇乱叫声。两个姑娘迅速放下抬伤员的担架卧倒在地，不约而同地掏出手榴弹高举过头顶，大喊“缴枪不杀!”趴在车底下的美军士兵爬出来，举着双手站了起来。两位志愿军姑娘抬着一名志愿军重伤员、押着一名美军战俘继续冒雪前进，将志愿军重伤员送到了医院，将美军战俘送到了战俘收容所。路宁母亲在长津湖战役中荣立二等功。后来路宁母亲曾笑着说:“想想有些后怕。我们两个姑娘抬着一名志愿军重伤员，没有枪，只有几颗手榴弹，美军战俘身材高大，幸亏也没有枪。这得感谢志愿军战士打扫战场时收缴枪支很彻底。我们叫美军战俘在前面抬担架，我们一个负责在后面抬担架，一个负责监视战俘。让伤员头朝前、脚朝后躺在担架上。我们半举着手榴弹比比划划地对美军战俘说，你老实听话点，如果不老实，我们就拉响手榴弹。美军战俘不停地点头，表示听明白了。还好医院和战俘收容所都不太远，当天天黑前就完成了任务。如果执行护送伤员、押送战俘双重任务时需要在野外过夜，可还真有点麻烦呢。"抗美援朝战争胜利，路宁父母1954年从朝鲜回到祖国后结婚，路宁出生在1955年，成为战后新中国的第一代婴儿。

……

华灯初上时刻，路宁母亲正在病房边照顾着儿子边同儿子下跳棋，冷霞的父亲牵着小冷霞的手轻轻推开了病房的门。

"杜妈妈好。"小冷霞一进门就跑到路宁母亲身旁。

"你好，小冷霞。"路宁母亲亲吻了小冷霞。

"杜书记，孩子情况怎么样?"冷霞父亲一边温和地抚摸着绑在小路宁左胳膊上的石膏绷带，一边关切地问。

"冷校长，还麻烦你来看孩子。医生说了，手术中骨折处对接得比较好，孩子小，恢复得快，不会留后遗症。"路宁母亲回答。

冷霞父亲感谢道："小路宁是为保护冷霞受的伤，他是小冷霞的恩人呐。"

路宁母亲笑着说："路宁和冷霞从小就在一块儿，路宁比冷霞大一点儿，哥哥保护妹妹是应该的。"

冷霞父亲是江东市戏剧界代表人物，曾经多次在上海、北京等地和梅兰芳同台演出。解放后出任新成立的江东戏剧学校校长。路宁母亲1955年从部队转业，分配到江东戏剧学校担任校党支部书记。

路宁出生在坐落于江东市黄埔路的中国人民解放军军事学院大院内。由于三岁时就离开了这里，他对自己在军事学院大院内生活的情况已经不记得了。只是长大后从家庭相册中，看到了自己小时候在军事学院大院内生活的美好情景。

路宁喜欢的第一张照片是母亲充满温情地托举着儿子路宁站在家门口，背景是一栋坐落在军事学院大院内西北角的由木栅栏围着的民国建筑风格的黄墙黛瓦二层小别墅教官宿舍。

路宁喜欢的第二张照片是姥姥笑呵呵地抱着外孙路宁坐在军事学院大院内一处仿苏式喷水池的池沿上（当时军事学院有苏联教官），身后是一条弯弯的鹅卵石小径，小径的前方就是木栅栏围着的二层小别墅的家。

路宁喜欢的第三张照片是自己立在军事学院大院内训练场上用于学员训练的独木桥上，独木桥下的训练场地上，站着伸出双臂保护着自己的母亲。

路宁喜欢的第四张照片是佩着大尉军衔的父亲与儿子路宁一起坐在军事学院大礼堂的台阶上。这栋建筑的名气非常大，公元 1945 年 9 月 9 日 9 时，中国军队在这座大礼堂举行受降典礼，接受侵华日军向中国政府无条件投降。

I958 年路宁父亲因受批判军事教条主义牵连，从中国人民解放军军事学院转业，被分配到外地学校教书。

路宁一家从军事学院大院中的教官宿舍搬出，被安排到江东市文化局宿舍居住，与冷校长家成为紧靠着的邻居。前四间青砖黛瓦平房是冷霞的家，后四间青砖黛瓦平房是路宁的家。路宁家屋前有一棵石榴树，屋后有一棵白玉兰树。每年初春，玉兰幽香随春风潜入屋内；初秋，窗外悬着已经成熟了的鲜红石榴。冷霞母亲在生冷霞时不幸去世，冷校长请了一位保姆带冷霞兼照顾家庭。路宁与冷霞都在 1955 年出生，冷霞比路宁小一个月。他俩 1958 年进幼儿园，在同一个幼儿班。幼儿教师听说他俩一个是戏剧学校校长的千金，一个是戏剧学校书记的公子，就在一周六天住园小朋友睡觉的大通铺上，把他俩的枕头靠在一起，对他俩说:“小冷霞的爸爸和小路宁的妈妈在一个学校工作，都是学校主要领导，你们两个小朋友之间要紧密团结，不要给大人添麻烦。”这枕头靠枕头的紧密团结，一靠就靠到了幼儿园毕业。

大人们在说着话，孩子们早玩了起来。小冷霞输了一盘跳棋，正在数落着小路宁哪几步棋走得使她不高兴。路宁早已养成让着冷霞的习惯，也不辩驳。

冷霞爸爸对小冷霞说:“路宁哥哥为救你受了伤，要休息了。跟杜妈妈和路宁哥哥再见，明天是星期天，再来跟路宁哥哥一起玩。”

小冷霞回答:“我今晚要跟路宁哥哥一起睡觉，不回家。”

大人们笑了起来。

路宁妈妈打开冷霞爸爸带来的枇杷罐头，舀了两小碗，又从饭盒里拿出几小张路宁姥姥烙的，还带着温热、散着猪油香的山东大葱油饼，装了两小碟，递给孩子们，对冷霞爸爸说:“冷校长，你回去休息吧。这里有我照顾孩子们。”

冷校长眼中有些湿润："杜书记，小冷霞有姥姥和你照顾，我非常放心。"

三

路宁的姥姥是一位深明大义的山东妇女。她的丈夫去世早，家庭由她支撑着。1946年的胶东地区，国共军队呈拉锯状态，在姥姥的家乡，一会儿国民党军队过来了，一会儿共产党军队过来了。姥姥家不算穷人，除在家乡县城南关有一处六进的房产，在青岛、东北还有房产。但她深明大义，在抗战胜利后的国共拉锯时期，支持十六岁的二女儿参加了中国人民解放军。这一深明大义的举动，给家族带来了好结果。土地改革时，乡长对姥姥说："按你家财产状况，不是地主就是富农。但我们知道，你支持你家二小姐在解放战争初期参加人民军队。就定为富裕中农吧。"

姥姥一直默默地支持着二女儿的事业。她除了最疼在她六十寿辰时二女儿献给她的寿礼——可爱的外孙路宁，也疼爱冷霞。一来因为她知道冷霞的父亲与自己的二女儿是工作搭档，疼爱冷霞就是支持女儿工作；二来也因为小冷霞是个失去母亲的可怜孩子，叫人疼爱。

冷霞习惯了和姥姥、路宁母亲、路宁在一起。星期六下午从幼儿园回来，便一头扎进路宁家中，不肯回自己的家。要吃姥姥做的饭，要跟路宁一块儿睡觉。

路宁母亲看见两个孩子挤在路宁的小床上睡得不舒畅，就在路宁爸爸节假日回江东市探亲时，叫路宁爸爸去买了一张大床给两个孩子睡觉。两个孩子高兴得在大床上摸爬滚打地欢闹着。

姥姥的胶东厨艺可好啦。冷霞喜欢吃姥姥做的胶东大卤面，这道美食以丁字口海虾和渤海湾花壳蛤蜊为主料，配上猪肉丁、蘑菇丁、黑木耳、黄花菜，同少许生姜、大葱一起宽汤煮熟，放适量盐，为增色加少许酱油，然后勾芡（姥姥喜欢用西湖藕粉勾芡），再打上鸡蛋花，卤就功成。舀几勺大卤满覆在大碗中刚煮熟还带硬的面条上，最具胶东特色的面条就做成了。姥姥说："吃胶东大卤面一定要用大碗，因为主要是喝卤。"胶东半岛伸入海中，海产品丰富，胶东大卤面的主要特色是海鲜，姥姥喜欢用的金钩和蛤蜊，在胶东半岛价格都不贵。

冷霞还喜欢吃姥姥做的山东绿豆面条，虽然用料普通，但更是难得品尝到，因为没有多少人会此手艺。姥姥用七成麦粉三成绿豆粉揉出均匀硬朗的面团，用长擀面杖将面团擀成薄片后切成细面条。熬一锅不太浓的骨头汤，放适量盐倒少许酱油（亦称清汤。但不能是开水加酱油的汤），另将香菜切成丁装盘，大火煮绿豆面条，面条沸腾后带硬时挑入碗中，舀入熬好的清汤——一定要完全盖过面条，撒上不能太少的香菜丁，一碗口感独特而美妙的山东绿豆面条就做好了。四时菜蔬都可入馅的饺子、包子，尤其是芸豆肉丁包子、羊肉大葱饺子，更是时时吊着小冷霞的胃口。姥姥对小路宁和小冷霞相同对待。每个周六的晚上和周日的早晚、周一的早晨（周二至周五他俩在幼儿园），都要让他俩各吃满满一汤勺炒熟后加少许白糖的黑芝麻，说："小孩子发要黑，目要明，不能缺了黑芝麻。"

冷霞父亲、路宁母亲带戏剧学校学员到外地演出时，两个孩子就全由姥姥带着了。晚上，小路宁和小冷霞在姥姥的故事声中入睡。姥姥小时候上过私塾，一篇《三字经》，在她那里能演绎出许多生动的故事：孟母断机、孔融让梨、裹萤映雪、悬梁刺股、五子登科……孩子们听得津津有味、若有所思。路宁和冷霞长大后，还清楚记得姥姥绘声绘色讲述的朱文正指挥洪都保卫战的故事。朱文正是朱元璋长兄的儿子，朱元璋的亲侄子。他二十七岁那年，统帅四万军队在洪都城（今江西南昌）与朱元璋当时最强大的敌人陈友谅统帅的六十万军队苦战三个月而洪都城不失，使强大敌人在洪都城下严重损兵、缺粮疲惫。直待朱元璋率大军支援展开鄱阳湖决战，毙敌统帅、灭敌主力。史家公认，朱文正指挥的洪都保卫战，对朱元璋扭转乾坤、建立定都南京的明朝政权，最具决定意义。姥姥讲述这则故事，寄托了她对孙辈们未来建功立业的期望。

小路宁和小冷霞经常喜欢躺到盘腿坐在床上，边做针线活边讲故事的姥姥身后，静静地听姥姥讲故事，静静地在姥姥的温暖体温中睡着。家里真是静极了。长大后的路宁、冷霞都觉得，每当遇到困难时脑筋够用，能够克服困难继续前进，恐怕与小时候和姥姥生活在一起时的安静环境有利于小孩子大脑良好发育有关。

冷校长深知除工作搭档、冷霞失母因素，路宁一家关心小冷霞的核心因素，是路宁父母所共同具有的老革命素质。

在北京中国革命军事博物馆里，“潍县团”锦旗与“济南第一团”锦旗是放置在一起的。因为攻克潍县与攻克济南存在着必然联系。夺取全国胜利，必须具备攻克“坚城强敌”守备城市的能力。解放战争中“坚城强敌”的最高形态是具备三个要素：黄埔系部队，全副美式装备，坚固城墙。潍县是我军在全国战场上攻克的第一座具备上述“三要素”的城市；济南是我军攻克的第一座具备上述“三要素”的省会城市。潍县的攻克，标志着我军已完全具备了解放全中国的实战能力，从而使党中央下定了举行济南战役、揭开战略决战序幕的伟大决心。路宁父亲是“潍县团大功连”指导员，潍县战役中，在连长负伤由指导员指挥的情况下，他率领的连队是在攻城最困难时刻在潍县城墙上与敌激战时间最久的部队，巩固了突破口，鼓舞了攻城部队士气。潍县战役是很残酷的，全副美式装备的蒋军黄埔系部队火力非常猛烈。路宁父亲回忆：“营教导员在城墙上给我布置任务，我礼毕刚转身，就听一排子弹打过来，回头一看，营教导员已经中弹倒地牺牲了。我含泪带领全连去执行营教导员布置的最后一个任务。我们连连长负重伤抬下城墙后，他的通讯员跟着我继续战斗。不一会儿，敌人的炮弹炸断了他的一条腿，小伙子继续坚持在城墙上战斗直到牺牲。我命令机枪班班长率几名机枪班战士进城压制敌人火力，支援我军巷战。战斗结束全连清点人数，机枪班班长和他率领的几名机枪班战士都没有回来。在这次战役中我的右胳膊也被敌人子弹洞穿。”潍县战役胜利后，路宁父亲担任指导员的连队被授予“潍县战役大功连”称号。这样，北京中国革命军事博物馆中放置在一起的“潍县团”锦旗与“济南第一团”锦旗也将路宁父母的贡献在中国革命的最高圣坛上放在了一起。路宁家挂着一张路宁父母在北京军博与“潍县团”锦旗、“济南第一团”锦旗合影的珍贵照片。

每当路宁父亲节假日回家探亲时，冷霞父亲都要从大三元酒家或曲园酒家或四川酒家，叫上五六个品牌菜肴或时鲜菜肴，到路宁家，两家人欢聚一堂，喝点老酒，品尝姥姥厨艺，还能品尝到路宁父亲打来的野味——野兔、野鸡、野鸭、蛇肉等。部队允许路宁父亲转业时带走了朝鲜战场上的两件小战利品——美国造的气枪、德国造的相机。所以，与当时的小朋友们相比，路宁和冷霞吃的野味比较多，照的相片比较多。

四

喜欢黏着杜妈妈的小冷霞，从杜妈妈那儿学会了许多歌曲。路宁母亲在部队宣传队扮演过喜儿和刘胡兰。她发现小冷霞嗓音条件优越，很有表演天赋，便认认真真培养她的演唱才能。那时候歌剧《洪湖赤卫队》风靡全国，路宁妈妈教会了小冷霞剧中主角韩英的全部唱词。小路宁也跟在旁边全部学会。以至于路宁长大参加工作后，同事们经常喜欢请他唱歌剧《洪湖赤卫队》中韩英那三段著名的带有抒情韵律的歌曲。同事们都说，听路宁用男中音唱女声抒情歌曲，别有韵味，非常惬意。这是后话。

路宁依稀记得母亲在教歌时说过的话：

“歌曲大体是用来抒发感情的：一抒激情，二抒柔情，三抒欢情，四抒悲情。激情主要是鼓舞奋斗，柔情主要是思念感激，欢情主要是释放幸福，悲情主要是宣泄痛苦。有时，激昂也可表达怀念，悲愤也可激励奋斗。激柔融为一体或悲欢融为一体，甚至激柔悲欢融为一体，那是很高的境界。”

“歌与曲都有回归自然的天籁之作。天籁，自然界的声音。自然之音中蕴含着无穷无尽的令人神往的天趣。人们无论唱歌还是奏曲，都应当具备发出天籁之音的本领。”

“歌曲之妙——抒激柔悲欢之情，达回归自然之境。”

路宁母亲还说过：“评价革命歌曲，有其特殊性。事实上，评价许多事物，客观上都存在着两个标准，即专业标准与大众标准。专业性与大众性有时并不统一，各有目的追求。譬如，体育上有专业标准与普及标准之分，舞蹈上有芭蕾标准与秧歌标准之分。歌曲也一样。评价革命歌曲，首先要用大众标准。为宣传真理、激励士气、便于大众传唱、促进革命事业成功，革命歌曲常常采用‘最具思想性内容、最具群众性曲调’的易记易唱形式，对促进最广大人民群众掌握真理、投身革命、推动伟大事业胜利，功不可没，是整个歌曲体系的一个重要分支。以大众标准评价，代表性作品如《三大纪律八项注意》《中国人民志愿军军歌》等。除了在全国、全军流传的革命歌曲，在战争年代的特殊背景下，还有在区域、方面军流传的革命歌曲，许多老红军、老八路，多少年后甚至年逾古稀后，仍清晰记得他们各自所在根据地创作的‘最具思想性内容、最具群众性曲调’的革命歌曲，这充分说明了易记易唱的革命歌曲在宣传真理、激励士气方面的巨大作用。当然，革命歌曲中，即使以专业标准评价，一流的作品也比比皆是，代表性作品如《义勇军进行曲》《在太行山上》《新四军军歌》《中国人民解放军进行曲》等。甚至可以说，在中国，评价歌曲，在专业标准、大众标准及专业标准与大众标准成功结合方面，迄至目前，达到歌曲最高境界的，都首推革命歌曲。”

幼儿园的老师们可喜欢听小冷霞唱歌啦。今天请小冷霞唱《洪湖水浪打浪》，明天请小冷霞唱《没有眼泪没有悲伤》，后天请小冷霞唱《看天下劳苦人民都解放》。韩英的后两首歌，每一首的歌词都在四十句以上，尤其是《没有眼泪没有悲伤》，韩英的独唱加上对唱及合唱，一首歌的歌词达八十句之多，小冷霞唱得字字清楚准确，老师们喜欢极了。有时候是小冷霞的班主任老师带着全班小朋友听，有时候是几个老师围在一起听，有时候是几个班的老师带着各自班级的小朋友一起坐在幼儿园操场上听。小冷霞音质美妙，感情充沛，字正腔圆，惹得大家听小冷霞唱歌如痴如醉，百听不厌。连江东戏剧学校主演《洪湖赤卫队》中女主人公韩英的几位女演员，也都喜欢听小冷霞唱韩英的唱段。她们说，可以从小冷霞美妙的女童音中，体会革命者纯洁的情感。

一年寒假将至，幼儿园举行儿童文艺晚会。老师和小朋友们太爱听小冷霞唱歌了。在一阵又一阵的热烈掌声和“再来一首”的欢呼声中，小冷霞穿着单薄的小裙子，在没有取暖设施的舞台上连续演唱了八首歌曲。当天夜里她发起了高烧，嗓子也近乎失音了。杜妈妈连夜冒着大雪将小冷霞送到市儿童医院。杜妈妈非常担心小冷霞天籁般的美妙嗓音受到破坏，她的泪水洒落在小冷霞的脸蛋上，躺在医院病床上的小冷霞醒了，喊了声“杜妈妈”，孩子的声音从来没有这么嘶哑。杜妈妈心疼地亲吻着小冷霞:“好孩子，你一定要听杜妈妈的话，三天之内不许说一句话，让嗓子尽快恢复过来。你一定能完成杜妈妈的心愿，将来成为一名出色的歌唱家。”懂事的小冷霞坚定的点点头，连续三天没有说一句话。她的嗓子果真奇迹般地康复了。

寒假是小路宁与小冷霞想往的时刻。适逢元旦、春节两大节日，是一年中江东戏校的演出旺季，也是小路宁与小冷霞可以经常进戏院、经常下餐馆的美好时刻。

演员们都有晚间演出后吃夜宵的习惯。杨公井人民剧场对面“小上海”的小笼包、雪笋面，夫子庙秦淮剧场旁边“永和园”的大蒸饺、桂花芋，那是路宁与冷霞长大后常常回忆的儿时美味夜宵。

看排练、看演出的有趣情节，就更加难忘了。

一次小路宁与小冷霞在戏校排练场看学员们排演《武松打虎》。突然一只老虎晃晃悠悠地来到两位小朋友面前，张着血盆大口的虎头伸向小冷霞。小冷霞吓得哇哇大哭起来，小路宁也吓得要命，但他还是紧紧抱住了小冷霞，把自己的后背对着老虎。“武松”喊着“不要害怕”跑了过来，按下虎头做出痛打模样，对正抹着眼泪哇哇大哭的小冷霞说：“来，学武松叔叔，骑在老虎背上打老虎。”边说边把小冷霞抱到老虎背上，教小冷霞痛揍了几下老虎，老虎瘫在了地上，小冷霞破涕为笑了。老虎站了起来，向后掀起虎首。原来是一位学员叔叔装扮的老虎。

最难忘的是，有一次小路宁与小冷霞竟然突如其来地参加了演出。那是 20 世纪 60 年代初期的春节期间，江东戏校学员在坐落于夫子庙秦淮河边的秦淮剧场公演歌剧《洪湖赤卫队》。路宁母亲安排小路宁与小冷霞坐在舞台乐队旁看戏。当演出进行到最后一幕洪湖赤卫队发动总攻消灭彭霸天时，小路宁站起来随着众赤卫队员一起冲上了舞台，小冷霞也紧跟着冲了上去。舞台监督被这突如其来的情况吓了一跳，赶紧从幕后取了两支倚墙备用的红樱枪，递给靠近幕边的台上演员传给两个孩子。两个小家伙端着红樱枪，同众赤卫队员一起高唱着《洪湖赤卫队队歌》列队前进，奔向新的战场。台下观众起立鼓掌，不少观众惊讶地说：“戏校年纪这么小的演员就能演戏？”

五

林气森森的法桐遮掩着宽阔的街道，是古城江东市的著名特色。宽阔的大道一般有四排法桐，道路两边人行道上各一排法桐，道路两边间隔自行车道与机动车道的安全岛上各一排法桐。长江路小学就坐落在有“江东第一街”之称的由四排法桐掩映的林气森森的长江路上。这里是六朝皇宫所在地，东吴大帝孙权曾住在这里；这里是清代江宁织造府所在地，《红楼梦》作者曹雪芹小时候曾住在这里；这里是太平天国天王府所在地，太平天国天王洪秀全曾住在这里；这里是中华民国临时大总统府所在地，中华民国临时大总统孙中山曾住在这里。

长江路小学是全省著名的培养小学生德智体美劳全面发展的重点小学。幼儿园毕业后，小路宁与小冷霞来到这里上小学。

路宁分在一（1）班，与路宁同桌的女生姓关名绮；冷霞分在一（2）班，与冷霞同桌的男生姓丁名翔。关绮的父亲过去是资本家，公私合营后担任了由自己的企业改造而成的公私合营企业的厂长。这个厂的正门就在长江路上，关绮的家就住在长江路上一栋宽敞的别墅里，这是一栋漂亮的民国建筑。丁翔与冷霞、路宁同住在文化局宿舍大院，父亲是金陵戏剧学校的武术教师。

长江路小学有重视学生全面素质教育的传统，成立了许多学生兴趣小组。

路宁参加了辩论组。在一次年度校内学生辩论竞赛中，指导老师的出题是:“狮子大还是老虎大?”参辩的小选手们争论得不可开交，观点莫衷一是，谁也说服不了谁。指导老师看路宁一直没有发言，就说:“所有参赛小选手都要发言。”路宁此时已理清思路，他胸有成竹地应声答道:“谁侵略对方的领地谁就小，谁反击侵略者谁就大。譬如，狮子侵略老虎的领地深山老林，狮子就小，因为它不熟悉深山老林的情况，肯定要吃败仗。老虎侵略狮子的领地沙漠荒滩，老虎就小，因为它不熟悉沙漠荒滩的情况，也肯定要吃败仗。反之，在自己的领地上，情况熟悉，进退自如，有号召力，必打胜仗。”指导老师击节叹赏，最后一锤定音：“路宁拔得头筹!”

冷霞参加了歌唱组。她在坐落于长江路小学隔壁的著名民国建筑人民大会堂举行的全市小学生歌咏比赛会上，获得全市小学生女子独唱第一名。

关绮参加了体操组。她在玄武区小学生运动会上获得少年女子自由体操比赛第一名。

丁翔参加了武术组。他跟当武术教师的父亲学得一些武艺，武术水平当之无愧在全校学生中称雄。

后来，路宁和冷霞分别担任了学校少先队大队学习委员和文艺委员，关绮担任了班级少先队副中队长。

虽然各有千秋，但毕竟都是孩子。

有一个比较普遍的现象：同课桌的两个学生，对对方越过课桌中线的行为比较反感甚至非常反感。一天课间休息时，坐在路宁与关绮前排的男生突然挥起右手掌，对越过课桌“三八线”的同桌女生的左胳膊劈了下去，劈疼了女生，她赶紧缩回“越线”的胳膊，伏在课桌上轻轻哭了起来。关绮见状，急忙将自己“越线”的左胳膊及课桌下靠着路宁的腿，收回到“三八线”以内。路宁没吭声。

上课铃声响了。

只要认真听课、认真记录老师授课的内容，关绮的胳膊和腿肯定会不知不觉地“越线”，与路宁的胳膊和腿靠在一起。体育老师说，关绮身体有柔性，体型修长，是体操运动员的苗子。反映在课堂上，就是“三八线”太禁锢她那修长的胳膊和修长的腿了。关绮很苦恼：集中注意力听课吧，胳膊和腿就要“越线”；时时提醒自己注意胳膊和腿不要“越线”吧，听课时注意力就难集中了。因此，她一直很愧疚自己的不断“越线”行为，同时也一直暗暗观察着同桌路宁对自己“越线”行为的反应。相当长一段时间后，她有些放心了。因为她发现：班上不少小同学之间为在课桌上“越线”之事经常发生争吵，而路宁却对自己几乎天天甚至时时“越线”的行为无动于衷。关绮是一个很有教养的孩子，一天放学后，她与路宁一起走，说：“路宁，对不起，我的胳膊和腿天天都占了你的地方。”路宁回答：“你不是故意的，你的胳膊和腿比较长。”关绮的父母听女儿说了这件事后，对女儿说，“你的同桌男生是一个通情达理的难得的好孩子。”关绮母亲还对女儿说：“你带小路宁到家里来吃顿饭吧。”

一个春暖花开、阳光灿烂的星期日的上午，路宁来到关绮家。关绮家的别墅很气派。走进这座民国建筑的大门，院落的东面是一个曲径铺着鹅卵石的小花园，乳黄色的别墅坐落在靠西 侧，最西面是汽车库。拾五级宽台阶走进别墅，一楼的东面是会客室，会客室的宽阔阳台正对着小花园。会客室门旁边有小候客室和洗手间。一楼的西面是餐厅，进餐厅后，南面是玻璃屋阳台，餐厅东墙北角一扇小门通厨房。上楼的楼梯在一楼门厅靠西一侧。二楼是别墅主人即关绮父母的卧室、起居室、书房、卫生间。三楼是子女即关绮的卧室、起居室、书房、卫生间。四楼是介字型阁楼。

关绮带着路宁参观了自己的卧室、起居室、书房、卫生间后，两个孩子来到别墅院落中玩耍。院落中植着一棵高大茂密、鲜花盛开的桐树。

站在桐树下，关绮对路宁说:“我父亲特别喜爱桐树。他告诉我，广义上桐树包括油桐、梧桐、泡桐。春天里桐树盛开的花朵很美。夏日里桐树巨大树冠形成的大面积林荫，是人们在露天遮阳避暑的最好去处，几乎所有最著名的城市林荫道，都是由桐树构成的。桐树又称为琴木，人们在音乐活动中使用的琴，大多是桐木制出的。桐油则是木制房屋、木制家具及其它木制用具等最好的保护油漆。桐树有着很强的成长力，能够较快长成参天巨木，造福人类。当欣赏着美丽的花朵、聆听着玄妙的琴音、享用着久韵的木器、行走在清新的林荫道上的时候，人们应当感恩参天巨冠的桐树——她以繁花给人美丽，以琴木给人玄妙，以桐油给人久韵，以林荫给人清新。”

关绮仰头看着桐树上盛开的花朵，继续对路宁说:“我父亲家姓关，解放前是资本家。父亲说给女儿取名关绮，含有下一代不再做资本家的意思。父亲看着这棵桐树受到启发，给我取的乳名叫桐桐。父亲说我对女儿要关绮育桐——使女儿不要脱离人民，而要像桐树那样，有着旺盛的生命力，用自己的美丽、玄妙、久韵、清新，造福人类。”

路宁说:“关绮，你知道桐树还有一个造福人类的作用吗?”

关绮认真而好奇地问:“还有什么作用?”

路宁说:“可以代替手绢。深秋早晨上学路上，抓起一把落在地面的金灿灿阔叶，可以把吃油条弄的满手油全部擦去。”

“你这么不讲卫生啊。”关绮皱起眉头。

“刚才你还说，不要脱离人民。其实你没注意，树叶刚落到地面时，是很干净的。”路宁回答。

“那好，等深秋落叶时，早晨上学，我也试试。”小关绮很相信小路宁的话。

小关绮的母亲亲自下厨为小路宁准备中餐，烹调出几道地道的关绮家乡菜——淮扬菜，路宁最喜欢吃其中的扬州“三头”——红烧猪头，清蒸狮子头，砂锅鱼头。红烧猪头的双目处点缀着两只晶莹剔透的红樱桃，清蒸狮子头的四周围绕着嫩绿的青菜芯，砂锅鱼头的浓汤里佐着鲜美的笋片。还有一道别具风情的江东著名菜肴——新鲜荷叶包盐水鸭。打开挂着晶莹水珠、透着清新气息的整张碧绿荷叶，肉香四溢的一整只斩切得很艺术的新鲜盐水鸭就在荷叶上展示了出来。

六

小孩子是天真的。小关绮对父母说“路宁是一个难得的好孩子”的理解，就是父母允许她放学后跟着路宁玩。关绮家离文化局宿舍大院不远。关绮家的别墅虽然阔气，但独门独户，孩子感到孤单。自从听到父母由衷地表扬路宁后，文化局宿舍大院的孩子群中就多了小关绮的身影。

关绮初来文化局宿舍大院玩时，小丁翔有点欺生。一个星期天，关绮穿着漂亮的白色新西裤来文化局宿舍大院玩。小丁翔故意用自己的鞋尖在大院墙角的泥地上沾了泥巴，来到小关绮身旁，伸脚一踢小关绮裤腿，说:“关绮，你裤子上有块泥巴。”关绮的腿被丁翔踢得有些疼，皱着眉低头一看，一块黑色泥浆沾到妈妈早晨刚给自己穿上的白色西裤上。她明白是丁翔在欺负她，腿被踢疼，新裤子也被弄脏，高高兴兴的心情被破坏。她有些委屈，不觉流下眼泪，但又不想破坏玩的气氛，便伸出胳膊一边抹眼泪一边说:“回家妈妈要批评我了。”路宁在一旁看得清楚，对丁翔说:“丁翔，你平时蛮好的。今天干吗欺负一个小女孩?”这句又拉又打的话起了作用。小丁翔赶忙伸出手弯下腰想去抹掉关绮裤腿上的泥巴。小冷霞喝止道:“丁翔，不要用手去抹，越抹白色裤子会越脏的。知道错就行了，向关绮道个歉。”丁翔回了句:“下次不做就是了。”算是道了歉。关绮见路宁、冷霞都批评丁翔，丁翔也算道了歉，她的自尊心得到维护，就又高高兴兴的同小朋友们一起玩了起来。从此后，小丁翔确实再没有欺负过小关绮。

也奇怪，每当小关绮放学回家晚了时，只要她说“跟路宁在一起做作业、看小人书，还玩了一会儿”，父母就不会批评她。这一招屡试不爽。小关绮很得意，也愈发佩服在父母心中很有威信的路宁了。

路宁妈妈很重视小人书对孩子的教育作用，她不停地到新华书店为路宁和冷霞选购革命战争、英雄人物、反抗压迫、反击侵略、历史故事、文学经典、神话传说、自然科学等各种类型的小人书。文化局宿舍大院的孩子都很羡慕，路宁妈妈为小路宁和小冷霞建了个小小的小人书图书馆，几个用于摆放小人书的漂亮的竹藤小书架，就置在小路宁和小冷霞的共同卧室，书架上的新小人书不断出现。这里成了路宁、冷霞、关绮一起做作业、一起看小人书的天堂。在路宁的小屋里，冷霞和关绮留下了少儿时代的许多美好回忆。暑假日的午后，三个孩子躺在干净凉爽的地板上，舒服地看着小人书，看着看着都甜甜地睡着了。近黄昏时，姥姥叫醒了三个孩子，孩子们就一齐伏在路宁的书桌上，品尝着姥姥送过来的凉透了的绿豆汤和刺猬状黑芝麻馅的小蒸点。寒假日的上午，三个孩子在大院里与小朋友们打完雪仗后回到路宁小屋，姥姥笑盈盈地端来了冒着热气的萝卜丝水和刚出笼屉的蒲扇形白菜蘑菇肉丁包，孩子们欢呼着吃开了。大院里的很多孩子，也常到这儿来和他们三人一起看小人书。路宁、冷霞、关绮长大后都比较有出息，恐怕与从小不间断地接受思想性与艺术性美妙结合的小人书熏陶有关。

渐渐的，在文化局大院的孩子群中，形成了由路宁、冷霞、关绮、丁翔四人组成的文武兼备（路宁之文韬，丁翔之武略）、文体全才（冷霞的文艺表演水平，关绮的体育竞技水平）的孩子领袖群体。大人们看到自己的孩子跟着这几个左胳膊上别着三道杠、两道杠的少先队干部一起玩，都比较放心。

再好的孩子，也有让大人闹心的时刻。

文化局宿舍大院的孩子们最喜欢模仿大人演戏、演电影。《群英会》《穆桂英挂帅》《宝莲灯》《董存瑞》《小兵张嘎》《铁道卫士》《洪湖赤卫队》《铁道游击队》，孩子们模仿得惟妙惟肖，得闲的大人们常喜欢乐滋滋地围看。

一次模仿演出电影《上饶集中营》，却惹出了两个虽没有闹大、但看起来还是挺吓人的麻烦。

一个麻烦是小俊妹惹的。她父亲是金陵戏校灯光设计，母亲是街道工厂职工。小俊妹是个很有独到见解的小姑娘，她的有些话恰如灯光指道，譬如，一次她对冷霞说："冷霞哎，你家路宁哥哥废的来。""废的来"是江东地方方言，意思是"已经没有用了"或者"已经完全不适应形势了"。冷霞问："为什么？"小俊妹答曰："他遇到什么事情都喜欢说一通道理。其实很多事光靠道理是解决不了的。"冷霞将俊妹的这个看法告诉了路宁。路宁还真用小俊妹的这句话指导了自己一辈子。

不过，在模仿演出电影《上饶集中营》时，因小俊妹的"独到见解"，导致模仿演出结束后遭大人"审问"，可真有些吓人。

电影《上饶集中营》讲述的是"皖南事变"后新四军被俘官兵及其

他被囚爱国人士在江西上饶集中营与国民党反动派斗争的故事。孩子们在模仿演出中，有国民党看守人员毒打被俘新四军官兵的情节。路宁模仿电影中的第一男主角——被俘的新四军指挥员赵宏，冷霞、关绮、俊妹等女孩子模仿被俘的新四军女战士，都是受“毒打”对象。

丁翔等一些男孩子模仿国民党看守人员。其实丁翔等男孩子还是很有头脑的。在“毒打”坐在“老虎凳”（当时以坐在平地上代表坐在老虎凳上）上的“新四军女战士”时，只是用木棍、竹竿戳女孩子们的脚丫，没有“毒打”身体别的部位。

女孩子们的脚丫被木棍、竹竿戳得很痒，都“咯咯咯”地笑起来。小俊妹感到脚丫痒得难受，灵机一动，想出了不被戳到脚丫的“独到见解”，她大喊一声：“大家都大劈叉，看他们还能不能戳到脚丫！”戏剧界有一句名言：“演员靠的是一条嗓子一条腿。”戏剧界的小孩子们受家长影响，不少也模仿着练嗓子练腿。“唰”的一声，坐在地上的女孩子们的双腿，都劈成了漂亮的“一”字形。

女孩子们哈哈大笑着，男孩子们一时不知如何是好，都停下了“毒打”，看着“孩子王”路宁。路宁不愧是少先队大队干部，有水平，他说：“跳过毒打这一节，继续演后面的。”小俊妹得意地对女孩子们说：“怎么样，是我救了大家吧？”

糟糕的是，小俊妹得意过了头，当天在家吃晚饭时，她将自作聪明的“救命之恩”向家长炫耀。

小俊妹的母亲放下筷子来到路宁家。

“小路宁，全院孩子中阿姨最相信你。你告诉阿姨，下午男孩子模仿国民党兵毒打女新四军时，除了戳脚丫了，还打了哪里？”

路宁回答：“我亲眼看见，除了戳脚丫子，没有打别的地方。”

“小冷霞，你说说？”小俊妹的母亲又问冷霞。

冷霞说：“大家玩得很开心。好像都好好的，什么事也没发生。”

小俊妹的母亲说：“阿姨相信你们。今后再玩这种游戏，就像今天下午这样，只能戳女孩子的脚丫子，不能碰别的地方。”

其实路宁并不像冷霞那么乐观，他隐约感到，在接受小俊妹的母亲“审查”前，已经接受过一次派出所的“审查”。

这就说到了另一个麻烦。这个麻烦是小丁翔惹的。小丁翔做事比较冲。一次下午放学后，小朋友们在文化局宿舍大院玩“抓特务”游戏。

小丁翔跑上二楼顶阳台，将自己的头七扭八转地硬从阳台铁栏栅空档处伸出去，“高瞻远瞩”地指挥“抓特务”，不料头部被铁栏栅卡住，退不回来了，他急得大哭，直到大人们下班，找了一把钢锯将一根铁栏杆锯断拧开，小丁翔的头才从铁栏栅外退回来。另一次在学校课间荡秋千，他自恃“武功”高明，秋千荡到高处时玩单手荡秋千，结果摔了下来，晕晕乎乎的由路宁背回家。还有一次路宁、冷霞、关绮到丁翔家看他父亲教武术用的家传十八般兵器。正在津津有味地观看议论，只见小丁翔热情地端出一大碗用酱油、姜葱泡着的生鸡块，对大伙说：“来，请你们吃鸡。”两个小姑娘一看，生鸡块还血淋淋的，怎么吃啊？直作呕吐状；路宁也终身印象深刻地记住了以下情节：丁翔见大伙不领情，便伸手从碗里接二连三地捞出几块带着血渍的生鸡肉，放入嘴中大嚼几口，吞了下去。丁翔大嚼生鸡肉的情景，使路宁回想起刚过去不久的三年困难时期。1961 年暑假，路宁随父亲回胶东农村老家——抗日战争中最著名的地雷战之乡山东省海阳县住了二十多天，每天三顿饭不是吃用少量玉米面和着大量红薯茎、红薯叶蒸成的代食品团子，就是吃碾成粉末的玉米叶、玉米芯、玉米皮熬地瓜干（红薯干）。路宁当时虽只有六岁，但因辈分大且在同辈中是兄长，所以家乡亲戚中的小朋友见到路宁不是喊“叔叔”、“舅舅”，就是喊“哥哥”。每次亲戚来，爷爷奶奶都要烙少许玉米面饼子招待。但不论哪家亲戚来，只要带来的孩子喊路宁“叔叔”、“舅舅”或“哥哥”，路宁父亲就不允许路宁吃搁在饭桌上的那少许玉米面饼子，只允许路宁吃代食品团子、喝代食品粥，要路宁让着晚辈和弟弟妹妹。三番五次的，小路宁实在太馋玉米面饼子了，一天亲戚走后，小路宁仰着头对爷爷奶奶和父亲大声宣布：“我要辞去叔叔、舅舅、哥哥。”惹得长辈们大笑起来。父亲问小路宁：“为什么要辞？”小路宁天真地回答：“当叔叔、舅舅、哥哥，不能吃玉米面饼子。”爷爷奶奶慈爱地说：“叔叔、舅舅、哥哥咱不辞，从今后每天都有玉米面饼子吃。”路宁的爷爷抗战时是中共地下党员，在敌占区以教书掩护身份，向胶东抗日根据地输送了一批有文化、有知识的青年参加八路军，包括将自己的儿子——路宁的父亲也送往根据地参加了八路军。抗日青年们每次到路宁爷爷奶奶家来食宿，都由路宁的奶奶热情照料，抗日青年们都很爱戴这位纯朴热情的师母。开学前路宁回到江东市家中恰是早晨，二两蒸饭包一根油条的江东著名早点——蒸饭包油条，一口气狼吞虎咽了三个。这是1959年至1961年三年困难时期城市与农村的重要差别——城市的居民一般还是以食品（譬如稻米、面粉、玉米面等）为主食用，农民则很多是以代食品（譬如红薯茎、红薯叶、玉米叶、玉米芯、玉米皮等）为主食了。

小丁翔做事虽然比较冲，但如果没有居委会的婆婆们掺和，这个麻烦也惹不出来。电影《上饶集中营》中的反面人物，有一些非常露骨的极端语言。正巧居委会的两位婆婆进文化局宿舍大院办事时，小丁翔在表演电影中国民党“胖教官”向被俘新四军官兵训话的情节。小丁翔神气活现、字字准确地模仿道：“兄弟坦白地说，要劝劝诸位，诚心诚意地崇拜我们的领袖蒋委员长。”居委会的两位婆婆都没有看过电影《上饶集中营》。冷不丁听见一个站着的小孩子指手画脚地对一群坐着的小孩子说这样骇人听闻的话，紧张极了，赶紧到派出所报了案。

一位警察叔叔和一位警察阿姨走进了文化局宿舍大院，来到正在模仿电影的小朋友们面前。警察叔叔和蔼地提示：“小朋友们，能不能把刚才你们表演的一个人站着训话、一群人坐着听训话的情节再表演一次，给我们看看？”居委会两位婆婆的报案细节还真够准确。经警察叔叔提示，孩子们一下就清楚了应该回过头去重演哪一段。看完小朋友们的认真表演，警察阿姨说：“我刚看过《上饶集中营》，有这个情节。小朋友们的表演还真像呢，到底是文艺界的孩子。”警察叔叔笑着对小朋友们说：“给小朋友们提个建议好吗？今后模仿表演时，对剧中反面人物说的非常露骨的极端语言，可以略过去不要表演。能采纳这个建议吗？”

当天晚上小冷霞把警察叔叔的建议告诉了杜妈妈。路宁母亲对小路宁和小冷霞说：“你们俩都是少先队的大队干部，要教育全院小朋友牢记警察叔叔的建议。”

七

作为江东戏剧学校的校党支部书记，路宁母亲的一些思想工作方法，具有长久的范例意义。

譬如，针对有些老师在教育学生时存在着恨铁不成钢的急躁情绪，杜书记在一次教师会议上说：“教育学生是一个长期渐进过程。成长急不得，要靠岁月磨砺。不要奢望孩子们一朝一夕就能达到老师们认识问题的水平。请想想，你们今天认识问题的水平，是经过了多少岁月磨砺才达到的？孩子们的成长，也需要岁月磨砺。‘教’与‘学’必须科学结合才能达到良好效果。‘教’的本意是指导，‘学’的本意是效法。‘教’是外部促进，‘学’是内部需要。很多东西只有在内部迫切需要（想效法）时，外部促进（做指导）才能取得良好效果。也就是说，‘教’要符合成长规律，老师的积极促进要选择在学生非常想效法的阶段。当然，想效法的愿望是可以培养的。培养的重要方法就是老师以身作则。因此，‘教’要体现在以身作则上。为学生提供优良的学习环境非常重要。戏校的学生都是住校生，学生们与老师朝夕相处，老师的形象已构成孩子们成长环境中的具有基础意义的部分。要求老师‘为人师表’，就是因为学生以老师为榜样。要把‘教’体现在榜样力量上。在朝夕相处中，老师以身作则，就是为学生提供最优良的学习环境，就是激活学生效法愿望的最强大动力。”

再譬如，一位在古装话剧《清宫外史》中扮演珍妃的漂亮女演员，结婚后在自己母亲的“指挥”下与丈夫“斗争”，越斗婚姻越危机。她找杜书记哭诉。杜书记对她说：“十家老一辈掺合，七对小夫妻要散。自己深思熟虑、多数情况下还要留有余地地处理夫妻之间的矛盾，才是惟一正确的办法。”

又譬如，戏校的一位司鼓教育孩子的方式着实让人心里“打鼓”。文化局宿舍大院里的住户们经常听到从这位司鼓的家中传出他大声训斥孩子的声音：“你又骗人了吧”、“你又打人了吧”、“你又偷东西了吧”……路宁母亲将这位司鼓请到办公室，对他说：“如果有人经常质问我们有没有骗人、有没有打人、有没有偷东西，我们一定会感到自尊心受到极大伤害。培养和保护自尊心要从幼小的时候开始，批评时不要使用伤害孩子自尊心的语言。严格地说，是否属于骗人、打人、偷东西，要靠证据来说话。童真时代不存在法纪意义上的骗人、打人、偷东西行为。批评儿童时使用这些概念并不恰当。完全可以用‘再认真考虑一下，然后准确回答’取代‘你骗人了吧’，用‘与小朋友要友善相处’取代‘你打人了吧’，用‘不要拿不属于自己的东西’取代‘你偷东西了吧’。”这位司鼓回答：“杜书记，我记住了你的话——批评儿童时，使用骗人、打人、偷东西的概念不恰当。”

杜书记的“成长急不得，要靠岁月磨砺，要靠以身作则引导”、“十家老一辈掺合，七对小夫妻要散”、“批评时不要使用伤害孩子自尊心的语言”的思想，都是具有长久意义的。

在带领戏校学生到农村与农民群众“同吃、同住、同劳动”的过程中，路宁母亲在朝鲜战场严重冻伤的脊椎旧病复发了。医院检查后确定要动大手术，她住进了以骨科治疗为特色的部队八一医院。医生说手术后将长时间卧床不起，在医院住院治疗恢复脊椎功能的时间需要两到三年。姥姥为二女儿焦急，不慎摔倒，留下半身不遂后遗症，不能照顾二女儿及小路宁、小冷霞了。在青岛当小学校长的姨妈来到江东市，将姥姥和路宁接去了青岛。

20 世纪 60 年代中期，在毛泽东主席号召下，全国人民掀起了学习雷锋的高潮，解放军更是带头学习的好榜样。路宁母亲所住病区的护士长，已经是上尉军衔，但她一点没有军官架子，带领着护士没日没夜地精心照料着手术后脚下吊着六公斤重的牵引、近两年不能下床的路宁母亲，使病人天天干干净净，从不生褥疮。这真是一个在每一个岗位上都能看到具有崇高品质的人的时代。

“少成若天性，习惯如自然。”整个幼年、童年时代形影不离，吃一锅饭、睡一张床养成的与路宁亲如兄妹的感情，定格了冷霞与路宁的关系。冷霞心目中的母亲就是路宁的母亲——杜妈妈。在她一辈子的梦境中，只要和母亲在一起，就是和杜妈妈在一起。姥姥和路宁到青岛后，小冷霞每个星期天都到八一医院陪伴杜妈妈。寒暑假更是天天跟杜妈妈在一起，一日三餐高兴地吃着杜妈妈请护士长阿姨精心安排的可口饭菜，伏在护士长阿姨专门为她准备的小书桌上写作业，晚上到淋浴间洗澡后就睡在护士长阿姨在杜妈妈病床旁为她搭起的小行军床上。病区里的医护人员和病员人人都被路宁母亲与小冷霞之间的深厚母女情感动着，人人都非常喜爱听杜妈妈的女儿唱歌，孤身一人在江东市的路宁母亲心中很温暖。冷霞小学毕业后，正处“文革”动乱时期，且冷校长已经再婚。为小冷霞前途考虑，杜妈妈托在部队文艺战线工作的老首长，吸收冷霞入伍当了那个年代人人都羡慕的小文艺兵。改革开放后，冷霞从部队高等文艺院校深造毕业，继承杜妈妈事业，成为深受部队广大官兵喜爱的军中女歌唱家。

长大后的冷霞越来越深刻体会到，杜妈妈的伟大贡献，就是即使在自己最困难的时候，也要使孩子感到幸福、安全、自豪。这是多么值得永远崇敬的伟大母亲！

第二章 萌芽

八

青岛市海湾小学少先队大队长宁澜姑娘，接受了该校杜校长交给的一项特别任务：帮助好从江东市长江路小学转入青岛市海湾小学的路宁，并每周向杜校长汇报一次路宁的表现情况。宁澜虽比路宁小一岁，但出生在上半年，因此和路宁同年级。路宁姨妈是青岛市海湾小学校长，为确保外甥路宁在青岛上学期间继续品学兼优，煞费苦心地想出了一个“高招”：将路宁与海湾小学最优秀的学生宁澜“捆绑”在一起——把路宁转入宁澜所在的班级，并与宁澜同课桌就坐；把路宁送到校田径队训练，因为宁澜是校田径队队长兼径赛运动员。这样，每周一至周六，路宁从上学离家起，到放学归家止，在外面的整个活动情况，都在“最优秀的学生”宁澜眼中。路宁姨妈放心了。

宁澜家与路宁姨妈家都住在青岛地质勘探公司职工宿舍大院。宁澜的父亲是地质勘探公司一大队大队长，路宁的姨父是地质勘探公司总工程师。两家关系相处得很好，宁澜在学校称路宁姨妈“杜校长”，回到地勘职工宿舍大院见到路宁姨妈就叫“杜姨”。

宁澜真的很漂亮，标准的鸭蛋脸、丹凤眼，活力四射的身材，在全校女生中个头最高，在全校所有学生中最有气质风度。如果拍电影要在海湾小学选少先队大队长角色，仅从外型条件上就非宁澜莫属。但宁澜绝不仅仅是“花瓶”。她是全校惟一三次被评为市级“三好学生”的学生。她的各门功课考试成绩从来都是她所在班级的第一名，一次语文考试得了班级第二名，她就找语文老师“评理”。老师们都喜欢这个聪明美丽、品学兼优的小姑娘，希望她保持锐气，于是，语文老师看考卷上有一处可扣可不扣的0.5分，就将宁澜的这次语文考试成绩评为班级“并列第一名”，维护了她“从不当第二”的荣誉。更重要的，宁澜获得过两次全市少年女子百米赛跑冠军，是该项目的市级纪录保持者，全校师生都知道她是为校争光的青岛市少年女子短跑皇后。简言之，宁澜是海湾小学全校同学信服的德智体全面发展的校少先队大队长。

路宁姨妈不愧是教育专家和少儿心理学专家。路宁原本以为自己是江东市名牌小学的少先队大队干部，有些傲气。但面对同课桌的宁澜远胜于自己的“光环”，他不得不把傲气藏了起来。

宁澜能使那么多“光环”属于自己，一个重要原因，是在她身上有着一般小孩子难以具备的坚韧不拔的精神或者说英雄主义情结。宁澜是一个非常勇敢、一往无前的女孩子。她无论是在田径训练中，还是在平常游戏中，只要她想做的，不要说女孩子，就是多数男孩子，也不是她的对手。田径训练时，她经常喜欢跟男运动员一起奔跑，除了几名尖子运动员，其他男运动员在训练中与她都是伯仲难分。跟男孩子玩足球比赛时，她若是前锋，比赛中一准进球，因为她带着球勇敢向前冲，如果前面有人阻拦，她就拼命撞上去，男运动员看她是女孩，都不好意思强行阻拦，只好让她攻门，哪知她的脚法很准，破门率非常高；她若是后卫，对方一准不进球，因为她会非常勇敢地冲上去，即使进攻者带球过人成功，她凭奔跑速度快的优势会追上去一而再、再而三地拼命堵截，男运动员怕伤着她，只好任她将球截去。若玩掰手腕游戏，那场面就更“惨烈”了。男孩子输给她不服，就脱掉上衣继续跟她掰手腕，再输再脱，直至上身赤裸。宁澜不服输的劲头上来，也学男孩子，输了就脱上衣，直至脱得只剩一件小背心。男孩子不好意思再赢她了，结果总是宁澜取得最后胜利。夏天在海水浴场沙滩上玩抓“特务”游戏，她抓“特务”时，穿着漂亮的泳衣似雏鹰逮兔一般向穿着泳裤当“特务”的男孩子扑过去，一下就将“特务”扑倒压在沙滩上；她被“特务”“追捕”时，就勇敢地迎浪向深海方向游去，吓得“特务”们不敢再往前游。同学们都记得参观王杰事迹展览时，在一块浸着英雄王杰鲜血的树皮前（英雄王杰奋身扑向瞬间即将爆炸的地雷救身边十几名民兵，事后人们在烈士壮举地点发现了地雷爆炸后飞溅在树木上的英雄的鲜血），在当时学习毛泽东哲学思想氛围很浓的时代背景下，全校德智体全面发展的标兵、少先队大队长宁澜对全体少先队员讲了一番很有哲理的话。她说：“英雄与常人的相同之处是，常人所具有的普遍人性英雄都具有。在普遍人性中，利己与利他的因素都存在。利他是指有利于国家、集体、群众利益。英雄与常人的不同之处是，在生死关头，当能够做出自主选择时，常人通常是利己因素占上风，英雄必定是利他因素占上风。董存瑞自主选择了手托炸药包炸毁敌人碉堡，黄继光自主选择了用身体去堵敌人枪眼，王杰自主选择了奋身扑向地雷。常人学习英雄，就是要学习英雄在生死关头能够做出崇高选择。"接着，宁澜说了一句体现少年特点的英雄主义话语："现在要是革命战争年代就好了，我一定是赵一曼、刘胡兰。"

宁澜的故乡在地处胶东半岛的黄海之滨文登。文登南有一百五十多公里的黄海海岸线，西有胶东半岛最高峰——方圆几百里、海拔近千米的昆嵛山。昆嵛山云雾缭绕，霞光映照，沟潭众多，水清泉甜。山中的红薯、苦菜、香椿、松蘑、跑山鸡、樱桃、槐树花，养育着昆嵛山人。

主峰耸立于文登境内的昆嵛山，是一个孕育好女人的地方。神话古籍记载：中国成语"麻姑献寿"中的麻姑仙女，就是在昆嵛山上修炼得道。纯洁、美丽、健康、智慧的麻姑姑娘，帮助劳动人民，带给人类长寿，她是中国民间世代信仰的"寿仙女神"。描写胶东地区革命战争年代故事的脍炙人口的小说《苦菜花》《迎春花》《山菊花》，"三花"中那些可敬可爱的女主人公们，都是以昆嵛山区女性为原型。

主峰耸立于文登境内的昆嵛山，还是一个产生英雄部队的地方。宁澜父亲及路宁父母所在部队——中国人民解放军第 27 军，土地革命战争时期诞生在昆嵛山区。这是一支用英雄鲜血浇灌出的百战百胜、重大关头显神威的部队。抗日战争时期与宁澜父亲从昆嵛山中同时参军的同村五名乡亲，只有宁澜父亲一人活到新中国成立。

主峰耸立于文登境内的昆嵛山，也是"千古一帝"秦始皇钟情的地方。秦始皇一生三次登临昆嵛山，并邀文人登山吟诗作文，文登县名，溯源于此。秦始皇在被誉为"海上诸山之祖"的胶东屋脊昆嵛山上远眺海上仙山昆嵛山的余脉蓬莱、方丈、瀛洲，萌生了遣使东渡的念头。

宁澜这位充满豪情、英雄主义的好姑娘，基因中饱含着故乡昆嵛山的神韵气势。

女孩子们一般都比较听宁澜的话，因为她们感到自己的综合条件确实比不过宁澜；男孩子们一般都喜欢跟宁澜一起学习、一起训练、一起游戏，因为宁澜美丽动人、聪明智慧、英雄豪迈，对男孩子有太强的吸引力。

九

海湾小学田径队总教练章老师非常敬业。他对按约定时间带着路宁来到校体育教研室的杜校长说:“先看看孩子的身体条件适合不适合搞田径。”他让孩子褪去外衣外裤，只剩背心短裤，他用皮尺分别量了孩子的躯干与腿并计算了比例，还量了孩子的肩膀宽度和胳膊长度，又退后几步认真目测了路宁的身材体型。接着，他带着路宁和杜校长来到学校操场，指导路宁活动了一下颈部、腰部、脚部、腿部，将路宁带到 200 公尺短跑的起跑线上，说:“跑个 200 公尺看看。”路宁跑过终点线后，章老师看着掐表对杜校长说:“还不错，超过小学生达标线六秒多。这孩子身体条件适合径赛项目，练短跑看看吧，先易后难，从 60 公尺、200 公尺项目练起，练得好，再练 100 公尺项目。”青岛市海湾小学是山东省少儿田径培训基地。该校田径比赛成绩多年保持青岛市第一、山东省第二的位置。为继续保持荣誉，即使是自己的领导杜校长相求，田径总教练章老师也还是有板有眼地坚持标准。“能让你这位田径大专家录取，说明这孩子身体条件还不错。我很高兴。章老师，今后就麻烦你了。”杜校长感谢并嘱托道。

第二天早晨五点半，宁澜叫上路宁到学校操场训练。在去学校的路上，她递给路宁一块热乎乎的烤红薯，自己一边吃着烤红薯一边向路宁介绍学校田径队的情况。路宁感觉宁澜递过来的烤红薯很好吃，心思大多用在品嚼烤红薯的滋味上，只大概听到宁澜说青岛市少年男女百米冠军都在海湾小学，少年男女百米市级纪录保持者也都在海湾小学。

学校离家不远。来到学校操场后，宁澜指着一位正在做跑前准备活动的中高个头、身材匀称、运动姿态优雅的男孩子，对路宁说:“他就是孔杰，青岛市少年男子百米冠军和该项目的市级纪录保持者。”宁澜对扭过头来望着她和路宁的孔杰说:“这是刚进校田径队的路宁，从江东市转学过来的。”路宁在与孔杰目光对视时礼貌地点了点头，微笑了一下。孔杰扫了路宁一眼，露出不屑的神情，没搭理路宁，扭回头去。这不平等的初次对视，深深地刺伤了路宁，也在一瞬间强烈激出了路宁一定要在百米短跑上超过孔杰的豪气。

宁澜从径赛内赛道旁的田赛圈里放置的沙袋箱中取出一对每只一公

斤重的沙袋，蹲下身来为路宁分别绑在两条腿的小腿肚上，接着又取了一对沙袋绑在自己的小腿肚上。她边绑沙袋边对路宁说："我今天绑沙袋示范给你看，今后自己绑。记住，每天早晨上学前和下午放学后，到学校操场绑上沙袋，在400公尺跑道上各跑6圈半，达到每天5000米的绑沙袋跑训练量，并且要100公尺匀速跑、100公尺加速跑交替。这样的日常基本功训练由我这个校田径队队长负责。每周三、周六下午放学后，由章老师带着校田径队队员进行技术训练。"

路宁跟着宁澜，开始了田径训练。从参加训练的第一天起，路宁就每天上、下午各增跑一圈。宁澜只是在路宁第一次增跑时提醒了一下："已经到6圈半了。"路宁说"你停下来吧，我再跑一圈"，宁澜也跟了上去。可谓日计增量之微，岁计增量之巨，渐渐的，路宁、宁澜的体能在校田径队队员中出类拔萃了。

在开始训练后的几个月里，路宁在身体上、学习上有个逐渐适应的过程。是宁澜帮助他顺利度过了适应期。学校每天上午四节课，几乎每到第三节课时，宁澜都能听到坐在身边的路宁肚子咕咕叫，还看见路宁不时地咽口水。宁澜知道，路宁因早晨自觉增加训练量体能消耗得多，过早地饿了。因此，每到第三节课的下课铃声一响，宁澜就塞给路宁一只馒头或一块火烧。下午三节课，几乎每天下午的第一、二节课，路宁都因参加训练起得早而打瞌睡。宁澜除了不时在课桌下用自己的腿碰路宁的腿提醒，还每天下午放学后都要路宁到自己家来一块儿做作业，将自己的完整课堂记录给路宁看，并回答路宁的提问。

这期间，章老师带领校田径队全体队员看了一场当时风靡全国的电影——《女跳水运动员》。电影主题曲《青少年运动员之歌》强烈鼓舞着每一位小运动员：

"风里锻炼，雨里考验，我们是一群展翅高飞的海燕。在波浪里出没，在碧空里盘旋，练就了一身胆。样样本领过得硬，要求从严不从宽。千难万难，千难万难都不怕。下苦功在青少年。"

"意志坚强，身手矫健，我们是五星红旗下成长的青少年。有革命志气，为祖国贡献，能攻下万重关。哪项纪录不可破？哪座山峰不可攀？千山万岭，千山万岭挡不住。迈大步奔向前。"

这首旋律昂扬、语言警策的青少年励志歌曲，作为对20世纪60年代中期祖国美好记忆的一部分，永远留在了宁澜、路宁的脑海。

十

宁澜是一位做事非常认真的姑娘。自从接受杜校长交给的特别任务后，每天从与路宁一起上学起，到与路宁一起回家止，这中间的时间，她都紧盯着路宁。

正常上学、训练外，路宁有事时，由于要履行紧盯的职责，她总是陪着或与路宁共同做完事情，然后一起回家。杜校长几乎每天都会收到学生和学生家长的来信，信中有实质内容的，她一般都要回信。因此，她要路宁每天放学前到校长室来取她给学生和学生家长的回信，立即送往邮局。于是，几乎每天傍晚，在海湾小学通往海湾邮局的两公里长的海滨大道上，都有一道亮丽的风景：穿着印有"青岛市海湾小学"字样运动服的一男一女两位英俊潇洒的小运动员，肩背书包、手拿信件，向海湾邮局飞奔。杜校长每次都在邮局下班前 10 分钟将信交给路宁与宁澜——她在暗中助力这两个小家伙的田径事业。

正常上学、训练外，路宁无事、宁澜有事时，宁澜处置起来就比较麻烦，因为首先要"治住"路宁，才能完成盯住路宁一起回家的任务。一次章老师带领校田径队队员到青岛市第一体育场观摩青岛市青年运动会的田径比赛。男子项目结束，仅剩女子项目时，章老师说:"男运动员愿意离开的可以回家做作业了。"路宁起身要走，坐在旁边的宁澜用力将他拽回原来座位上。路宁挣扎着还想站起，穿着短运动裤的宁澜一下将一条腿跨到路宁双腿上，用力紧紧压住不让路宁站立，同时她的那双漂亮的丹凤眼狠狠地盯住路宁。路宁不再挣扎了，老老实实坐着看完了女子项目。也就是在这一刻，路宁第一次发现，宁澜压在他双腿上的大腿，是那么的漂亮。

但有一天，路宁被盯"丢"了。不过，正是由于这一次盯"丢"路宁后，宁澜的感人处理方式深深触动了路宁，从此后，他再也没有为难过宁澜对自己的严格管理。

事情经过是这样的。

在校田径队里，除宁澜外，路宁跟青岛市男子少年 200 公尺之王赵进最要好。赵进的父亲是拉板车工人。青岛地处海岸丘陵带，市区坡路很多，赵进经常帮父亲拉板车爬坡，腿力和耐力锻炼得非常好，跑步动作虽远不如孔杰优雅，但结果是一样的，都是市冠军、市纪录保持者。

赵进很义气，将自己跑200公尺得冠的“三招”全数教给路宁：“一是起跑时不要急（一般运动员都是像跑百米那样抢起跑）；二是弯道还剩30米时就开始发力（一般运动员都是弯道结束时开始发力）；三是离终点还剩50米时就开始冲刺（一般运动员都是在离终点20米时开始冲刺）。”

路宁问：“为什么要用这种反常的方法？”

赵进回答：“这三招绝对能起到打乱对手节奏、搞乱对手心理的作用。譬如，起跑时不抢，看似对手起跑占先，但实际上麻痹了对手。100米比赛起跑落后比较危险，200米比赛起跑落后超过的机会多得是。只要具备实力，用这三招，胜利一定在握。”

当然，赵进也很会玩。

青岛不少普通劳动者家庭，都是义和团的后代，天然传承着义和团的一、两手武艺。赵进说过，他爷爷就参加过义和团，摔跤本领是他家的祖传。宁澜听说摔跤本领是反侵略的义和团传下来的，也就坐在一边看着路宁跟赵进学摔跤本领。赵进确有本领，在赛跑上教过路宁管用的几招，在摔跤上也教会了路宁后来真管用的几招。

不过，有一次赵进带着路宁玩，却伤了宁澜的心。路宁仅有的那次被跟“丢”，就由赵进引起。

青岛的男孩子一般都会玩“打木头”游戏。青岛城市居民家庭炉灶生火时，一般要用木块引燃煤块。于是，孩子们分别从自己家中取几块已经劈好的、准备用于炉灶生火的木头，在居民区的街道上玩“打木头”游戏。能够用手中的木头将置在行车道上的木头击飞上人行道，就赢得了这块木头。会“打木头”的孩子，往往从家里拿出两三块木头，却能带回去二三十块木头。

一个周六下午，训练完毕，赵进要带路宁去“打木头”。路宁乘章老师向宁澜布置任务时，悄悄跟着赵进玩“打木头”游戏去了。天黑之后，路宁回到家里，姨妈问他：“宁澜回来了吗？刚才她母亲来这儿找宁澜。”

路宁立即返身出家门，往学校飞奔而去。通过一段时间的紧密接触，他已经了解了宁澜——她非常认真，非常忠诚。她一定还在那里。

路宁一口气跑到学校操场。

在满天的繁星下，路宁看见操场百米起跑线上，宁澜孤零零地坐在地上，还在执着地等他。

从红霞满天到星光灿烂，宁澜静静地坐在那儿等路宁，已经过去三个小时了。

路宁愧疚地跑到宁澜面前。

她仰起头来看着他，满眼是委屈的泪水。

路宁深深感动了。

“宁澜，是我不对。今后一定再不会这样了。”

他伸出双手紧紧握住宁澜的双手，将她从地上拉起。

宁澜什么话也没说，任由路宁紧紧地握着她的手，一起走回家。

后来，她无论是在生活中等待路宁，还是在事业上等待成功，时间都一次比一次更漫长。不过，目标明确，意志坚强，是宁澜与生俱来的品质优点；“循正而行，自与吉会”，是宁澜一生奋斗的命运轨迹。长大后，宁澜对路宁说过：“人生第一次等你是在上小学时。在那次等待中我突然发现，艰难的等待竟会与红霞满天和星光灿烂相遇。从此我相信了，再艰难也要忍耐，因为一定会与满天的红霞和灿烂的星空相会。”

十一

宁澜的优点和优势是公认的。路宁的优点和优势也渐渐显现。

路宁很善良。

姨妈家养了一只很好看的雌性白色花猫，它性格温和，善解人意，喜欢跟人类中的孩子玩。姨妈的儿子前几年由路宁母亲带到江东市，考入金陵戏剧学校，成长得很好。从金陵戏校毕业后进入金陵京剧团，在后来的岁月里，他长期担纲主演《红灯记》中的李玉和、《沙家浜》中的郭建光。因此，姨妈身边只有路宁一个孩子，花猫最喜欢跟着路宁转。路宁在家做作业时，花猫用身体蹭着路宁的裤管，围着路宁的脚转圈；路宁坐在床沿跟病卧在床的姥姥说话时，花猫亲密地伏在路宁的膝上打呼噜；花猫很爱干净，不吃外面的食物，玩饿了回到家里，只朝着路宁一人“喵、喵”地叫，青岛海产品多，路宁就用早已准备好的煮熟了的鱼骨头汤拌着窝窝头、馒头、米饭等喂花猫；晚上路宁睡觉时，花猫就在路宁被窝上圈起身体跟着睡觉，“三九”严寒时，花猫舔干净自己的身体，钻到路宁的被窝里睡觉，姥姥怕花猫在被窝里伤着路宁，叫姨妈把花猫拎出路宁的被窝，过了一会儿，花猫又钻进路宁的被窝，很懂事地把头露在被窝外，与路宁头靠头并排睡觉。

花猫生了一只形象几乎与自己一模一样的雌性白色小花猫。小花猫与猫妈妈一样，也喜爱路宁，只要路宁在家，就形影不离地跟着路宁。小花猫长到六个月时，被与姨妈同校的一位老师要回家了。小花猫离家后，猫妈妈难过得连续叫唤了几天，渐渐的也就不再叫唤了。而路宁对小花猫的思念却割舍不去，小花猫送走一周后，他决定去看小花猫，宁澜也跟着去了。老师打开家门看见路宁和宁澜，立刻明白了两个孩子的来意:“你们是来看小花猫的吧，快进来吧，小花猫还不太熟悉这儿，躲在床下呢。”路宁蹲下身体朝床下呼唤，小花猫出来了，它走到路宁面前，仰着头对路宁连声“喵、喵、喵”地叫着，蹭着路宁的裤管转圈。路宁流泪了。宁澜因路宁流泪也流泪了。老师因为两个孩子的纯洁天真而流泪了。老师说:“路宁、宁澜别哭了。放心吧，我一定养好小花猫。”

路宁很孝敬。

姨妈每天都保证姥姥吃到肉、鱼、蛋和蔬菜、水果。但路宁想到姥姥在江东市时喜欢吃蒸核桃酥，他要给姥姥买核桃酥却没有钱。

他记起赵进说过，除帮父亲拉板车外，在帮其他伯伯、叔叔拉板车时，他们都会给点钱。于是在一个星期天，路宁要赵进带他去拉板车。宁澜知道路宁这样做的原因后，说“我也要孝敬姥姥”，就跟着路宁、赵进一起去拉板车。每拉一次一般一人能挣 5 分钱，上午各拉五次，下午各拉五次，一天下来路宁和宁澜共挣了一元钱。

拉板车虽累，但也有有趣的时候。就是在这个星期天的下午，三个孩子拉板车送货，来到后来成为“辽宁号”航空母舰母港的青岛海军军港码头。赵进褪去鞋袜，脱去背心和外裤，对宁澜和路宁说:“洗个海水澡凉快凉快。”纵身从码头上跃入海中，路宁跟着褪去鞋袜，脱去衬衫和外裤，也跃入海中。宁澜褪去鞋袜，脱去衬衫和外裤，穿着一套妈妈为她缝制的红底白碎花的紧身圆领衫和短裤衩，正准备往海中跳，被一位一溜小跑过来的海军叔叔给喊住了:“那位小姑娘，不许往海里跳！海中有鲨鱼！海里的两个男孩子，赶快游回来上岸!”赵进、路宁上岸后，海军叔叔关心地教育三个不谙世事的孩子:“这里是军港，不是海水浴场，没有防鲨网，人在海水中是非常危险的。”海军叔叔指着大海方向：“你们看！”不远处的海面上，露出三四个新月形的鲨鱼背鳍，这三四条鲨鱼正向赵进、路宁游泳方向的岸边快速游来。海军叔叔又指着路宁右肩膀上拉车时被拉车绳磨去一层皮后渗出的血迹：“鲨鱼就是被这位小同学肩膀上渗出的血迹吸引来的。”宁澜关心地俯过身去，用嘴巴朝路宁受伤的肩膀上轻轻吹了几口气：“鲨鱼这么厉害啊？”海军叔叔答：“鲨鱼对海水中的气味非常敏感，可以嗅到数公里外海水中的血腥味，然后以每分钟七百米的速度向有血腥味的方向游来。”这时三四条鲨鱼已经游到一分钟前赵进和路宁游泳的水域，其中一条鲨鱼准确地循着路宁游回上岸的水中线路，一直游到岸边。三个孩子看到这一情景，都倒抽了一口凉气，从心底里感激海军叔叔的及时召回。

虽说挨了批评，但路宁和宁澜还是没有忘记孝敬姥姥。当时核桃酥每斤不到一元钱，路宁和宁澜买了一斤核桃酥。还剩两毛多，路宁说：“又累又渴，剩下的钱买青岛啤酒喝吧。”

两个小家伙人生第一次自己花钱给自己买酒喝。筋疲力尽的宁澜喝得晕乎乎的，趴伏在路宁肩膀上，一边由路宁引着往家走，一边笑眯眯地自言自语：“真解乏，真舒服，我现在知道工人叔叔为什么喜欢喝酒了。”

姥姥躺在床上，眼中有些湿润，她叹息着：“唉——，唉——，谢谢两个孝敬的孩子了。”

姨妈对路宁、宁澜说：“你们都是懂事的好孩子，但今后不许再做这样的事了。”

她看见宁澜的衬衫右肩处被拉板车的绳索勒破了，于是拿出一件漂亮的“上海牌”衬衫，要宁澜换上。

路宁很知道疼人。

春节过后的一个周六傍晚，宁澜对路宁说：“我妈想包荠菜饺子，明天我们去挖荠菜好吗？”路宁答应了。星期天早晨，两个孩子带着宁澜母亲准备的一壶开水、几块烙饼、一小饭盒油煎带鱼、一小袋咸香椿，到青岛郊区去挖荠菜了。

荠菜挖得很顺利，带去的两个旧书包很快装满了，两个孩子兴高采烈。

不巧的是，突然变天下起了大雪。在茫茫的风雪中，他们迷路了。

宁澜义不容辞地担负起了走在前面探路的任务，由于全神贯注于探路，她不慎掉进耕地旁被大雪覆盖了的沤肥池。路宁迅速将宁澜从沤肥池中拽上来，但宁澜的裤子还是全部湿透了。她冻得瑟瑟发抖。路宁啥也没说，立刻脱下自己的棉裤，将罩在棉裤上的单裤扯下，重新穿在自己身上，将棉裤递给宁澜："快把全湿了的裤子脱下来，换上这条棉裤。"宁澜可怜兮兮、不知所措地说："连内裤都湿透了。"路宁将宁澜带到不远处一堆草垛下，说："我给你挡着不让人看见，你躲在草垛下赶紧换裤子。"他转过身去背对着宁澜为她遮掩，宁澜躲在草垛下，从外到里脱下湿透了的裤子，套上了路宁的棉裤。宁澜暖和了，轮到路宁冻得瑟瑟发抖了。路宁问宁澜："回家的路找到了吗？" 宁澜说："找到了。"路宁说："那我们开始越野跑训练吧。"

路宁回到家，坐在火炉边取暖，弯腰打开炉门，从炉膛底取出一只滚烫的烤熟了的红薯，拍去炉灰，连皮带瓤津津有味地大嚼起来。宁澜过来送路宁的棉裤，路宁穿上棉裤后，宁澜说："再辛苦一趟，陪我去买点下酒菜好吗？"

当时青岛各个菜场的最显著特点，是一跨进菜场门，就迎面扑来浓烈的海产品气味。宁澜按照母亲的嘱咐，买了两条大黄花鱼、三斤"八带蛸"（青岛市民对小章鱼的称谓）、四斤花壳蛤蜊，还买了一斤早春刚采收的鲜嫩苦菜及半斤甜面酱，就领着路宁离开了菜场。

当天晚上，宁澜捂着一大饭盒刚出锅的猪肉荠菜饺子来到路宁姨妈家："杜姨，我妈要我送点荠菜饺子给姥姥尝尝。我爸爸说，让路宁上我家吃饺子去。"路宁姨妈说："谢谢宁澜送饺子来。路宁跟宁澜去吧。"

宁澜回到家就来到厨房，往灶上置的大铁锅内加了两瓢水，然后坐在灶前小板凳上，左手拉着风箱，右手不时地使小铁铲往灶膛里添煤，灶膛内随之响起劈里啪啦的声音，火势更旺。风箱灶加大铁锅煮出的饺子特别好吃有营养，因为火旺水宽还带微量铁元素。

宁澜父亲乐呵呵地对路宁说："听宁澜说你喜欢喝青岛啤酒。来，今晚咱爷俩青岛啤酒就荠菜饺子对饮几杯。"宁澜父亲是老革命，抗日战争时期在胶东参加八路军，解放后转业到地质勘探战线担任领导干部。宁澜母亲抗日战争时期在山东家乡担任抗日妇救会会长，解放后从事街道领导工作。她一边下饺子一边说："路宁这孩子挺知道疼人的。"路宁在宁澜家饮着青岛啤酒，饱餐了一顿红烧黄花鱼、蒜泥拌"八带蛸"、黄酒香醋泡花壳蛤蜊、甜面酱沾苦菜、猪肉荠菜饺。吃完饭后，宁澜父亲拿出一块镶嵌着的非常美妙的雪花白大理石，对路宁说:“胶东半岛盛产著名的雪花白大理石，这是伯父我最喜爱的一块由我自己勘探出的雪花白，送给路宁珍藏吧。”

宁澜父亲说:“‘青岛岩’是世界著名的花岗岩。天安门广场人民英雄纪念碑上刻有‘人民英雄永垂不朽’八个大字的整块碑心石，用的就是从崂山山脉最西端的浮山大金顶开采的花岗岩，又称‘浮山石’或‘青岛岩’。”

路宁双手握着出自胶东半岛的美妙的雪花白大理石，认真地对宁澜父亲说:“我一定永远珍惜。”

因为宁澜父亲的故事在这里就要结束，因此，提前透露一下他在培育人才方面的突出本领。他领导地质勘探大队时器重并提拔的一名地质勘探分队分队长，后来成长为省部级领导干部；他把女儿宁澜送到野外地质勘探第一线艰苦磨砺，在旷野中埋首深掘的女儿后来也成长为省部级领导干部。宁澜当地质勘探队队员时，在勘探队野外篝火晚会上，朗诵过她自己创作的散文:“我在胶东半岛野外地质勘探两年，印象最深的是大海上飞翔的鸟类。半岛西面连陆，北、东、南三面临海，海洋食物丰富，是鸟类的天堂。胶东半岛地处太平洋西岸中段，是东亚及太平洋西岸迁徙鸟类的必经之地，半岛面积仅占全国的千分之三，鸟类的种类则占全国鸟类种类的百分之三十，绝大多数是候鸟，中国候鸟种类的百分之六十，迁徙时都经过胶东半岛。冬候鸟首推大天鹅，夏候鸟首推黑果鸽。胶东海面上空著名的鸟类还有中华凤头燕鸥和黑尾鸥，白腰雨燕和黑叉尾海燕。在中国看海鸟，首推胶东半岛，而看胶东半岛海鸟最全者，又首推足迹遍布胶东大地的地质勘探队员。大天鹅的纯洁高远，中华凤头燕鸥的寂寞神奇，白腰雨燕的不惧风雨，都是地质勘探队员的榜样。我是胶东大地上的一名女地质勘探队员，我热爱故乡胶东半岛，我愿学海鸟搏击长空。”几十年后，老地质勘探大队大队长的女儿和徒弟分别在两个省担任省级领导，他们在中央党校省部级领导干部读书班上欣喜相见，共同回忆起当年宁澜朗诵散文的那场篝火晚会。解放后，从地方一个普通县处级基层单位走出两名省部级领导干部，是比较少见的业绩。

十二

海湾小学与学校附近的海军基地驻军是“拥军爱民、互帮互学”挂钩单位。这年夏天，海湾小学运动队受邀到该基地参加军营夏令营。

基地安排小运动员们接受了人民海军战史教育。在人民海军战史陈列馆里，漂亮的海军女兵姐姐向小运动员们神采飞扬地介绍了解放一江山岛、“八六”海战等人民海军的辉煌海战历史。

基地还安排小运动员们乘军用艇到黄岛参观了琅琊台。英俊的海军军官叔叔向小运动员们娓娓叙说许多重要历史知识：史载秦始皇统一全国后，五次出巡，其中三登琅琊。秦始皇多次亲临琅琊与敬拜祖先有关。有研究认为，“秦人东来”，即秦人的祖先是东夷人，以琅琊为最富庶的胶东地区是东夷人的主要繁衍生息地。琅琊还是秦朝第一个国家级出海口，是徐福奉秦始皇之命东渡的出发地；徐福从琅琊出发，将中华文明、中华一脉传播到朝鲜、日本。所谓东北亚地区同根同源，同根就是血缘一脉，同源就是文明一源。琅琊台是一统中华民族的秦人祖先地，是大规模向海外传播中华文明的始发地，在中国历史上的地位非常崇高。汉武帝登琅琊的次数比秦始皇还多一次，他出巡时曾四登琅琊。汉武帝与青岛有很深的渊源。公元前 153 年，刘彻被封为胶东王。胶东诸侯国的国都址在今天青岛市辖的即墨市，胶东王的王宫就在这里。公元前 150 年，刘彻在胶东王位上被立为太子，公元前 141 年登基。因此，青岛人喜欢说“从青岛走出了汉武帝”。

基地又安排小运动员们到青岛市“五四广场”瞻仰。青岛是五四运动的引发地。五四运动在“还我青岛”的九州同音中爆发并取得巨大成功。

孩子们在军营夏令营的实地考察中，进一步激发了生活在青岛的自豪感。

基地组织了军民友谊运动会。海湾小学参加比赛的教师田径队、教师足球队、学生足球队等，都输给了基地驻军临时组织的比赛队伍，只有海湾小学田径队这支青岛市少年田径运动的头号王牌，战胜了由基地医院官兵组成的基地田径二队。看着孔杰、宁澜、赵进、路宁等优秀小田径队员在赛场上似箭一般向前射去的矫健身影，基地军人家庭中的许多年轻父母都围到了海湾小学杜校长身旁，提出把自己孩子送进海湾小学的希望。杜校长热情地回答:“解放军的事情就是我们自己的事情，不，比我们自己的事情更重要。我们一定把解放军的需要落实到位。”军人们对地方的拥军真情报以热烈掌声。

在青岛众多的美丽海湾畔，有许多优良的沙滩海水浴场。譬如，汇泉湾畔的第一海水浴场、太平湾畔的第二海水浴场、湛山湾畔的第三海水浴场、前海湾畔的栈桥海水浴场、崂山湾畔的石老人海水浴场、龙湾畔的琅琊台海水浴场等。中国的众多海洋岛屿上有着沙质极为优良的海水浴场，但在中国大陆上沙质优良或曰沙质细腻的海水浴场，基本集中在以青岛海滨浴场为主要代表的胶东半岛。基地贡献了海军官兵的看家本领——派出游泳技术过硬的战士，在基地边上的海水浴场辅导提高海湾小学运动队队员的游泳技术。路宁在这次与海军官兵共度的军营夏令营中，在胶东半岛的故乡海滨浴场，学会了搏击风浪的游泳本领。

十三

孩子们逐步进入青春期了。宁澜的女性特征开始显现，模样儿越来越漂亮了。

一天下午训练结束，孔杰走到正坐在跑道旁解腿上沙袋的宁澜身边，悄悄塞到她手中一张字条。宁澜打开字条一看:“今晚请你看电影《阿诗玛》，望给面子。”并附了一张电影票。宁澜既是全校的学生“领袖”，又是男生公认的“校花”。进入小学高年级后，就不断收到认识和不认识的男生的来信和字条。她将这些来信和字条无一例外地都交给了班主任老师。孔杰是学校中有影响的学生，在她的印象中也不坏。虽不与孔杰同班，但已与孔杰在校田径队共同训练了几年，且分别有全市男子少年“百米之王”和全市女子少年“百米之后”的美誉。她不想毁了与孔杰的友谊。估计孔杰也认为宁澜不至于将自己给她的信交给老师，才敢给她递字条和电影票。

宁澜考虑之后，第一次没有将男生来信交给老师，而是递给了与她一起走在回家路上的路宁。

“怎么办?”她问路宁。

路宁看了字条，长时间没接话。

“你有什么办法吗?”宁澜又问路宁。

“你想不想去?”路宁反问宁澜。

轮到宁澜长时间不接话了。

“你想去?”路宁又问。

“不是的。可孔杰在学校很有影响，是一个自尊心很强的人，人也不坏，我不想为这事跟他关系弄僵。真是的，弄得我不去也不好，去也不好。”宁澜烦恼地说。

路宁又不接话了。

宁澜等了一会儿，不高兴地说:“人家相信你，才想听你的意见。”

路宁回答:“有的事情只能靠自己拿主意。”

两人沉默地走了一段路。

宁澜突然拉住路宁的手:“走，跟我到海湾电影院去。”

“去那里干什么?”路宁不解地问。

宁澜说:“重新买三张电影票，你晚上陪我一起去和孔杰看电影。”

路宁深知宁澜信任自己，也觉得孔杰约宁澜看电影不妥。感到宁澜让自己陪着应约，既不与孔杰关系弄僵，又使孔杰领会宁澜的态度，还不会产生太糟糕的社会影响，办法是比较高明的。

当晚，在随晚风飘来的好闻的大海气息中，在霓虹灯闪烁的海湾电影院入口处，三人碰面了。

宁澜对神情有些不自然的孔杰说:“我的那张电影票可能弄丢在学校操场了。我爸爸对我一个人晚上出来不放心，叫路宁陪着一块儿来，给我钱让重买了三张电影票，大家一块儿看电影。”

孔杰确实是个很聪明、很自尊的男孩子，他正确理解了宁澜对他的礼貌拒绝，也因为他知道现在的路宁无论学习成绩还是体育成绩都已不在他之下，他从心里告诫自己：从此后，不要再为难宁澜了。

看完电影回家的路上，夜幕下宁澜一直主动握着路宁的手。走到宁澜家门口两人分别时，宁澜像对待最亲的亲人那样很自然地拥抱住路宁，轻轻念着《阿诗玛》中的歌词：

“哥哥哟像顶帽子，盖在哟妹妹头上。”

路宁前所未有地感觉到了宁澜身体的柔韧曲线。

十四

五月初的青岛，蓝天白云，空气清新，整座城市弥漫着槐树花的淡淡香韵。在这令人陶醉的季节，青岛市少年运动会开幕了。

青岛市第一体育场内的观众席上，近百面参赛的青岛市各个小学的校旗迎风招展。每面校旗周围，都整齐坐着该校参赛的小运动员和观赛的小学生。“青岛市海湾小学”校旗猎猎飘扬在主席台正对面的观众席上，这面旗帜在整个体育场中所处的位置最醒目。

海湾小学运动队小运动员的传统比赛服是红色运动短衫、白色运动短裤，在整个赛场上色彩最鲜亮。说实话，若不是难撼的“王牌”，真不敢穿这样的能将全场观众目光都引向自己的比赛服装。

今天是运动会的最后一天，也是径赛场上身着红色短运动衫、白色短运动裤的海湾小学田径队风光无限的一天。

男子少年 60 公尺决赛，路宁横空出世，拔得头筹。

男子少年 200 公尺决赛，赵进用他的“反常三招”，蝉联王者。

女子少年 100 公尺决赛，冠军台上站立着宁澜这位观众熟悉的美丽公主，全场观众对她第三次获此殊荣报以热烈的欢呼声。

男子少年 100 公尺决赛就要开始。孔杰、路宁共同站在起跑线上。这是本届少年运动会的压轴之战。

路宁心中其实挺感谢孔杰的。正因为校田径男队有这位近在眼前的出色“坐标”，才使路宁感到辉煌并不那么神秘、遥远。几年的共同训练，使路宁熟悉了这位创造辉煌的少年的思想方法、训练方法，并能具体地借鉴他思想方法、训练方法中的过人之处，同时具体地完善他思想方法、训练方法中的不足之处，从而具备了超越的能力。路宁真实地感到，如果没有身边的孔杰，自己在少年时代恐怕永远也不会有创造市级纪录的坚定目标、顽强追求。长大后，路宁更深刻认识了在少年时代遇到孔杰这位奋斗“坐标”的意义——从少年时代起就通过实战成果，培养形成了敢于攀登一切辉煌目标的胆略和豪气……

发令枪响了。

从起跑开始，身着红色短运动衫、白色短运动裤的海湾小学田径队的两位优秀男孩的矫健身姿就冲在最前列。路宁、孔杰几年共同奋斗的轨迹，完整地出现在这场结束小学时代的压轴之战上——

孔杰在前，路宁在后；

渐渐的，路宁与孔杰的差距在缩小；

渐渐的、渐渐的，路宁超越了孔杰。

因为路宁比孔杰具有优势：路宁的前面有目标！

十五

妈妈出院了。路宁要回江东市上中学了。

宁澜穿着红色泳衣、路宁穿着蓝色泳裤，并排在大海中搏击风浪。遇着迎面扑来的已经破出浪花的海浪，他们就潜身钻入水中游过；遇着迎面扑来的尚未破出浪花的海浪，他们就挺胸向上将头露出水面从浪尖上游过。两三只黑色的海燕掠过他们的头顶贴着浪尖飞行，六七只白色的海鸥在他们的上空盘旋。

大海在涨潮。海面不断形成一道又一道涌浪，一浪接一浪地朝海岸扑来。冲在前面的三四道涌浪破出了浪花，海浪离岸越近时破出的浪花越众多越巨大，在成排的咆哮向前的巨大浪花上形成的渺渺水雾，在强大海风中威风凛凛地飘洒起来。礁石上卷起的巨大海浪花，沙滩上翻滚的排排海泡沫，随着不停扑向岸边的海浪不断重复出现。

路宁和宁澜手牵着手回到岸上，并排躺在海水浴场的细柔沙滩上，看着天上的云彩。天空湛蓝。风舒卷着奔腾向前的白云不停变幻，行云一会儿似天马回首，一会儿似龙虎争雄，一会儿似白龙巡天，一会儿似群狮朝王。

一团厚厚的云遮住太阳，天色暗了下来，天空中出现了迷人的天乳奇观——太阳点缀在一大团圆圆的云朵正中央，恰似天仙乳房上的乳晕露出，其时正好微微数点雨落，犹如天乳哺育人间。

一大卷伞型的云气飘了过来。伞型云气的正中下方竟有一束笔直的云柱向上升去，接连了巨大的伞型云气，形成了壮观的巨大天伞——天象学上称为华盖云。

路宁指着天空那团正在远去的天马回眸状的云朵:“我就像这匹云马，就要远去，但还回头望着青岛。”

宁澜指着头顶上空的华盖云团:“我们俩若能永远像现在这样，共同撑着一把美丽的伞就好了。”

宁澜将身体左侧向路宁，右大腿顺势跨上了路宁的肚皮，一双纯情的美丽眼睛一眨不眨地看着路宁。

路宁想用右手挪开宁澜搁在自己肚皮上的大腿。

宁澜使劲压了压自己搁在路宁肚皮上的大腿，轻声说:“除你外，我只把大腿搁在我妈身上过。”

路宁说:“你要能到江东市去就好了。”

宁澜回答:“我会去的。”

到海水浴场淋浴房冲过凉换上衣服，宁澜和路宁一块儿回家。

一路上，都是洋槐花的香。

宁澜站在满枝盛开花朵的洋槐树下，看着爬到树上的路宁。她伸手接着路宁不断扔下来的一团团洁白的洋槐花。

路宁跳下树来，走到宁澜面前，接过她递来的洁白的洋槐树花，深情地闻了好一会儿后，放到嘴里咀嚼起来，将宁澜递给他的洋槐花全吞了下去。

宁澜看着路宁咀嚼咽下了自己递过去的洋槐花，挺高兴，同时伤感地念着电影《阿诗玛》中的歌词：

“大雁飞向南方，影子留在故乡。”

这是少年时代的路宁和宁澜，最后一次相伴在一起。

路宁是幸运的。

在故乡青岛，他遇到了可进入最优秀少年行列的宁澜，几年间朝夕相处甚至形影不离地共同学习、共同锻炼、共同度过幸福美好的闲暇时光。

人生由少年时代进入青年时代的那几年，是一个人世界观、人生观形成的最关键的几年，在这个人的基本素质大体定型的阶段，素质优异全面的宁澜的出现和陪伴，对路宁一生优良素质的基本形成、人生航向的基本端正，起到了至为关键的正面影响作用。

不论路宁与宁澜今后的人生命运是否有交集，仅凭那几年间受到德才兼备的优秀少年宁澜极为负责的严格监督这一点，路宁就要对宁澜终生感激。

路宁对青岛有着深深的感情，多年后，他写出了一篇一生颇为得意的《七律·青岛颂》：

崂山山海景色鲜，
栈桥巨浪惊涛天。
啤酒海鲜双绝品，
美女俊男出其间。
五四拒力列强退，
海尔引力世界牵。
环球一行北海舰，
夏日海滩永悠闲。

第三章　风雨

十六

“你要是不让我摸，敢跟老师说，我就告诉老师是你先碰我的。就说你喜欢我，老碰我。就说你这个资本家的女儿腐蚀我这个工人的儿子。你说是不是你先碰我？老碰我？把我撩起来的？”孙坤歪着头斜着眼看着气得伏在课桌上轻声抽泣的关绮，低声威吓着说。

关绮已经长成大姑娘模样了，高高个儿，身段苗条，皮肤白皙，面庞清秀，眼睛很漂亮。小学时代体操老师就说关绮像俄罗斯体型的体操姑娘，随着发育成熟，越来越像优美的体操运动员了。

与她同课桌的孙坤，是关绮父亲所在工厂一位职工的儿子。孙坤知道关绮父亲最近正在厂里挨批斗，就乘机欺负关绮。关绮上小学时就因个子高腿长胳膊长，而在课桌座位上总是“侵占”路宁的空间，路宁从来都一声不响地让着她，关绮坐得很舒展很自在。关绮上初一后与孙坤同课桌。孙坤的粗鲁和流氓习气，语言上就有着充分反映。他向同课桌的女同学关绮要铅笔用，明明“借一根铅笔”或“给一根铅笔”只要使用五个字就能表达清楚，他却偏要流里流气的使用 25 个字表达：“小狗 X 的听着，你他妈的给老子娘了个 X 的一根 X 毛灰铅笔。”这样的语言表达方式，即使关绮屈从侮辱，若不高度集中注意力，也很难听明白他究竟讲了些什么。孙坤的胳膊喜欢紧紧贴着关绮的胳膊，孙坤的腿喜欢紧紧贴着关绮的腿，弄得关绮很不舒展，很不自在，几乎每天的每堂课都要为躲避孙坤的胳膊和腿分神，严重影响了听课。尤其当孙坤听说关绮父亲在厂里挨批斗、被勒令当厂区清洁工后，孙坤更肆无忌惮，几乎每天都要在课桌下面用手摸关绮的大腿。开始几天关绮感到孙坤似有意无意地滑摸了几下她的大腿，考虑到目前自己的家庭处境，也就忍了。但孙坤得寸进尺，渐渐发展到明目张胆地用手不停地上下摸捏关绮的大腿，甚至将手伸到关绮大腿内侧。一直忍让的关绮不得不抗议了："孙坤，你再这样，我报告老师了！"关绮的警告，却引来了孙坤的威吓。

好在关绮还有"撑腰的"，这个"撑腰的"就是同班的老同学路宁。路宁是江东市长江路中学初一（1）班班长。放学回家的路上，关绮流着泪将孙坤欺负她的情况告诉了老同学路宁。路宁沉默着，边走边思考了一会儿，对关绮说："如果孙坤还没有到犯罪的程度，就眼下情况，声张出去反而对你不利。我们现在就返回学校向班主任庞老师反映一下这个重要情况。我的课桌正好空一个座位，这是庞老师特意安排做机动的。他曾说哪个学生需要帮助，就把他安排到班长身边。我们建议庞老师，以你个子高挡后排同学视线为理由，将你调到最后排跟我同课桌。"关绮刚才还暗淡的眼睛立刻闪烁出光芒："要能这样，就太好了。"她跟着路宁，快步返回学校。

庞老师名牌大学毕业，解放战争时期参加革命，做党的地下工作。解放后被选派到苏联培训过，回国后继续在大学工作。1957 年"反右"运动中被错划为右派，因其"罪行"较轻，没有被开除出教育战线，从高校下放到中学教书。他是一位既有革命资历又有专业水平的教师，很受同学们的尊敬和爱戴。

庞老师上课讲的一些道理，令路宁终生难忘。

譬如，讲鲁迅时，庞老师说：掌握"自信"与"拿来"的关系，是理解鲁迅精神的核心。鲁迅认为，中国的脊梁是那些有自信力的人。有自信力，就是坚信中华民族是长盛不衰、永具活力的伟大民族。改造中国，要取"拿来主义"，不能迎合"送来主义"。"拿来"是自己挑选，"送来"是外国强迫。"自信"论和"拿来"论的有机统一，是鲁迅精神的核心，是中国新文化的精髓。

再譬如，讲废除科举制时，庞老师说：人们曾对废除科举考试前 1300 多年间中国出现的 800 多名状元进行过统计分析，发现一生做出杰出贡献的人物不到百分之一。状元与天才的主要区别在于：状元是出色地按常规行事的人物，天才是打破常规的出色人物。不打破常规，难有杰出贡献。废除科举制，有利于天才的成长。

又譬如，讲唐诗时，庞老师说：唐人诗曰，“海日生残夜，江春入旧年”。这两句诗饱含着深刻哲理。旧的一天不至残夜，一轮红日不能升起；旧的一年不到尽头，一江春水不会奔流。人生在奋斗征途上，社会在发展过程中，有很多时候，确实是输不惨痛，不进入“残夜”，错不严重，不走到“旧年”尽头，通常便很难下定弃旧图新的决心。《聊斋志异》写道：“势不至大败涂地不止也。”历史上有这样一种情况：纠正认识和实践的偏差，往往需要以严重挫折为代价。

还譬如，讲中华文化博大精深，继往开来任重道远时，庞老师说：仅就“继往”而言，就非一般的任重道远。譬如，博大者如世界史上最大的一部百科全书《永乐大典》，全书一万余册，目前仅知四百余册存世，尚有百分之九十六的册数待寻找；精深者如迄今所知中国最早的具有完整系统性的文字甲骨文，在已发现的 4500 余个单字中，得解的只有 1500 余字，尚有三分之二的字不得解。《永乐大典》的全部寻踪，甲骨文的全部破解，任重道远。

渊博的知识、中国的精神、深刻的思考，结合得多么好！

在路宁心中，庞老师有着根深力久、神远气华、质朴韵逸、似枯盛常的冬日岭上古梅气质。

庞老师了解班上每一个学生的家庭情况及学生的历史情况。他选路宁担任班长，是他认为路宁的父母都是老革命，路宁受到的革命家庭教育好；并且因为自己受冤枉而对路宁父亲的冤屈很同情，换句话说，他并不认为路宁的家庭有问题，况且路宁的母亲一直是党员领导干部；他尤其看重路宁在长江路小学的少先队大队干部经历和在青岛海湾小学创造的出色体育成绩。庞老师认为就家庭教育、本人表现等综合条件而言，选路宁当班长是最合适的。

庞老师信任路宁，也清楚关绮是一位有特长、很文弱的姑娘，对他俩关于孙坤问题的汇报，是相信的。但感到一来这种事情没有确凿证据很难处理，二来孙坤父亲是当时正受大力支持的造反派头头，而关绮父亲当时正是“革命对象”，在没有十分把握的情况下，声张起来，相对而言只会对关绮更不利。又听关绮说小学时代就与路宁同课桌，路宁一直让着她，就决定采纳路宁建议，先采取保护关绮的措施，将她调整到路宁旁边的空位上来，而对孙坤欺负关绮的事暂不声张。

十七

庞老师选择路宁当班长真是没选错，选择路宁保护关绮也真是没选错。

路宁是个很有头脑的青年。他想到了调整关绮座位可能会引发连锁反应。因此，在调整关绮座位后，他提议自己和关绮所在小组的同学，每天放学后集体到关绮家去做作业，理由是关绮家的房子大。还要求大家都佩戴红卫兵袖章，理由是佩戴红卫兵袖章象征革命行动。关绮在父亲被批斗前就已加入红卫兵，有路宁和庞老师保护，关绮父亲被批斗后，关绮还是红卫兵。

这是初夏准备初一升初二的考试季节。关绮父母深知路宁的好意，从那时普通老百姓都没见过的冰箱里取出自制的绿豆冰棍、冰镇酸梅汤，招待关绮的同学，使关绮深得人心。

果不出路宁所料，这天傍晚，关绮父亲所在工厂的造反派在孙坤父亲的带领下来抄关绮父亲的家了。孙坤父亲解放前在帮会混小差事，解放后人民政府将他吸收进工厂。造反派们神气十足，满不在乎别墅院中桐树树荫下围坐着做作业的中学红卫兵们。他们将关绮家除关绮作业外的几乎一切有手写字迹的纸张都搜了出来，说要查找白纸黑字的“罪证”。几个造反派拿着铁镐、铁锹，来到中学生们围坐着的桐树下，要做作业的学生们离开，说要挖出树根下深藏的“罪证”。

关绮说:“我的同学正在做作业，你们待会儿再挖。”

孙坤父亲走上前，不怀好意地一把抓住关绮已经发育的胸脯:“你敢阻挡革命行动!”

关绮痛得“哎哟”叫了一声，随之出于女孩子自我保护的本能脱口而出:“你要流氓!”

孙坤父亲一只手更紧地抓住关绮的胸脯，另一只手朝关绮的脸蛋左右开弓狠狠打了几个耳光:“我叫你说我要流氓。”

关绮绝望地大哭起来。

路宁一声吼:“红卫兵战士们，上！抓住流氓犯罪分子，扭送公安机关!”

六七个佩戴着红卫兵袖章的男中学生一拥而上，将孙坤父亲扑倒在地。随孙坤父亲来抄家的四五个造反派想冲上来解救孙坤父亲，路宁用在故乡青岛向义和团后代学得的摔跤本领，不费劲地将冲在最前面的一个造反派扫倒在地，大声吼道:“上几个倒几个!”另几个造反派一看路宁的利索出招就知道这小子有真功夫，且也都看见了抄家队队长猛抓人家少女的胸脯，觉得理亏，就都停止了攻击。

路宁放缓了语气:“师傅们请注意：我们红卫兵要管光天化日下的流氓犯罪行为。这个家伙的流氓犯罪行为，我们红卫兵看见了，相信你们造反派也看见了。请你们不要阻拦红卫兵把这个流氓犯罪分子扭送公安机关的革命行动!”

十几个佩戴着红袖章的男女红卫兵，威风凛凛地将流氓犯罪分子扭送派出所。路宁怕关绮想不开，在扭送流氓犯罪分子的路上一直搀着关绮的手。关绮虽柔弱，但却是一个悟性很高的姑娘，她知道路宁指挥的这次行动，胜利成果越大，对自己的负面影响就越小。尤其是，她已经完全信赖甚至在某种程度上已经完全依赖路宁，有路宁这个“主心骨”在，她就能忍受一切苦难，就有克服一切艰难困苦的勇气。

关绮细细体会路宁紧握着她的手，真切感知路宁很担心自己，就对他说:“路宁你放心，你怎么说我就怎么做。”

路宁说:“到了派出所，你如实报案，我们集体作证，一定要惩办这个流氓犯罪分子。”

根据受害人关绮的报案，根据在案发现场的中学生们和工人们的证词，根据医学检查关绮乳房和面部伤势情况的书面鉴定报告，公安机关对欺凌关绮的流氓分子施以两年劳动教养的处罚。

十八

文化大革命中的文化局宿舍大院里，住着一位市文化局系统“扫除一切害人虫战斗队”队长，此人是从金陵戏剧学校毕业的学生。他下令批斗金陵戏校的两位主要领导，理由是：冷校长解放前为国民政府高官演过戏，杜书记不与犯军事教条主义错误的丈夫划清界限。并要求他们每天上班接受批斗前先把文化局宿舍大院清扫干净。

一天早晨，这位造反队长看见路宁一人挥着大扫帚在清扫文化局宿舍大院，便走到路宁面前问:“路宁，你妈和冷校长为什么不清扫大院?”

路宁回答:“我母亲在抗美援朝战场冻坏了腰，有中华人民共和国内务部颁发的《革命残废军人抚恤证》;冷伯伯在戏校站在长条板凳上被批斗时掉下来摔坏了腿，现在腿上正绑着石膏。我替他们清扫大院，保证每天都打扫得干干净净。”

造反队长训斥道:“你小孩子一个人，能顶两个大人吗?”

路宁扬声回道:“冷霞若从部队回来探亲，我就带上她一起清扫大院。”

这位造反队长明白路宁是在暗示他不要太过分。他是冷校长、杜书记培养的学生，结婚后一直住在文化局宿舍大院，知道路宁、冷霞是大院里大人们赞许、孩子们佩服的优秀孩子。他看了看路宁左臂上的红卫兵袖章，心想:“路宁说的也是。杜书记是伤残革命军人，冷校长腿上正绑着石膏。且杜书记的儿子是红卫兵，冷校长的女儿是解放军，这两个当权派的子女都是革命派。”于是他接受了路宁的暗示，便没再吭声。

路宁每天早晨清扫文化局宿舍大院的行为长期坚持下来。他中学毕业上山下乡后，只要放假回家，每天早晨仍然清扫大院;“文革”结束他上大学后平时住校，星期六晚上回家，星期天早晨文化局宿舍大院里总看得到他清扫的身影;他结婚后单位分配了住房，但只要回父母家小住，每天早晨都一丝不苟地清扫着大院。

久而久之，文化局宿舍大院里的人们已经忘记了这是“文革”中的被迫行为，而是记住了这是路宁长期坚持学雷锋的自觉行动。经常在清晨，不少家长在自家窗前指着窗外正在清扫大院的路宁，若有所思地对自己孩子说:“过来看看。要向路宁学习，他是我们大院最有出息的孩子。”

多年以后的一个早晨，已经从企业退休的那位当年的造反队长看见了正在清扫大院的路宁，不好意思地对路宁说:“路宁，你都是省级机关的领导干部了，怎么还清扫大院。”路宁笑着回答:“叔叔，‘文革’中将清扫大院作为对领导干部的惩罚是错误的。领导干部自觉清扫居民住宅区的公共场所是正确的。”

确实，同样的劳动，惩罚参加与自愿参加的性质完全不同。

当年这位造反队长有一个嗜好，就是喜欢背着老婆偷偷和造反派女战友睡觉。

一天傍晚，他正和一位造反派女战友在家中睡觉，没料到在市图书馆当管理员的妻子到北京采购图书后提前回来。于是文化局宿舍大院里的各家各户都听到了这位造反队长跟他老婆的大声争吵。

造反队长赤裸着身体死死抱住扑到床边捉奸的老婆，掩护造反派女战友迅速穿上内衣内裤拎着外衣系着外裤夺门而出。造反队长的妻子用膝盖顶了一下丈夫的下身，造反队长疼痛地松开了紧抱妻子的双手捂住自己下身，造反队长的妻子追出门去。

造反队长慌忙套上裤衩也跟着追了出去，在大院里使劲分离着缠打在一起的两个女人。造反队长的女战友因通奸心虚，在缠打中处于下风，挣脱不开揪住她头发的造反队长的老婆。造反队长狠狠一脚踹在自己老婆的小腹上，造反队长的妻子痛苦地叫了一声，松开揪住丈夫情人头发的双手，捂着自己的腹部倒在地上，那位造反队长的情人乘机跑了。

造反队长恼羞成怒地用脚连连狠踹倒在地上的女人的腹部、胸部，女人先还痛苦地叫着，渐渐的，她已经叫不出声了，全部能量都用在了将自己的身体紧紧蜷缩起来。

她双手紧捂着头部，身体在地上蜷曲着以此保护着自己的头部、胸部、腹部免受严重伤害。

正巧路宁放学走进大院，看见造反队长连连狠踹倒在地上的女人这一幕。路宁快速走到造反队长面前，急切地说："叔叔，你不能这样打阿姨，阿姨会受重伤，你会被抓的。"造反队长停止了踹女人，看了一眼路宁左臂上的红卫兵袖章，没说话，转身走了。

路宁蹲下来轻声问："阿姨，你还好吗？"过了好一会儿，紧紧蜷缩在地上的女人稍稍舒展了身体，带着哭音轻声回答："谢谢你，路宁。你先回家吧。我要去告他。"

不久后，因生活作风问题，造反队长自己成了被"扫除"的"害人虫"，从文化局机关调到一个文化用品企业当搬运工去了。造反队长的妻子跟造反队长离了婚。

当文明占上风时，女性必受尊敬；当野蛮占上风时，女性必受欺辱。

十九

“文革”期间，部分学生的调皮确实有些离谱。路宁所在班级的部分男生，在孙坤的组织下，常常在下午四点左右放学回家的路上，横列成一长排，齐声喊着“一二一”，全堵式的大踏步行进在宽阔的长江路上。有时在全堵住长江路机动车行驶道的情况下行走一两百米，其间没有一辆机动车经过。这个情况被庞老师发现，他要求路宁在全班同学参加的班务会上提出批评。岂知路宁开展批评时，孙坤反诘路宁：“我们并没有阻碍机动车行驶啊？你小子跟在我们后面走在人行道上，看见有机动车辆经过吗？”弄得路宁一时语塞，全班同学哄堂大笑。当然，这种严重违反交通规则的行为还是被庞老师严厉地制止了。

当时中学教室里有一股不良风气。下课时，如果在教室里没有出去的男生多，女生就会都离开教室；反之，如果在教室里没有出去的女生多，男生就会都离开教室。久而久之，男女生都发现还是坐在教室里比较舒服。于是就出现了男生轰女生、女生冲男生的现象。

庞老师要求班长路宁在本班级率先纠正这股不良风气。路宁召开了学生班组干部会议，要求学生班组干部带头抵制这股歪风邪气。

下课铃声响了。

孙坤立即敲起课桌有节奏地喊着：“女娃——出去！女娃——出去！”有几个男生跟着起哄。于是，女生们陆陆续续走出教室。

关绮正要跟着走出教室，路宁叫道：“关绮，你不要出去。你是语文课代表，庞老师要你把讲台上的全班同学的语文作业本按小组整理好发下去。”

教室里只剩下关绮一个女生，她羞红着脸站在讲台前，按小组整理着全班同学的语文作业本。

孙坤等几个男生继续拍着课桌起哄：“女娃——出去！”

路宁正色制止：“你们谁再起哄谁就去替关绮整理作业本。整理错了我向庞老师报告。”

孙坤等不再起哄了。

被赶到教室外的女生一听教室里没有了“女娃——出去”的喊声，又看见关绮坚持在教室，大家胆子壮了，一个女学生干部高喊一声：“姐妹们，冲啊！”全体女生一拥而上哄笑着冲进了教室。

孙坤大喊一声：“弟兄们，撤！”带头向教室外奔去，一群男生跟着奔出了教室。

女生们发出胜利的欢呼。

路宁一看，教室里就剩下自己一个男生，他急中生智地走到黑板前，拿起黑板擦认真地擦起黑板来。已经跟着奔到教室外的男学生干部们，回头看见班长仍坚持在教室，想起学生班组干部会议上带头抵制歪风邪气的要求，便陆陆续续硬着头皮返回教室，有的扫地，有的抹课桌，有的擦窗户，总之，学习班长，找点事干，坚持不离开教室。其他男生看见男学生干部们都返回了教室，也就跟着返回教室。孙坤见只剩下一两个男生跟着他了，只得偃旗息鼓地返回了教室。

上课铃声响了。

暗中将学生们的表现都看在眼里的庞老师走进教室，声音宏亮地说：“班长路宁、语文课代表关绮及其他学生干部带头作用发挥得很好，抵制了不良风气，维护了正常教学秩序。”

二十

关绮家人被扫地出门了。从别墅迁出，住进工厂革命委员会分配的一间没有窗户、只有一扇门的小库房里。厂里造反派任何时候、任何情况下都可以随意推开门进行监视。而且很奇怪，造反派总能在夏日傍晚关绮洗澡的时候突然推开门进行突击检查。

关绮喜欢和上小学时一样，放学后就到路宁家在路宁卧室里做作业。但和上小学时不一样的是，天黑了，她也不愿回家。路宁母亲叫吃晚饭了，她就对路宁说：“你去吃饭吧，我作业还没做完，待会儿再走。”不一会儿，路宁返回自己卧室对关绮说：“我妈叫你一起吃晚饭。”路宁在江东市上小学时，关绮几乎天天在路宁家做作业、看小人书、玩游戏，已经与杜阿姨非常熟悉了，从那时开始，关绮已经将杜阿姨当成自己很亲近的长辈，因此也不谦让，随着路宁出来一起吃晚饭了。

渐渐的，路宁母亲也比较清楚关绮目前的处境了，感到一个少女处在这样一个可以被人任意监视的环境中很不安全。路宁母亲参加革命后，长期在部队、地方从事文艺宣传、医疗卫生、艺术学校领导工作。

这些单位的主要特点之一就是女孩子多。且“女人啊，你的名字叫弱者”这句莎士比亚的名言不论正确与否，在一定程度上确实起到了提醒担负领导责任的人关心和保护女性的作用。路宁母亲长期作为女孩子成堆的单位的领导者，自觉养成了关心和保护女孩子的习惯。在路宁母亲眼里，关绮标标志志、文文静静，从小让人爱怜。路宁母亲基本从关绮上小学时，就看着她成长。路宁在青岛上学期间，冷霞有几次还带着关绮到八一医院看望她，看到儿子在江东市时几乎天天在家里出现的小朋友，路宁母亲得到很大安慰。一天晚上和路宁、关绮一起吃晚饭时，路宁母亲对关绮说:“关绮，你就住到杜阿姨这儿来吧。等你家情况好转了，你再回去住。”关绮流泪了:“谢谢杜阿姨关心我。”她哽咽着。路宁母亲说:“不哭了。你就住路宁卧室，你熟悉那儿。路宁住姥姥房间。”

不怀好意的造反派问关绮父母:“你们女儿到什么地方去了?”关绮父母回答:“我们女儿是正在上学、享有自由的未成年孩子，不是你们的监视对象。这屋子没有窗户，终日阴暗，不利于孩子做作业，不利于孩子健康成长。孩子住到亲戚家去了。”确实，造反派找不到限制正在上学的未成年孩子自由的理由，只能无可奈何了。

不久，路宁母亲进了江东市市级机关“干校”劳动学习，一个星期回家一次。家里就剩下路宁和关绮相依为命了。

这段时间，路宁写过一首题为《路》的诗送给关绮:

人生的事业之路，
只要自己
想走，
有毅力走，
别人实在是
堵不住。
如果说
九十九条通天大道
每一条
都走不通，
那决不是
别人将这些道路
全部堵住了的缘故。

而只能是
自己
不想走；
没走过；
没有毅力走下去。

关绮给路宁回了一首《七律·水仙花》：

凌波仙子敬书房，
冰雪时节递芬芳。
亭亭青锋柔中骨，
晶晶玉台烁霓光。
何愁孤独伴寒夜，
沁入万卷推霞窗。
清雪洁花两相遇，
引来春辉非梦乡。

在关绮潜意识里，路宁已成了她的主心骨和保护神，在动乱的岁月里，每时每刻紧跟着路宁，已成为她的习惯。

1969年以后，路宁所在中学的教学秩序基本还算正常，课堂教学、学工学农学军、文体活动都开展着。

这天下午放学后，路宁所在班级的一群男生到学校大操场踢足球。关绮和一些女生在球场边观看。

路宁在青岛海湾小学上学时，校田径队与校足球队都在学校大操场训练。校足球队在市里的比赛成绩不如校田径队辉煌，小足球队员们都知道校田径队是青岛少年田径运动的“王牌”，所以对校田径队员比较客气友好，只要校田径队队员想玩足球，校足球队队员又有空闲，就经常一起踢球，路宁因此学得不少足球技术和战法。路宁回到江东市上中学，成了班级里的足球“尖子”。

孙坤担任对方球队的守门员，被路宁近吊远攻连下两城，遭到同队队员埋怨，因此气恼之极。他吼叫坐在自己把守的球门一侧球场外欣赏路宁射门的关绮，让她去捡飞越过她头顶在很远地方落地的足球，关绮没理他。孙坤从远处捡回足球，走到关绮背后，对准关绮的后脑勺，重重将手中的足球砸了下去：“我叫你不捡球！”关绮没防备，一下被足球砸倒在地，晕了过去。场上场下的学生们都惊叫了起来："不好了，关绮被砸晕过去了！"

路宁冲到孙坤面前，怒问道："你凭什么用球砸人？"

"她是资本家的崽子，老子要怎么打就怎么打！"孙坤蛮不讲理地回答。

路宁脑海里突然闪出了小俊妹"很多事靠道理解决不了"的"语录"："好！同理。你个流氓犯的崽子，老子要怎么打也就怎么打！"

路宁用了一个摔跤比赛中很好看也很厉害的大背摔动作，将孙坤勒起在空中180度翻滚后，随着"啪"的一声惊响，重重摔到地面。一时半会儿，孙坤是爬不起来了。

在场的男女同学都对孙坤的恶霸行为义愤填膺，见路宁干净利落地惩罚了孙坤，不约而同地欢呼："漂亮！真漂亮！"

接到报告的校保卫科老师跑了过来，看到一女一男两个学生躺在地上，忙问是怎么回事。

同学们回答："孙坤先把关绮砸晕了，路宁后把孙坤放倒了。"

保卫科老师一时没弄明白这其中的内在逻辑，站在那儿，嘟囔着"孙坤砸晕关绮、路宁摔倒孙坤"，嘟囔了一会儿，恍然大悟后立即清晰布置道："把关绮送到校医务室，把孙坤带到校保卫科，路宁也一起来，现场了解情况的同学多来一些。"

关绮在校医务室醒来后想哭，陪伴她的几个女同学七嘴八舌地说：

"别哭啦。我们都看到路宁为你出气了，把孙坤摔得可惨啰，怎么也爬不起来。"

"真过瘾啊。路宁的摔跤动作好漂亮哟。"

"我们真羡慕你耶，有这么厉害的班长保护你。"

关绮的脑袋虽然还有点晕乎，但她听明白了——路宁狠狠教训了孙坤。她在心里偷偷笑了。后来她曾用诗一般的语言感谢路宁为她"亮招"："只因阴云千簇，逼出霞光万道。"

第二天，庞老师在全班同学参加的班务会上，代表校方严肃批评了孙坤的流氓行径。表扬了路宁主持正义，同时提醒今后要适当注意方法。

二十一

东方天边刚吐露红晕的时刻，南朝石刻第一代表作神兽辟邪的伟岸胸膛上，贴着一位虔诚姑娘的脸庞。

昨天是江东市长江路中学全体师生学农的第一天。

他们来到毛泽东主席1956年视察过的十月公社。一首脍炙人口的歌曲“麦苗鲜来菜花黄，毛主席来到咱们农庄。千家万户齐欢腾，好像春雷响四方”，歌唱的就是这历史一瞬。话说当年秦始皇统一全国后，东巡结束返回咸阳时过长江的地方，就在十月公社辖地内的栖霞山下。

南朝石刻第一代表作神兽辟邪巨石雕刻，也在十月公社辖地内，就在路宁所在班级割稻子的稻田中。庞老师在劳动休息时，坐在田埂上，指着地里的神兽辟邪石刻告诉学生们：“南朝陵墓石刻与北朝石窟石刻双峰并峙。南朝石刻的最主要代表作，就是在我们面前的这尊神兽辟邪巨石雕刻，南朝石刻的辉煌到此为止。北朝石刻继续发展到盛唐时期，才出现了最辉煌的代表作洛阳龙门石窟中的大佛卢舍那。”有学生问：“辟邪是什么意思？”庞老师说：“古人希望通过神兽辟邪，驱赶一切害人之物，或曰使一切害人之物不敢靠前。”

关绮就是听了庞老师讲的“辟邪”知识后，约路宁陪她在黎明时刻瞻仰神兽辟邪，以免邪恶靠身。路宁并不相信石刻能为人类解难，但他很同情关绮、想保护关绮，就跟着一起来了。关绮虔诚地伏在神兽辟邪胸膛上许愿，路宁坐在一旁的田埂上打哈欠。

关绮说：“路宁，你别坐着打哈欠，过来陪着我。否则，有人很虔诚，有人打哈欠，许愿没用的。”

路宁走到关绮面前：“我不相信伏在石刻的胸膛上就能解难。”

关绮说：“那好，伏在你的胸膛上能帮助人解难吧？”说着，她一下紧紧拥抱住路宁。

路宁从似醒非醒的状态中惊醒过来：“别人会看见的。”

“我不管。”关绮说。

“哪能不管。让别人看见，今后我就帮不成你了。”路宁说。

关绮也不回话，开始亲吻路宁脸颊。

路宁说："我怎么从没发现你胆子这么大。"

关绮回答："全世界我就敢在你一个人面前胆子大。你就让我胆大一点吧。要不然，我会憋屈死的。"

关绮更紧地拥抱着路宁："路宁，谢谢你一直帮助我。没有你，我可能活不下去。"

她深情地吻了几吻路宁的脸颊，然后离开了路宁的身体。

不远处的十月村里，伴随着响亮的公鸡鸣唱，学农师生驻地的起床哨声吹响了。

十月村采取"一带几"的方式收割稻子。每块田里都由一个社员带着几个学生割稻。几个学生从一边开始割，社员从另一边开始割。学生们亲见了劳动人民的力量——往往一块田收割下来，三四个学生收割的面积，比不过一个社员收割的面积；更不用说收割的质量了，社员割下的稻子，在地上搁得齐齐整整，学生们割下的稻子，在地上放得东倒西歪。学生们品味得出，朴实的社员们是真心帮学生们多收割一些。于是学生们便有些不好意思，奋起劲来收割，许多学生都被镰刀把子磨破了手掌心，不少学生由于握镰刀的方法不对，拇指和食指中间的虎口都开裂了。

生产队的农活确实太累人、太单调了。所以，在一起劳动的男女社员们之间开的玩笑，就成了解除疲劳、克服单调的灵丹妙药。田里劳作休息时，田埂上放着一筐黄瓜。一位正在给孩子喂奶的女社员对靠近黄瓜筐的社员说："帮我拿一根黄瓜。"一个男社员递一根黄瓜给这位女社员："我的这根粗，吃我的。"女社员脸红了。另一个男社员也递一根黄瓜到这位女社员面前："我的这根更粗，吃我的。"女社员脸更红了，她回道："给你自己老婆吃吧。"生产队长坐在田埂上一边嚼着满嘴的黄瓜，一边口齿含混不清地说："城里的学生娃娃在这里帮着干活，你们文明点。"田埂上休息的男女社员们一片欢乐。公社杀猪慰劳学农的学生们，宰完猪后，宰猪的男小刀手割下猪尾巴，递给在身边帮忙的一位体态丰满的女社员："你男人不在家，就用它吧。"女社员便拼命地捶打起男小刀手来："你老婆才用它呢。"男小刀手嘻嘻哈哈地东躲西闪，周围帮忙和围观的社员们开怀大笑。

人类真是有无尽的苦中取乐的办法。

社员们的秋收劳动是连续的、高强度的。晚上社员们将白天从田间收割的稻把子集中在打稻场上，开机器打下稻粒，直到凌晨两三点钟，打稻场上的机器轰鸣声才停下来。社员们睡三四个小时的觉，便又要开始新的一天的辛苦劳作。十月村的社员们很照顾从城里来学农的学生，怕学生们白天黑夜连续高强度劳动太累，怕学生们晚间视力看不清楚容易被打稻机伤着，坚持让学生们晚上休息。社员们始终纯朴地把从城里来学农的学生们当孩子、当客人。社员自己可以没日没夜地劳作，但不能让孩子们、客人们劳累过度。

庞老师很有创意，在毛泽东主席视察十月公社时登临的山冈上，安排了一堂语文课。庞老师说："毛主席关于人民公社的最初设想或者说最初创意，就是站在这个山冈上提出的。人民公社的美好意境，体现了诗人般的浪漫创意。我们今天这堂语文课，就在伟人出创意的地点，学习伟人在诗词创作中纵横驰骋的创意。请同学们根据入学以来学过的毛主席诗词，集体讨论毛泽东诗词中的创意。"

关绮的发言体现了创意。她说："一般的艺术创作原则是今人敬重古人。《蝶恋花·答李淑一》的崭新创意则体现在：古人敬重今人。通过吴刚、嫦娥等古人敬重杨开慧、柳直荀等今人的高超艺术描写，表达中国革命先烈的伟大业绩是前无古人的这一深刻思想。"

路宁的发言展示了奇想。他说："分别写出中国历史上一些杰出政治家的弱点，引而不发中国当代杰出政治家的全面素质，是《沁园春·雪》的高远创意。譬如，'秦皇汉武，略输文采'是说，在秦文汉赋时代，此二人的文章不是最杰出的，在这里，秦文汉赋当属'文采'类；'唐宗宋祖，稍逊风骚'是说，在唐诗宋词时代，此二人的诗词不是最杰出的，在这里，唐诗宋词当属'风骚'类；'只识弯弓射大雕'是说，元朝短命，始在成吉思汗制未立好，所谓长于马上得天下，短于下马治天下也。'数风流人物，还看今朝'则以引而不发的豪气宣示：文章、诗词、创天下、治天下集于一身的伟大英雄，在当代。综观全词：秦皇汉武输于文章，唐宗宋祖输于诗词，一代天骄输于治天下，衬托出了无产阶级领袖的超越古人。"

庞老师的点评激励着新人。他说："关绮、路宁都是很有才华的学生，沿着正道走下去，将来都会大有成果。综合关绮、路宁的发言，发现毛主席诗词的一个显著特点，那就是薄古厚今。当然，这绝不是轻薄古人，而是说今人一定要胜过古人。靠什么胜过古人呢？关绮说了，要有崭新的意境；路宁说了，要具备全面的素质。年轻的中学生们，你们努力吧！”

晚饭后从小河里洗澡归来，在飘散着稻香的晚风中，同学们最喜欢的事情就是围坐在农舍门前，听庞老师谈天说地——那可全是珍贵的知识、精彩的思想啊。

“中华民族有着巨大的凝聚力、巨大的学习力、巨大的创新力。中华民族的图腾——中国龙的形象，由六种生活在中华大地上的动物形象构成——马首、鹿角、蛇身、鱼鳞、鹰爪、牛尾。中国龙的形象，既是有巨大凝聚力的形象，又是善于学习升华的形象，更是敢于创新腾飞的形象。”

“综合考察，中国历史之悠久、幅员之辽阔、生命之顽强，世界其他国家无法比拟：二十四史，在记载一国历史的悠久性和连续性的结合上，堪称世界之冠；秦皇一统，在当今世界大国的形成史上，时间最早；红军长征，是世界史上以弱胜强最杰出的范例。学习毛泽东的核心，是练就以弱胜强的本领。以弱胜强的关键，是通过持久战，聚集起最深厚资源并将其转化为最强大力量。”

“中国画的基本特点是水墨达意——水墨为形，达意为神。水墨是中国画形式特质，达意是中国画内容特质。在体现中国画的基本特点——水墨达意方面，现代画家中徐悲鸿是最高代表。

“徐悲鸿用水墨画奔马，民族特色（水墨为形）与民族精神（奔腾为神）完美结合地体现了中华民族不屈不挠、永远奔向前方的伟大气势。尤其是抗战时期创作的扬中国精神、有中国气派的‘悲鸿马’，成为进入现代以来中国水墨画中思想性与艺术性完美结合、民族特色与民族精神完美结合的最高代表作。

“齐白石是现代‘花虫第一人’，张大千是现代‘山水第一人’，而徐悲鸿则是现代‘水墨第一人’。”

路宁印象最深刻的是临近中秋的一个夜晚，云淡天高，月洒清辉，凉爽的秋风中，庞老师仰头望着满天的繁星对学生们说：

“将来的人类会分住在许多星球上，相互往来，像今天的人们分住在许多城市相互往来一样。但人类现在还没有这个能力。

“地球上的人类还很幼小，尚处在幼年时代。这主要表现在三个方面。

“其一，人类仍然生活在摇篮中。地球是人类的摇篮。人类的最终目的是走出摇篮，在广阔的宇宙中永久居住，寻求无限发展。但直到今天，人类还没有找到除地球之外的适宜人类永久大规模居住的星球。

“其二，人类对自己摇篮的破坏远远大于保护。集中表现在三点。一是地球沙漠化正在扩大；二是地球气候正在变暖；三是地球物种正在减少。研究证明，主要是人类自己的行为，起着巨大的破坏自己摇篮的作用。就总体而言，实践中远没有出现人类对地球的保护大于对地球的破坏的局面。

“其三，人类缺乏捍卫自己摇篮的能力。人类目前尚不具备有效地防止包括大的宇宙天体撞击地球等在内的宇宙天体给地球制造大规模灾难甚至毁灭地球的能力。

“因此，人类在看到自己所取得的辉煌成就的同时，一定不要忽视自己总体上还是幼小的这一不可置疑的事实。这种清醒认识，有利于人类更加努力地沿着真正走出摇篮、百倍爱惜摇篮、能够捍卫自己的摇篮这一正确方向，追求伟大进步。”

关绮问：“庞老师，人类什么时候才能走出幼年时代呢？”

庞老师回答：“真正走出摇篮、百倍爱惜摇篮、能够捍卫摇篮的时候，就是人类走出幼年时代的时候。”

学农结束返校前的晚上，在十月公社广场，师生们和社员们联欢话别。在所有节目中，受到大家最多喝彩且怎么也下不了场的，是庞老师自拉手风琴伴奏的男高音独唱。庞老师有着天籁般的嗓音，在苏联培训时掌握了美声唱法。他先演唱了当时最流行的“红色音乐家”李劫夫的许多作品：《我们走在大路上》《革命人永远是年轻》《歌唱二小放牛郎》《沁园春·雪》等，大家热烈鼓掌、欢呼，不让他下场，一些男女学生调皮地齐声喊着：“苏联歌，苏联歌，快快快，快快快，我们实在等不及。”盛情难却，庞老师便先演唱了激昂的苏联歌曲《共青团员之歌》，继之演唱了抒情的苏联歌曲《列宁山》。说实话，在那个闭塞的年代，庞老师演唱的这两首动听的苏联歌曲倾倒了全场，尤其对路宁具有震撼作用。

路宁学农结束回家后，第一件事就是从父母亲的书架上找出《外国名歌300首》，如痴如醉地一天之内学会了《共青团员之歌》和《列宁山》，并且一生都喜欢哼唱这两首动人歌曲。

但在当时，庞老师却因为唱这两首苏联歌曲，险些遭殃或者说差一点儿遭大殃。

回校后第一天上课，整整一天不见庞老师身影，学生们挺纳闷。放学前全班学生参加的班务会上，学校政工科老师来班级宣布，因在公开场合演唱修正主义歌曲，决定对庞老师实行隔离审查。

路宁、关绮回到家里，吃过晚饭后，一块儿闷坐在现在是关绮住着的路宁卧室的床上，苦思冥想有没有帮助庞老师的办法。

关绮说："庞老师之祸由唱苏联歌曲引起，但他唱苏联歌曲是被动的。"

这句话启发了路宁："对。我们就将他主动热情传播毛主席诗词、带头高唱红色歌曲的事实写出来；同时说明苏联歌曲是应观众要求演唱的。当时联欢会现场气氛热烈，已经弄不清楚是哪些观众要听苏联歌曲。"

第二天，路宁将连夜起草好的《学农期间庞老师主动热情传播毛主席诗词、带头高唱红色歌曲情况汇报》带到班上，在课间念了一遍，要求全班 7 名班委、8 名正副小组长代表全班同学联合签名。放学后，签名的 15 名学生班组干部一起来到学校政工科，将书面汇报递交给政工科老师。

第三天早晨，第一节课的上课铃响后，学校政工科的老师带着庞老师来到课堂。政工科老师宣布，学校领导集体研究了学生代表们递交的《学农期间庞老师主动热情传播毛主席诗词、带头高唱红色歌曲情况汇报》，认为是可信的。决定解除隔离审查，庞老师继续担任班主任工作。全班学生长时间地热烈鼓掌。庞老师泪水纵横地向学生们深深鞠了一躬。

二十二

雨越下越大。

深夜十一点了，关绮还没有回到路宁家。

中午在校学生食堂吃午饭时，路宁看见关绮母亲把关绮从食堂叫了出去。下午的两节课，关绮神不守舍，不时深深叹息。路宁轻轻问她怎么了，关绮也不说，只是眼圈红了起来，因为在课堂上，使劲将泪花忍住没掉下来。放学时，关绮对路宁说妈妈要她回去一趟，有些事要商量。从下午五点放学到夜里十一点，关绮还没有回到路宁家。

从干校回家过星期日的路宁母亲，对等着关绮的路宁说：“我不太放心，你到关绮家看看去。”

路宁拿着雨伞，开门要跨出屋时，吓了一跳——在大雨滂沱的深夜里，关绮坐在路宁家门口的台阶上，弯腰将上身伏在膝上、头深埋在双腿之间，浑身早已湿透了。

“关绮，怎么回事？”路宁蹲下身来，一只手为关绮撑着伞，一只手抱住关绮的肩膀。关绮强压着悲泣，全身剧烈颤抖着。

路宁要扶关绮站起来进家门，关绮扭动着身体躲避，继续坐在台阶上。路宁停止了扶她站起来的动作：

“关绮，发生了什么事？你说了我才能帮你。”

“路宁，我不知道该怎么跟你说。我不知道下一步我该怎么办啊！”关绮低头哭着，痛苦地说。

“你说出来，我们一起想办法。”路宁鼓励性地有力按了按关绮的肩膀。

关绮抬起头来，汪汪的泪眼注视着路宁：

“今天中午我妈到学校叫我下午放学后一定要回去一趟。我回去后，我爸对我说，厂里决定将我们家遣返回原籍农村劳动改造。要我回去准备一下，后天就要遣返。我忽然不知道哪来的勇气，一口气跑到学校，找到还在教研室里的庞老师，讲了我家要遣返的情况，表示我想继续留在学校读书。庞老师离开了教研室一段时间，回来后对我说，他经过据理力争，校教务处回答，只要该生在江东市有地方住，有生活保障，可以在学校读到毕业。”

关绮泪眼茫然中带着希望看着路宁。

路宁没有犹豫立即回道：“正好我母亲不放心，要我去找你。站起来，进屋去，把情况跟我母亲说一下。”

两个孩子的身后传来了路宁母亲的亲切声音：“关绮，快进屋里，我都听到了。你不要太难过了。就继续住在杜阿姨这里，安心念书。”路宁母亲把温暖的手伸给关绮。

“呜——呜——，杜阿姨——”，可怜的关绮不再压抑自己，放声哭了出来。

"好了，什么也别想，有杜阿姨在，什么也不怕。吃点夜宵，洗个热水澡，然后好好睡觉。明天是星期天，回去告诉你父母你留在江东市念书，让他们放心。"路宁母亲呵护地拍着伏在自己怀中哭泣的关绮。

路宁母亲有着伟大的慈爱胸怀，有着老革命的身份，确实，有她老人家的呵护，关绮什么也不用怕！

关绮后来对路宁说，她是晚上十点半钟从自己父母亲那里回到路宁家门口的。她相信杜阿姨和路宁会收留自己，但她感到自己完全没有办法开这个口。于是她在大雨中坐在路宁家门口的台阶上祷告：

如果路宁出来找自己，就一定代表着如愿；如果路宁不出来……她一次又一次地打断自己的这个想法——一定不会的！

关绮是在完全陷入窘境时留在江东市继续上学的：父母遣返后工资完全没有了，在老家乡下务农自食其力，已经没有为女儿生活、上学提供资金的能力。

路宁母亲非常懂得尊重孩子的自尊心。每个月领工资后，去干校前当着两个孩子的面，将当月生活费交给关绮，说："关绮管理生活费。"

路宁母亲回干校后，关绮就将路宁母亲留下的钱交给路宁。路宁也不谦让，拿着钱同关绮一起到学校学生食堂买好够两个人一个月午饭用的饭菜票，回到家里跟关绮平分。第一个月关绮很节约，月底要将剩下的饭菜票还给路宁。路宁说："你剩下的还是你自己花。我若多吃多占，我母亲会批评我的。"从此，关绮也就不再退饭菜票给路宁了。

路宁认真回忆并学着姥姥持家时的做法，基本做到了持家有方：保证早饭时每人一个鸡蛋，中饭一荤一素，晚饭有肉丝或鱼。家里不断苹果、梨等大众化水果。并且每个月两人还能各分一些零花钱。路宁父亲的弟弟在东北，每年都会寄来许多山蘑菇、黑木耳；路宁的姨妈也经常从青岛寄来胶东海米。于是，路宁就学着姥姥，在晚餐时经常做山东人特别喜爱吃的胶东卤面、芸豆（四季豆）肉丁面，关绮很爱吃。

路宁母亲每次从干校回家，发现路宁、关绮缺少什么衣物和学习用品，都及时购买，还特别关心女孩子的特殊需要。

日常生活中，买菜做饭基本由路宁负责，洗衣服打扫卫生基本由关绮负责。开始时路宁坚持内衣裤自己洗，关绮不高兴地说："你这么见外，我怎么在这里住？"路宁也就不再坚持了。关绮洗澡时只要对路宁说一声“我洗澡了”，门都不插，因为她完全信任路宁。与小时候不同的是，做作业的时间大部分不在一起了，而是各在自己卧室里的书桌上做作业，有不懂的，就相互到对方卧室询问。晚上睡觉，各自掩上自己卧室的门，也不用插门。上学和放学时，一般是关绮走在前面，路宁走在后面，相距三十米左右。关绮长大后经常说，她很怀念在路宁家度过的那段纯真、温馨的生活。

关绮被家庭的不幸弄得不知所措，便模仿着一些老一辈人的做法，悄悄向神灵祈福。这是一个深秋的星期天早晨，关绮要路宁陪她到明陵神道祈福。明陵神道就在江东市明城墙中山门至太平门之间的城外林荫道旁。按照“深挖洞”的要求，关绮和路宁在 1969 年都参加过在城墙内开凿防空洞的人防工程建设。挖防空洞午休时，他们去过几次距工地不远的明陵神道看石人石兽雕刻，对到明陵神道的路线很熟悉。路宁同情这位狂风暴雨中的孤独少女，两人黎明即起，清洁完毕，出家门来到巷口早点店，路宁买了两碗阳春面、两副烧饼夹油条，共花了二角九分钱（阳春面九分钱一碗，油条五分钱两根，酥烧饼三分钱一个），吃得饱饱的出发，七点钟多一点，已经站在了明陵神道上。

深秋的早晨，在江东市东郊著名的明陵神道上，初升的朝阳以她无比的壮丽，将灿烂的霞光先穿过巨大古树上密密的金赤霜叶缝隙，又透过弥漫在林间的浓浓晓雾，似无数支从天宫中撒出的金箍棒，一道一道的力射在青石铺就的古神道上。

明陵神道长约八百米，弯曲似北斗七星。神道上坐落着的四对石人雕刻和十二对石兽雕刻，都沐浴在万道霞光里。

关绮说：“路宁你看，那对卓然而立的麒麟石刻，似随着万道霞光刚刚从天而降。”

路宁说：“关绮你看，那对豪气万丈的巨象石刻，似正驻足戏弄着多彩的秋枝。”

最美的要数那对悠闲卧地的骆驼石刻了，为迎接它们从“丝绸之路”远道而来，让它们置身在神道上金赤霜叶最浓密处赏秋去暑，无数金赤霜叶摇曳空中，似在那对骆驼石刻头上撑起了金赤华盖；无数金赤霜叶撒满地面，似在那对骆驼石刻身边铺就了艳丽的金赤地毯。“驼峰枫染”——这是最能体现古城江东市特色的标志性景色。

受到壮美秋色的感染，路宁对关绮说：“关绮，祈什么福啊。建议你认真学习麒麟、大象、骆驼吧!”

关绮从万道霞光中看到了希望，她回应:“路宁你说的对。我现在太需要麒麟的神韵、大象的豪气、骆驼的毅力了。有神韵才能得真本领，有豪气才能抑制消沉，有毅力才能竟万里路程。路宁你说的是这个意思吗?”

一个下雪的夜晚，天气阴冷。关绮在自己的卧室喊路宁。路宁走到关绮卧室门口，坐在被窝里的关绮说:“路宁，天气不好，我心里有些难受，你过来陪我说说话。”路宁坐在关绮床沿，关绮将自己的双脚伸进路宁怀中:“我冷，麻烦你帮我焐焐。”路宁用棉袄将关绮的双脚紧紧捂住。

关绮道:“人们都说，唐诗中，对美好爱情的最精炼隽永表达，莫过于‘昨夜星辰昨夜风，画楼西畔桂堂东。身无彩凤双飞翼，心有灵犀一点通’。对坚贞爱情的最精炼隽永表达，莫过于‘相见时难别亦难，东风无力百花残。春蚕到死丝方尽，蜡炬成灰泪始干’。其实，李商隐这两首诗中描写的爱情，是很凄凉、很悲惨的。‘身无彩凤双飞翼’句是叹息不能与恋人相随。‘昨夜星辰’之后，虽不能‘双飞’但心灵已经相通，灵魂已随恋人，一辈子情定了。‘相见时难别亦难’句是哭诉恋人相别太久，‘春蚕到死’、‘蜡炬成灰’，写出了恋人一辈子再未相见的严酷情景。”

路宁心想，在冰雪之夜，关绮可能是想念爸爸妈妈了。便鼓励她:

“艰难产生壮美。春雪最美时，在与淌金的迎春、绽放的玉兰、滴翠的嫩柳相拥；秋雪最美时，在与尽赤的枫叶、盛开的菊花、辉煌的红松热吻；冬雪最美时，在与扬俏的红梅、火热的山茶、透馨的腊梅团聚。”

“其实，无论是迎春、玉兰、嫩柳，还是枫叶、菊花、红松，或者红梅、山茶、腊梅，她们的个体都很弱小。她们之所以受到永恒的赞美，是因为当艰难来临时，她们都有最壮丽的一搏。”

关绮的双脚像两只小猫似的在路宁怀中不时扑腾着，她已经暖和过来，她的情绪也渐渐好起来。

她用朦胧的眼神看着路宁，轻声念了一首诗:

“迎春冰岩金枝垂，素妆红梅双喜追。银旋柳芽东风舞，玉兰含雪两清偎。”

路宁说:“你念的这首咏春雪的七绝，将在冬春季节交替时能够遇上春雪的花枝如红梅花、迎春花、白玉兰、柳枝芽等基本都写到了。很有美感，充满希望。谁写的?”

关绮微红着脸说:“刚才一边听你说话，一边想到的。”

她从路宁火热的怀中抽出双脚:“路宁，谢谢你的温暖与鼓励。我身体暖和了，心情也好多了。”

……

二十三

关绮安心地继续在江东市念书，同时继续着自己热爱的体操事业。江东市长江路中学的隔壁就是江东市体育馆。这使关绮的体操事业顺利地继续着：长江路小学有专门的体操兴趣小组，整个小学期间关绮没有停止过体操训练，还获得过区少年女子体操冠军。虽然体操运动不是长江路中学的强项，但好在隔壁的市体育馆设有市级业余体操训练班，关绮在业余体操训练班的综合条件、训练成绩都名列前茅，教练员都鼓励她坚持训练下去。关绮经常要路宁陪着她到体育馆去训练。路宁发现，训练和竞赛中的关绮非常顽强，一扫日常生活中的文弱形象。在市中学生体操比赛中，关绮获得女子自由体操冠军。可能有些人的命运就是这样——专业中的强者，生活中的弱者。

但基本说来，“一招鲜，吃遍天”的古训还是管用的。在庞老师的不停催促下，学校方面与关绮父母被遣返的地区进行了沟通，告知江东市对 1971 届中学毕业生的分配原则是确保全部就业。关绮老家政府有关部门的反馈信息来了:“我们是贫困地区，缺乏教育人才。根据你们提供的关绮同学的有关资料，尤其是该生曾获得过江东市的市、区两级中小学生体操比赛的冠军，我们意向分配该毕业生到我县第一中学担任体育教师。”

分别的时刻到来了。星期六就要举行毕业典礼。星期五晚上，路宁在姥姥房间正想上床睡觉，听到了轻轻敲门的声音。路宁开了门，穿着睡衣睡裤的关绮站在门前：

“路宁，明天举行毕业典礼，明晚杜阿姨回来，我后天离开江东市。今晚你到我房间来。”

路宁什么话也没说，向关绮卧室走去。

路宁坐在床沿上，看着关绮说："有什么事要商量？"

"今夜我要跟你睡在一张床上。"

"那怎么行？"

"为什么冷霞行，我就不行？"

"我与冷霞简直就是兄妹，而且那是小时候。"

"她是小时候认识你的，我也是小时候认识你的。为什么她能是你妹妹，我就不能是你妹妹？"关绮的眼眶中泪水汪汪。

沉默了一会儿，关绮继续说：

"路宁，我俩就要天各一方了。我就是看着这间屋子、这张床而怀旧的。这间屋子一点儿也没变。杜阿姨让我睡在这间屋子里，晚上躺在床上，我总是想起小时候和你、和冷霞一起在这间屋子里度过的欢乐时光。冷霞小时候能和你纯洁地在一张床上睡觉，今夜我也要和冷霞小时候一样，纯洁地和你在一张床上睡觉。只有这样，我在这间屋子里的美好生活，才能圆满。否则，我一辈子都会感到遗憾！"

说毕，关绮躺在了床上，躺在冷霞小时候睡觉的位置上，静静地闭上眼睛。

路宁被关绮感动了，轻轻躺在小时候的位置上。

关绮伸手熄了灯。

深夜，路宁在窒息中醒了过来。

关绮紧紧伏在路宁身上，嘴唇贴着路宁的嘴唇。路宁感觉自己的脸上、脖子上都是关绮的泪水。

"你哭了？"路宁轻轻拍着身穿睡衣睡裤的关绮，温情地说。

关绮什么也不说，哗哗淌着眼泪，颤抖的嘴唇又贴上路宁的嘴唇，深深地、不停地亲吻着。她视路宁为少年时代最美好、最永恒的记忆，她在用最纯洁的激情向即将逝去的自己少年时代的最美好事物告别！

路宁知道关绮心里难受，自己心里也很伤感。在难忘的告别之夜，他不想给关绮留下不圆满的回忆。于是轻轻拥抱着她，静等着关绮感情狂潮慢慢退去。

星期六上午，在学校大礼堂，毕业班的同学们高唱着《毕业歌》告别。

庞老师在路宁的日记本上写道：

“甘于默默，是深入挖掘才华的最佳选择；有恒奋斗，是才智火炬不熄的惟一途径。”

踏上人生新的征途的星期一，就要开始了。

第二部 苦绽之花

第一章　人间的女儿

一

1971 年秋天，初中毕业的路宁，被分配到江东市虎踞山农机厂。按着报到时工作人员的提示，身着父亲 1955 年中国人民解放军授军衔时穿过的旧军装、肩背母亲打起的标准型军人背包的路宁，很顺利地找到了他的宿舍——龙蟠岗上水塔旁的小草屋。

小草屋旁的桂花树正散发出幽香，小草屋后清水塘中的芦花正在盛放。

一扇农舍门被分为两扇小门。路宁正在犹豫应当进哪扇小门。

左边小门内走出一位姑娘："你就是路宁吧？"

"我叫路宁。"

"我叫谭英。你的宿舍在这里。"她指着路宁右边的那扇小门。

走进宿舍，谭英一边利索地为路宁整理床铺、放置什物，一边热情地说：

"这间草屋本来是女工宿舍，和我同宿舍的女工一周前结婚搬走了。前天来人用芦席当墙把宿舍分成两间，将一扇大门分成两扇小门。昨天我师傅跟我说厂里又给他分配了一个徒弟，是个小男孩，叫路宁。还说厂长跟他说，你的徒弟谭英根正心红苗壮，就由她负责帮助这个男孩子。"

谭英在女性中算身材高大的，丰乳肥臀，好看的长方脸庞，有着一双水汪汪的让人看一眼就印象怎么也抹不去的美丽大眼睛，她这时刚过十八岁。

路宁中等个头，清瘦腼腆，稚气尚未全脱，是一个让女人看一眼就放心、就爱怜的温和气质型男孩，他这时还不满十六岁。

这是路宁参加工作的第一天。

入夜，宿舍打开的窗户，传来了风起的芦声，浸入了月润的桂馨。

路宁躺在床上，翻开了母亲在他离家前送的一册书——《人的一生应当怎样度过》，并写出了工作后的第一篇诗作——《七绝·读〈人的一生应当怎样度过〉》：

映雪裹萤负薪凝，
古尊好学惜光阴。
眺巅瞻崖逐潮涌，
朝儿攀学志更英。

二

按照厂里规定，车工学徒满一年就可独立操作。先从简单零件加工起，逐步增加工作难度。谭英学徒期快满，可以独立加工比较复杂的零件了。师傅要她有空教教路宁。

路宁在学生时代一直是学生干部，学工学农学军都一以贯之地吃苦在前做同学表率。工作后潜意识里还当是在“学工”，于是：月底不去领工资；每天坚持上两个工作日的班——工作十六个小时。

路宁工作后第一个月的月底，谭英对他说：“会计叫你去领工资。”

路宁回答：“我不好意思领工资。”

路宁白天跟师傅工作八小时，晚上跟师姐工作八小时，年轻气盛，开始还好，但一个多月后，问题出现了。

白天跟师傅上班时，因为打瞌睡，脚伸进了车床发动机传动带里，幸好穿的是职工专用的大头皮鞋，用力拔出脚来，只是皮鞋扯坏不能穿了。晚上跟师姐上夜班，师姐手把手地教师弟学技术，师弟竟迷迷糊糊地一头扎进师姐怀里，撞得谭英胸口生疼外加心跳脸红。

这期间路宁还是有业绩的，其中的一个业绩虽然有点可笑，但着实加深了师姐师弟之间的情意。

一天夜班，谭英操作着车床加工零件，路宁在一旁打瞌睡，突然闻到一股肉焦味，就听谭英对路宁急喊：“哎呦呦呦，快，右奶子，快快快，从下面伸进去。”她急切地指着自己圆领衫的下端。路宁知道情况紧急，什么也没想，按照谭英提示，急忙将右手从谭英圆领衫下端伸进，向上迅速移动到达右乳房，紧急摸索，碰到右乳内中侧一块滚烫的铁屑，手向铁屑底部的肉上用力一捏，“哎呦”，随着谭英的轻吟，路宁将那块铁屑取了出来。谭英急忙用一只手指挑开圆领衫衣领朝自己胸部看了看：“还好，没掉皮。”因为还有些疼，她看着路宁呲牙咧嘴了一会儿，想起问路宁：“你的手烫着了没有？” “没有。”“让我看看。”路宁伸出右手，谭英一看:“哎呀，你的手倒是烫掉了一块皮。”那是情急中路宁将铁屑握得太紧所致。事后谭英说:“可能是磨车刀时刀槽角度开得不对，车零件时削下的滚烫铁屑冲着我飞撒。当时我双手沾满机器油污，实在没有办法，才叫你帮忙。”路宁没说话，心里想:“女孩子真是视干净高于一切。”

这天凌晨，连续工作十六小时后累极熟睡的路宁，梦见了给予他童年时代无忧无虑生活的最大恩人外祖母:“姥姥，姥姥！你别走，你别走啊！继续给我讲故事啊!”梦中，他满眼泪水地紧紧握住了从来都保护着他的姥姥的温暖胳膊。朦胧中，仿佛姥姥在安抚他，慈祥地为他拭去泪水。他把姥姥的温暖胳膊掩在自己脸上:“姥姥，我想你!”

“路宁，你醒醒。我不是姥姥，我是谭英。”路宁渐渐清醒，感觉自己真实地紧紧握着一只雪白、温暖、圆润的胳膊，感觉一只温柔的手正在用手绢为他拭泪水。

“路宁，你醒醒。我不是姥姥，我是谭英。”谭英继续轻声呼唤着。路宁完全清醒了，他看见，自己紧紧握着的那只温暖胳膊，是穿过芦席从谭英宿舍那边伸过来的。“路宁，你醒了吗?”谭英的手轻柔地拍着路宁的脸颊。路宁深深地叹息一声。

“刚才你在梦中大声喊叫，惊醒了我。路宁啊，我感觉这一个多月你是太累了，所以才梦起无忧无虑的少儿时光。”谭英说。

路宁松开了她的胳膊。谭英将从芦席孔中伸过来的胳膊收了回去，随之用灵巧的手把扒拉开的芦席复原。草屋面积不大，门窗相对。将两张床放在屋中央，一来可以避开墙角隐藏的众多蚊虫，二来可以接受门窗空气对流。过去两名女工住一间宿舍时，两张合并的床是用两顶蚊帐隔着，现在改成两间宿舍，两张床就由一张芦席隔着。

“路宁，在听吗?”

“嗯，我在听。”

“路宁，你现在不是学生了，不是在学工。你现在就是工人。学生要按学生的规则行事，工人要按工人的规则行事。从明天开始，你去领工资，每天按八小时上班。好吗?”

三

路宁满师成为一级工了。

这天吃中饭时间，精加工车间空荡荡的。一个男职工抽烟点火后，随意将还燃着的火柴用手指弹了出去，不巧，正好落入不远处开盖的一小桶汽油中。

轰的一声，小汽油桶中的火焰腾起，火势迅速沿着地面的油迹向四周扩开。那个弹火柴引起火灾的男职工和其他几名职工被突然燃起的大火吓着了，都慌忙向车间外跑去。

这时，着火的车间只剩下路宁一人。看着突然燃起、不断蹿高、迅速扩开的火焰，热血腾地涌到路宁头顶。不知什么原因，他根本没有想到跑离现场，而是自觉地迅速脱下外衣冲向火焰拼命扑打，很有成效地扑灭了在他前方的着火点，但没有注意，身后的火焰已经燃着了他身上的衣裤。他转过身来看着有不可控之势的火焰，虽仍奋力扑打，但内心已感到无望，只是血液里流淌着的父母遗传的革命军人气质，激励他义无反顾地坚持扑打，火舌已经燃着了他的头发。

危机时刻，他听见背后一个高昂的女声："路宁闪开!"他本能地一闪，只见谭英冲到他前面，将怀抱着的一大堆黑乎乎、湿漉漉、臭哄哄的长长软体，迅速压到最旺的火势上，并就势用手灵巧的将这一大堆东西拨拉开。

火势立刻被控制住了，这时冲上来许多人，七手八脚地把残火扑灭。

谭英围着路宁转圈，不停地扑打着他身上的残余火点，心疼地连喊："不要命啦！不要命啦!"

打灭路宁身上的残余火点后，她左臂搂住路宁，用右手帮他整理着烧焦的头发："大家都夸你，你真勇敢!"

路宁紧紧地回拥了谭英："真要谢谢师姐！幸亏你有办法！否则火救不了，我也危险了!"

他们紧紧相拥了一会儿，使刚才因处理高危险情而剧烈跳动的心脏渐渐平静。谭英已经把路宁当成英雄拥抱，路宁则是对谭英帮他脱险表达深深感激。

路宁松开了手，指一指谭英身上："怎么这么臭?"

谭英因被路宁紧紧拥抱激动得红着脸，指一指路宁的头发："你也难看死了。"

路宁问："你怎么想到了这么好的灭火方法?"

谭英告诉路宁："听说车间失火了，我扔下饭盒赶紧往车间跑，快到门口时，遇到从车间跑出来的人说，火越来越大，就路宁一个人在扑救，恐怕出不来了。我腿一软跌在路边，感到身下湿湿软软的，一看是跌在了一堆浸泡在泥沼里的烂稻草上。情急生智，赶紧抱上一大堆，冲了进来!”

崇敬高尚是人类共有的天性。在场的人都目睹了路宁、谭英的英雄行为，也都目睹了他们的拥抱。但是，从来没有任何人开过这次拥抱的玩笑。

不久，路宁担任了厂团总支书记兼精加工车间主任，谭英担任了精加工车间副主任。

四

谭英生长在普通工人家庭，是个自然质朴、热情开朗的姑娘，路宁本来就是个温和气质型的招女孩子喜欢的小伙子，又比谭英小两岁，相当一段时间，谭英也就是以师姐的心态很自然地热心关照着她很喜欢的这位师弟。

初春，谭英将从龙蟠岗坡上挖到的嫩嫩的荠菜，凉拌了与路宁分享；酷暑，她从自己支在宿舍门前的丝瓜架上摘下柔柔的丝瓜，清炒了共路宁品尝；雪日，她从集市上买来新鲜狗肉，焖出一罐辣椒红烧狗肉，高高兴兴地和路宁一起大嚼。

一个中秋的夜晚，她推开路宁的房门，对被她急急拍打醒的路宁说:“我养在屋后小鸭棚里的鸭子被人偷了。我从窗口看见背影像是光头(厂里一名男知青的外号)。”路宁此时是负责青年工作的厂团总支书记，他来到光头的宿舍，听见光头床下有扑通扑通的声音，低头一看是一只被胶布裹住长嘴的鸭子。在找光头谈话时，由于光头和路宁很熟悉，一度把被谈话当成了传授经验，比比划划地说:“偷鸭子其实很简单，先勒住鸭子的长脖子，再用胶布裹住鸭子的长嘴巴。鸭子不叫，就没人知道了。”传授完经验，光头还是乖乖将鸭子交给了路宁。

当夜，谭英乐呵呵地熬了一锅秋鸭浓汤。

谭英把路宁请到自己宿舍，从床下小柜子里拿出一瓶粮食白酒。

路宁一愣:“你也喝酒?”

谭英笑答:“平时不喝。太累了喝一点，很难受喝一点，高兴时也喝一点。”

路宁问:“一个女孩子，怎么学会喝酒的?”

谭英说:“我爸爸一辈子当工人干苦活，可能太累了，他每天晚上都要喝酒。要我从巷口小店给他打来大酒坛装的很便宜的白酒，没有荤菜，几乎都是就着青菜烧豆腐、虾皮拌黄瓜、韭菜炒千张、青椒土豆丝喝。家里只有一间小屋，满屋常年都是酒气。邻居们客气地说，天天都能闻到你家的酒香。我常年闻酒气，自然也能喝一点。”

她搛起一只冒着热气的鸭腿放到路宁的碗里，继续说:“我爸爸喝完酒就迷迷糊糊地上大床睡觉。夜里我在小床上醒来，听见爸爸妈妈睡的大床吱呀吱呀地响，就喊：‘妈，有老鼠!’停了一会儿，我妈回答‘别胡说，快睡觉。’大床不响了一会儿，又吱呀吱呀响起来。我又喊：‘妈，老鼠又来了!’”

她咯咯咯地笑着说:“小时候不懂，长大了才知道是怎么回事。”

谭英微红着脸，端起酒杯与路宁端起的酒杯碰了一下，仰脖将杯中酒一饮而尽。

谭英对路宁感情的明显升级，出现在她配合路宁灭火后的那年夏天。那年夏天的龙蟠岗上，紫薇花硕放。

这是一个晴朗的周日上午。谭英隔着芦席墙对路宁说:“路宁，换季了，我帮你把棉被单和床单洗一洗吧。”路宁只穿着一条裤头，光着上身，说了一声“麻烦了”就迎到门口。正巧谭英跨进门来，走得快没注意，一头撞入路宁怀中。

谭英没有伸出胳膊拥抱路宁，但脸颊顺势紧紧贴在光着上身的路宁的胸膛上没有动，闭上了眼睛，这样过了几秒钟。虽然谭英比路宁年长两岁，但毕竟是正处在青春期的女孩子，与淳朴优秀的师弟相处数年，她暗暗爱上师弟了。这是她第一次肌肤碰肌肤地伏在男青年怀中，尤其是这个男青年是她非常喜欢的，她感到幸福，有些眩晕。

路宁是个善良的男孩，站在那儿没动。他不想有任何会使谭英感觉难堪的举止言行。

谭英直起身子，用手轻轻捂着额头，路宁问:“不舒服?”脸微红着的谭英摇摇头:“有点晕。”路宁轻搀着谭英走到床前，谭英已经有些冷静:“好了。”她弯下腰开始拆路宁的棉被。

那个年代是纯朴的年代。普通的工人农民阶层，到了夏天，在家里（包括在集体宿舍）闲着时，即使是一般的邻里串门，普遍的格式，男的就是只穿裤衩，女的就是只穿裤衩和圆领衫。

谭英穿着红底碎白花的裤衩，套着粉底淡花的圆领衫，坐在小凳子上用力地在搓衣板上搓洗着泡在圆形大木盆里的床单。

路宁坐在谭英对面的床沿上，不自觉地被谭英的优美形态吸引了，他是第一次这么近距离地仔细看身着很少衣服的谭英。路宁感觉心跳有点加快——他清楚完整地看见了谭英弯身搓洗床单时从圆领衫领口处露出的美丽双乳——仿佛两只硕大新鲜的水蜜桃。

路宁觉得这样不好，就离开床沿走到谭英身后，但看到的还是谭英的衣着很少、曲线优美的身体。他开始感到有些不知如何是好，便在谭英背后不大的空间走来走去地踱步。

谭英起身出门回自己宿舍，一会儿拿着一只小板凳回来，往自己身边一放，不看路宁，笑眯眯地说：

“别乱晃悠了，来，跟我并排坐。”

五

在虎踞山林场，上山下乡男女知青与林场当地男女青年恋爱结婚、幸福生活的事例还是有一些的。就拿虎踞山农机厂来说，与路宁关系比较密切的青年男女中，就有“一文一武”两对例子。

先说说上山下乡男知青娶林场当地女青年的那对，也就是“文”的一对。

潘正是中专毕业的上山下乡知青，在虎踞山农机厂政工科负责宣传工作。他的文学才能，至少给过路宁两次终生难忘的印象。一次是连夜写出神采飞扬的通讯报道，送虎踞山林场广播站，宣传路宁、谭英为保护公共财产奋战火海的英勇事迹，通讯的题目是——《火海中的英雄儿女》。客观地说，这一有力宣传，对路宁政治上的成长，起了帮助作用。另一次就是路宁上大学时他写了一首祝贺诗，那时他已经回城在一家文学杂志编辑部工作一年了：

七律·贺78级大学生挚友路宁

去岁今时君送我，
今岁去时我送君。

胸中志向岂容假，
梦里依稀亦果真。
美酒三杯同志意，
薄书一册挚友心。
天高海阔君驰骋，
从此一发峰渊巡。

潘正喜欢精加工车间的工具管理员林秋姑娘。林秋姑娘是从虎踞山林场中学毕业的高中生，清秀美丽，大方沉稳，思敏心细，经常穿着一套贴身的列宁装，是农机厂团总支的宣传委员。说实话，她给路宁的印象，不是当一线工人的料子，而是当管理人员的料子。路宁看中林秋姑娘具有的管理素质，曾经布置她具体帮助车间里的两名后进男知青。林秋认真落实厂团总支书记兼车间主任路宁的要求，几乎每天下班后都热情主动地分别约这两名后进男知青谈心。时间不长，这两名男知青都爱上了林秋，分别向林秋表达了同样的意思："我一定要求上进，条件是你一定要嫁给我。"并且，他们也开始热情主动地找林秋姑娘谈心了，尤其上夜班时。精加工车间工具室是一处单独的小房间，这两名男知青经常分别来找林秋闲聊，深夜里目光上上下下地打量着林秋，看得林秋浑身上下起鸡皮疙瘩。林秋紧张了，赶紧向路宁报告。路宁要林秋把这两名男知青请到办公室，他严肃地对这两名男知青说："林秋是代表组织多次找你们谈心。林秋向我汇报说，你们都有上进的积极态度。不过，我要代表组织说的是，你们不要误会了林秋的工作负责精神。如果你们一见到女孩子与你们进行工作接触就想到要跟她谈恋爱，并且将自己的工作表现与能不能跟这位女孩子谈恋爱挂钩，那我今后惟有派男同志跟你们进行工作接触了。林秋也是这个意思。"这两名男知青立即表态："是我们不对。再不会产生这样的误会了。希望组织上不要更换与我们谈心的人。其实我们平时也很苦闷，希望有女孩子经常与我们谈谈心，哪怕是代表组织。"林秋笑着说："只要牢记我是在代表组织与你们进行工作接触，组织上就不会更换与你们谈心的人了。"不久，在厂政工科负责宣传工作的潘正找到路宁，以商量的口吻说："厂里最近宣传任务重，缺人手。你是厂团总支书记兼精加工车间主任，我想跟你借个人。据我了解，你们车间的林秋，钢笔字、粉笔字、毛笔字写得都很好，厂里宣传工作迫切需要这样的人才。她又是厂团总支的宣传委员。你能不能把她借调给我。”路宁爽快地说：“我同意。这也是支持厂里的宣传工作。”从此，潘正和林秋便形影不离。不多久，他俩结婚了，婚后生了一个聪明伶俐的女儿。

潘正和林秋经常邀路宁到家中吃饭——很久以后，路宁还对林秋烹调的腌菜蚕豆瓣烧豆腐、大葱青椒爆炒嫩猪肝、土豆片西红柿鸭蛋花汤记忆犹新。一次在潘正和林秋家中，路宁喝着潘正刚开瓶的竹叶青酒，吃着林秋烹调的可口菜肴，听潘正说了一段对路宁后来人生起了很大指导作用的话。潘正说：“路宁啊，你我都比较喜欢在公开场合发表意见。但我们是小人物，说了没多大用处。写下来，去发表，或许用处大些。”从此，“写下来，去发表”这六个字，几乎成了路宁的座右铭。潘正回城后，逐步成长为他所在文学刊物的副主编，林秋调到城里一家国有企业从事工会宣传工作。在后来的岁月里，路宁每有新作，都题赠潘正和林秋。

再说说林场当地男青年娶上山下乡女知青的那对，也就是“武”的一对。

除了谭英外，农机厂精加工车间还有一位车间副主任，姓肖名亮。肖亮是公认的农机厂精加工车间“车工第一把刀”。根据加工需要，他磨出的车刀，或车削出从头到尾不断线、细卷妙旋落地的金龙银蛇式钢屑，或车削出自始至终向着一个方向飘洒、落点集中在方圆五厘米内的龙嘴吐珠式钢屑。很多在虎踞山农机厂工作的知青，参加夏秋突击收割麦稻时手掌磨出了血泡，参加冬季农田水利建设时，挑担子肩膀磨破了皮。肖亮出生和成长在林场，从小在家就经历过农活锻炼。参加麦稻收割和农田水利建设，不仅劳动成效出色，而且手掌和肩膀从不“挂彩”。

肖亮身材魁梧，且有体育天赋，乒乓球、篮球都是农机厂的一号主力。乒乓球比赛中，肖亮制胜的绝招是超常速度的快速推挡，即比通常的快速推挡更迅速的快速推挡，几乎对所有来球，他都能以超常的快速，将球推到对手意想不到的位置。对手的普遍感觉是，好像球刚打过去，击球的动作还在自然延续中，球就又回来了，而且通常都落在非常别扭的位置，根本就来不及也很难将肖亮的速度极快的来球再击回去。路宁在一次与肖亮比赛输球后问：“你通过什么途径把球练得这样好？”肖亮回答：“没什么别的途径，就是天天打、用心打。虎踞山林场方圆百里，只有一所设高中的中学。我家在林场边远的生产队，离学校远，我上学时住在学校，一般几周甚至一个月才回家一趟。学习之外，业余时间就是打球。只要天天打，用心打，处理球的能力尤其是细节处理能力就会越来越强。”篮球比赛时，肖亮最拿手的本领是站在对手的篮圈附近等队友的球。他的魁梧身材、充沛体力，使他有能力突破对手的阻拦投球，他的高大个头、长长手臂，使他稍一用力腾空双手就能将篮球稳稳放入球篮。农机厂篮球队在虎踞山林场一年一度的篮球比赛中总拿冠军，靠的就是关键时刻肖亮在对手篮下“守株待兔”一击命中的本领。在后来的岁月里，路宁将肖亮的“只要天天打，用心打，处理球的能力尤其是细节处理能力就会越来越强”的打球经验，上升到了对工作的一般性指导上：“对所担负的工作，只要天天做，用心做，处理本职工作的能力尤其是细节处理能力就会越来越强。”

肖亮对女孩子是很具有吸引力的。一位姓周名芹的知青姑娘就深深爱上了肖亮。当然，这不仅仅是因为周芹喜爱肖亮的魁梧身姿、浓眉大眼，更因为周芹喜爱肖亮对自己的细心关怀。周芹是一位身材比较丰满的中高个头的姑娘，她的常年透着健康红晕的脸颊上有着一对诱人的小酒窝，她在农机厂精加工车间操作钻床。每当用大钻头为零件钻孔需要花大力气时，带班的车间副主任肖亮总会适时出现在周芹面前帮助她钻孔。久而久之，周芹姑娘在心底里就真离不开肖亮了。肖亮打球有劲，顺带说一下，他投手榴弹也很有劲，厂武装民兵连组织手榴弹实弹投掷时，厂武装民兵连连长路宁投出了四十八米，厂武装民兵连二排长肖亮投出了六十八米。当然，肖亮谈恋爱就更有劲了。只要他瞄着周芹宿舍没有其他人，就迅速钻进去与周芹谈恋爱。隔壁宿舍的女知青三番五次向路宁反映：“肖亮一进周芹宿舍，周芹就像雌猫叫春似的哼哼，弄得我们心烦意乱。”车间主任路宁提醒车间副主任肖亮注意影响。于是，更严重的情况出现了。夜里十一点上夜班的职工经常反映：“从宿舍通往车间的路边树林中，深夜里经常发出男女不正常的声音，令人有点胆战心惊。”一位有点文学修养的男知青更添紧张气氛：“莫不是《聊斋志异》中的冤死狐仙与害人公子正在激烈搏斗？”一天夜里，在又一次听到反映后，路宁带着两名武装民兵手持枪械深入树林。他们朝着发出声音的方向搜寻过去，看见在树林中的一小块空地上，银色月光下，古铜肤色的肖亮和雪白肤色的周芹赤裸着身体，紧紧相拥在一起……。路宁悄声命令：“撤。”走出树林后，路宁笑着向两位武装民兵战士解释：“肖亮和周芹都是适龄结婚青年，他们只是想为祖国多添一个宝宝。”

可别以为周芹不喜欢肖亮的“野蛮”，仅就工业生产、农业生产、军事训练、体育活动这四项综合而言，在虎踞山农机厂出类拔萃的不是上山下乡的知识青年，而是林场当地的农村青年肖亮。周芹为什么对肖亮不满意？周芹对肖亮事事满意。在农机厂广为流传的“一口锅，一根勺，肖亮吃过周芹吃”的故事，很能说明问题。在江南丘陵地区，农业生产上的中小农机需求量比较大，因此，农机厂加班也就比较多。加班频繁时，为了经济上和时间上的双重节约，周芹经常将菜和米放进一口锅中，加上水、油、盐煮熟，将盛着熟食的热锅端到车间，递上一根勺子，让正在带班的肖亮先吃。肖亮匆匆吃过后，周芹再用肖亮用过的勺子，吃肖亮剩在锅里的饭菜。大伙儿佯装义愤地对周芹说：“肖亮个农村娃子，怎么这么欺负你这个城市姑娘？”周芹笑嘻嘻地回答：“他留下的都是好吃的。”知青大返城中，周芹返城到国有企业工作。不久，肖亮辞去虎踞山农机厂的工作，到城里做起了个体生意。由于“天天做，用心做”，后来生意红火，在夫子庙有了像模像样的店铺，周芹也辞去国有企业的工作，做起了镇守夫子庙店铺的老板娘。

肖亮很重友情，路宁上大学前，肖亮亲自操作车床，用不锈钢材料车出一只很艺术的大小适中的笔筒，赠送给路宁。路宁很喜欢这只永远不会损坏的笔筒，读大学时将其放在宿舍的学习桌上，进机关后将其放在办公室的办公桌上，退休后将其放在家中书房的书案上。总之，一直使用着这只记录着艰苦时代友情的不锈钢笔筒。

六

虎踞山的春天，有着醉人的美丽。

初春，在春雪中，梅花似海，迎春如瀑，春笋破土，荠菜张绿。玉龙湖倒映着雪霁春影，湖上空大批候鸟向北飞去。

盛春，在春雨中，玉兰飘香，海棠绽放，桃红漫川，梨白遍野，菜花正黄，牡丹盛妆。玉龙湖投射出万紫千红，湖面上成群野鸭尽情嬉戏。

晚春，在丽日中，杜鹃映山，芍药婀娜，柳絮轻飘，杏花纷扬。玉龙湖漂流着絮丝花瓣，湖水边数只苍鹭轻盈漫步。絮飘花扬，大地绿荫中，现出了夏日序曲——火红的榴花。

1975 年的春天，格外给人带来希望。

玉龙湖水面不断形成的卷卷雾团，一波接着一波地扑向虎踞山顶，在撞上山峦后，还能恃势向上继续翻卷一会儿，但总是到不了山顶，就散开淡去，永远都难掩山顶上的劲拔青松。“雾端劲松”是虎踞山的著名景色。

在虎踞山农机厂所有青工中，直到路宁 1978 年考上大学时，评上四级工的，只有他一人。从一级工到二级工是正常晋升，从二级工到三级工因为他是全厂劳动竞赛个人第一名，从三级工到四级工的原因在于他领衔获得了全厂惟一的省级技术改造奖。

农机厂是虎踞山林场的下属单位。在路宁评上三级工不久，1975 年春季，林场党委讨论了提拔路宁担任农机厂副厂长事宜。

路宁事先已多少知道了一点情况。林场政工科长是一位部队转业干部。他敬佩路宁的工作表现，同情路宁的家庭身世。外调回来后碰到路宁时简要告之：“你父母虽然都在接受组织审查，但你母亲的问题不大，是因你父亲问题而起，属一般性审查。你父亲的问题比较麻烦。‘文革’中被停发了工资，只给生活费。我们见你父亲时，他说他每月的食物只有三样——籼米（比粳米便宜）、食盐、每天从菜场拣回的菜叶。你父亲听说我也是转业干部，要我转告你一句毛主席的话：‘前途光明，道路曲折。’我相信你，告诉你这些情况。你要谨慎。”路宁是上午在场部开会碰到政工科长时听到这一消息的，散会后他没有吃午饭，回到宿舍和衣躺在床上，伸手取被子蒙住自己的头部，默默流下泪水，一动不动地躺了近九个小时。路宁长期受益于坚强母亲的保护。他这是第一次知道父亲的境遇如此困难，母亲亦受连累被审查，整个家庭政治上风雨飘摇。他的心情从未如此茫然。当然，路宁是一个很沉着的人，他蒙着被子躺在床上，一动不动地想了近九个小时怎么办！晚上九点多钟，门被推开了。谭英走进路宁宿舍，拉开电灯，来到路宁床前，掀开蒙在路宁头部的被子：“路宁，你怎么了？我中午听到你回宿舍后重重躺在床上的声音。之后厂里见不到你，宿舍里也听不见你的声音。我怕出什么事，过来看看。”路宁躺着没动，闭着眼睛说：“谢谢你关心我。”“你还没吃饭吧？晚上我在食堂吃饭时，买了几块大锅巴，带过来了，你起来后吃了吧。”“好。你回去休息吧。”“真没什么事吧？很让人担心呢。”“没什么大事，家里有点事。明天我就会正常的。”

林场党委会上主要针对路宁的家庭问题，发生了争论。

林场党委书记兼场长是一位老八路，抗日战争中被日本鬼子的子弹打瞎了左眼，抗美援朝战争中被美国鬼子的炮弹片削去了右手两个指头。他为会议作了结论：

“我仔细看过路宁的档案。路宁的父母现在虽然在接受审查，但革命战争年代他们都在人民军队的王牌军 27 军（前身为华野 9 纵）英勇战斗，解放战争中共同参加过全歼蒋军第一王牌整编 74 师的孟良崮战役，抗美援朝战争中共同参加过痛歼美军第一王牌陆战 1 师的长津湖战役，没有多少对夫妻共同拥有这样辉煌的荣誉。我到农机厂认真了解过，路宁在劳动竞赛和技改竞赛中都是佼佼者，这样既有聪明才智又能吃苦耐劳的小伙子，为什么不提拔!”

一锤定音，路宁被提拔为虎踞山农机厂副厂长。那年路宁只有十九岁。

农机厂的大姐们，纷纷为路宁介绍起对象。大姐们还真不错，为路宁介绍的对象都是十六岁、十七岁的妙龄姑娘。当然这也是因为虎踞山农机厂址在农村，农村有沿袭已久的早婚习惯。

装配车间副主任卢大姐将她的小妹小卢姑娘介绍给路宁。小卢姑娘十六周岁，中等个头，体态健康丰满，脸蛋儿很漂亮。她是个朴实腼腆的农村女孩子，从小在虎踞山林场长大，虎踞山林场中学初中毕业后分配到虎踞山农机厂精加工车间当车工，她做活精细，看她车出的零件，仿佛都体现着一种沉静的女性美。但她毕竟还没有脱离孩子的年龄段。自从知道大姐将自己介绍给路宁后，站在车床旁车零件时，每当看见副厂长兼精加工车间主任路宁朝自己车床的方向走来，她就脸红心跳，精神难集中，车出次品甚至废品。路宁每次都看在眼里。说实话，让路宁更担心的是高速旋转的机器在纯洁无瑕的小卢姑娘心猿意马时可能对她造成严重伤害。于是，路宁在车间里检查工作时尽量避开小卢姑娘车床的方向。在考虑了几天后，路宁作出了两项决定：一是将小卢姑娘的工作调换为车间精加工检验员，使她不再直接操作机床，保护她的安全，也因她工作非常细致，是一块产品检验员的好料子；二是路宁本人坚定地告诉装配车间副主任卢大姐，自己不适合与小卢姑娘谈恋爱，请她迅速告知小卢姑娘，以免拖久了使小卢姑娘的感情受到伤害。

几年后，小卢姑娘成长为农机厂检验科科长。

厂卫生院院长林大姐将她的亲侄女小林姑娘介绍给路宁。小林姑娘十七周岁，中高个头，身材苗条，容貌靓丽，是个天真活泼的农村女孩子，也是从小在虎踞山林场长大，虎踞山林场中学高中毕业后分配到虎踞山农机厂厂部当打字员兼办公室内勤。她打字速度快、质量高，非常受厂领导及各车间、科室欢迎。小林姑娘非常单纯，认为舅妈既然将她介绍给路宁，就等于她已经跟路宁谈恋爱了。于是，她送打印件到路宁宿舍，等待路宁校核稿件时，她就脱鞋上了路宁床，趴在路宁床上，将头伸进坐在床沿上校核稿件的路宁怀中看着路宁校稿。路宁笑着说你挡着我的视线了。她就翻身仰躺在路宁床上，一只手搭在路宁大腿上，静静等待路宁校核稿件完毕。厂领导班子成员开会时，她给别人喝水杯中添一次开水的工夫要给路宁添三次。路宁小声对她说不要只给我添水。她就小声回答路宁我就要只给你添水。厂部办公室主任是个男中专生，江东市知青，比路宁大一岁，长得英俊潇洒，跟路宁是好朋友。路宁记得厂部办公室主任曾在一次酒醉后说他要娶小打字员，就问这位主任究竟喜欢不喜欢小林姑娘。办公室主任回答说非常喜欢，并请路宁帮助牵个线。于是路宁就将小林姑娘叫到自己办公室，郑重地对她说:“你舅妈的意思我知道。但我母亲不允许我现在谈恋爱。厂部办公室主任很喜欢你。”几年后，小林姑娘与厂部办公室主任喜结良缘。厂部办公室主任很感路宁牵线搭桥之恩，后来路宁上大学几年间，每个月的工资都是他回江东市时送到路宁家中的。

这两位纯朴美丽姑娘的感情都没有受到伤害，重要原因是路宁的妥善速断。

七

虎踞山的夏天因有玉龙湖而热闹。不，应当说是因有一群生龙活虎的男孩儿和一群闭月羞花的女孩儿在玉龙湖中劈波斩浪、尽情欢笑而热闹。

那时候，每年一度纪念毛泽东主席 1966 年 7 月 16 日畅游长江，是共青团组织的政治任务。

为准备“7·16”畅游玉龙湖，兼任虎踞山农机厂团总支书记的路宁组织了约一百名男知青、一百名女知青合计约200人的游泳队伍，开展了有组织的训练。

设计是这样的：一条小船前引，船上置一只大皮鼓，一部手风琴。一名男擂鼓手，一名女拉琴手，还有男女各两名划桨者。游泳队伍分四列跟在引领小船后，每列五十人，水性特别好的知青均匀分配在队列中。队列两侧和最后还各安排一条小救护船，每条救护船上各安排厂卫生院一名医生、一名护士及包括数只救生圈在内的急救用品。

路宁感到，这样的安排，基本上可以保证安全方面不出问题了。

没想到，另外方面却出现了问题，差一点儿影响了“7·16”游泳活动的正常举行。

可能确实是那个年代禁锢得太厉害了。训练时，路宁在场，大家好好训练；路宁不在场时，问题出现了。

不少游泳的男女知青都游到了前引队伍的小船旁，四面围着小船，说是抓住船边沿休息一会儿，其实是男青年们仰头争看船上穿着泳衣的身材柔美、曲线毕露的姑娘，女青年们悄悄偷看只穿泳裤的体格健壮、轮廓清晰的小伙子。站在船上拉手风琴的泳衣姑娘有些害羞，想要坐下，立在船上擂大鼓的泳裤小伙很大方，加之路宁又明确前引船由他负责，于是大喝道:“不要坐下去，拉起手风琴!”自己带头昂首挺胸地擂响鼓点，拉手风琴姑娘受擂大鼓小伙感染，也挺胸昂首地拉出《花好月圆》《彩云追月》《火车向着韶山跑》《我为祖国守大桥》等乐曲。水中的姑娘、小伙子们兴高采烈，欢呼一阵、掌声一阵地鼓励着。这种集体欢乐的情绪强烈带动了船上两名身着泳衣的划浆姑娘和两名只穿泳裤的划桨小伙，女知青站起来扭动婀娜身姿随琴曲轻轻起舞，男知青站起来绷紧浑身肌肉按鼓点挥臂助威。船上水中一片欢乐，“好看——好看”的赞美声不断。

这时，麻烦开始了。

一个在不远处水中观看的小伙子大概是过度兴奋了，他在水中不停地将身体上蹿出水面，不知是无意还是有意，总之，泳裤在不停的上蹿中脱落下来，他还是继续上蹿。小伙子们见了哈哈大笑，姑娘们见了吓得纷纷扭头捂眼，有几个姑娘还紧张得呛了水，被紧急救上救护小船。

虎踞山农机厂党总支书记兼厂长是从虎踞山林场成长起来的领导干部。他严肃批评了厂团总支书记路宁:“男女青年几乎光着身体在一起游泳与男女光着身体在一起洗澡有什么两样？简直是胡闹！立即将游泳活动停下来!”路宁道:“游泳中出现不妥现象要批评。但这次游泳活动的多数参加者是从城市来到林场的知识青年。在城市，男女同在一个游泳池游泳是普遍现象。没什么可禁止的。”

这场官司由虎踞山林场党委书记兼场长作了了断:“游泳中出现不良现象应当改正。但男女青年同泳没有道理禁止。”

这个了断，使知识青年上山下乡高潮那些年的每年“7·16”，虎踞山麓玉龙湖畔都洋溢着男女知青的欢笑声。

附带说一下，那位说“男女青年几乎光着身体在一起游泳与男女光着身体在一起洗澡有什么两样”的人，后来做出了比“泳裤在不停的上蹿中脱落下来”的游泳男知青还要了得的事。此人当时已婚，婚后很能引领潮流。中国私营企业20世纪90年代才出现的事情，他在20世纪70年代的国营企业就先行了。他的办公室里，面对面地放着两张办公桌，分别是厂党总支书记兼厂长及厂党办兼行政办秘书办公的位置。厂党办兼行政办秘书是一位高中毕业不久的女知青，长得不俊不丑，中等身高，胖乎乎的。她勤劳朴实，积极要求上进，认真完成厂领导交办的所有工作，客观地说，不止是厂党总支书记兼厂长一个领导向她交办工作，因此晚上经常在办公室里加班加点地工作。一天晚上，路宁到厂党总支书记兼厂长办公室找厂党办兼行政办秘书要一份资料，推开门后看见的一幕，让在场的三个人都很尴尬——厂党总支书记兼厂长正把厂党办兼行政办秘书抱在怀里胡乱地亲嘴摸乳。路宁很久以后都记得，那位女知青无力地仰坐在厂党总支书记兼厂长的怀中，脸正对着办公室门，头发有些零乱。她平时很尊重和信任路宁，认真完成路宁交办的每一项工作。自从坐到厂党总支书记兼厂长对面办公后，就时常在路宁面前轻声叹气，欲言又止。她一眼看见了推门进办公室的路宁，立即挣脱厂党总支书记兼厂长，语调中带着紧张和恳求:“路副厂长，我没有办法，我不想活了。”厂党总支书记兼厂长嘟囔着:“喝了点酒，喝了点酒。”路宁沉着地说:“我有一件事找厂党办秘书，你到我办公室来一下。”就退了出来。这位女知青立即来到路宁办公室，又说了一遍“路副厂长，我没有办法，我不想活了”就伏在路宁办公桌上哭泣。路宁是一个善良的人，他说:“如果这件事除当事者外只有我一个人知道，你想不想活?”女知青满脸泪水地抬起头，眼中燃着希望:“当然想活。但我没有办法对付厂长。”路宁说：“你只要做一件事，立即向他要求从他的办公室中搬出来。并且说看到今天晚上这一幕的路副厂长也是这个意思。至于彻底解决这一问题的其他事情，由我来做。”女知青出门前眼泪汪汪地千叮万嘱：“路副厂长，我从小到大一直是积极要求上进的人，很爱面子。遇到这种事情，我很苦恼，但也想不出办法。今天的事情，千万替我保密呀，否则我真的没脸活下去了。”1975 年以后，陆陆续续、零零星星的知青招工返城已经开始。路宁分工具体负责厂里的知青招工返城工作。几个月后，场部分配来城里企业的招工名额，路宁将其中的一个名额给了这位女知青，厂党总支书记兼厂长心知肚明，同意了。路宁对厂党总支书记兼厂长说：“这次为了保护你的家庭，也为了保护这位女知青，就这样处理了。若再发生此类生活作风问题，我就要因你累犯去向场部报告了。”厂党总支书记兼厂长又嘟囔道：“今后一定少喝酒，一定少喝酒。”

八

随着农机厂职工宿舍条件的逐步改善，谭英和路宁先后被调整到了新盖的砖瓦房职工宿舍。两人的接触不像在小草屋时那么频繁了。

谭英和路宁这天共同加班到凌晨一点结束，她和路宁又商量了一会儿下一步劳动竞赛的方案，便来到设在锻工车间后面、靠锻工车间蒸汽炉供应热水的职工澡堂，进入女职工澡堂脱衣洗澡。所谓职工澡堂，就是将红砖砌墙、杂木条当顶的一间屋子分成男女两室，每室各放置几条长椅，还各放置了一口高宽各约一米二的大水缸，水缸上面有冷热两个自来水笼头分接冷热水。墙上挂着提醒牌：“只准冲洗身体，不准身体入缸。”

加班的女工们都已洗完澡走了，女澡堂里只有谭英一人。谭英舒服地舀水冲洗着疲惫的身体，突然听到头顶上用木条搭起的屋顶发出快要断裂的声音，她感觉到了屋顶上有人，仰头怒喝一声：“谁?!”

屋顶上的人想站起来逃走，随着两三块木条的断裂声，一个穿着锻工服的男人从房顶断裂处摔进女澡堂，一时疼得仰在地上爬不起来。

谭英是个勇敢的姑娘，而且她一眼看清了摔进来的是外号叫“小胖崽”的年轻小锻工，这个小锻工因长得矮小胖胖的，平时女职工们喜欢拿他开玩笑（小媳妇们甚至喜欢搂住他喊“儿子”）。谭英顾不上穿衣服，操着木制水勺冲过去狠揍“胖崽”：

“不学好！不学好！我叫你不学好！”

“胖崽”被木制水勺砸得疼痛难忍，弓腰抱头哀求：“我不敢了，我再也不敢了，大姐饶我这次！”

路宁刚走进隔壁男澡堂准备洗澡，清楚听见女澡堂有男女混杂在一起的叫喊声、打骂声，知道女澡堂出事了，立即冲向女澡堂。

他永远都不会忘记看到的那正义而美丽的一幕：谭英裸着洁白高大丰满灵秀的胴体，像女神一般，高举着武器（木水勺），正痛揍着一个猥琐地蜷在地上的黑色人影！

谭英穿上衣服后，路宁向谭英征询如何处置“小胖崽”的意见。

谭英轻声说：“算了。你不也看了嘛。”

路宁理解谭英的意思，一来“小胖崽”还只是一个刚工作不久的男孩子，二来不想因处理“小胖崽”将此事闹得沸沸扬扬。

不过，路宁还是令“小胖崽”写了份检查交给他，他把检查存在了办公室。

九

路宁与谭英亲切关系不可能进一步发展的转折点，出现在帅武来到虎踞山农机厂工作以后。

谭英的父亲与帅武的父亲是师兄弟，更是一辈子的亲密工友。两家为谭英、帅武结下娃娃亲。长大后，帅武去当兵，谭英到工厂。

谭英对这门娃娃亲虽不乐意，也没有坚决抵制过。帅武则对出落得亭亭玉立的谭英爱意益深。

帅武在部队从事后勤工作，干到正排级复员。按哪里来哪里去政策，本可以在江东市区安排工作，但他自愿选择了到厂址在江东市郊县的虎踞山农机厂工作，因为谭英在这里。帅武被安排到厂总务科工作。

谭英对身材魁梧、外表木讷、思维灵活的帅武，虽无激情，但也不反感。帅武的到来，把谭英逼到必须立即进行婚姻选择的境地。

其实谭英的选择余地已经非常小了，因为众所周知，帅武复员分配来厂的理由就是要求与未婚妻谭英在一起。且帅武比谭英大两岁，谭英比路宁大两岁，当时帅武二十三岁，谭英二十一岁，路宁十九岁。

可在谭英心里，还是路宁的吸引力大些。谭英虽心里对路宁有爱意，却从未正式向路宁表达过；路宁虽对谭英有一种很温馨的亲情，却从未向婚姻方面想过。

谭英在与路宁的接触中，深知路宁虽德才兼优，但其实还只是一个大男孩，在当时恐怕做不了自己婚姻的主；谭英还知道路宁的母亲是一个老革命，在家中地位至重，路宁非常听母亲的话。

她想，应当有清楚的结果了:“路宁，我想到江东市见见你母亲。”

路宁有点明白她的意思:“那就去见。”

路宁的母亲与谭英和蔼地进行了长时间交谈，谭英明白了两层意思：第一，现在已经众所周知，谭、帅两家关系深厚，帅武追谭英行为感人，谭英也从未明确拒绝过帅武；第二，路宁母亲在干校改造，路宁父亲正被审查，路宁的家庭风雨飘摇，前途难卜。

谭英想：第一条也许就是路宁的意思，要不然路宁的母亲怎么会对我与帅武的关系这么清楚？第二条说明路宁的母亲很信任我，要不然怎么可能把家庭的政治困境告诉我，这也说明路宁在她母亲面前对我的评价很好。

但不管怎么说，从此就要断了对路宁的念想，还是使谭英产生了深深惆怅。

十

从路宁家回到农机厂后，谭英的心情一直低沉。恰在这时，月经来了，更加重了她的不适情绪。

她是精加工车间副主任兼车间女工委员会主任，从来没有休过国家规定的女职工月经期间享受的半个工作日休息，俗称“例假”。精加工车间其他女职工的例假都向她报告后休息。副厂长兼精加工车间主任路宁不满二十岁，其实还只是一个单纯的男孩子，根本不懂例假是怎么回事。

谭英这是第一次想休例假。

早晨上班时，她没有像往常那样身着工作服，而是穿着休闲服装来到车间，对路宁说：

“我今天上午休例假。”

路宁不懂什么是“例假”，心想非节假日非星期天的，哪来的例行休假。压住心头不高兴，轻声对她说:“你怎么能把个人情绪带到工作中。”

谭英回道:“这是我应当享受的权利。”

路宁一听火了，大声喝问：

“非节假日非星期天的，哪来的例行休假？谁给你这样的权利?”

谭英眉毛一扬:“国家给我的权利!”

路宁生气地摘下工作手套用力往身旁的机床箱上一甩:“谭英，你别胡闹!”

“谁胡闹了?”

几名女青工围了过来，有的冲着路宁神秘兮兮地笑着，有的搂着谭英肩膀故意说话给路宁听：

“他是个小男孩，不懂事，别跟小男孩生气。”

路宁见一大群女工冲他乐，男工们也嬉皮笑脸地说:“不懂！不懂!”

他不明白自己严肃执纪怎么弄出了乐呵呵、乱哄哄的场面。暗想：“是不是我搞错了什么?”怕事情闹大，就走出车间回办公室了。

不一会儿，担任厂女工委员会主任的李大姐来到路宁的办公室：

“路副厂长，谭英例假已经向我报告过了。这是国家给女职工在月经期的一项特定权利。”

她微笑着继续对路宁说:“精加工车间女工的例假都向谭英报告。谭英自己又从不休例假。这是她第一次休例假。”

李大姐乐呵呵地接着说:“路副厂长，你还年轻，不太懂。”

她友善地拍了拍路宁的肩膀:“今后别再为例假的事与女工发生争执了。”

十一

“例假风波”后的第三天晚上近十一点，路宁与厂乒乓球队的队员还在厂活动室进行乒乓球激战，两名上白班的精加工车间女青工走了进来:“路副厂长，我们回不了宿舍，已经在外面等了好几个小时。帅武和谭英两个人在宿舍里。一个是厂总务科副科长，一个是精加工车间副主任，我们不好意思敲门。”路宁请她们在厂活动室等一等，便向谭英的宿舍走去。

这几天谭英情绪非常低落。那么勤劳、乐观、洁净的姑娘，却总是懒洋洋地躺在床上，懒得吃饭，懒得洗澡，甚至懒得翻身，大睁着眼睛，呆呆的，也不知在想什么。

帅武每天都带着热饭热菜来看她。

这天晚上，帅武来了。他对谭英说:“你身上都臭了。”

谭英躺在床上，不搭理帅武。

帅武拎着两只空热水瓶走出门。过了一会儿，他灌满两瓶热水回来，将两只热水瓶里的热水都倒进洗脸盆，浸入毛巾，对谭英说:“起来，擦擦身体吧。”

谭英还是不理睬帅武。

帅武笑着说:“你若自己不擦身体，那我就帮你擦了。”

谭英没有动静。

帅武伸手从脸盆里拎出热毛巾拧得半干，将毛巾展开在手掌中开始为谭英擦脸。

谭英没有任何反应，任由帅武用热毛巾为她仔细地擦着脸庞和颈项。

帅武受到鼓舞，将毛巾放入热水中搓洗了几下后又拧成半干展开在手掌中，伸出另一只手大胆地掀开盖在谭英身上的被子，解开她的内衣，开始为谭英擦身体。

谭英仍然没有任何反应。

帅武看到了谭英赤裸着的美妙胴体，他的呼吸渐渐急促起来，为谭英擦身体的手因触着了谭英赤裸着的乳房而有些颤抖。谭英任由他摆布。帅武褪去谭英全部内衣，翻动着谭英雪白柔软的丰满身体，用热水毛巾将谭英全身仔细擦了一遍。虽然双方父母为帅武和谭英很小就定下娃娃亲，但帅武这是第一次看见谭英裸露着的丰乳肥臀。

擦洗完毕后，帅武将毛巾扔进洗脸盆，伸出有力的双臂紧紧搂住了谭英，在谭英的脸上、颈上、身上热情地亲吻着。

谭英仰躺在床上，闭着眼睛一动不动，美丽的眼角溢出了大滴大滴的泪珠。

月白露坠，天籁传音。

他的粗促喘息声和她的细柔呻吟声，仿佛轻放着一首动听的自然协奏曲……

路宁礼貌地轻轻敲了三下门，等了一会儿，宿舍里没有一点声音。

路宁又轻轻敲了三下门："谭英，开门。"听到了宿舍内的响动。

门开了，开门的谭英，散乱着头发，半露着双乳，穿着裤衩，边扣着内衣，边扭身往里走。赤裸着上身、被子捂住下身、手臂枕着脑勺、正躺在谭英床上吸烟的帅武，看都不看路宁："我和谭英恋爱，该不会有错吧。"

"为了追求谭英，从部队复员后你放弃选择在城市工作，来到谭英工作的地方，大家都很感动和敬佩。谭英一直很优秀，是车间负责人，今天正在带夜班。她应该立即回到工作岗位。"

路宁看了一眼正在急急穿戴的谭英："其实，我知道用不着我说什么。只说一句，凭你们两位的素质和担负的职责，不论遇到什么情况，都不应该让职工们抓住什么。"

路宁话音未落，谭英已经走出宿舍。帅武从床上坐了起来："我今后会注意。"

路宁走回活动室，对正在打乒乓球等待着的两名女青工说："谭英生病了，帅武去关心一下。耽误了你们休息。谭英现在已坚持去上班了。帅武说今后不会再影响你们休息。你们可以回宿舍休息了。"

路宁回到办公室，看见谭英像一尊女神般地矗立在办公桌前。红润的气色，明亮的眸子，齐整的头发，透湿的双唇，谭英身着干净的工作服，手里拿着工作帽，骄傲地挺着丰满的胸脯。

谭英对路宁说："你不是要审问我吗？你不是要听我跟帅武在床上做的事吗？你问吧，只要你想问，我一定什么都说，让你听个痛快。"那英姿气势，一瞬间使路宁仿佛进入红色电影情景，隐约感到自己是站在错误方面，面对一位义无反顾的女共产党员。

路宁有些感动。谭英是他少小年纪（不到十六周岁）离开家到工作岗位后第一个使他感受到温暖的人。他知道谭英现在是想用这种看似放荡的方式，告诉路宁她的人生决定。"师姐，"路宁顿了一会儿，"谭英，我永远都会尊敬你。"路宁一字一字真情地说。

谭英眼圈红了，灯光映着闪闪的泪水，她扭头向窗外，稳定了一下情绪，不再看路宁，微仰着头仿佛自言自语，黑亮黑亮的头发衬着她那高挺的鼻梁："路宁，我想清楚了。从今后，我就是师姐，你就是师弟；

还有工作关系。除此外没有其他关系。”说完，谭英转身出门向车间走去。

路宁走向门外，看到温馨明亮的月色，伴随着谭英远去的美丽身影。

谭英和帅武是幸福的。改革开放后，帅武和谭英承包了虎踞山农机厂。帅武在外奔波经营，谭英管理着农机厂。不少老青工和老知青，留在厂里继续工作。

梅花张枝寒初排，
迎春出俏冰渐裁。
惟见漫山翻桃海，
万物涌入阳春怀。
不与牡丹比雍容，
亦礼玉兰至洁采。
却将真诚覆大地，
万紫千红真正来。

谭英是一朵真诚的给人以阳春般温暖的桃花。

第二章　神灵的女儿

十二

“你这都改了些什么?!”

令虹把一堆稿纸往路宁面前一扔，充满不屑地对路宁说。他回过头来，略带诧异的目光对上了她那略带嘲讽的目光。

不久前，路宁被虎踞山林场党委任命为虎踞山林场宣传队队长。

林场播音员令虹是宣传队主创人员。

令虹毕业于江东市最著名的高中。高一高二高三连获学校作文比赛第一名，是全校男生公认的“精神之花”。她出身于革命军人家庭，童年、少年时代跟随父母的部队大院生活，培养了她追求事业的信念，培养了她战胜一切的精神。宣传队成立之初，她夜以继日地很快创作出一批有质量的演出作品，使刚刚成立不久的宣传队，就拥有了一批深受广大知青欢迎的节目。

当然，在她的身上，追求事业与战胜一切是统一的。换句话说，她很难容忍别人改动她的作品。

路宁仔细研究着令虹投向自己的目光，令虹没有回避。那目光含着善意嘲讽，露着坚定信念：你的改动肯定不如我的原作。

令虹说："改作品有越改越好的，有越改越差的。马克思改《资本论》越改越好，达尔文改《物种起源》越改越差。"这是令虹嘲讽的智慧。她既嘲讽了路宁对自己作品的改动，又使路宁感到，无论被当作"马克思"或是被当作"达尔文"都不坏。

路宁微笑了一下，默默转回头来，在令虹扔过来的作品上认真对比自己的改动和令虹的原作：从所改的那个句子看，看不出改动错在哪里。但从那个句子所处的段落看，自己的改动确实破坏了令虹所写那个段落的逻辑。

路宁服输："我破坏了你的逻辑。"于是提笔删去自己的改动，勾回令虹的原创。

令虹听路宁得其要领地称赞她的作品结构精妙，心悦地回馈："你分析作品的能力其实挺强。"

路宁听得出，令虹这句话是真心欣赏。

"中午在我这儿吃饭吧。"令虹说。

宣传队有队员集体宿舍，有排练场（即场部礼堂），但没有办公室。受同时是林场广播站播音员的令虹邀请，队长路宁的一些队务活动，有时就在林场广播室进行。林场广播室是红砖红瓦盖成的两室小屋：外间放着一付用于播音员播音的桌椅，还置着一些播音器材；里间是播音员的卧室兼编辑室，进门后，右侧是一张双层单人床，靠窗是一付办公桌椅，左侧是一付小餐桌椅，墙角是一个放着脸盆和脚盆的洗脸架。刚才路宁就是坐在令虹卧室内的办公桌前，看着令虹扔过来的作品。

路宁以平淡的神态，接受了令虹的午饭邀请。心里清楚，这是才华出众、心高气傲的令虹在表达歉意，拒绝并不明智。

令虹准备的午餐，简单、好吃：蒸咸肉，烧青菜，榨菜鸡蛋汤，白米饭。这是令虹第一次邀请路宁也是进入青春期后的令虹第一次邀请男孩子共同进餐。

智慧的撤退，结果是进攻。

“令虹，在干吗呐?”广播室的门是开着的，随着一声嗲嗲的声音，走进来一位高挑个头的姑娘。她叫曾燕，是林场宣传队女舞蹈队员中的第一主力，与令虹在同一所高中同一个年级读书，令虹在德语班，曾燕在法语班。令虹是学校作文尖子，曾燕是学校舞蹈尖子。该校将高中毕业生按班级成建制地送到农村锻炼，令虹和曾燕分别所在的两个班，集体来到虎踞山林场。林场宣传队成立时，令虹和曾燕都进了宣传队。两人都知道对方曾经在母校的地位，又是林场宣传队里形不成直接竞争关系的创作和舞蹈两个领域的领军人物，年轻人抱着共同为母校增光的纯洁心态，英雄惜英雄，相处得还是有老同学情谊的。

“曾燕你进来吧。”令虹在里间应答。其实还是曾燕看得清楚，令虹对路宁是怀有好感的。曾燕自己也喜欢路宁。中午她没看见路宁到食堂吃饭，也没看见令虹到食堂吃饭。寻思了一下，吃完饭就奔广播室来了。

曾燕走到广播室的里间门口，看见令虹和路宁围着小餐桌坐着吃饭，令虹正端着一碟蒸咸肉往路宁的饭碗中拨拉。

“好温馨呦。”曾燕夸张地嚷嚷。

十三

有时候男孩子恩威并施的小策略，可以一下子征服女孩儿的心。

筹备成立宣传队时，宣传队队长路宁到林场各基层单位选队员。这天，他慕曾燕之名来到了岭溪队。

岭溪队方圆数十里的山岭上生长着茂密的杂树林。一条溪水从岭顶几乎直泄到岭下的岭溪队队部所在地，由此汇入玉龙湖。每年冬季雪日，岭上伐木者将砍倒的杂木利用地面厚厚冰雪的滑力拖到溪水旁。开春冰冻化解后，利用涌动的溪水托起木料顺势而下运到十几里外的岭溪队队部所在地，再装上卡车从仅有的一条入山沙石公路上运到山外。

不管什么原因，路宁比约定时间迟到二十九分钟走进岭溪队的集体食堂兼会场。

集体食堂里只有按通知在这里等候的曾燕，她躺在长椅上看了路宁一眼，没有坐起来，显然是对路宁的姗姗来迟不满。

“对不起，我迟到了。”

没有回音。

等了约一分钟：“能请你上舞台表演一段舞蹈吗？”

曾燕起身走上舞台，懒洋洋地站在那儿，等着路宁继续发话。

“跳什么舞蹈都行，主要是看看基本功。”路宁说。

曾燕没精打采地舞了起来：扬脚尖不过肩膀，挺胸脯不成曲线。

“把大腿扬起来。”路宁严肃提醒。

曾燕一怔，瞪大眼睛警惕地看了看路宁，扬了一下脚尖过头顶后，再扬又不过肩膀了。

“把胸脯挺起来。”路宁厉声要求。

曾燕停下舞蹈狠狠盯住路宁：“你流氓啊？”

路宁胸有成竹地藐视着曾燕：“亏你还是个舞蹈尖子。我这是标准的文明语言。”

“大腿？胸脯？这是你的文明语言？”曾燕冷笑。

路宁正色看着曾燕，提高声音字字清楚地回道：“曾燕，我再提醒你一次，把大腿扬起来，把胸脯挺起来。否则，少了你一个也没什么！”

一直对视着路宁的曾燕，觉得眼前的这个男孩有着让女孩喜欢的傻劲和威武，抿嘴一笑，装出一副可怜相：“人家今天是例假嘛。”

接受了“例假风波”教训的路宁深知例假的神圣，立刻缓和了语气：“那情有可原。你今天不要再跳了。我知道你是著名中学的舞蹈尖子。一周内你到场部宣传队报到。”

这就是路宁与曾燕交往的开端。与跟令虹交往不同，从一开始，路宁在精神上就占据压倒优势。

十四

路宁禀赋里饱含着母亲的基因。路宁的母亲战争年代在人民军队从事文艺工作，演出时的念唱感情充沛，字正腔圆。多少年后，在干校里见到的老首长和老战友，都还清楚记得这位当年在战地舞台上激励将士们英勇杀敌的“喜儿”和“刘胡兰”。路宁继承着母亲的事业，是林场宣传队话剧、朗诵、快板书类节目不可替代的第一主演。男知青都说路宁的朗诵震撼人心，女知青都说路宁的朗诵令人陶醉。

令虹是宣传队主创兼演员，她喜欢与路宁同台演出。令虹确实才华横溢，想写什么就能够如意地写出什么。于是，出自她手中的剧本，恋人呕气、夫妻争吵的情节也就多些。这真是一举两得：了却了生活单调的知青们喜欢看有生活情节节目的心愿，实现了有青春遐想的令虹喜欢多与路宁同台演出的愿望。其实，令虹的青春遐想真的很让人陶醉："初恋——永恒的彩霞；夫妻——永远的依恋。"就是她创作的一部小话剧中的神来之笔。

她欣赏路宁演出时的完全投入和充沛激情，尤其喜欢听他用陶醉人心的优美男中音进行朗诵。她喜欢在剧中设计多场男女主人公的大段对白，这样做出自两个原因：一是因为她感到自己与路宁的普通话都非常好听，二是因为可以在自己设计的多种情形下与路宁进行丰富的感情交流。

她喜欢朴素，创作了男女声诗朗诵《赞美朴素》：

女：小草是朴素的，她有无限的生机；
男：山石是朴素的，她有无比的坚强；
女：大海是朴素的，她有无穷的力量；
男：蓝天是朴素的，她有无垠的宽广；
合：自然是朴素的，她有无尽的变化。
女：朴素是"师法自然"，
男：朴素中有丰富无尽的营养。
合：朴素中有底蕴深厚的力量。

她追求理想，创作了男女声诗朗诵《理想与行动》：

女：理想是需要攀登的未来现实，
男：行动是攀登通往理想之巅的阶梯。
女：一个行动就是攀上一级阶梯，
男：理想的实现是一个接着一个行动的结果。
女：没有行动的人其实没有理想，
男：若硬说有，也只是痴想。
合：希望在行动中，没有行动便没有希望。

连她自己都感到奇怪：保留节目《忆苦饭》演出了数百场，每当路宁用感染力极强的男中音向她沉痛诉说旧社会之苦时，她竟能场场都深情地注视着路宁，流下滚滚热泪。

舞台上长期的感情交流，潜移默化地渗透进日常生活中。路宁和令虹都喜欢静静地长久注视和欣赏对方，并不回避，并不害羞，那么坦然，那么神会。顶多就是他或者她将目光从与对方的对视中主动移开，让她或者他把自己看个够。他们心里有底，这不会受到对方的责怪；他们更有托辞，如果对方责怪，就说是演出形成的习惯。

真要感谢令虹的创作，若不是通过舞台上恋人、夫妻的相视熏陶，路宁在生活中还真不好意思这样久久地注视令虹。

令虹是一位中高个头的姑娘，红润的苹果型脸蛋，有着透着智慧光芒的明亮眼睛，有着散着青春气息的匀称身材。她是一个典型的在军人家庭中成长起来的很有气质的女孩子，留着齐耳根的乌黑秀发，穿着一条军裤，在宿舍里上身常穿一件朴素的白衬衫。

路宁是一个很内秀、有傲骨的年轻人，说实话，他喜欢看令虹，绝不仅仅是看外表，在不断审看和排演令虹创作的作品的过程中，他真实地感到自己写不出达到令虹创作水平的作品；他喜欢看令虹，更因为他被令虹的高傲气质，被令虹的出色才华越来越深地吸引了。

一个国庆节前的晚上，已近夜里十一点了，路宁在宣传队国庆演出的林场场部礼堂认真检查了演出前的舞台准备工作后，一个人坐在观众席第一排正中座位上，又背起了台词。

"我围着礼堂转了好几圈了。就听你这么长时间这一段台词还没背下来。是我写得别扭还是你思想不集中？"令虹悄然走进礼堂，坐在路宁身边的座位上，带着温情亲切与讥讽调皮的神情，轻声问路宁。

"你写得挺好。可能是我心思不在。"路宁没看令虹，却实话实说。

"你在想什么？"令虹那明亮睿智的眸子盯着路宁，似乎心知奥秘。

"可能想了些与背台词无关的事。"路宁感觉到自己正在经受令虹的审视，还是不看令虹，只顾实话实说。

礼堂里没有了声音。

深夜的静寂里，升腾着感情。

过了一会儿，令虹亲热含蓄地对路宁说："路宁，今后的事今后再说，好吗？"她用商量的口吻，凑近了路宁。她柔情地看了路宁良久：

“其实我也睡不着。我陪你背台词。思想集中些，明晚就要公演了。”

令虹是不施粉黛的本色蛾眉。但路宁感觉令虹今晚已洗过头发洗过澡。因为她那靠着自己的乌发和身体，伴着从敞开的礼堂大门吹入的微微秋风，不断散发出幽幽的融着年轻女性青春气息的诱人皂香。

深夜里，令虹背诵出的台词语调非常动人，路宁背诵出的台词声音极富感染力。

令虹热情地歌颂知识青年。她创作的一部含蓄的知青爱情小话剧中，将男知青比喻为高大的银杏树，将女知青比喻为纯洁的蒲公英。在这部小话剧里，男知青由路宁出演，女知青由令虹出演。在这爽人的秋夜里，令虹陪路宁背诵的就是这部小话剧中男女主人公的激情对白。

男知青：

你说你欣赏银杏树精神，你说我就是原野上一棵高大的银杏树。那么，你欣赏的银杏树精神是什么？

女知青：

银杏树，蓬勃着生命力量。高可过十丈，寿可越千载。何其卓立，何其久远。

银杏树，体现着生命价值。果可养生，壳可取料，叶可入药，干可艺雕。

银杏树，展示着生命意义。冬日，干凌枝清，冰雪洗礼；春日，嫩绿欲滴，韶华吐韵；夏日，葱郁茂盛，殷殷长成；秋日，累累硕果，金染天地。

银杏树——载载奉献所以隽永；

银杏树——岁岁洗礼所以卓立。

男知青：

如果说我是原野上一棵高大的银杏树，那么，你就是原野上一株纯洁的蒲公英。你欣赏银杏树的精神，我热爱蒲公英的品格。

女知青：

你说你热爱蒲公英的品格，你说我就是原野上一株纯洁的蒲公英。那么，你热爱蒲公英的哪些品格？

男知青：

她是那么的纯洁，雪白晶润的绒花，久伴着广袤的绿地，无际的蓝天。

她是那么的坚韧，狂风将绒花吹散，散在哪，就在那扎地生根；暴雨将绒花击碎，碎在哪，就在那落土开花。任何环境，顺逆不止；所有境遇，荣辱不惊。

大音希声——东西南北，蒲公英的身影无处不现；

以柔克刚——累岁经年，蒲公英的繁绒无力可裁。

蒲公英——

生命顽强的大地女儿；

蒲公英——

纯洁永生的美好象征。

在深深的陶醉中，他们圆满完成了国庆公演的台词和情绪准备。

附带说一句，大概是令虹的才气真高于路宁，大概是路宁对令虹的喜欢已深入心底。总之，在他们的交往中，每当发生意见分歧，令虹那久久看着路宁的矜持目光，是获胜的最锐利武器。

这是后话。在路宁与令虹的整个交往过程中，肉体上从未越雷池一步，可他们之间的神交，却是那么的铭心刻骨。这是那个时代特有的相互具有吸引力的有理想有才华的青年男女之间的高尚交往。

十五

令虹的宿舍成了宣传队的指挥部，更成了文艺青年的聚会地。曾燕经常出现在令虹的宿舍，因为路宁经常在那里。季阳也经常出现在令虹的宿舍，因为他追求着曾燕。

季阳是宣传队中曲艺节目的头号主力。他出生在京剧世家，有一套表演理论。他对令虹说："你创作话剧时可适当借鉴京剧中的'生旦净丑'角色形式。我父亲说过，京剧中的'生旦净丑'是对现实生活中各类人物的概括。譬如我们四人，在舞台上，路宁是小生，令虹是正旦，曾燕是花旦，我既可算净角（花脸），也可算丑角。"令虹友善地说："你算武生。"季阳笑着说："你还不太懂舞台艺术。舞台上'生旦净丑'角色缺一不可。没有丑角幽默滑稽、活泼杂耍的表演艺术，一场戏就太沉闷了。"

这样，林场广播室就成了林场宣传队创作、戏剧、舞蹈、曲艺"四大天王"的聚会地，宣传队的许多重要决定，都在这里由这四个权威共同讨论作出。

那么，工作之外干些什么呢？打牌吧。

这是国庆节后不久的一个晚上，在令虹的卧室兼编辑室里，伴随着阵阵秋风，敞开着的窗户不断飘进令人陶醉的桂花幽香。路宁、令虹、曾燕、季阳围坐在小餐桌旁，兴致勃勃地玩着扑克牌。令虹、曾燕准备的林场地产秋季水果——苹果、蜜橘、柿子、山楂，洗得干干净净，分别用饭盒和饭碗盛着，放在令虹的办公桌上。

不论宣传队的两位男神如何奋战，百分之百地都输给宣传队的两位女神。

这是因为两位女神的母校给了她们锐利的武器——德语和法语。令虹与曾燕的母校，是江东市所有中学中教授外国语言最出色的。令虹学德语，曾燕学法语。在校时，英、德、法语学生混住宿舍，于是，床对床或上下铺的不同语系班级的学生就互相学习对方所学的语言。久而久之，第三语言虽是业余学习，但很多学生口头清晰表达常用语已经不成问题。令虹和曾燕这两个聪明的女孩子都略通对方所学的语种，而路宁和季阳，只是勉强懂点英语。这样，与路宁、季阳对垒时，她俩肆无忌惮地交替运用着德语和法语指挥搭档出牌，在信息完全单向透明的情况下，当然是打得路宁、季阳落花流水。

她们在路宁、季阳的脸上贴上越来越多的纸条，边贴纸条，边享受着从未有过的开怀大笑，已经完全把路宁等当成了傻子。

季阳气得发飙了，一把抹掉脸上的纸条，伸出双臂将曾燕仰面抱起，边转圈边学着当时一部电影里面的语言喊着："我要把你扔到河里去！"

路宁没有扯下脸上的纸条，但严肃地说道："从现在起，不许说话，谁再说一个字，就在脸上贴五张纸条。"

对垒继续进行。

曾燕忍不住又用法语嘀咕了句什么，季阳毫不客气地往她脸上贴了五张纸条。最终的结果是，令虹脸上贴着五张纸条，曾燕脸上贴着十五张纸条。

过了许多年后，路宁还是认为：打牌时满脸贴着纸条，是漂亮姑娘最动人的时刻。

令虹、曾燕似乎有学贯中西的气势，又似乎想知道路宁外国语不行，那么，有什么行的？一次三人聚会在令虹宿舍，两位姑娘共同决定把玩什么的选择权交给路宁。

“我给你们两位各写一首比兴诗作，你们两位各给我写一首比兴诗作吧。”路宁提议。

曾燕惊讶地伸了伸舌头。

令虹沉着地回答：“行。”

路宁给曾燕写了《七古·海棠》：

梅花斗雪武小姐，
迎春逼寒俏姑娘。
闹开春光明媚日，
得见姗姗海棠放。
不若梅花英姿爽，
难比迎春风骨亮。
然有舒展仙子影，
春暖第一美神像。

曾燕问这首比兴诗的意思，路宁回答：“记着最后两句就行了。”

曾燕对路宁说：“我知道你欣赏什么。不过我告诉你，搞舞蹈的如果把舞蹈当成事业追求，既把自己当成天然摩崖，也把自己当成雕刻大师，不断精雕细刻自己，必能创出业绩。”

路宁给令虹写了《七律·山茶花》：

严冬漫漫万花愁，
惟见山茶红颜羞。
秋菊一递迎凛冽，
传于粉梅春光悠。
简枝林里繁花盛，
枯卉丛中茂叶稠。
年年冰雪称挚友，
血色无休英雄酬。

令虹笑着说：“路宁，你是在夸我‘简枝林里繁花盛，枯卉丛中茂叶稠’啊。”

令虹给路宁写了《七绝·岩花》：

临岩扎根气磅礴，
逢隙善存累硕朵。
纵对冥顽巨障面，
毅然力拓生机卓。

曾燕给路宁写了一副对子：

冷僻的小道，
生机的春天。

十六

每年冬季，虎踞山林场各单位领导干部都要集中到场部学习培训一周时间，俗称冬训，同时总结当年工作，部署下年工作。这天上午，路宁正在场部礼堂听冬训报告，林场宣传科一位小伙子走进会场，来到路宁座位旁，轻轻对路宁耳语道:“令虹从江东市给负责领导干部学习培训工作的林场宣传科科长挂电话说，为不断提高演出水平，按春节林场宣传队演出计划，林场宣传队队长路宁明天应当到江东市观摩军区文工团演出。宣传科科长在接电话中已经准假，让我来通知你按时去观摩演出。”

一夜大雪，将著名的江东市绿色林荫道妆成了很有气势的银色林荫道。在银色林荫道下行走，有进入童话世界的感觉。

上午八点四十五分，在长江路人民大会堂门前，令虹见到路宁兴奋地说:“路宁，我把你从枯燥中解放出来，高兴吗?”

路宁笑着说:“很高兴。计划里只说安排林场宣传队队员到江东市观摩演出，没说一定要宣传队队长到江东市观摩演出。真感谢你的出色发挥。”

令虹露出了少有的淘气，喜悦地说:“我就想叫你来。”

两人并肩走进了演出大厅。

座位是前中区第九排最靠右的两个位置。左边还有座位，右边则是与前右区隔开的过道。

路宁看见左边座位上坐着的是兄弟农场宣传队的女一号舞蹈演员，便悄声对令虹说:“你靠着她坐吧，你们可以交流交流。”

令虹伸出左胳膊紧挽了一下路宁的右胳膊，贴着路宁耳朵说：“我就坐在你右边，只跟你一个人交流。”

观众席上方的灯光暗了下来，在开场锣鼓音乐中，紫红色大幕拉开，演出开始了。

令虹往路宁右手心悄悄塞了一个小纸包。她打开自己手中的小纸包，取出食物含在嘴里。路宁也打开了令虹递过来的小纸包，取出食物放入嘴中，他辨别出了奶油话梅和冰糖杨梅的味道。

路宁靠近令虹轻声说：“整天搞创作、写东西，男的靠抽烟喝茶提神，女的靠嚼话梅、嚼杨梅提神。”

令虹对路宁理解自己创作艰辛非常满意，她俯向路宁耳边甜甜地说：“连嚼奶油话梅、冰糖杨梅的原因都知道，真不错。今后到我宿舍，奶油话梅、冰糖杨梅一定管够吃。”

路宁在令虹面前从来都比较谨慎。令虹今天在路宁面前则显得比较轻松随意，她微微仰在座位上，两条腿放松地伸展着，身体倾向路宁，轻靠着路宁的右臂。

军区文工团的话剧、歌舞、音乐、曲艺表演都非常出色，整个演出高潮不断。令虹和路宁一边嚼着奶油话梅、冰糖杨梅认真观摩，一边轻声商量着怎么学习借鉴。

路宁说：“我在场部图书室读过一本诗集《理想之歌》。这本诗集中有一首北京大学中文系 72 级创作班工农兵学员集体创作的抒情长诗《理想之歌》，以北京知青到延安插队落户为主线，歌颂知识青年上山下乡，写得非常有激情，也比较有艺术性，读后有很大激励作用。”

令虹说：“我也借读过。干脆这样办，看完节目后咱俩到新华书店把《理想之歌》买来，放在案头，便于借鉴创作。”

上午十一点演出结束。路宁和令虹从人民大会堂出来，由长江路经碑亭巷走上中山东路，在法桐上覆满冰雪的林荫道上走了十多分钟，来到坐落在新街口附近的江东市最大的新华书店，路宁买了两本人民文学出版社 1974 年版的诗集《理想之歌》，一本递给了令虹。

走出新华书店，路宁正要与令虹道别，令虹说：“这次是我把你请到江东市，我负责到底。走，到红星糕点店去，中午饭我请客。”

他们来到位于新街口闹市区的红星糕点店，令虹要了两碗鸡丝蛋丝大馄饨，又要了两只黑芝麻馅大麻团，另给路宁加了一碗熏鱼面，点的东西很快都热气腾腾地端了上来。路宁从令虹手中取过她的筷子，将熏鱼的一半搛到她碗里。两人将面前的食物都吃了，都感到浑身温暖。

曾燕在排练舞蹈时，扬脚尖不过肩膀、挺胸脯不成曲线的毛病又来了。这一年的腊月，雪下得特别大，房檐上挂着一排排长长的晶莹冰凌，地上的雪厚将近半尺。排练休息时间，宣传队员们都到礼堂外面热热闹闹地打雪仗去了。曾燕孤零零地坐在礼堂角落的一张长椅上。路宁走到曾燕面前，正要批评她几句，曾燕的话已经撂出来了："路宁，你怎么总是在人家那个的时候跟人家过不去。人家都难受死了，你和令虹在江东市舒服了。"路宁想，她已经知道令虹和自己在江东市观摩演出的事情了。于是他没说什么，只将自己穿着的军大衣脱下，裹住曾燕："这几天冰天雪地，你不舒服，排练时就穿着我的军大衣吧。"

曾燕还真听话，连续七天，她穿着路宁的军大衣在排练场上摸爬滚打，不时地在地面上匍匐前进、翻滚旋转，还不时地用军大衣袖子擦汗水抹鼻涕，将路宁非常珍惜的父亲的军大衣折腾得满是灰尘涕迹。令虹笑着调侃路宁："你准备不要这件军大衣啦？" 路宁回道："我很心疼，但也没办法。"

在腊月里比较暖和的一天，排练休息时，曾燕将一袋鼓鼓囊囊的东西拎给路宁："你的军大衣，还你。"路宁想，军大衣已经脏成那样，不能穿了。排练结束后，他将装着军大衣的袋子拎回宿舍，取出军大衣准备清洗，却闻到了一股淡淡的樟木香气，仔细一看，军大衣干净整洁、丝毫未损。原来曾燕只是气气路宁，她摸爬滚打时心中有数不损衣服，每天晚上都将军大衣放入自己从家里带到林场的樟木箱，还路宁大衣前用温水将军大衣里里外外精心擦拭了几遍，连路宁由于长期穿这件军大衣在上面留下的油迹和污痕都抹去了。路宁第二天穿着军大衣见到曾燕，轻拍几下自己的军大衣，笑着说："谢谢你啊，曾燕。"曾燕回了一句："给我穿时一股脑油味，难闻死了。"脑油味一般指年轻男子一种特有的气息。曾燕知道，自己说的是反话，其实，她是很喜欢路宁的这股气息的。

土垒的小屋
敌得过大厦高楼。
糙米和粗蔬
不逊于蛋奶鱼肉。

就在这儿，
江南丘陵中的林场，
我们——
上山下乡的知识青年，
选择了
大有作为的事业。
问一问，
这一双双
已长出茧子的曾经的嫩手，
有过怎样的艰难磨砺；
看一看，
这一副副
正变得坚强的年轻体魄，
又是如何的百炼千锤。
这里，
没有冷气影院，
也还未建
柏油路、动物园。
但却有
我们战天斗地的无穷之乐啊，
也还有
我们艰苦奋斗的幸福无边！

临近春节的一天，路宁将自己的军大衣披到正在寒气逼人的屋里伏案修改诗作的令虹肩上："我看你写的这首朗诵诗一点不比《理想之歌》差。"

令虹说的却是另一个话题："你想用这件军大衣讨多少女孩子喜欢？"

想听听路宁的回答吗？路宁的回答有未经雕琢的浑金璞玉风范："天寒地冻的，先凑合着穿吧。"质朴温情，宏观玄妙，柔性引导。

令虹灵动一笑，以她独异的气韵看着路宁："穿上去不仅身体兴奋，思维也可能兴奋吧？"弦外有音，婉曲领情，微戏"灵药"。她挺起胸来，将两支胳膊伸进军大衣的两只袖子，又一粒一粒扣上了胸前的大衣扣，伏案继续修订诗作。

十七

路宁的父亲曾经是中国人民解放军军事学院政治系教授，路宁的家中有大量藏书尤其是社会科学和文学方面的藏书。进入青春期后，路宁阅读了家庭藏书中的大量中外文学名著。令虹、曾燕都非常喜欢听路宁讲故事。在那个闭塞的年代，年轻的姑娘们能经常听心仪的小伙子讲五彩缤纷的故事尤其是感人的爱情故事，那是时时让人魂牵梦绕的什么都比不了的纯真幸福的事情。

她们喜欢听路宁讲《哈姆莱特》中“生存还是毁灭”这一“哈姆莱特之问”，尤其喜欢听路宁朗诵莎士比亚笔下颂赞人类的那段精彩文字：“人类是一件多么了不起的杰作！多么高贵的理性！多么伟大的力量！多么优美的仪表！多么文雅的举动！在行为上多么像一个天使！在智慧上多么像一个天神！宇宙的精华！万物的灵长！”曾燕问：“哈姆莱特是人类最优秀素质的代表，人类最优秀素质的代表毁灭了，人类最优秀的素质还能生存吗？”令虹答：“毁灭旧质，新质必然付出代价。这恐怕是对哈姆莱特之问的比较好的解答。”

她们喜欢听路宁讲《福尔摩斯探案集》，尤其喜欢听路宁对《血字研究》中福尔摩斯的学识范围所作的精辟分析。曾燕经常被路宁出神入化的讲述吓得惊叫，不由自主地拳打脚踢路宁、扑拥到路宁背脊上甚至扑到路宁怀里。每逢这时，路宁总感到有人轻扯他一下，或轻拧他一下，或轻踢他一下，他知道，这是令虹。但他还是从不挫伤曾燕的自尊，平静地接受一会儿曾燕的拥抱。因为他觉得一个人从激动转向平静，需要一点过渡时间。路宁最后总是握住曾燕双肩把她推开：“好了，继续听故事。”

她们喜欢听路宁讲《钢铁是怎样炼成的》中男主人公保尔热恋美丽、正义、理性、温柔的女首长丽达的情节。令虹和曾燕都个别问过路宁相同的问题：“你喜欢冬妮娅还是喜欢丽达？”路宁回答令虹：“我喜欢丽达。”令虹沉思地回道：“保尔可能喜欢丽达比他成熟。”路宁回答曾燕时说：“冬妮娅是保尔未成年时的喜欢，丽达是保尔成年后的喜欢。”曾燕睿智地回道：“保持少年时代的纯真，难道不好吗？”

她们更喜欢听路宁讲《基督山恩仇记》中海蒂对基督山伯爵的感人

表白:“是的!是的,我爱你!我爱你,就像爱父亲,爱兄弟,爱丈夫那样地爱你!我爱你,就像爱生命,爱天主那样地爱你!因为你在我眼里是天下最美、最好、最崇高的人!”令虹说:“这本书可能是想说最高的幸福要用最深的苦难换取。”曾燕说:“海蒂爱基督山伯爵,是因为她最清楚基督山伯爵的为人。”

听到路宁讲《奥瑟罗》中奥瑟罗将恋人苔丝德梦娜扼死的伤心情节,为了转换沉闷气氛,曾燕嬉皮笑脸地对着路宁说:“除了两人脱光衣服上床,上帝都许可。”这是从《奥瑟罗》中苔丝德梦娜对奥瑟罗以外的男人都“没有超过上帝所许可的一般友情”这句话中引发而来的。听到路宁讲《红楼梦》中贾宝玉与花袭人初试云雨的妙秘情节,令虹话里有话地对着路宁说:“《红楼梦》第六回‘贾宝玉初试云雨情’是《红楼梦》中下里巴人式的肉体恋爱的典型描写;《红楼梦》第四十一回‘栊翠庵茶品梅花雪’是《红楼梦》中阳春白雪式的精神恋爱的典型描写。”路宁明白,令虹说的精神恋爱是指《红楼梦》第四十一回写妙玉是一个极清高、极洁净的姑娘,却拿自己日常喝茶用的杯子倒茶捧给宝玉喝。

曾燕是带着敬仰的神情目不转睛地看着路宁讲演,令虹则是带着欣赏的神情仔细观察着路宁讲演。曾燕喜欢随着故事情节的起伏不断发出丰富的感叹;令虹则冷静得多,偶尔准确指出路宁讲述的不精确处,使路宁猛省遇到了对手,而更加集中精力讲故事。

一次在讲《红与黑》时,路宁说到司汤达在该书中表达的一个思想:文学离政治不能太近,也不能太远。太近,不到半年就会失去生命力;太远,不能成为历史的一面镜子。

曾燕问:“文学名著有定义吗?”

路宁看了一眼令虹:“我讲得口干舌燥的,想喝口水,休息一会儿。听一听林场宣传队主要创作者的高见吧。”

令虹说:“这不难。我所理解的文学名著,是用精美的语言、厚重的内容、深刻的思想、鲜明的个性展示人类永恒的主题如道德、爱情、事业、意志、智慧等,并经受住了时间检验的伟大作品。”

路宁转向曾燕:“能够提出问题的人都是有思想的。也请提问者本人谈一谈高见。”

曾燕说:“文学名著的六大要素——语言精美、内容厚重、思想深刻、个性鲜明、主题永恒、历久弥新,令虹都说过了。我要补充的是,文学名著应当具备喜闻乐见的品格。文学名著的生命力在于任何时代都有专业领域之外的相当多的读者。简单地说，文学名著应当有经久不衰的读者群体。或者说，文学名著应当永远有专业领域之外的读者群体。在时间长河中渐渐失去专业领域之外读者群体的文学作品，很难永远称其为伟大作品。”

令虹说：“路宁的思想也不许偷懒。”

曾燕接上：“对。别只让我们说。你也逃不掉。”

路宁说：“令虹搞创作，重视理清问题；曾燕搞舞蹈，重视群众喜爱。在我看来，令虹讲的六大要素是评价文学名著的基本标准；曾燕讲的读者永续是评价文学名著的最终标准。两位女才子已将文学名著的定义叙述得很完整了。”

曾燕说：“路宁你好狡猾呀。把我和令虹说的糅和一下就算滑过去啦。”

令虹说：“路宁说得还不错。他把我们俩所说分别概括成评价文学名著的基本标准和最终标准。能提出‘基本标准’和‘最终标准’这两个概念，也算动了脑筋。”

曾燕说：“令虹，你挺会吹捧路宁的。不过，路宁把你说的奉为评价文学名著的‘基本标准’，把我说的奉为评价文学名著的‘最终标准’，我还是挺高兴的。”

路宁说：“我堂堂一个男子汉，哪能在女孩子们面前思想偷懒。什么是文学？文学就是通过塑造鲜明具体、生动多样、典型准确的艺术形象，反映复杂的生活，表现深刻的思想。在我看来，说千道万，文学创作还是源于生活，高于生活。经典小说的巅峰《红楼梦》和《战争与和平》，都是作者源于生活、高于生活的非凡创作。曹雪芹出身于金陵第一豪门江宁织造府。他曾祖父的妻子是康熙幼时的乳母，祖父是康熙幼时的伴读。自曹雪芹曾祖父起，曹家三代主政江宁织造府半个多世纪。《红楼梦》的基本要素，源自曹雪芹呱呱坠地金陵后在江宁织造府中度过的十五年左右锦衣富贵、纨绔风流的生活。托尔斯泰是世袭伯爵，从军参加过战争，他的妻子是沙皇御医的女儿，他的母亲是公爵的女儿，他的父亲从军参加过 1812 年俄罗斯卫国战争。而公爵家庭、伯爵家庭、沙皇所为、1812 年卫国战争等，是《战争与和平》内容的基本要素。源于生活主要来自生活积累，高于生活主要来自知识积累。生活积累广博深厚与知识积累广博深厚兼而有之者，创作出的文学作品更好看更耐看。

“创作能力高强来自思维能力高强。文学创作中的思维能力，主要由记忆能力和创造能力的融合构成。创作中的源于生活靠记忆能力强，创作中的高于生活靠创造能力强。文学创作中的所谓创造能力，主要是指用文学形式对生活意义的提炼，对生活多彩的刻画，对生活不足的揭示，对生活方向的指引，这都是以生活为基石的。”

令虹说：“还需要注意一点。读翻译成中文的外国优秀作品，不能忽略翻译家的功劳。翻译家既能为著作家增色，亦能为著作家减分。能够成为典范的外译中作品，或者说，外文作品翻译成中文作品的典范之作，最基本要素是两条：其一，对原著意境有非常深刻的理解；其二，有非常深厚的中文底蕴。譬如，朱生豪翻译的《莎士比亚全集》，就是外译中的典范之作。唐诗宋词、四大名著的文学地位绝不比莎士比亚作品低，惜乎缺少深刻理解原著意境又深谙译成文字的伟大翻译家。结论是：伟大著作家靠伟大翻译家向世界传播自己的著作。”

在听了很多精彩故事后，曾燕问路宁：“故事中的历史真实有多少？”

路宁回答：“读著名历史小说、历史戏剧，发现其显著特点是：只要历史特征真实，具体描写‘七实三虚’、‘五实五虚’、‘三实七虚’等，都可以创作出名著。譬如，《三国演义》、《战争与和平》就是‘七实三虚’；《红楼梦》、《九三年》就是‘五实五虚’；《水浒传》、《哈姆莱特》就是‘三实七虚’。历史基因的精准表述，一脉人性的丰富展示，二者结合造就了历史小说、历史戏剧中的伟大名篇。区别在于：‘七实三虚’中的主要历史人物、历史事件是真实的，是在对主要历史人物、历史事件的深刻描写中展示丰富的人性；‘五实五虚’中的主要历史背景、历史脉络是真实的，是以真实的历史背景、历史脉络为依托，塑造具有丰富个性的典型人物；‘三实七虚’中的基本历史框架是真实的，是在基本历史框架的平台上，大开大阖地创造具有历史基因的个性鲜明的典型人物。‘七实三虚’的‘金矿’在深入挖掘主要历史人物，如《三国演义》对曹操和诸葛亮的生动描写就是丰满历史人物而不失历史人物，力避了对主要历史人物的表面化处理；‘五实五虚’的‘金矿’在深入挖掘主要历史脉络，如《红楼梦》对金陵‘贾、王、史、薛’四大家族逐步走向没落曲折过程的描写就是跳动历史脉络而不失历史脉络，力避了对主要历史脉络的简单化处理；‘三实七虚’的‘金矿’在深入挖掘主要历史基因，如《水浒传》对108位英雄被‘逼上梁山’的不同‘逼’法的描写，就是激荡历史基因而不失历史基因，力避了对主要历史基因的教条化处理。简言之：深刻而艺术地把握历史人物、深刻而艺术地把握历史脉络、深刻而艺术地把握历史基因，分别是‘七实三虚’、‘五实五虚’、‘三实七虚’创作历史小说、历史戏剧的基本特征。”

曾燕则从另一个角度阐述了自己对文学作品“虚”“实”问题的看法：“我读小说有个发现。主要情节是虚构的小说，故事发展的逻辑相对容易预测，因为虚构的一般逻辑是自圆其说；主要情节是自传体或半自传体的小说，故事发展的逻辑相对不易预测，因为真实的一般逻辑是不由想象决定的。也就是说，一般而言，历史情况越真实的小说，故事的结果越不易预测；作品情节越虚构的小说，故事的结果越容易预测。”

令虹说：“故事的结果容易预测，说明该作品的升华程度不够。我读了一些文学家传记，发现小说创作的过程，很多是作者自己不断升华的过程。一开始，作者一般是想着把最打动自己心灵的部分赶紧写出来。写出后，始觉得这只是一个故事，文学色彩不浓，还不像文学作品，于是就增加山川日月、春夏秋冬、格言典故、风土民情、花草树木、兽鸟畜禽等文学性描写。文学润色后，又感觉作品不够厚重，反映社会生活面不宽，于是就根据作品需要增加自己比较熟悉的社会不同阶层、不同领域的人物。社会生活面展开后，再发现作品思想深度不够，缺少真理性思考，于是就在小说必要处行所当行地增写一些经过深思熟虑的思想性文字。然后再做一些起承转合、拾遗补缺，这应当是一个精雕细刻的升华阶段。不算酝酿、提纲，从小说正式行文算起，至少经过叙述故事、文学润色、展开生活、深化思想、精雕细刻这五个阶段的不断升华，才能产生比较出色的文学作品。”

讲故事的美好日子里，出现了一件对路宁的未来富有寓意的事情。一天路宁正讲着德国伟大作家歌德的代表作《浮士德》中浮士德与恶魔斗争的故事，令虹走到自己床头，从枕边取了一本厚厚的外文书籍递给路宁，路宁不认识书上的外国文字，但立即逻辑地判断出这本书是德文版《浮士德》。路宁机智地引用《浮士德》中的名言对令虹说：“永恒之女性，指引我们走！”令虹刚想对路宁说什么（路宁敏锐地感觉她是想提醒他要过外语关），曾燕已经开口：“令虹，你是不是想告诉路宁，你比他高一头呀?”

听好男孩子讲故事，是女孩子一辈子的美好回忆；给好女孩讲故事，是男孩子一辈子的美好回忆。好故事助推着青年男女对理想的追求、对爱情的追求产生质的飞跃。

十八

一个夏日的傍晚，宣传队排练结束时，曾燕悄悄对路宁说晚上想听他讲故事。正与路宁擦身而过的令虹听得明白，回头对路宁半开玩笑地说:“我参加不会影响什么吧?”路宁回令虹话向来谨慎，只说“一定增色”。

皓月当空，令虹身着朴素的短衬衫、长睡裤，曾燕套着漂亮的连衣裙，路宁穿着正统的背心、军裤，来到宣传队宿舍旁的小山冈上。四周无任何障碍物，习习晚风驱走了蚊虫，送来了四面水塘中飘散着的淡淡荷香。小山冈下，半围着一片西瓜地。今晚路宁讲的是《战争与和平》中的男主人公安德列对祖国、对父母、对恋人、对朋友的忠诚。

坐在自带的小板凳上的曾燕问:“世界上真有这样十全十美的好男人吗?”

坐在草地上的令虹答:“因为没有，托尔斯泰才写教科书。”

曾燕不太适应令虹这样咄咄逼人，她认为这是在攻击路宁；又在月光下看坐在石头上的路宁因集中精力讲故事脑门上沁出了汗水，她站起身来说:“我离开一会儿就回来。”

陆陆续续的有宣传队员不断围过来听队长讲故事。

曾燕离开大约二十分钟左右，两名男民兵各手持一根约七十公分长的红白棍，押着每只手臂各抱着一只大西瓜的曾燕，从山冈下走了上来:

“路队长，你们宣传队的女娃偷西瓜，人赃俱获。”

“我不是偷，要是偷，你们抓我，我就会扔了。”

“路队长，这个女娃说是你叫她到我们五七队的田里摘西瓜的。”

路宁愣了一下，看了一眼低头抽泣的曾燕，又看了看几个面带疑惑的宣传队员，情急中想起，五七队党支部书记就是那位教懂他什么是“例假”的农机厂女工委员会主任的老公，心中有了底:

"是的，你们五七队支书跟我说过，宣传队宿舍旁边的这片西瓜地是五七队的。他说宣传队排练辛劳，大家也喜欢看宣传队演出。这片地的西瓜宣传队愿吃就摘，按内部价付款给五七队就行了。"

路宁灵机一动的编词，缓和了气氛。

他拍拍曾燕肩膀："曾燕为大家服务，辛苦了。"曾燕带着路宁从未见过的请求帮助的可怜眼神看着他。

路宁一边说着，一边从曾燕左手臂抱过一只大西瓜："来，大家边吃西瓜边继续听故事。""啪"的一掌拍开，掰分给听故事的队员们，自己也拿着一块西瓜带头大嚼起来。

两位民兵一看林场宣传队队长带头吃"偷来"的西瓜，便知道今夜抓小偷的功劳肯定是没了。

令虹从曾燕右手臂抱过另一只大西瓜，递给两个男民兵："你们夜间巡逻辛苦，一块吃吧。"

一个只顾看着宣传队漂亮姑娘的男民兵回话说漏了嘴："不吃了。我们刚才就是蹲在西瓜地里吃西瓜时抓到的这个女娃。"

"欧——"大家笑开了。

其实两个男民兵彻夜巡逻也很枯燥，难得遇到有漂亮姑娘犯错被他们抓住的美事儿，他们更多地是想借这件事开开心，严办漂亮姑娘也不是他们的本意。

事后，曾燕对路宁说："对不起了，当时我一慌，心想你有威信，就说是你叫摘的，觉得只要坚持走到你面前，就有办法了。谢谢你哟，在大家面前没让我丢脸。"

她加重语气："我相信你会救我，你是十全十美的好男人耶。"

她又想拥抱路宁。

路宁伸出单掌拦住："别激动，我现在没有讲故事。曾燕，人类大脑是宇宙中已知的组织结构最复杂、生命形态最高级、功能体现最全面的物质。你又是个非常聪明的姑娘，为什么拥有宇宙中最了不起的馈赠却不能全面体现它的功能呢？具体的体现就是，今后在为他人做好事时，不要同时给自己办坏事。"

曾燕感到路宁明白了她这次"偷瓜"行动的目的，透着红晕的脸上露出羞涩的微笑，她靠近路宁做了一个亲昵的舒展双翅的舞蹈动作："我真想抱抱你，真想亲亲你哟。"

路宁看着近在眼前的单纯的曾燕："曾燕，我觉得你张扬的想象力恐怕得适当约束一下。"

曾燕正视着路宁的眼睛："路宁，你知道吗？越是苍凉的地方，想象越炽热。去过莫高窟吗？苍凉大漠深处，壁画上却随处可见婀娜多姿、舒展善舞的飞天仙女。追求多彩的幸福，是人类与生俱来的权利。张扬的想象力，源自受束缚的生命力。"

路宁转身走了。

路宁想，这事得办到底，他给五七队支书打了电话。歪打正着，从此后，宣传队就按内部价包了这片瓜地的西瓜，队员们都起哄般地感谢着曾燕。

十九

路宁在担任林场宣传队队长的同时，还担任着林场场部武装民兵连连长的职务。

武装民兵训练中，在翻越墙体项目上，令虹和曾燕的本领双双超群，连长路宁好奇地问两位姑娘："你们翻墙头的本领从哪学的？"两位姑娘哈哈大笑。令虹说："上高中时，我和曾燕都是住校生。学校大门晚上关得早，学生们经常晚上九点多钟肚子饿了，就翻墙头出去买东西吃，再翻墙头回校。久而久之，翻墙头的基本功就很扎实了。"路宁请她俩做全连翻越墙体项目的助理教员，全连民兵战士们费了九牛二虎之力跟她俩学翻墙头的本领，但还是都服气地说："很难做到青出于蓝而胜于蓝呀。"不过，在射击项目上，令虹的水平就远远高出曾燕了。从小在部队大院成长的令虹，半自动步枪百米卧射的成绩名列场部武装民兵连第一。曾燕呢，第一次实弹射击时，她对路宁说：我害怕，你站在我身边给我壮壮胆吧。路宁依了她。射击场上第一声枪响，伏在地上准备射击的曾燕惊得整个身体向上剧烈地弹了起来，又"啪"的一声落在地面。她伸手搂住路宁的小腿。路宁赶紧蹲下身来，轻轻拍了几下曾燕的背部，曾燕渐渐放松下来。

这是"偷瓜事件"发生不久后的一天中午，路宁在场部会堂看守着一名被公安机关拘留的人。他是本场一名近三十岁的男性职工，侮辱了女知青。初夏集体劳动时，一位女知青登上梯子摘枇杷，他在地面扶梯时仰头看见了这位女知青圆领衫内的两只浑圆乳房，忍不住将手从这位女知青圆领衫下方伸进去捏摸，女知青狠狠一脚把他踹倒在地上，并举报了他。情节虽不重，但在当时是触碰了“高压线”，被市公安局拘留。今天押回林场，下午现场批斗。因准备批斗完就现场宣布将这名被拘留人释放回场监督改造，所以公安局来人就没有对他严加看管，去吃午饭时将铐被拘留人的手铐钥匙交给了场部武装民兵连连长路宁。

曾燕走进了场部会堂。

人们喜欢说那个时代的所有人都穿着清一色的服装。路宁则可以作证，曾燕那天的穿着真使人眼睛发亮。

她后来对路宁说那天她穿的是正规舞蹈团体舞蹈训练时穿的练功服。路宁不太懂这么专业的舞蹈知识，在路宁眼里，当时她穿的就是黑色紧身超短服，外套着一条即使在改革开放后也不显落后潮流的露着膝的米色超短裙。

被拘留人立刻来了精神，睁圆了眼睛看曾燕。

曾燕仿佛没看见被拘留人，走到坐在椅子上的路宁面前：“路宁，我最近新创了一个舞蹈节目，感觉比较成熟了，先跳给你看看，你好决定是否可以公演。”

说着，她褪去短裙，放在路宁腿上。身上只剩下像游泳衣一样勉强遮身的黑色舞蹈练功服了。

“有被拘留人在这儿。”路宁说。

“你把他转过身去铐着就是了。”曾燕回答。

“大姐大姐，求求你了，不要让我转过身去，你就当没有我这个人一样，我一定守规矩不敢捣乱，可怜可怜我，我好长时间没看见女人了。”

“少胡说八道，转过身去！”路宁命令。

被拘留人一边转过身去，一边继续哀求：“大姐可怜我，我一定不捣乱。”

曾燕对路宁说：“算了吧，让他看吧。”

还没等路宁发话，被拘留人已经转过身来：“大哥大哥求求你，他们把我铐得太紧了，疼痛难忍，看不好节目。求你帮我把手铐弄松一点。”

路宁一看，手铐的钢齿确实咬进了被拘留人手臂的肉里，他拿出钥匙插入手拷锁孔拧了一下，“哎呦，疼死我了，你拧反了。”钢齿咬肉更深，被拘留人疼得直打哆嗦。路宁赶紧往相反方向拧了两下。“谢谢谢谢，这下舒服了。”被拘留人满脸舒坦。

曾燕瓜子脸型，高挑个儿，长腿长胳膊，雪白的肌肤配着黑色的超短紧身舞蹈练功服，真似天仙在人间舞蹈一般。连路宁都是第一次看曾燕穿超短练功服训练。等上舞台公演，穿的可就是长长的捂着胳膊和腿的裙子了。

路宁对曾燕编舞的节目一向把关比较严格。凡凯旋归来，姑娘从正面扑向小伙子；慷慨出征，妻子从背后搂住丈夫之类，通通删去。但有一次例外。路宁到江东市接受快板书艺术培训一周，回来后发现曾燕编舞的《工地狂欢》已经生米煮成熟饭，舞蹈中姑娘们都跨上了小伙子们的脖子，小伙子们扛着姑娘喜气洋洋。谁知公演时每到这里，台下知青们都热烈鼓掌。从此路宁对曾燕另眼相看。

曾燕舞毕，浑身汗津津地走到路宁面前，伸手从椅背上取下路宁的毛巾擦脸：“还满意吗？”她眼神里闪着狡黠。

曾燕是单纯的姑娘。其实她是想单独为路宁跳一个漂亮的舞蹈，感激他在“偷瓜事件”中对她的相助。

路宁闻到了一股迎面扑来的温热的非常好闻的女人气息：“满意。”他将自己的茶缸递给曾燕，曾燕仰着漂亮的长颈“咕咚咕咚”喝起水来。“唔——唔——”墙角里传出男人感动的哭声：“我想回家，我想自由。我再也不犯罪，再也不犯罪了。”

二十

一天下午，路宁和令虹正在令虹宿舍对话剧台词，季阳慌慌张张地拎着一包农产品跑了进来：“路宁、令虹，我可能犯错误了。帮帮我，曾燕要告我！”

“你把曾燕怎么了？”令虹有些紧张地问。

“快说！到底犯什么错误了！”路宁带着使季阳感到既很严肃、又想帮助的口吻追问。

季阳灰心丧气地说：“上午曾燕到淳化公社集市买农产品准备周末带回江东市，我陪她去的。回来路上，走在四周无人的田埂小道上时，我对她说曾燕我爱你。曾燕回我：季阳你不要乱说。我一边说我真的很爱你一边就紧紧抱住她不停地亲吻她。曾燕用力推开我，刚跑离几步，我追上去又把她紧紧抱住继续亲吻。我用的力气太大了，曾燕没有办法推开我，嚎啕大哭起来，喊着‘季阳！我要告你！我要告你！’我松开她，她大哭着跑了。我怕她出事，拎着她扔下的这包农产品一直跟着。她歇斯底里地大喊着‘不要再靠近我！不要再靠近我！’我跟着喊‘我不再靠近你了！我决不会再那样了！请你原谅我！请你一定要原谅我！我知道自己做错了！’看着她回到宿舍用力关上门，我赶紧跑到这里来向你们汇报，向你们求救。”

令虹又问：“除了这些情况，你还把她怎么了？”

“对天起誓！除强行亲吻她外，我其他什么也没做。不信，你们去问曾燕。要真还做了什么，法律无情，我知道求你们帮助也没有用了。”

“你真是乱来！不过听起来还没到非成坏人不可的地步。”路宁深知季阳热烈追求曾燕，可今天的行为确实过格；路宁更不想曾燕一波刚平，一波再起，成为人们饭后茶余闲谈的焦点人物。

季阳似乎清楚了路宁的态度，千嘱万托地说：“我们四人是好朋友！无论如何帮帮我！千万请曾燕原谅我！不要把我搞得名誉扫地。”

“有你这样欺负好朋友的吗？季阳，是你做了错事！这个时候别只顾想你自己。”令虹说。

“我们两人一起去看看曾燕吧。”路宁对令虹提议。

令虹看着路宁考虑了一会儿，认真地回答：“还是你一个人去看她吧，这样效果可能会更好些。我在这里向季阳再详细了解一下情况。”

路宁拎着曾燕在农村集市上买的农产品来到曾燕宿舍。曾燕脸朝墙和衣侧躺在床上，轻轻抽泣着。

路宁将那包农产品放在桌上，走到曾燕床前，温和地说：“听季阳说你把宿舍门关上了。我进来时为什么门是开着的？”

曾燕停止了抽泣，过了一会儿，回答道：“我不想宿舍里其他人进来时我去开门，让她们看到我现在的样子。”说完又悲悲切切哭了起来。

“虽然是受到了不良侵害，但还是非常有理智。”路宁说。

宿舍里静了一会儿。曾燕转过身坐起来，一边抹着泪水一边对路宁说：“你想说什么？”

“看来还在犹豫下不下狠心告季阳。”路宁说。

曾燕抱住路宁哭道：“我受到了欺负！你怎么能这么说话。”

她把头深埋在路宁怀中，不再压抑自己，尽情地哭着，并将自己的哭声用路宁的胸膛紧紧捂住。路宁知道这时候让受到欺负的曾燕尽情渲泄情绪是最好的方法。他一动不动地站着，静静地轻拍着曾燕的后背。曾燕伏在路宁怀中，不时转动着脸庞在路宁的衬衫上擦着自己伤心的泪水。过了好一段时间，路宁感觉曾燕有些平静了，便开口轻声说："好了，不哭了，我的衬衫都湿透了。"

曾燕伏在路宁怀里没动，但停止了哭泣。路宁感觉自己后背挨了曾燕一捶。

路宁又轻拍了几下曾燕的后腰。曾燕深深叹息了一声，从路宁怀中直起身来，整理了一下自己有些散乱的乌发后，坐在床沿上，低着头一言不发。得到路宁的及时安慰，她心情好些了。

路宁说："虽然季阳平时对你不错，他是知青，你也是知青，他是未婚青年，你也是未婚青年，但他毕竟做了错事，我准备要他离开宣传队。固然宣传队每场二十个左右的节目中，有一半节目季阳担任重要角色，但这也没什么，宣传队节目质量差点没关系，但宣传队不允许存在严重不良行为。不过从目前掌握的情况，我不希望你这里一波刚平，一波又起。"

路宁停止了话语。

曾燕依然低着头。她是一个聪明的姑娘，已经听明白了路宁这番曲里拐弯的话的意思。她自己回到宿舍后虽然一直在哭，但也一直在考虑怎么处理这件事情。基本想法跟路宁差不多：季阳没到犯法程度，自己也不想又成焦点。沉思了一会儿，她说："路宁，你能帮我一个忙吗？"

"能。"

"决不允许季阳今后再纠缠我。"

"一定做到。"

"那就不要让季阳离开宣传队了。"

路宁心里一热："曾燕，你是个聪明善良的姑娘，又识得大体。我说到做到，如果今后季阳再纠缠你，那就不是要他离开宣传队的问题了。视情节该处分就处分，该更严厉处置就更严厉处置。"

路宁回到广播室，对忐忑不安地等在那里的季阳说："曾燕考虑到我们几个人一直相处得不错，这次不控告你的惟一条件就是，今后永远以同志相处，不要再纠缠她。"

季阳说:“我接受教训，一定按曾燕的话做。”他放下心来，到排练场去了。

“瞧你，满身都是曾燕的泪水和鼻涕，给人看见多不好。”令虹伸手从双层单人床的上铺取下一件军衣:“我父亲的旧军装。我夜晚套在身上看书写作，既御蚊虫，又防着凉。你先换上吧。”

路宁直接将令虹递过来的军衣穿上。

令虹微微一笑:“舍不得曾燕的泪水吗?”

路宁赶紧脱下军衣，将身上的衬衫和背心脱下，还煞有介事地擦了擦沾着曾燕泪水的胸部，重新穿上了令虹用做御蚊虫、防着凉的军衣。

“你就演给我看吧。”令虹笑着将路宁脱下的衬衫和背心按进脸盆，端着脸盆走到广播室门外一侧的自来水池旁，很快洗净了衣服，回到广播室里间将路宁的衣服晾挂起来:“路宁，晚上回自己宿舍别忘了拿走。”

二十一

1976 年夏季，虎踞山林场是在防震的紧张气氛中度过的。场部武装民兵连每天晚上都派出武装民兵在场部机关、食堂、会场、医院、宿舍区等处值班。

这天夜晚，轮到一排值班。深夜十二点，在气候闷极之后突然而至的狂风暴雨中，连长路宁、一排长令虹各挎一支配着六发子弹的半自动步枪，披着雨衣，一块儿去查岗。

伴着偶落的大颗雨滴，小道上一丝凉风掠过，地面的落叶起舞，使人仿佛产生了初秋的惬意；继而密集的雨滴泻下，一阵驱赶热气的冷风吹来，树梢上不少枯叶离枝飞扬起，仿佛凉爽的秋天已至；接着就是大雨如注，阵阵冷风不断，仿佛使行走于暴风雨中的人们在一瞬间突然经历了从酷暑到初秋、再到深秋、又到寒秋的季节巨变。

路宁仔细观察着周围情况。他发现，龟和鳖从池塘里爬上了岸，大大小小的鱼儿不停地跃出水面，鸟儿从树枝上落到草丛，围着大树转悠，小道上不时有各种中小动物慌慌张张、急急匆匆穿过。他还听见四周的村庄里有很多的狗吠声、鹅和鸭的嘈杂叫声及反常的半夜公鸡打鸣声。他将这些发现认真地一一细说给令虹听。

令虹笑着说:“是有些反常，不排除是地震的先兆。但也可能是我们平时观察少，只要电闪雷鸣、大雨滂沱，就会出现这种情况。不过，你还是很值得我学习的，全林场这么认真防震的，恐怕就你一个了。”

令虹内心虽然直想笑，但其实她还是很欣赏路宁这种充满使命感、充满自信力、外表看似傻乎乎的认真钻研精神的。她想起了那次林场宣传队奉命支援五七队夏收夏种前“培训”的故事。

如何割麦子、如何插稻秧的辅导老师是谁？天晓得，是路宁。

路宁在场部召开“双抢”动员会的会场找到五七队党支部书记，坐在他旁边，利用开会时间虚心向他求教了如何割麦子、如何插稻秧。令虹在会场主席台上负责宣读场部关于开展抢收抢种劳动竞赛的决定，路宁在台底下一边询问请教、一边学着比划的情景，她看得清清楚楚。

第二天早上，路宁将全体宣传队员集合到五七队田头。

麦田旁边的池塘中，荷花逐渐盛开。一只黄鹂落在池塘中的莲蓬上，转过头来注视着一朵向它倾斜着的荷花。三朵美丽的荷花正对着三株摇曳的莲蓬摆舞，恰似水中沐浴着的少女少男对歌。夏草茂盛，一头耕牛正在池塘边觅草，一只苍鹭神气地立在耕牛背上。

大家坐在田埂上，路宁一人站在田间，先理论讲解一番，接着做动作示范。

听着路宁的农活“理论”，看着路宁的农活“示范”，大家都抿着嘴笑，几位女宣传队员偷偷向路宁扔小土块逗乐。

令虹端着自己的茶杯，迈下田埂，走到路宁身旁，大声说：“队长辅导辛苦了，请喝口水休息一会儿。”

路宁接过茶杯喝水时，她背对着大伙轻声而坚决地提醒路宁：“别出洋相了。宣传队大部分知青都来自生产队，比你会干农活！”

……

暴雨越来越猛烈，密集的大颗冰凉水珠似冰雹般从空中砸下，路宁和令虹的脸部都没有雨具遮挡，被狂泻而下的似冰雹般的大颗冰凉水珠砸得疼痛。伴着似要撕裂天空的大面积强光闪电，由远而近的巨声滚雷在路宁与令虹的头顶上空不断炸响。狂风大作，路宁和令虹身旁不断有大树被狂风刮得连根拔起；深夜里都能清楚看见，落在地面骤然成川的大量雨水不断被狂风卷起形成水雾，旋转着迅速飘散远去。

近处四周没有避风雨雷电的地方。电闪雷鸣、暴雨狂风中，走在路宁右边的令虹紧紧依靠着路宁，路宁感受到了她的暖和身体及身体的轻微颤抖。

路宁也是第一次在黑夜里完全暴露在如此猛烈的电闪雷鸣、暴雨狂风下。看着四周不远连续出现的接地闪电，听着头顶上空不断炸响的雷霆霹雳，路宁心里也有一些紧张。他努力克制自己的紧张情绪，在电闪雷鸣、暴雨狂风中昂首挺胸地走着，开玩笑似的安慰个头齐自己眉宇的令虹:“不要紧，雷炸高山头、高树枝、高房屋、高烟囱。总之，雷选个子高的炸。”

令虹伸出左手臂紧紧挽住了走在自己左边的路宁右臂:“是的，不要紧，雷炸不到我们。”

路宁很感动，他明白令虹伸手挽住自己的意思:“雷要炸你，就连我也炸进去。”

路宁和令虹从场部机关经食堂、会场、医院、宿舍区等挨处查完岗。

随着狂风暴雨歇止，四周恢复了万籁俱寂。

雨后空气凉爽清新，他俩都没有分手各回宿舍的意思，于是就脱下雨衣，坐在水塘边的石阶上说话。路宁取过令虹的半自动步枪与自己的半自动步枪一并抱在怀里。

暴雨后的深夜有点凉，令虹轻挨着路宁，问他:“你今后有什么打算?”

路宁说:“我连续两年申请上大学当工农兵学员，场领导说林场需要留下年轻的领导骨干，不予推荐。但我还是想上大学。”

令虹继续问:“你想学什么专业?”

路宁回答:“管理、文学、历史、哲学都行。”

沉默了一会儿，令虹又问:“你还有什么打算?”

路宁感觉到夜色中令虹侧过脸来眼睛一眨不眨地望着自己，他想了一下，认真回答:“恐怕只有上了大学，才能有比较圆满的其他打算。”

令虹一直看着他，没有再问下去。

过了一会儿，路宁感觉令虹的脸颊轻轻挨上了自己的肩膀，他侧过脸望着她，夏夜凉爽的风轻拂着她的乌发，她脸上带着希冀的微笑，仿佛进入了梦乡。

从宿舍区向场部方向传来了一阵急促奔跑的脚步声，令虹的脸颊离开了路宁的肩膀:“跑得这么急，不会有什么情况吧。”今夜是一排值班，做为一排长的令虹非常警觉。她一边说着，一边用双手迅速拢了拢有点乱的乌发，从路宁手中接过枪，两人站了起来。

“季阳，有什么情况吗?”令虹向奔跑过来的季阳发问。

季阳是一排的武装民兵，当夜在场部宿舍区值岗:“令排长，你和路连长查岗走后不久，我和另一位值岗的民兵听见一间女知青宿舍传出搏斗的叫喊声。我们冲进门时，看见一个黑影从后窗口跳出，没追上。”

季阳稍微镇定了一下情绪，继续说:“回到女知青宿舍了解了情况。这间宿舍共两名女知青住，一位是场部卫生院护士，今夜在医院值班。一位是场部烧开水的锅炉工，她说凌晨三点左右她听见宿舍门被推开，以为是另一位女知青从卫生院值班回来。谁知进来的人走到她床边撩开蚊帐用一双粗糙的手触摸她的身体，她便伸手扯住来人的头发，大叫起来。来人用双手卡住她的喉咙，正在这时，传来了向这间宿舍奔跑过来的脚步声，来人便迅速从后窗口跳了出去。因为来人戴着大口罩，在黑夜中没有看清他的脸。但看清来人是比较瘦的中小个头。”

季阳接着说:“我来找你们报告，另一位民兵留在现场。”

路宁和令虹立即随季阳来到那位女知青宿舍。

路宁对那位女知青说:“注意保留犯罪分子留下的罪证。一是你现在穿的内衣内裤不要洗，要从上面提取犯罪分子的指纹等；二是刚才你说你与犯罪分子搏斗时揪过他的头发，我们一起找一找他可能留下的毛发；三是犯罪分子翻窗逃跑时在窗台上留下的脚印不能破坏。”

令虹当夜亲见了路宁防震巡逻仔细观察“五禽戏”、案发现场准确提示留证据的过程，恍然大悟:“难怪路宁讲福尔摩斯探案的故事那么细致入微、引人入胜，他还真是带着深入研究的眼光读这部著名侦探小说的。”

很快，令虹在女知青的床上，找到了一些犯罪分子留下的头发。

公安机关取证顺利。经过分析，认为犯罪分子是对场部情况非常熟悉的人。根据那位女知青提供的犯罪分子的体形特点，锁定的重点嫌疑人是场部电工。

当天傍晚，场部武装民兵连接到任务：一小时之内，将场部电工从宿舍引出至少半个小时，公安人员要到场部电工宿舍获取指纹、毛发、鞋印等，与犯罪分子在犯罪现场留下的指纹、毛发、鞋印等对比印证。

路宁、令虹与公安人员共同商定了行动计划。

令虹说："是在一排值班期间发生的案件，我是排长，由我去把犯罪嫌疑人从宿舍引出来。"

路宁说："我和你一起去吧。"

公安技术人员到宣传队排练场所故意制造了几处线路故障。

路宁和令虹一块儿来到场部电工房。场部电工的宿舍就在电工房里间，电工一个人住。看见路宁、令虹走进来，正坐在床沿低头吸烟的电工虽然知道他俩是林场宣传队的，但还是显出了紧张。

路宁说："师傅，要辛苦你一下，我们宣传队排练场地的电线线路出了问题，影响今晚排练，请你现在去修一下。"

坐在床沿的电工朝靠枕头方向挪去，一只手伸到枕头下面。

令虹见情况有点异常，不慌不忙走上前缓和气氛，将预先准备好的一包花生米递过去："师傅，烦你加班，这是我喜欢吃的奶油花生米，拿一包来你尝尝。"

路宁发现电工伸在枕头下的那只手好像握住了什么，准备向外抽。他赶紧一步跨前，将令虹掩在身后："你不要偏心电工师傅，大家都在加班，应该一块儿吃。"他打开纸包，捻几粒花生米扔入自己口中："好吃。"又抓一把递给电工。

电工一只手接过花生米，另一只手抓着一盒香烟从枕头下抽出："我拿包烟跟你们走。"

公安机关经过指纹、毛发、鞋印等对比，基本认定了案犯。在公安人员将犯罪嫌疑人带走时，带队的公安刑侦处长对路宁、令虹说：

"你们林场的场部武装民兵连确实很厉害：帮助我们在案发现场取证比较专业；执行危险任务有勇有谋——我们搜查犯罪嫌疑人宿舍时，在犯罪嫌疑人的枕头下，发现了一把锋利的菜刀。"

二十二

一天上午，路宁应约来到令虹宿舍，准备审看令虹刚写出的一个新剧本。

令虹看路宁气色不好，关心地问："不舒服？"

路宁答："昨晚蚊帐没掖好，早晨醒来感觉被蚊子叮咬得有些难受。"

令虹又问："身上有没有被蚊虫叮咬得红肿的地方？"

路宁再答："有一些。"

令虹笑着说："我小时候暑假回北方农村老家，身上被蚊虫叮咬得到处红肿。我奶奶说，用抽旱烟人的唾液擦拭蚊虫叮咬处，可减轻甚至解除红肿症状。一试还真灵。"

路宁故意问："你抽旱烟吗？"

令虹照路宁肩膀上给了他一巴掌，说："算了。我们这里没有抽旱烟的人。就将就着在我床上躺着再睡一觉吧。我床铺的位置通风好，又是白天，保证你不会再被蚊子叮咬。安安稳稳睡上一觉，会舒服些的。"

路宁确实头昏脑涨的，很难受，也就不推辞，和衣躺在了令虹床上。令虹在为路宁盖自己夏季使用的薄被时，俯身认真端详躺在自己床上看似病怏怏的路宁。两人四目对视，互致微笑，静静相看了一会儿，路宁说"谢谢你"，随后闭上了眼睛。

令虹坐在置于床头的书桌前，进一步修改着准备给路宁审看的剧本。她间隔一段时间就侧过身去俯首仔细观察一下熟睡着的路宁。听着路宁的均匀呼吸，看着路宁的气色逐渐红润起来，她放心了。这位高傲的姑娘停下笔，专心地看着路宁，心里笑问自己："为什么总喜欢邀他吃饭？为什么还请他睡在自己床上？"这时的令虹，还不到二十岁。

不知过了多久，在凉爽的轻风中，路宁醒了。他没有立刻睁开眼睛，在醉人的过堂风中，静听着屋外和着风声叶声的夏蝉齐鸣，感受着身下舒适床铺上的柔滑凉席带来的惬意。他闻到了屋内小煤油炉正煮着的西红柿鸡蛋葱花挂面的阵阵香气，他听到了勺子搅拌玻璃杯中液体的好听的声音。路宁睁开了眼睛。

"你这一觉睡得真好，从上午八点睡到中午十二点。"令虹坐在床前椅子上，一边用勺子缓缓搅动着水杯中的液体，一边亲切地说。

"你的房间很通风，你的床真舒服。在你这里扎扎实实睡了一觉，我感觉不舒服一扫而光。"路宁感谢地说。

"起来后，先把这杯蜂王浆水喝了，又滋补身体又清凉去毒。今年仲春万紫千红之际，我从带着数十只蜜蜂箱在虎踞山上采蜜的老农那儿购买了几瓶新鲜的蜂王浆，回江东市时孝敬父母的。给自己留了一瓶，正好你有口福。"

路宁永远记住了那年夏天凉爽的风、舒适的床、真情的蜜。

二十三

恢复高考前，所有上山下乡的知识青年都以为自己要在广阔天地里战斗一辈子的那段岁月，是令虹真心喜欢路宁的时光。在令虹眼里，毫无疑问，路宁在当时最优秀青年之列。

令虹喜欢路宁。

在林场广播室做播音员的日子里，路宁的来稿是她采用最多的个人来稿，并且将她播出过的几乎每篇路宁来稿仔细保存着，在她考上大学、离开路宁时，她将这些稿件整齐装在资料袋里还给了路宁。她还在资料袋里放了六张书签，每张都是两小页透明塑料片压缩进一片灿红的枫叶。路宁曾在令虹床头的一本德文版《海涅诗选》中看见过这类书签，他当时对令虹说："很别致。这样处理，枫叶永远都很鲜艳。"令虹说："你喜欢，就拿走吧。"路宁说："我喜欢什么就拿走什么，这有点不像话。"

在她恋爱前的岁月（她与路宁没有恋爱），路宁是受邀到她卧室进餐最多的异性，当然，可能是由于舞台上总扮演恋人、夫妻，导致潜意识里对生活中伴演恋人、夫妻也不反感。有时想请路宁吃饭，就在离路宁宿舍不远的水塘边围着水塘散步，默契的路宁便悄悄来到她的卧室。

到江东市观摩演出，利用宣传队主创联系观摩事项的权力，令虹的座位总在路宁旁边，一边悄悄说着话，一边往路宁嘴里塞奶油话梅、冰糖杨梅，路宁一辈子喜欢吃这两样零食，就是令虹培养的结果。

令虹喜欢管制路宁。宣传队开全体队员会议，路宁一旦批评队员语气过了头，总是被坐在身旁的令虹，轻则拽几下衣边，中则拧几下大腿，重则跺几下脚背。

令虹喜欢监督路宁。宣传队出外演出乘大卡车时，只要车篷内比较暗，曾燕就喜欢依偎在路宁怀中，路宁正考虑怎样礼貌地做出拒绝动作，背部已经遭受重击，感觉到震动的曾燕轻声问："是令虹吧？"

令虹喜欢审查路宁。一年春节前夕，路宁帮助令虹整理林场场部广播室卫生。路宁擦窗户拖地板，令虹抹桌椅整床铺，把广播室打扫得干干净净。令虹红扑扑的脸蛋上洋溢着灿烂笑容。两人分别到机关男女浴室洗过澡后，令虹留路宁一块儿吃饭。路宁在她的小餐桌上吃饭，令虹站在镜子前梳理着乌发。

她从镜中看着路宁问:“曾燕哪里好?”

路宁一下警觉起来:“她很敬业。”

“还有哪里好?”

“你烧的鱼非常好吃。”

令虹扔了梳子走到餐桌前端起鱼盘，一下将一盘鱼全倒进路宁的饭碗:“那你就都吃了吧!”

最重要的是，令虹信任路宁。

一年冬季，林场水利建设工地现场举行大联欢晚会，除林场宣传队为主演出，在工地上参加水利建设的林场各基层单位也都要各出一个节目。

令虹调到林场广播站当播音员前工作过的翠岗队，出的节目是舞蹈《采茶舞》。翠岗队参加舞蹈表演的几位女知青找到老队友令虹，要借林场宣传队带有江南水乡特色的舞蹈服装，在大联欢晚会表演时用，令虹答应了。但令虹没有考虑到，当日大联欢晚会上林场宣传队表演的舞蹈《采摘枇杷送亲人》也要用这套舞蹈服装。

于是，矛盾出现了。

翠岗表演队的几位男女知青来到舞台后台向林场宣传队借表演服装。负责保管服装道具的扮演“小玉荣”的女舞蹈演员，是一位身材娇小匀称、容貌俏丽妩媚、唇不点而红的活泼可爱的姑娘，她似黄继光扑枪眼一般一纵身扑到服装柜上：

“不借！今晚我们演出要穿这套舞蹈装。”

“我们跟林场宣传队队委令虹说好的。”

“跟谁说好也不借!”

“你怎么不讲理?”

“我就不讲理，你们能怎么样?”

翠岗队几位男知青急了，上前准备将扑在服装柜上的“小玉荣”挪开。

“谁敢动她?!”林场宣传队擂鼓的小伙子大喝道:“哪一个敢动一下‘小玉荣’，我就把哪一个的皮扒下来蒙大鼓!”

“我们就不信了，有本事你来扒我们的皮呀!”翠岗队的男知青跟着吼起来。

“对对对！有本事你把扒下来的皮蒙大鼓让我们瞧瞧!”翠岗队的女知青更是不依不饶。

闻讯赶到现场的令虹，焦急地用眼光牢牢盯住同她一起赶来的路宁，用手不断地扯路宁的衣袖，轻声说：

“你得赶快想个办法。”

路宁明白，这时的令虹，非常需要他的帮助。

路宁迅速考虑了一下，斩钉截铁地高声说：

“大家不要乱，都注意听着。第一，林场宣传队要支持和帮助基层宣传队。‘小玉荣’履行保管演出服装道具的工作职责很负责，精神可嘉。但同时也不应忘记，支持和帮助基层宣传队，是林场宣传队的重要任务之一。你不要趴在服装柜上，赶快站起来，把舞蹈服装借给翠岗表演队。第二，林场宣传队的舞蹈要适合今晚的露天演出场地。今晚演出的场地空旷，在空旷的场地上表演需要有气势。林场宣传队舞蹈演员今晚改跳《洗衣舞》，穿藏族舞蹈服装。《洗衣舞》比《采摘枇杷送亲人》更有气势，适合今晚的露天演出场地。”

路宁巧妙、妥当地解决了问题。

走到无人处，令虹友爱地挽住路宁的胳膊，高兴地说：

“你说的第一条体现了林场宣传队的高尚风格，你说的第二条体现了林场宣传队的应变能力。谢谢你对我的支持。明天中午、晚上你哪儿都不许去，就在我宿舍里吃中饭、晚饭。我给你双重嘉奖。”

令虹与比较开放的曾燕不同，是一个很严谨的姑娘。路宁在与她交往的整个过程中，无数次的到过她的宿舍，但即使是在盛夏，也没有看过她穿短裤的时候。

一个电闪雷鸣、大雨滂沱的夏日周末之夜，令虹值班，路宁陪着，吃过晚饭，两个人闲聊了很久。

令虹一边洗着碗筷一边说:“路宁，你对知青的前途看得清楚吗?”

路宁沉思了一会儿:“天不弃人。暂时的途穷，未必能将人置于死地，能置人以绝境的最重要原因，也许莫过于在困厄中心灰意冷，放弃奋斗。天不弃人人自弃，是人们处于困厄中应当明白的基本道理。”

令虹切开一只大西瓜，递一片给路宁:“既然天不弃人，我们就应当将困厄当成潜心学习的大好时机。困厄之时，往往比较冷落清静，这就为完善自己争取了大量时间。运命穷困的时候，常常是时间富裕的时候，有了富裕的时间，就有了完善自己、深掘自身价值的广袤空间。困厄是对市俗欲望的限制，这种限制在一定意义上是精神追求的福音。人常常是这样，市俗追求受到了外界限制，才会专心致志地从事精神追求。”

路宁利索地吃了一片西瓜:“困厄还有一个好处，这是全面认识社会的绝好时机。只有在社会底层，才能真正认识社会。但丁说得好，‘命运，当你诅咒它的时候，安知不是应当称颂它的时候’。困厄赠给人生的是一笔永久的财富，这笔财富，就是对你所生活的社会的全面、真实、深刻的认识。人间苦难之树往往结出事业的累累硕果。”

令虹再递一片西瓜给路宁:“看来，困厄是磨砺人才的大学。这所大学至高至深，在这所大学学习至艰至难，但它是造就杰出人物的必修课。困厄，能锻炼人的具有高度承受力和忍耐力的坚强意志；能使人在痛苦中涓涓积累深刻的思想、旷达的胸襟。坚强意志、深刻思想、旷达胸襟，这一切成为杰出人物所必须具备的基本素质，都可以向困厄索取。困厄是伟器的炼炉。”

路宁已经开始吃第三片西瓜:“应当坚信进步的潮流、竞争的法则，时代的机遇总是存在，时间、智慧、奋斗会使一切发生根本变化。到那时，上山下乡知识青年当中在艰苦环境里保持着崇高的精神追求的人，将成为时代的骄子。”

滂沱的大雨还没有停歇的意思。从广播室到路宁宿舍的直线距离虽不远，但下起大雨来就不好走了。直线的田埂会被水淹，无路可走，转上大路回宿舍，那绕弯公路的距离可就远了。

两个有着优良素质的男女青年，在长期的纯洁交往中，相互之间已经产生了完全的信任。穿着朴素长睡裤的令虹对路宁说:“外面下着大雨，今天是周日，场部没有其他人，你就别走了，在这儿睡吧。你睡上铺，我睡下铺。”

路宁向来尊重令虹的意见，开始并没多思考就同意了。令虹热情地到机关开水房打来大半盆热水，叫路宁洗脸洗脚。路宁洗脸后，坐在令虹的床沿枕边洗脚。这张双层单人床的上铺平时放行李、换季被褥、换洗衣服等，没有枕头，令虹伏身过来准备取自己的枕头放到上铺给路宁用。

在令虹伏向她自己的枕头时，他们的身体接触了。令虹的乳房，隔着睡衣的乳房，惟一的一次触到了路宁的身体——穿着背心但裸露着的肩膀。路宁没有动。令虹没回避。她右乳半伏在路宁的右肩膀上，用左手背轻轻弹了弹枕头："一个枕头够吗?"她一边问一边继续伏身下压去取枕头下面放着的干净枕巾。路宁肩膀撑住令虹持续下压的半伏身体，还是没有动，轻声回答："够用了。"令虹抱着枕头和枕巾立起身，大腿紧贴着路宁大腿外侧滑过，从下铺沿的中段登床，去整理上铺了。

路宁一直坐在那儿没动。他知道这样的温馨夜晚尤其是自己深爱着的令虹给予的温馨夜晚之珍贵。但他作为当时青年中的佼佼者——青年领导干部，为自己想，为令虹想，都觉得孤男寡女的在一起过夜不太妥，因此而陷入了沉思。

"你怎么还没洗完脚?"收拾好上铺的令虹问路宁。

路宁三两下擦好脚："令虹，我得走。"他坚定地说。

令虹一怔："为什么?"她的自尊和清高受到从未有过的伤害，刚刚还红朴朴的脸蛋立刻惨白下来。

路宁深知，一个才华出众、纯洁清高、自尊心极强的姑娘，如果不是深深喜爱，如果不是完全信任，怎么会向一个小伙子发出如此的邀请。"令虹，千万别生气，我只有这样做，才能对得起你的信任。"他决然地走出了令虹的房间。

令虹一语不发地跟到门口，脸色惨白地似塑像一般立在那儿。当路宁走出很远，心想令虹已经看不到他了的时候，他停下脚步，回转身去，路宁永远记得：在播音室明亮的灯光背景下，令虹背靠着门的一侧，右手撑着门的另一侧，脸朝着路宁远去的方向，一动不动地久久立着。

路宁感到自己满眼、满脸都是和着泪水的雨水。

二十四

鸡鸣桥柳冬日稀，
蓝衣红袄语轻轻。
高考体检希曦时。

红袄温馨韵永记，

云霞喷薄远天际。

又过小桥依稀忆。

这是多年后路宁到基层调查研究，再次踏过鸡鸣桥后，当晚写下的《浣溪沙·小桥》。

1977年高考体检，路宁、令虹、曾燕，就是在鸡鸣桥上集合的。安排体检的医院就在鸡鸣桥旁。两位姑娘都比路宁小一岁，说体检时要跟着哥哥走。

有人说女孩子关注一个男孩子，就说明女孩子喜欢这个男孩子。路宁在体检时深刻体会了这句箴言。

检查视力时，路宁刚从检查医生手中接过写下检查结果的表格，曾燕就抢过去："乖乖，视力真好耶，都是1.5。"内科检查时，路宁按检查医生要求裸露上身接受检查，两个女孩子也不回避，像两个助理医生似的紧靠检查医生，看他给路宁检查。体检全部项目检查完毕，路宁取到检查结果汇总单，自己刚想看，身旁的令虹一把抓过去，非常认真地看起来，曾燕也急忙凑过来看。两个姑娘捧着路宁的体检结果汇总单，像两个医学专家进行会诊似的聚精会神。

路宁没好意思看女孩子的体检单，但姑娘们却给了他另一项工作——抱衣裤。这是曾燕带的头。妇科检查时，路宁想离开。但曾燕伸头一看检查室里姑娘很多，各人脱下的衣裤堆得乱哄哄的，就说："路宁，过来。"便在路宁面前脱下外衣、毛衣、外裤、毛裤，脱一件塞一件到路宁怀中，身上只剩下长内衣裤，走进妇科检查室。令虹看见，笑着说"辛苦你了"，也将自己脱下的衣裤塞入路宁怀里，只穿长内衣裤进入妇科检查室。不过说实话，在很冷的医院走廊里，怀抱着姑娘们脱下的带着体温的一大堆衣裤，路宁觉得很温暖。

内科检查时，在检查室门口，令虹一边将脱下的衣裤塞到路宁手中，一边关切地对路宁说："走廊里挺冷，进来吧。"内科检查室内有两张检查床，令虹和曾燕各躺在一张内科检查床上。曾燕按医生的要求已经撩起自己的上衣。虽不是故意，但路宁还是清楚看见了曾燕那裸露着的，喜欢伏在他身上的雪白、曲线优美的身体。检查医生刚要叫令虹撩起上衣，发现抱着一堆衣裤的路宁站在门边，问：

"你是她们什么人？"

"他是我们的领导。"令虹回应。

“领导也不能站在这儿。”检查医生说。

“他是我们的亲人。”曾燕接上。

检查医生坚决地说：“亲人也要离开。”

二十五

体检后不久的一天，应令虹之约，路宁来到江东市人民大会堂台阶前，令虹迎上。两人步入演出厅就座。舞台上表演着欢庆的节目。令虹还是那个习惯，不时往路宁嘴里塞着奶油话梅、冰糖杨梅，悄悄地对路宁说着闲话。但她其实一直在认真仔细地观察着路宁。路宁始终没有主动对令虹说话，只是简单地回应令虹递过来的话题。令虹展开自己的白手绢，伸手置于路宁下巴下，亲切地说：“把嘴里的话梅核、杨梅核吐这儿。”路宁说：“我自己来。”从裤子口袋里掏出一块蓝手帕，将嘴里的一大堆话梅核、杨梅核吐出。

演出结束后，两人走出演出厅，站在大会堂台阶上。

令虹静静地盯着路宁，似乎想等他提议点什么。

路宁沉默地看着地面。

令虹问：“就这样结束？”

路宁答：“是的。”

多年后，已经在省级机关党委部门担任领导职务的路宁和已经是中欧文化交流方面的著名专家学者、在国内著名大学担任外语系主任、博士生导师的令虹因工作会面。公事之余的叙旧中，谈起了这次分别。令虹说：“当时我很喜欢你。男孩子应当主动。”路宁微笑着，还是和当时一样，什么也没说。

以下是路宁当时不愿也不能主动的原因：不论他还是她，主观原因并不是主要的。中学生与天之骄子的巨大差别，穷农场与大城市的巨大差别，当时尚未解决的受审查家庭与红色家庭的巨大差别，就是必然结果的全部客观原因。

令虹对路宁的影响是巨大的。这反映在路宁的《鹊桥仙·青春砥砺》中：

青春至洁，

才华不负，

事业途中互注。
妙龄之际暗砥砺，
真远胜卿卿之露。

会则智激，
难则力助，
尽展美好品度。
彩霞虽然远行去，
惟喷薄精神已固。

1977年，令虹考上了在北京的著名外国语学院。曾燕考上了在江东市的著名艺术学院，应了路宁为她写的海棠诗中的那句话："然有舒展仙子影，春暖第一美神像。"

曾燕是个有情义的姑娘。她在上大学后的半年内，两次来林场看望路宁。她对路宁说："当时不太满意你给我写的海棠诗；现在还真感激你为我写了这首诗。'春暖第一美神像'，我还真是托你吉言，在恢复高考后的第一年考入了著名的艺术学院。"在第二次送曾燕到达虎踞山林场长途汽车站时，路宁说："曾燕，你抓紧宝贵时间认真学习，争取将来有成就。不要再来看我了。"曾燕看着路宁，笑着，过了一会儿，她掏出手绢，轻轻抹去渐渐流出的眼泪。她对路宁说："路宁啊，要分别了，我还是说出长期以来我对你的印象吧。你是那种外在形象漂亮女人不讨厌、内在魅力深深吸引任何女人的男人。女人能够感到扑到你怀里顶多不被你接受，而决不会被你欺负、被你破坏名誉。简单地说，你是让女人又喜欢、又放心、又感觉得到比较困难但不愿放弃争取的好男人。"

季阳终生热爱文艺宣传事业。他没有考大学。返城后，他先在国有企业工作，20世纪90年代后期成为下岗职工，被家庭所在地的街道聘请担任宣传干事。后来到社区先后担任社区主任、社区书记。他领导的社区，成为江东市社区文化的示范基地。他还在多部电视剧中出演角色，塑造了迥异的喜剧艺术形象。季阳娶了一位一生爱他的当工人的妻子，幸福地生活。他们生了一个可爱的儿子。20世纪90年代后期的国有企业改制，为中国经济腾飞做出了贡献。1996年中国国内生产总值居世界第7位。企业改制使公有制企业、非公有制企业更加富有活力，从此至2009年，中国国内生产总值先后超过意大利、法国、英国、德国、日本，中国成为世界第二大经济体。后来几十年间，路宁和季阳一直保持着联系，共同难忘的是：虎踞山林场宣传队有个保留节目《忆苦饭》，剧中解放前逃荒要饭人的定型着装，是在农村慰问演出时，一位贫下中农老大爷送的，那是他解放前逃荒要饭时穿过的“百布衣”；在部队慰问演出最美好的回忆，是演出结束后解放军炊事班为参加演出人员烹调的大碗面，每人双份五花大扣肉配香干炒芹菜，热气腾腾，十分诱人；在国营大型煤矿慰问演出时的最深刻记忆，则是演出结束后踏入煤矿职工大澡堂时，立刻感觉到脚底厚厚一层掘煤工人身上洗下的细煤粉。季阳喜欢回忆与曾燕有关的趣事：一次巡回演出，匆忙中后台道具放置得有些乱，男女双人舞舞蹈演员未能及时找到演出服装。前台男女双人舞节目的前奏曲已经响起，兼任舞台监督的季阳见演员还没出现在大幕旁，便急急来到后台催促。一进后台门，看见穿着三角内裤的男演员正在给穿着三角内裤的曾燕套舞裙，季阳心中不悦地大声对男舞蹈演员嚷道：“事到临头，你不要只顾给女人套裙子，不顾给自己套裤子。”男舞蹈演员慌忙停手，解释道：“曾燕先上场，我还有时间。”从此，“事到临头，只顾给女人套裙子，不顾给自己套裤子”，便成了宣传队长久性引人开心的笑话。还有一次在排练场，排练开始已半个小时，季阳和扮演“小玉荣”的女舞蹈演员还没到排练场，知情者说这两个人一块儿赶集去了。由于季阳在三分之一以上的节目中担任重要角色，全队只能停下排练等季阳和“小玉荣”。当季阳和“小玉荣”姗姗来迟出现在排练场时，路宁问季阳：“你什么理由迟到这么长时间?”季阳认为自己是宣传队的绝对主力且与路宁关系比较好，便嬉皮笑脸地回答：“你管我什么理由。”路宁牛气地猛然站起，正要发作，坐在旁边的令虹拧了一下路宁的大腿，站起来说：“一事当前，每个人以自己的认识水平，站在自身的立场，都有自己所坚持的意见。因此，办成一件重要事情，必须有权威才行。权威是经长期实践产生的，其意见相对更具科学性。在林场宣传队里，大家还是应当按路宁的要求办事。”季阳抗道：“你的意思是，很多事情上没有道理可言，谁是领导就听谁的?”令虹和言再劝：“季阳，请你冷静想一想，今天这件事情上，道理在你那里吗?”路宁压下火气，一眼看见曾燕，心生“一物降一物”之计，对曾燕说：“季阳把‘小玉荣’拉出去，害得排练时‘龙梅’找不到‘玉荣’。你说季阳是不是应该自我批评?”曾燕心领神会地大声对季阳说：“你拉一个女娃迟到半小时，害得大家排不成节目，坐在这里等。有什么理由不检讨!”季阳一向捧着曾燕，尤其害怕曾燕计较他拉别的女娃，只得对大伙儿说：“这次是我不对，我自我批评。今后一定不迟到了。”从此，“一物降一物，曾燕治季阳”，又成了宣传队的一则笑谈。林场宣传队的队员中，除令虹、曾燕、路宁等考上大学外，在知识青年大规模返城的浪潮中，其他人大多回城进了工厂，部分到了文化、教育单位，少数去了街道社区，个别的留在了林场，还有的参了军。他们中的许多人，仍在继续着大众文化事业。将马克思、列宁、毛泽东、鲁迅肖像雕刻得惟妙惟肖的林场宣传队舞台设计，在电视台从事文艺节目制作；将电影《冰山上的来客》插曲《花儿为什么这样红》《怀念战友》《冰山上的雪莲》等演唱得感动全场的林场宣传队男歌唱演员，在专业文艺团体继续当歌唱演员；夏日知青集体畅游玉龙湖时小舟上演奏手风琴的姑娘，在中学任音乐教师；体态丰满美丽、歌喉磁石般引人、一曲《洗衣歌》倾倒全场的林场宣传队女高音歌唱演员，在企业工会负责职工文娱活动；夏日知青集体畅游玉龙湖时小舟上擂鼓的小伙子，返城顶替母亲在区文化馆工作了一段时间后，“下海”以自由职业者身份寻签契约在演出场所、旅游景点组织节目演出；演出时舞裙脱落、穿着三角裤继续勇敢“一字跳”、“一字踢”使舞蹈别出风采，引得满场热烈掌声的林场宣传队女舞蹈演员，被季阳推荐到社区做群众性街舞辅导；参军入伍的林场宣传队曲艺演员，在部队的日常训练、边境作战、抗灾救灾、维稳处突中，用山东快书、相声、数来宝等活跃连队生活、激励士气。舞蹈《草原英雄小姐妹》中扮演玉荣的林场宣传队舞蹈演员，留在了虎踞山林场，改革开放后，“小玉荣”向林场申请承包了一大片山坡、洼地、水塘。山坡植竹栽果树，洼地种特色蔬菜，水塘养殖水产品。季阳说“小玉荣”是新中国诞生的第一批家庭农场主。还说几次受邀到“小玉荣”的农庄，“小玉荣”不是带他去挖竹笋，就是带他去拔蔬菜，或者带他去摘水果，有时带他去钓鱼。总之，每次从“小玉荣”的农庄回来，都满带着农庄的新鲜产品。虎踞山和玉龙湖成了著名旅游胜地，“小玉荣”开了“林场宣传队饭庄”，经营虎踞山珍、玉龙湖鲜，同时组织虎踞山林场的青年职工在饭庄为旅游者表演当年虎踞山林场宣传队的经典节目。“小玉荣”请季阳去辅导过几次节目，季阳看见饭庄走廊和大小餐厅的墙壁上，挂着“小玉荣”与许多全国著名的文艺工作者在“林场宣传队饭庄”的合影，还看见了虎踞山林场宣传队里的“龙梅”和“玉荣”在“林场宣传队饭庄”的合影。“小玉荣”告诉季阳，她和曾燕一直保持着联系。曾燕在上大学期间被选送到法国深造芭蕾舞专业，学成回国后在上海从事芭蕾舞教育事业。她数次带着实习的学生，利用寒暑假到虎踞山林场采风，同时在“林场宣传队饭庄”为旅游者表演专业的芭蕾舞节目。一次路宁到季阳家串门，看见季阳的宝贝儿子正在兴高采烈地翻阅一本照相册。路宁陪着小家伙翻看了一会儿照相册，看见相册里全都是林场宣传队的演出剧照和包括自己、令虹、曾燕、季阳在内的林场宣传队队员们参加宣传队集体活动的生活照，他心有触动，对季阳说:“季阳，换一样玩具给宝贝儿子玩吧。这本相册上都是我们林场宣传队的演出照和宣传队员的生活照。时间越久，越珍贵啊。”季阳拿几件玩具换了儿子手中的相册，说:“林场宣传队解散时，我把排练场上挂着的这些宣传队照片都珍藏起来了。”路宁说:“你在林场宣传队出演的角色最多，由你保存这些照片挺合适的。”季阳说:“我回城后经常翻看这些照片。在我的脑海里，林场宣传队的岁月永远栩栩如生、难以忘怀。林场宣传队的主要节目剧照和主要演员照片，这本相册里基本都有。你若需要，可以拿去翻拍。”季阳还对路宁说:“我手机上建了林场宣传队朋友圈。当年林场宣传队半数左右的队员加入了朋友圈。大家经常发布一些文字和图像信息，不断交流着彼此的生活和事业情况。我还通过微信群交流，组织了七八个宣传队员的家庭，一起进行了愉快的新马泰旅游。不过很可惜，宣传队的四大巨头中只有我一个在朋友圈里。曾燕我不好意思联系，令虹在北京联系不上，你曾对我说过，退休后再和大家一起玩。”路宁说:“现在就把我拉进朋友圈吧。”

中国一位伟大哲人说过，大量木柴燃烧，总能结晶出木炭。路宁自担任虎踞山农机厂团总支书记直到考上大学离开林场前，一直是虎踞山林场团委委员。林场团委由五名委员组成，三男两女，都是二十世纪五十年代中期出生的上山下乡或返乡知青。团委书记齐琴是工人的女儿，她思维细腻，通情达理，后来在知青大返城中回到江东市，一直在市政府从事劳动人事工作，直到退休。团委副书记梁生是农民的儿子，他思维敏捷，探究不止，1978 年考入江东大学，学生物专业，后来留校任教、留学美国，成为生命科学研究的省级学术带头人。团委委员冼平出身于知识分子家庭，他思维缜密，文质彬彬，1977 年考入北京大学，学外国文学专业，后来成为中国社会科学院外国文学研究的骨干。团委委员姚娇是一名工商界代表人物的女儿，她思维清晰，处世淡定，是最后一批被推荐上大学的工农兵学员，后来在区政协主席的领导岗位上退休。路宁是思维深刻、语言精辟的人，在林场团委会上，一般情况下路宁、梁生的发言比较刚性，冼平、姚娇的发言比较柔性，通情达理的齐琴则作出刚柔相济的结论。

第三章 上帝的女儿

二十六

虎踞山林场开山造茶园工地上，一群人正在抡锤砸钎。其中半蹲着掌钎的，还有几个女人。

"褚华，你的调令。"

一位身穿洗旧了的蓝色工作服、肩着厚厚专用保护披肩、头戴安全帽、眼罩安全镜、手戴安全手套、半蹲着掌钎的瘦高个姑娘，应声站了起来。

林场宣传队解散了。路宁改任虎踞山林场茶园会战工程指挥部指挥。上任几天，他就感到指挥部办公室资料管理混乱，文字水平糟糕。一天，路宁读到一份会战第三工地送来的简报，内容丰富，文有条理，概括得法，将工地成就、问题、措施、建议，写得清楚明白。这份简报引起了路宁的重视。

工作人员告诉他："这是第三工地掌钎工兼宣传报道员褚华写的。"路宁了解了一下褚华的情况。褚华是一名高中毕业后上山下乡分配到虎踞山林场茶园会战工地的女知青。父母亲都是大学教授，文化大革命中被揪斗而双双自杀，褚华成了孤儿。大家反映她在工地上沉默寡言，与世无争，分配给她的工作，都在静悄悄中很好地完成。还说她知识丰富，头脑清楚，一手好字，主办的工地宣传墙报，职工们都喜爱看。77年高考时，她因当时正处茶园会战高峰期、工地宣传繁忙期及高强度的高考复习准备期三重压力，尤因孤苦伶仃导致的长期营养不良，得了眩晕症住院治疗，失去了那次参加高考的机会。

路宁遭受的审查家世，褚华孤苦伶仃的生活，隐隐有一条命运之线牵连。不久，路宁做出了调褚华到茶园会战工程指挥部担任办公室资料员的决定。

指挥部的文字工作果然改观，路宁感到送给他的材料中，令他满意的“褚华风格”逐渐占据主导地位，可他还没有见过褚华。褚华到指挥部办公室工作二十天后，路宁在看褚华报来的一份材料时忽然想到：

“去检查一下资料管理改进情况，顺便认识一下褚华。”

二十七

虎踞山茶园会战工程指挥部设在虎踞山半山腰的松霞寺，山下是玉龙湖。松霞寺不大，进山门后，前后两进。前面大殿的东厢是路宁的办公室，西厢是指挥部工作人员的办公室，中间大堂是会议室。山门到大殿之间的院落两边是厢房，右边厢房是指挥部工作人员的宿舍，左边厢房是指挥部工作人员的食堂。出大殿后门沿一条石径走约三十米，便到藏经楼，指挥部资料室就设在这里。路宁在松霞寺经常仰观虎踞山，俯瞰玉龙湖，写过一首《七律·寺院行》：

佛学精髓静慧行，
古寺临水崇山林。
清静古寺神气聚，
智慧临水动心灵。
崇山近在寺院后，
力行身体愈漓淋。
静而后行佛学义，
慧随一贯真谛明。

这是腊月天，大雪妆扮着虎踞山。

虎踞山上的雪景千奇百怪。红梅枝上的厚厚覆雪，形似一只只青春松鼠翘首欣赏红梅；腊梅枝上的厚厚覆雪，形似一名名白须老兵挺矛英勇上阵；古松上的厚厚覆雪，形似一头头巨象在雪岭现身；老藤上的厚厚覆雪，形似一条条玉龙从盘木腾空。

松霞寺古建筑的屋檐上挂着长长的晶亮尖厚的冰棱。寺内古松下覆着厚厚白雪的地面上，四散着从松树上落下的松果。两只活泼鸣唱着的黄鹂，从寺内一株盛开着满枝红梅的古梅树梢上，飞落到覆着厚厚白雪的地面，蹦蹦跳跳地不停嗑着松果，觅食松果缝内的一粒粒饱满松子。白雪、青松、红梅、黄鹂，还有散落在雪地上的松果，构成了一幅昂扬着旺盛生命力的美妙图景——雪中觅食。

路宁从大殿后门出来，踏着覆盖厚雪的石径，欣赏了一会儿美妙生动的寺内雪景后，走进资料室。

褚华不在资料室。

资料室不大。标着分类名称的资料盒紧挨着，整齐地竖放在沿墙排列的配着木框玻璃柜门的资料柜中。资料室中央放着一张小长木桌和四把木椅，供工作人员坐着阅看和摘录资料。东端南角落置着一张用两条长凳和一块木板架成的单人床。对着后窗口放着一付办公桌椅。办公桌上左侧整齐地摆放着工作资料，右侧堆放着一摞书：政治、语文、历史、地理、数学、英语等。“她在准备78年高考”，路宁想。办公桌玻璃板下压着的《中国历史简表》《世界历史简表》将复杂的历史过程用表格形式清晰简练勾勒出，吸引了路宁。摊开在办公桌上的读书笔记本中，褚华用漂亮的字迹，对《共产党宣言》《国家与革命》《实践论》的结构进行了分析。“这是一个会抓要领的女孩”，路宁自语。

路宁站在褚华办公桌前向窗外望去。

对着窗户的几株古腊梅树上，腊梅花在白雪覆盖中正绽放着，一位身着天蓝碎花棉袄的瘦高个姑娘，正在腊梅树下，全神贯注地赏梅，她轻轻托着梅枝，俊俏的鼻梁靠近梅花嗅着，漂亮的眼睛微微闭着，轻轻地说了几句什么。

路宁推开了窗户，一股沁人肺腑的腊梅寒香扑鼻而来。路宁推开窗户的声音惊动了姑娘，她转过脸来，看见路宁站在她的办公桌前。她那透着蓝色的明亮眼睛闪了一下，随即转身回资料室。

路宁端详着跨进门来的褚华：漂亮的鹅蛋脸型，一双给人印象深刻的透着清澈见底的蓝色的明亮大眼睛，鼻梁、双唇都很俊俏，可能因为长期缺乏营养，高高的身材略显瘦弱，脸色略显苍白。

路宁不认识褚华，但褚华早就认识路宁了——看过他的节目，听过他的报告。

褚华是一个文静的姑娘，她用轻细的声音有礼貌地问候了路宁。路宁笑着说:“难怪你的文字好。”他指着褚华办公桌上堆放着的一摞书，“看得出，你学习很刻苦。”褚华说:“那些是我父母留下来的。”路宁沉默了一会儿，说:“好儿女继承父母志。”褚华用她那透着蓝色的深沉明亮的眼睛注视着正在端详她的路宁，没有回话。

他们谈了一些工作上的事情。路宁准备离开资料室时，对褚华说:“工地和指挥部对你的工作评价都很好。我知道你是因病放弃的77年高考。注意身体，抓紧复习，不要放弃。”

他转身刚要出门，身后传来褚华轻细的问语:

“你还考吗?”

“考。”路宁回答，没有回头。

“谢谢你把我调到指挥部。你工作忙，复习时间少。我有时间为你准备复习资料。78年高考我们共同努力。”褚华的声音真挚、自信。

路宁跨出藏经楼，一眼看见洁净的雪地中一株盛开的红梅树上，一束舒展俏丽的梅枝正大拱型地弯曲连接着地面，神来之笔地形成了一座白雪妆扮万朵红梅的春之门。

二十八

褚华感谢路宁。因为这次调动，发挥了她的长处——用有条不紊的头脑，从事文字工作。尤其是为她复习迎考创造了比较安静的环境。过去在工地上她住在六人一室的集体宿舍，现在她一个人住在资料室里——指挥部未婚男女工作人员中，就她一位女性，指挥部房源紧张，安排单人宿舍有困难，就让她住在资料室。

自父母去世后，褚华第一次感到有人真正关心她——把她这个身单力薄、无依无靠的女孩子由开山掌钎工调为机关资料员。她在孤苦伶仃生活了十年后，又一次感受到了人间的温暖。

女孩子是细心的。从她知道路宁关心她之日起，就开始仔细研究路宁。现在，她已经知道，路宁比自己大两岁。在路宁的光环背后，路宁也有着家庭被审查、高考遭淘汰这两大深深的痛苦。她了解到，政治、语文、历史、地理知识都难不住路宁，他有掌握这些领域知识的天赋。

但路宁初中毕业就工作了，参加高考，数学、外语必须具备高中水平，这难住了路宁。路宁的两个最大痛苦，几乎与自己的两个最大痛苦重合。命运的相似，年龄的相近，使她对路宁除了感激，更添了亲情。她想，反正自己也在准备高考，不如跟路宁说一下，一块儿准备，在准备中帮助路宁克服弱项。褚华具备帮助路宁的有利条件：第一，先天的禀赋，后天的努力，使褚华在小学、初中、高中阶段，都是比较全面的学习尖子，高一时，她是班级外语课代表，高二时，她是班级数学课代表。第二，路宁、褚华分别是未婚的男女青年，相互接触不犯忌讳。路宁第一次到资料室看褚华后准备离开时，褚华对路宁说的话，就是认真考虑的结果。

褚华勇敢启动了帮助路宁克服高考面临困难的进程。

路宁第一次到资料室去看褚华后，又有很长一段时间没有与褚华碰面。褚华感到，为了帮助路宁赢得高考，不能再白白浪费时间了。

这是三月初的一天，松霞寺藏经楼通往大殿的石径旁，盛开着迎春花。

褚华从资料室出来，走进路宁办公室：

“路指挥，我今天有话要对你开门见山地说。我知道，你为了不对我、不对你自己造成负面影响，不与我多接触。但离参加下一次高考的时间很近了。学习外语离不开对话交流的刺激，学习数学离不开随时讲解的启迪。前怕狼后怕虎的，弄不好还得考砸。”

褚华一反文静的常态，很有激情地继续说：

“与我接触有什么好可怕的。都是从城市到农村的知识青年，都是努力奋斗的上进青年，都是未婚的男女青年，都是长辈受迫害的患难青年。”

真是静处响惊雷。

路宁从褚华的很有说服力的话中，听出她是了解情况、情真意切、充满自信的：“好，数学、英语麻烦你辅导我。文科方面的问题，我们商量解决。”

指挥部的工作人员都认为路宁、褚华两人的形象气质蛮般配，都清楚他俩一块复习是为了考大学。没有过激的议论。

伴着春天的桃花漫山，梨花遍野，紫燕空中掠过；伴着夏日的映日荷花，接天莲叶，银鱼湖中跃起；伴着深秋的红叶为伞，黄叶似毯，野雉出没原野；伴着隆冬的松竹梅友，傲雪凌寒，黄鹂缀红鸣春。在松霞寺下，在玉龙湖边，在学习外语时的对话交流刺激中，在学习数学时的随时讲解启迪中，在被对方优良的内外素质越来越深的吸引中，褚华渐渐坠入了爱河，路宁渐渐走出了苦闷。

“世界上本无什么能够绝了奋斗者的路——思维是自己的，手是能做也能写的，走路的空间总是有的。”

“自知者，胜时自知‘有限’，困时自知‘有力’!”

“岁寒三友，其实是教人怎样活过一生。松是坚强意志的象征，竹是正直品质的象征，梅是出色能力的象征。人生虽艰难，但有了坚强意志、正直品质、出色能力这三位终生的好朋友，在征途中就倒不了、垮不掉。”

“创业生命力应当似发源高山、奔向大海的江河。征途上有九十九道障碍，只能造就出有九十九道弯的壮丽前行线，却绝阻挡不住那势向大海的奔腾之水。一个人创业生命力的强度，如果能像一路坎坷重重，却能夺取生路、永远恃势向前的江河，他就一定能成为创造辉煌业绩的卓越人物。”

1977 年高考后的日子里，路宁就是靠着在日记中写下这些心得来鼓励自己。确实是褚华的帮助，使他从苦闷中渐渐走了出来。

每当工作和复习劳累了，褚华都喜欢请路宁唱歌，她说路宁的男中音具有磁石的力量，可以吸走她身上的一切疲劳和烦恼。她尤其喜欢听路宁唱《中国少年先锋队队歌》，说这是她回到少年时代与爸爸妈妈神交的最好时刻。

路宁很同情褚华的身世、很感激褚华的帮助，写了一首新体诗《尊敬》送给褚华：

没人注意的低寒处，
生活着
蓬勃的生命。
那么坚强，
那么绽放，
完全蔑视着
厚厚的雪压。

形小质韧的雪中花啊，
你受到
行路者
崇高的尊敬——
任何环境，
任何理由，
自己都要
让生命夺放！

褚华回了路宁一首《七绝·红梅》：

昔者爱用红梅赞女豪杰，我今用红梅颂男英雄。并自励。

冰雪裹梅三九妆，
红瘦干韧神飞扬。
玉龙凛冽覆大地，
活了仙子九曲裳。

路宁夸褚华这首诗将大自然的严酷写得很有磨砺意志之美、锻造伟业之美。

褚华说："诗歌是大自然的精灵。居巅峰地位的诗歌，都从大自然中溢出，或者说，都是受启于大自然而得之。譬如，七律的代表作——杜甫的《登高》、七绝的代表作——杜牧的《山行》、七古的代表作——李白的《梦游天姥吟留别》、乐府的代表作——李白的《蜀道难》；还有，古人填词的代表作——苏轼的《念奴娇·赤壁怀古》、今人填词的代表作——毛主席的《沁园春·雪》等，都是首先受启于大自然而得之的。

"大自然的无限时空、无穷变幻、无比魅力，为诗歌创作提供了无尽源泉。诗人可以从大自然中，获取无尽的美妙精灵。人类是大自然的最高产物，受大自然启示，达成天人合一，是诗歌的最高境界。"

二十九

1978年五一节后上班，路宁在办公桌上看见了林场场部分配给茶园会战工程指挥部的知识青年返回城市就业单位及名额分配表。分配给虎踞山茶园会战工程指挥部到市电信局工作名额一名。

指挥部将名额给了褚华。

褚华星期一就要走了。路宁隐约感到好像失落了什么。“我要抑制这种情绪”，他想，“还是喝点酒睡觉吧。”周日晚上，路宁喝了一整瓶虎踞山林场酒厂自制的苹果酒，准备什么也不想，在办公室里备用的折叠床上好好睡一觉，星期一早晨起来和同事们一起欢送褚华回江东市。可能因为一仰脖就将一瓶苹果酒喝光，喝得太猛了的缘故，感觉头晕目眩，好像吐了起来，之后就什么都不知道了。

不知过了多久，路宁醒了，他感到浑身舒服自在，好像洗过澡的感觉，发现内衣内裤也换了。他很奇怪。感到办公桌方向亮着灯光，一扭头看见褚华正坐在他的办公桌前低头写着什么。

“你怎么会在这里?”路宁问。

褚华被路宁冷不丁的一声问吓了一跳：“吓死我了。你醒啦。”

“你怎么会在这里?”路宁坐起来又问。

褚华说：“还问呢？昨天晚上八点钟左右，我在宿舍听见，从你的办公室里传出砸碎瓶子、接着椅子倒地、又接着人倒地的声音。我就知道出事了。指挥部里除我们俩外一个人也没有。我只好一个人跑进你办公室，手摸摸躺在地上的你，呼吸还算均匀，就放心了。”

路宁指着穿在自己身上的新换内衣裤，疑惑地想问什么。

“是我给你换的”，褚华说：“你吐得满身都是苹果酒，不洗不换怎么办？我来帮你擦洗身体、帮你换内衣内裤，是你的福气。”

褚华从没有见过路宁喝酒。昨晚她看见喝醉的路宁吐得浑身是酒，心想一定跟自己要离开有关。心里还是蛮高兴、蛮幸福的。

路宁低头叹了一口气。

“你叹什么气？有什么要紧的。农机厂的大姐早就跟我说了，你就是一个大男孩。”褚华抿嘴偷笑一下，“一看还真是。”

路宁简直不知道该怎么回应。想了想，转了话题：“几点了？你在写什么?”

“凌晨五点。你不醒来我不放心，你这里又没有可以给第二个人睡觉的地方，就在这里起草《雨花茶基地申请方案》。”褚华回答。

“你今天早晨就要离开茶园了，还写这些做什么。”路宁说。

“我不走了。”褚华回答。

“什么时候决定的?”路宁问。

“为你换内衣内裤后决定的。”褚华调皮地说。

路宁看见，窗外晨曦中，盛开的石榴花现出了泣血的赤红。

褚华问:“路宁，你认为生命的意义是什么?”

路宁深思熟虑地回答:“历史只钟爱那些将生命与事业联系在一起的人。歌德之所以能在优裕的一生中为人类留下不朽的作品，是因为他对生命有着‘人生朝露，事业千秋’的根本看法。哲学家狄德罗对人生意义的认识是:‘时间过去了，也就是这么多的东西积累下来了。’把生命与奉献不可分地联在了一起。培根警策自己一生的格言是:‘时间存在过，时间存在着，时间在流逝。’这短短十五个字，写尽了对人生责任感和紧迫感的深刻认识。”

褚华受到路宁感染，也来了激情:“是的。自然规律无情，决不给一个人以两次生命。欧洲有这样一则寓言，美丽询问上帝:‘为什么我存在的时间这么短暂?’上帝回答美丽:‘我只把美丽赐给稍纵即逝的事物。’懂得生命意义的人，是百倍珍惜大自然给予自己表现智慧和能力的短暂时间的。”

路宁看着脸上现出神采的褚华，继续吐露自己对生命意义的理解:“一个人固然应当努力追求当前美好幸福的生活，然而一切都会过去，惟有事业永存，为今人和后人留下值得永远怀念的事业，不使延续着的事业在由我串接的环节上黯然失色，则是懂得生命意义的人的最高追求。”

褚华不再说话，低下头继续起草《雨花茶基地申请方案》。

三十

路宁与褚华来到雨花茶的著名生产地——江东市茶园学习取经。江东市茶园的专家领着他俩在雨花茶园转了一圈，边走边讲解，还赠送了一批业务资料。临分别时，这位专家对路宁、褚华说:“你们林场所在地，具备着山水相依的江南丘陵典型形态，曾经是中国近代茶科学研究试种的发源地之一。希望你们建设雨花茶基地成功。”

学习取经结束后，褚华兴致不减地对路宁说:“从这里到夫子庙乘公共汽车很方便。我请你品尝夫子庙小吃，然后到我家坐坐。我家就在夫子庙旁边。”

看着路宁不解的神情，褚华解释道：“是的，我没有亲人了。但我祖父、祖母留下的房子由我继承着。”

乘上驶往夫子庙的公共汽车后，褚华小声告诉路宁：“我的祖父参加过辛亥革命的武昌首义。在后来的国共斗争中没有参加任何一方，一直在江东市经商。国共双方都尊重他参加过武昌首义的光荣历史。解放后，人民政府没有动我祖父的房子。我家从我父亲起一脉单传，房子现在由我继承着。”

路宁从没有请过单独一位女孩子吃饭。过去是谭英、令虹请他吃饭，现在又是褚华请他吃饭。路宁是山东人，很义气。与弟兄们在一起，下馆子几乎都是他掏钱请客，与男女知青、男女宣传队员乃至几个女宣传队员在一起，下馆子也几乎都是他掏钱请客。因为他和大家都觉得，他的工资比其他年轻人高。但是，一旦遇上单独一位年轻姑娘，路宁从来没有掏钱请过。他认为，这是尊重自己，也是尊重姑娘。褚华对夫子庙一带非常熟悉，请路宁饱餐了几道路宁觉得上佳的名点：鸭血粉丝鸭杂汤、红椒油炸臭豆腐串、桂花豆沙酒酿元宵、四色面点（牛肉烧卖、虾仁蒸饺、蔬菜包、黑芝麻青团）。

褚华家在距夫子庙很近的一条深幽的青石路小巷里。这是一幢座北朝南、四进院落的明清风格民居。踏上三级已生青苔的青石台阶，路宁扯住大门上锡制的门环，褚华取出钥匙开了门栓上的锁，推开厚重的两扇红榉制作的大门，抬腿跨过约一尺高的红榉制作的门槛，对正在欣赏大门外两尊雕出狮首图饰的石门礅的路宁说：“请进。”路宁站在大门外抬头朝两边指了指大门上方两端的垂莲石雕：“真好看。”褚华微笑着说：“那是用汉白玉雕刻的。”

褚华领着路宁边向里走边介绍：“第一进房屋过去是放轿子及让轿夫歇息的，解放后改为放自行车的地方了。这进房内西面隔出的一间小屋，是看门人白天值班及休息的地方。第一进房屋与第二进房屋之间的前院正中是一座照壁，又称玄关、屏风，起挡风和阻隔视线的作用。”路宁驻足仔细观看了一下这座上有一幅“喜鹊登梅”大砖雕的照壁。然后沿着鹅卵石铺成的小道前行。

褚华接着说：“第二进房屋是客厅和书房。中央是过厅，东厢为客厅，西厢为书房。”经过上半部镂空雕花的红榉木门进入第二进房屋，路宁仰首看到，第二进房屋通向正院的大门内侧门楣处，一块楠木匾额上雕刻着楷形隶势的“首义军人”四个大字。褚华说：“这是我家一搬进来我爷爷就挂上去的。”路宁欣赏着室内顶棚，在包括房梁、椽子、斗拱在内的室内顶棚上，用赤橙黄绿青蓝紫七色彩绘出的名花卉、珍禽图，经岁月磨蚀虽已不再色泽艳丽，却依然灵动清晰。屋内用作隔出客厅与书房的两侧板壁上，各有两幅木板壁画。褚华介绍：“这几幅木板壁画的内容，都与辛亥革命、武昌首义有关。第一幅是打响武昌首义第一枪的革命军驻地武昌紫阳湖畔；第二幅是武昌首义胜利后颁发第一号布告宣布废除帝制的革命军政府所在地——长江边黄鹤楼下的鄂军总督府；第三幅是任命黄兴为辛亥革命战时总司令的古代军事要塞——武昌蛇山脚下的黄兴拜将台；第四幅是孙中山宣誓就任中华民国临时大总统的地点南京太平天国天王府。”过厅的地面用正方形大青砖铺设，客厅与书房的地面，用长方形小青砖斜铺。褚华引导着路宁：“第二进房屋与第三进房屋之间的正院是设一桥一亭的水榭花园。春花秋月时在小亭中闲坐，春品茗秋闻桂是很惬意的。”正院的地面，用长条形小青砖斜铺出路径。路宁看见，正院东侧生长着一棵高大的女贞树，正院西侧生长着一棵浑圆的桂花树。褚华说：“女贞树和桂花树都是香幽意远、终年常绿的高品植物。”过青石小桥时路宁看了看池中景，几只小鲫鱼正争食着水草，数株并蒂莲正含苞待放。

褚华继续对路宁道：“第三进房屋是两层楼。楼下是餐厅兼茶室，东为餐厅，西为茶室。楼上是两套居室。每套居室各有配卫生间的卧室一间，书房兼起居室一间。东厢为祖父、祖母居室，西厢为我的居室。爷爷奶奶、爸爸妈妈要把我藏在深闺保护呢。”第三进房屋一进门的左右侧，是沿墙建构的分别上二层东西厢的楼梯。路宁跟着褚华从东侧楼梯上了二楼，参观了褚华祖父、祖母的居室，居室里有不少红木古家具、水墨古字画、青花古瓷瓶、线装古书籍。褚华说：“父母去世前把存折放在我床头。我省吃俭用还是不够，已经卖了不少爷爷奶奶的古董，总算坚持到了我去林场工作拿工资。记得一次我到废品收购站卖一件古董，收购员说给我八元钱，我很高兴。旁边一位也在卖废品的戴着高度近视眼镜的伯伯对我说：‘我给你十八元钱，卖给我吧。’我激动得答应了。十八元钱，够我两个月的生活费啊。这位伯伯慈祥地问我：‘你卖古董，你家长知道吗？’我说：‘我的家长都去世了。’这位伯伯沉默了良久，眼睛有些湿润，他对我说：‘小姑娘，我给你三十元钱吧。记住伯伯的话，你家的古董，能不卖的话，尽可能不要卖。等你长大了，再决定怎么处理。’”路宁听了，心里也有些难受。路宁从褚华祖父、祖母居室的后门出来，看到东西方向回廊连接着褚华爷爷奶奶住的东厢居室与褚华住的西厢居室的后门。

第三进房屋与第四进房屋之间是小天井。上下两层小走廊穿过天井从第三进上下楼分别进入第四进上下楼。上层小走廊棚顶廊檐装饰着造型及图案很别致的瓦当。第四进房屋东西方向回廊的楼顶上，建着一座从二楼天井走廊岔道拾阶进入的瓦坡伸入天井的粉墙黛瓦半坡屋。这座精湛玲珑的半坡屋，既增加了整座民居后半部分的美观，也屏障着房主人在主楼二层卧室中的活动，还有利于房主人进入半坡屋通过半坡屋北墙上的三扇窗户，观察后院内及后院外的情况。第四进房屋二楼东厢为一大套房主人子女的居室，有会客室、书房、卧室、卫生间。褚华告诉路宁，这是她父母生前的住处。第四进房屋二楼西厢为客房。第四进房屋一楼东厢为保姆居住，西厢为厨房。第四进房屋东西厢之间的后院正中栽着一棵古老粗壮的枇杷树，树上由青渐黄的枇杷星星点点。古老粗壮的枇杷树周围，放置着五六只大小不等的有些年头了的陶制彩绘水封腌菜坛。褚华说:“祖父祖母、父亲母亲生前喜欢吃各种腌制食品。这些坛子是用来腌菜、腌肉、腌鱼的。”后院靠厨房处，有一口古井，井口内沿分布着数道深浅不等的绳痕，这是经年累月用水桶打井水时提拉井绳留下的痕迹。井水清澈，纹丝不动，清楚地映出了伸头探看的路宁和褚华的两张青春脸庞。井内围砌的薄青砖上布满挂着水珠的青苔，砖缝中生长出了数丛生机盎然的花草。

褚华指着后院小门说:“后院有后门通街。家里人可根据需要从家里前后门进出，很方便。”

两人回到褚华的居室。路宁从褚华书房兼起居室的窗口朝外望去，一进房屋与二进房屋的屋顶两边，都建筑着高挑漂亮的女儿墙。女儿墙的墙檐上，丛丛金色的野夏菊正在盛开。第一进房顶两个介字形耳房之间的屋脊上，一只雪白的波斯猫正在与大门外茂盛的老榆树上时落屋顶时归枝间的两只喜鹊，嬉戏逗乐着。

路宁对褚华说:“褚华，谢谢你请我品尝夫子庙名小吃，又邀我参观你家古典宅院。今天真是美辰、美人、美食、美景‘四美’俱全啊。天色已晚，我要回家了。”

褚华在与路宁交往中，清楚掌握了路宁家的情况，她说：“你父亲在外地教书，你母亲正带队在北京演出，回家也是你一个人。我一个人住在家里有些害怕，你陪陪我，就在爷爷奶奶的房间睡一晚吧。”

此时对路宁父亲的审查尚未结束，路宁父亲仍在外地教书；路宁的母亲已经“解放”，担任了江东市戏剧家协会第一副主席兼江东市工人艺术团团长，正带领着江东市工人艺术团在北京演出。路宁感到褚华一个人住在这个深宅大院里，夜晚害怕是真的。他答应了褚华的要求。

褚华见路宁答应今夜住在她家，兴奋的脸蛋上现出了少见的红晕：“我去给你放水洗澡。”她一边朝自己卧室的卫生间走去，一边情不自禁地大胆说道：“我不想一个人从林场回来。今后要是我们两人一起住在这里就好了。”

三十一

在炎热的夏季，1978 年高考开始了。

高考的前一天，路宁没有复习，他请母亲从部队弄了两张电影票，约褚华在省军区礼堂享受着冷气，全神贯注地观看了长达八个小时的苏联故事片《解放》。路宁对褚华说：“一来可在冷气中放松一天；二来可增强上考场的必胜气势。”褚华非常开心：“好主意。凉快一天；振奋起来。”

尽管监考老师一再提醒：考生要充分利用每一分钟。但在政治、语文、历史、地理考试中，路宁每场都提前半个小时左右退出考场。每次都有不少考生惊愕地抬起头来，从不同的表情看得出，有的是敬佩他的胆略，有的则以为他考砸了。

只是在数学考场，路宁从考试开场拼到考试终场。路宁自己知道，这是褚华带给他的巨大进步——在 77 年的数学考场，他只坐了二十分钟。

考试全部结束后，路宁和褚华感觉都不错，直觉告诉他们：录取没问题。填报志愿时褚华对路宁说：“你填报什么我填报什么，看住你。”结果，他们填报了同一个学校、同一个专业。

在比较轻松愉快的心情中，路宁和褚华度过了 1978 年高考结束后的夏日。

松霞寺内春之迎春花、夏之紫薇花、秋之桂花、冬之山茶花相续绽放。盛夏之际，正值紫薇花盛开，路宁写了一首《五律·紫薇》。一天褚华送资料到路宁办公室，在路宁办公桌上看到这首诗：

烈日三伏蒸，
夏花百天红。
灼龙长赤赤，
繁枝久彤彤。
莲霞迎骄子，
桂月伴英雄。
严寒山茶敬，
酷暑紫薇崇。

她问路宁："人们喜欢咏梅颂荷，你却说'严寒山茶敬，酷暑紫薇崇。'道理何在?"

路宁说："咏梅颂荷，古今一贯。可知夏日斗酷暑最持久者，并非荷，冬日战严寒最持久者，也非梅。'烈日三伏蒸，夏花百天红'者，紫薇也，炎炎夏季，荷花是开不满一百天的。'秋菊一递迎凛冽，传于粉梅春光悠'者，山茶花也，漫长冬季，从头走到尾的，只有山茶花。

"颂扬紫薇山茶，绝无贬低荷梅之意。最难时节，荷洁梅香，此荷梅之最崇高处。只是想说明：其一，尊重有名英雄，勿忘无名英雄；其二，有些无名英雄，不差有名英雄。'严寒山茶敬，酷暑紫薇崇'，皆因山茶与紫薇在恶劣环境中绽放更加持久。

"能发现品格与业绩绝不比有名英雄差的无名英雄，必是对'英雄'这一概念的深刻完善。"

褚华说："在高尚的人心中，无名英雄与有名英雄都一样崇高。"

那一年夏天的黄昏时分，下班后的路宁和褚华常出现在玉龙湖畔。褚华从小身材修长，在十岁前父母健在的幸福时光里，跟着曾在美国留学时搏击太平洋、大西洋风浪的父母，学会了各种泳姿；路宁从小在青岛长大，跟着海军叔叔们学会了动作虽不标准但却耐劳管用的泳术。他们在清澈的玉龙湖中畅游，路宁追不上泳速极快的褚华，褚华则抓不到潜术高明的路宁。

一天傍晚，美丽的晚霞染红了整个湖面，几只小野鸭追着野鸭妈妈向湖边芦荡游去。路宁、褚华在水中一边踩着湖水，一边仰头看着满天的彩云。

褚华忽然说:“路宁，我冷，你抱着我。”

路宁说:“我们上岸吧。”

褚华游向路宁，抱住了他。

“褚华，咱别这样。”路宁一边说，一边轻推褚华。

褚华更紧地抱住了路宁:“看着彩云归，我想爸爸妈妈了。”大粒大粒的泪珠，从她眼眶中滚下。

路宁感动了，他想到褚华是一个孤苦伶仃的孤儿，十分怜惜她，便紧紧地拥抱住褚华。

过了好一会儿，渐渐平静下来的褚华轻声说:“路宁，这是你第一次拥抱我，我很幸福。”

三十二

中秋日整整一天，路宁带着褚华在第三工地实地调研，进一步完善雨花茶基地建设的具体实施方案。第三工地几位负责同志要留指挥部领导和工地老职工共聚中秋晚宴，路宁和褚华都说你们还是回家和家人共聚团圆之夜吧。

晚霞出现的时候，两人回指挥部路过玉龙湖。玉龙湖边簇簇茂盛的芦苇随着秋风阵阵起舞。一头年轻的公水牛悠闲地甩着尾巴，低首信步觅食着岸边大片的野秋菊，衬着晚霞，忽而将秋菊连根拔出带着新鲜泥土昂首大嚼的形象，煞是引人入胜。一头年轻的母水牛在离岸边约十米的湖水中伏着，沐浴着甘泉和霞光。一会儿，它从水中立了起来，缓缓迈到公牛身边，灵巧的犄角轻轻抵住公牛雄壮的犄角。公牛轻轻地嗅着母牛，舔了几下母牛的鼻梁，母牛开始低首嚼草。公牛迈向母牛身后，忽地前蹄跃起，搭在母牛背上，下体紧紧贴上了母牛的后体。母牛微微昂了一会儿首，然后继续低首安祥地嚼草。“它们在干什么?”褚华问。“它们在制造生命。”路宁答。褚华微红着脸，带着神秘的表情，偷偷看了路宁一眼。

“救命！”“啊救——！”“救——！”伴着一阵急促混乱的扑打水声，一个年轻男子语无完句的呼救声从离岸边约三四十米处的湖水中传来。“有人溺水”，路宁急言。“我们去救。”褚华边说边迅速褪去外衣裤，随着一个漂亮的跳水动作，修长的身体跃入玉龙湖中。她的自由泳姿娴熟，一会儿便游到溺水者身边，刚托住溺水者，便被溺水者一把死力抱住，俩人一起向湖底沉下去。随后赶到的路宁从背后抱紧褚华，伸出一只脚在水中用力将溺水者蹬离褚华的身体。浮出水面后，路宁急问褚华：“你怎么样？”褚华速答：“我没问题，但我对付不了他。”“你照顾好自己，我来救他！”路宁说话时，已游到溺水者背后，伸出左胳膊一下用力卡住溺水者脖子，使溺水者的头部仰露出水面，大喝道：“不要乱动，我来救你！”仰着身体的溺水者双手紧把住路宁卡住他脖子的左臂，似乎听懂了路宁的意思，也因为头部已稳定露出水面可以呼吸，于是不再乱挣扎了。路宁放松了卡溺水者脖子的手臂力量，用右臂单划水向岸边游去，褚华在溺水者左侧用右手托住溺水者臀部向前送力，俩人配合默契地将溺水者救到岸上。路宁对被救溺水者背部拍了一阵，褚华在一旁安慰着被救溺水者，被救者吐出几口水，恢复了正常。溺水者是一位十五岁的放牛男孩，放牛时下湖游泳，因秋季深水处寒冷导致腿部抽筋而溺水，在路宁、褚华的救助下有险无难。回指挥部的路上，褚华问路宁为什么卡溺水者的脖子，路宁说从溺水者背后卡其脖子有三大好处：一是从背后救人可以避免救人者被溺水者正面抱住不得脱身。二是脖子处比较细，搂脖子比搂胸部更有利于救人者回游时发力。三是必须引开“溺水者危险的双手”。在保证溺水者头部露出水面基本能够正常呼吸的前提下，卡住脖子有利于在回游时万一再遇情况时，只要一紧勒溺水者脖子，其就会本能地用双手去掰勒自己脖子的那只手臂。救人者最怕溺水者的双手缠住自己的身体，用卡脖子方法引开“溺水者危险的双手”，有助于解救成功。褚华钦佩地问：“你学过水中救人知识？”路宁回道：“没学过。完全是凭既要救人又要保护自己的本能，急中悟出的方法。其实，若不是你凭游泳技术好先游到溺水者身边施救赢得时间，后来又托推助力游回岸边，我自创的这个背后卡脖子救溺水者方法，一是可能来不及使用，二是可能不会有这么好的结果。”褚华紧紧靠住路宁，含笑说：“你很会表扬人。”路宁搂住褚华的肩膀：“这是真话。”

指挥部其他工作人员都回家团聚过中秋，松霞寺内只剩下路宁和褚华。指挥部食堂留了几个热菜、两盒自制月饼，路宁和褚华在食堂简单共进过中秋晚餐后，便分开了。

晚上九点钟，路宁办公室电话铃声响起。“路宁，我双膝关节炎犯了，不能下地，麻烦你烧两瓶开水送来。”褚华常年在野外开山，腿部患了关节炎，秋天下水救人腿部着凉，双膝关节炎复发了。

路宁拎着两瓶开水来到资料室。他灌满了褚华自备的两个小热水袋，分别压在她的双腿关节上。过了一会儿，他问捂着被子躺在床上的褚华：“好一点了吗？”褚华摇摇头。路宁看着中秋之夜显出孤独感的褚华，考虑了一下，说：“我给你做膝关节按摩试试吧。”聪明的褚华话中有话回应：“又是急中悟出的方法？”“互相关心，互相帮助，总不是错。”路宁说着，已轻撩开褚华的被子，露出了褚华膝关节以下裸着的双腿。路宁用一双手掌用力地按摩着褚华的双膝关节，将他对这位年轻女性的怜惜和感激全注入了手掌的热力中。

渐渐地，褚华感到中秋之夜自己深爱着的这位年轻男性的一双有力手掌传导出的热和力，随着自己双膝关节的舒适，辐射向全身心。她呼吸有些急促，躺在床上用双手使劲将正在低头专心为自己做双膝关节按摩的路宁拉向自己面前。她的嘴唇离他的嘴唇仅有不到两公分距离，知识女性的理智和自尊，让她将这最后的选择权，留给她热爱着的年轻男性。

路宁长时间注视着那双长睫毛已触到自己睫毛的深蓝色美丽大眼睛，这双眼睛是那样的深情、执着、无畏、渴望。路宁深深地感动、犹豫、动摇了，“接受褚华的爱情吧”，他想。正准备伏向她温润的双唇，脑海中突然出现了他再熟悉不过的矜持的年轻女性的目光。他猛的停顿下来。

褚华明显感觉到了路宁情绪的巨大变化，流下了伤感的泪水，无力地松开了紧搂路宁的双臂。

“褚华，你别哭，中秋夜我不想你难受。”

松霞寺被圆月的光华轻笼着，被桂子的香韵缭绕着。迎着月光，伴着桂馨，褚华的声音飘向天外：

“我不哭。这是父母离开后我过得最美好的一个中秋。中秋一整天，路宁在我身边。一块儿奔波着雨花茶园，一块儿跳下水拯救溺童。霞光里，他陪我观摩生命制造过程，月色中，他为我真心按摩治疗疾病。哪个姑娘的中秋像女儿我过得这样充实？”

三十三

蓝天白雪中，翠竹挺立，山茶花盛开。1978 年初冬，虎踞山林场开始了建设雨花茶基地的会战。

前线指挥部设在褚华曾经工作过的第三工地，这里距松霞寺五公里远。路宁带着指挥部的十几名工作人员，白天就在临时搭起的被称为前线指挥部的大帐篷里指挥会战。

在艰苦的茶园会战中，也有突如其来的欢快时刻。这天，指挥部部分成员跟着路宁在第三工地劳动时，山坡上干枯的草丛中，一只墩墩结实的小狗獾子突然从一处被破坏了的洞穴里蹿了出来，一头撞在褚华的腿上，力量之大竟致毫无防备的褚华一下跌到在地。“捉住它。”在工地上劳动的知青们齐声喊。离褚华不远的路宁一下扑住那只小狗獾子，小狗獾子在路宁的怀中凶猛挣扎。路宁是第一次捕捉小兽，没有经验，手稍稍放松了一点，小狗獾子乘机从趴在地上的路宁怀中逃脱。路宁纵身再扑向小狗獾子，这次没扑着。被小狗獾子撞倒在地的褚华刚刚站起来，为助路宁逮住小狗獾子，也向小狗獾子扑去，结果没扑到小狗獾子，却扑在了趴在地上的路宁身上。陪着路宁劳动的第三工地党支部书记哈哈大笑着说：“看看你们这两位从城里下乡的知识青年，怎么都被小狗獾子摔在了地上，而且摔在一起。”他招呼正在围捕小狗獾子的知青们：“把小狗獾子往我这边撵。”小狗獾子在三面被堵的情况下，朝尚未被完全堵死的一面跑去，一直生活和工作在丘陵山区里的第三工地党支部书记正等在那里。待小狗獾子靠近，只见他俯身敏捷地冲上去，迅速出击的双手像一副钳子，准确地紧紧扣住了小狗獾子的四肢。工地上掌声、欢呼声四面响起。知青们在艰苦的劳动中，享受了一次冬日围猎的欢乐。

大雪降临了。这天，至傍晚收工时，地面的雪厚已近半尺。雪继续下着，大雪中摸黑返回五公里外的松霞寺比较困难，路宁决定，前线指挥部的工作人员今晚就在大帐篷里过夜。大家到工地食堂吃过晚饭，从堆在附近田野旁的草垛上抱来大堆稻草，各自在大帐篷里找一个地方铺好，就钻入稻草堆睡下了。路宁看帐篷门帘总被北风吹开，就抱了一堆稻草压在门帘上，钻入压在门帘上的稻草堆睡下。

寒夜来临了。由于是外出劳动，又没有准备在外过夜，路宁就没多带衣服，再加睡在帐篷门帘口挡风，不一会儿，他就感到了刺骨的寒冷。

褚华悄悄坐到了路宁身边，她脱下身上的毛衣，递给路宁，路宁推开她递毛衣的手。她也不说话，撑开毛衣领就往路宁头上套，那力量使路宁感到不能再拒绝了。穿上带着褚华体温的毛衣，路宁感到暖和了许多。过了一会儿，路宁觉得睡在身边的褚华瑟瑟发抖，他爱怜地紧紧抱住了褚华。他知道，褚华瘦弱，自己的体温，可以帮助她抵御寒夜。“不考虑啦?”黑暗中，褚华贴着路宁耳语。她记着中秋夜她与路宁睫毛碰着睫毛时路宁的沉思及沉思后的选择。“考虑什么！我穿着你的毛衣。你冷，我抱着你，能暖和些。”褚华热情地回拥着路宁。过了一会儿，两人都感觉到了对方热气腾腾的体温。在紧紧的相互拥抱中，路宁睡着了，褚华也睡着了。

帐篷外，虎踞山上挺立着的翠竹与盛开着的山茶花，在大雪中紧紧相偎，散出了竹馨和花香。

三十四

褚华每天完成了前线指挥部交她负责的任务——宣传报道后，就主动回到曾经工作过的单位，在原来一块儿工作的兄弟姐妹们中间，操起掌钎的老本行。她发现，原来熟悉爆破业务的几个知青骨干已经返城了，第三工地新配的几个爆破手，都是当地刚毕业的初中生。

一个蓝天白雪的日子，路宁来检查工作，看见褚华正在掌钎，想让她休息一会儿，就说:“我来试试掌钎的滋味。”褚华干活兴致正高，回道:“你掌钎，我来抡锤。”路宁笑问:“你抡锤？砸着我的手怎么办?”褚华笑眯眯地应答:“砸残废了你的手，我就养活你一辈子。”引起周围干活的职工一阵嘻嘻哈哈的玩笑。

路宁真不知道褚华会不会抡锤，但自己要掌钎的话已经在众人面前说出口，只好硬着头皮掌钎，提心吊胆地看着褚华抡锤。

没想到褚华抡锤有模有样，锤锤砸在钎顶中央。一口气抡了三十多锤，她感到出汗了，便脱下外衣，露出了鲜艳紧身的天蓝色毛衣——就是大雪之夜路宁穿过的那件毛衣。路宁要替换她来抡锤，褚华含情的目光注视着路宁，笑呵呵地说："别，砸坏了我的手，可就没人伺候你了。"

褚华继续抡锤。胸部有节奏地上下颤动着，修长身体的动人曲线在运动中优美地张弛着。掌钎的路宁半蹲着仰观，身着鲜艳的天蓝色毛衣的褚华，简直就像从蓝天上下凡来拯救世界的仙女。

"轰，轰轰，轰，轰轰轰轰，轰！"工地上事先没有预告地突然响起了巨大的、不规则的爆破声。路宁猛地站起，他看见头顶上的天空中布满了有的正在上升、有的正在落下的大大小小的石块和土块，在这些石块和土块的正下方，是漫山的正在开山造茶园的知识青年。他们被这突如其来的危险情况弄懵了，毫无专业知识地乱奔乱跑起来。"望着天空——注意躲避——不要乱跑——"路宁向着各个方向，迅速高声喊话，全然忘了自己。

"路宁——"褚华高喊着扑向路宁，用自己高高的个子，将路宁头部和全身掩住。一块巨石，砸向她的后脑。

褚华躺在大地上，身着天蓝色的毛衣向着蓝天，她要回家了，头颅下地面溢着大面积的鲜血。工地医生在进行紧急处置，救护车在向工地疾驶。这时，工地广播喇叭响了起来：

"现在播出喜报，现在播出喜报，请注意收听。1978 年全国普通高等院校入学考试中，虎踞山林场以下职工收到高等院校入学录取通知书。"当播送的喜报名单读到名字连在一起的路宁、褚华时，褚华的嘴角微微一动，接着又像大理石一般沉寂。看到希望的路宁轻轻拍着褚华，大颗眼泪滴在她的脸上："褚华，听我唱少先队队歌。"他用褚华特别喜爱的男中音，唱起了旋律穿越时空的《中国少年先锋队队歌》。

褚华眼角微微溢出了泪花——

她的灵魂飞回到了幸福的少年时代，她在天国里见到了亲爱的爸爸妈妈。

天空是蓝色的，褚华也是蓝色的——她有着一双透着蓝色的明亮眼睛，她与路宁相识时穿着天蓝色的棉袄，她与路宁永别时穿着天蓝色的毛衣——她是天使。

在褚华墓碑的背面，镌刻着路宁的《贺新郎·雨花茶园》：

雨花一杯茶，
叶卷曲，
慢舒水中，
淡淡长绿。
当年隆冬雪岗上，
五千知青挥汗，
拓冻土，
茶园会战。
白日单衣亦累赘，
夜裹稻草帐篷瑟瑟。
盼天明，
宁肯累。

青春再苦亦生气。
未训练，
爆破冻岗，
漫天石起。
腾空十丈爆破手，
石击女儿殒命。
满山冈，
伤者甚累。
雪皑茶园祭花魂，
钢铁汉，
深情扑大地。
雨花茶，
青春韵。

三十五

那个时代永远地过去了。很久以后，路宁写了一篇评价那个时代的文章，题为《敬重英雄的时代》。

今天直到永远，我们虽然批评那个时代的某些缺点，但我们无比敬重那个英雄的时代。

新中国赢得长久和平，是那个时代的铁拳造就。抗美援朝战争胜利的最伟大意义，在于标志着中国具有了战胜世界最强大霸权者的能力。抗美援朝战争爆发于美国侵略军越过三八线侵略朝鲜、占领朝鲜首都平壤、打到中朝边界并轰炸中国东北地区之时。1950 年 10 月初，美国侵略军越过三八线侵入朝鲜。1950 年 10 月 25 日，抗美援朝战争爆发。抗美援朝战争是中朝军队将入侵朝鲜的美国侵略军赶出朝鲜的战争。中国人民志愿军和朝鲜人民军将美国侵略军打得退离中朝边界、退出平壤、退过三八线，赢得远东和平。抗美援朝战争胜利后，自 1840 年以来欺凌中国一百多年的世界列强，从此不敢欺凌中国，中国赢得了自进入近现代社会以来最长的和平发展时期。

新中国国家安全的三大基石，是那个时代牢固打下。大庆油田是基本解决我国能源安全问题的主要标志；“两弹一星”是基本解决我国国防安全问题的主要标志；杂交水稻是基本解决我国粮食安全问题的主要标志。无粮不稳，无油不强，无核不固。新中国国家安全的三大基石，是在 20 世纪 50、60、70 年代牢固打下的。在此基础上，改革开放使中华民族腾飞。

新中国科技原始创新的国际影响力，是那个时代辉煌创出。我国科学家在二十世纪六七十年代发现了青蒿素，发现青蒿素实质是开启了中医药成为世界性医药的时代；我国科学家在 1966 年创造了杂交水稻理论，并在 1970 年实现了杂交水稻种植实践的决定性突破，杂交水稻诞生实质是基本解决了中国乃至世界的粮食安全问题；我国科学家在 1965 年实现了人工全合成结晶牛胰岛素，人工全合成结晶牛胰岛素实质是开启了全球的基因重组时代。那个时代中国在科技方面创下了具有世界影响力的伟大成就。我国至今在原始创新的国际影响方面，还没有超过上述三项的。

三十六

1978 年，路宁跨进了神圣的大学殿堂。

之后，他继续脚踏实地地奋斗，成为推动中国大踏步前进的中坚、骨干力量中的一员，并实现了他在艰苦时代讲故事时的理想——找到了一位像丽达那样的为壮丽事业奋斗的美丽、正义、理性、温柔的姑娘，结成终生伴侣。

第三部

似水如钢

第一章　定百年

一

“笃、笃、笃”，很有礼貌的敲门声响起。路宁母亲开了家门。

“伯母好。”一位身着朴素衣裳的长着漂亮的鸭蛋型脸、一双美丽的丹凤眼、浑身散发着青春气息的丰满高个儿姑娘，亭亭玉立在门前。

“是宁澜吧，快进屋来。”路宁母亲一边高兴地牵着宁澜的手把她朝屋里引，一边说：“路宁姨妈来信说，宁澜考上了78级江东大学中文系。要路宁在江东市家里给你准备一间卧室。路宁已经给你整理好了卧室，就是他一直住的房间。”

“那路宁住哪儿？”宁澜挺高兴地问。

“他住姥姥住过的房间。你杜姨说，我们家孩子都不在青岛，是宁澜一直帮助她照顾姥姥到临终。我们全家都很感激你。”

宁澜说：“路宁很孝敬姥姥，我是跟他学的。”

路宁母亲说：“路宁考上了78级江东师范大学哲学系。听说你今天来，他去买菜了。”

路宁母亲将宁澜带进了为她准备的卧室。宁澜一眼就看见了置在卧室书桌中央的一块雪花白大理石，那是父亲送给路宁珍藏的。她心中滚滚热了起来。

路宁母亲一边帮宁澜把她随身携带的用品放置好，一边对宁澜说：“江东大学离家不远，从小路走就十五分钟。学生宿舍比较拥挤，平常学校没什么急事的话，你晚上就来家住。”

“好。”宁澜爽快地答应。

1978年的宁澜二十二岁。

她的学习成绩非常好，但77年高考准备期间，父亲病重继之病逝，宁澜全力照顾父亲，耽误了高考。宁澜母亲是一个为女儿长远考虑的有心人，78年高考前对女儿说：“下一点功夫，考到江东市去吧。”宁澜明白母亲的意思，高考时的动力又多了一些。

路宁敬佩地向母亲介绍过宁澜的情况；路宁姨妈在与路宁母亲的多年通信中，无数次表扬过宁澜这姑娘。宁澜答应住到家里来了，路宁母亲心中也就有了定谱。

路宁拎着满满一篮子菜回到家，宁澜为他开的门。

“宁澜——”

“路宁——”

两个年轻人几乎同时热情地招呼着对方。他俩整整十年没见面了。虽然一见面的第一印象都是对方长大了、更好看了，但心灵深处仍跟昨天还在一起似的亲近、亲热，这恐怕就是天造地设的缘分了。

宁澜洋溢着青春的脸蛋上红扑扑的。

路宁亲切而谦虚地对宁澜说：“宁澜，我高考考得不如你好。”

“你初中毕业就到林场去了，上山下乡七年多时间。我高中毕业分配到父亲的单位，先当了两年野外地质勘探队队员，后调到公司机关做共青团工作。你吃的苦比我多。”宁澜对路宁的情况很清楚。

“妈妈说这些年你一直帮助姨妈照顾姥姥。原本是我的责任，却由你承担着，我感到挺对不起你的。”路宁真诚地说。

宁澜发自内心地回答：“你不在青岛，我替你尽孝道，是应该的。”

路宁说：“伯父去世了，我很怀念他。老人家要我珍藏的雪花白，我一直放在卧室的书桌上。”

宁澜眼中闪着泪光：“我看见了，我爸我妈没白喜欢你。”

母亲说：“路宁啊，快给宁澜做饭去。宁澜晚上住家里，有的是说话时间。”

宁澜饱餐了一顿典型的江东饭菜：大米干饭、盐水鸭、咸肉炒芦蒿、清炒菊花脑儿、昂刺鱼烧豆腐、洋花萝卜排骨汤。妈妈腰不好，喜欢喝“女儿红”牌子的黄酒，宁澜、路宁也跟着喝了一些。

这是宁澜在江东市家中吃的第一顿饭。从此，她喜欢上了这些菜肴，喜欢上了女儿红黄酒，也喜欢上了江东市——因为从现在开始，她和路宁一起在江东市。

宁澜在江东大学中文系读书期间，创作了《沁园春·江东》：

春秋石城，
扬子龙蟠，
钟山虎踞。
历十朝古都，
秦淮晚月，

玄武晨风。
野蔬春品，
桂肴秋尝。
梧桐满城，
浓荫沁心酷暑凉。
隆冬临，
登明城一周，
全球最长。

长江不尽滔滔，
推才俊屡兴江东骄。
观孙权劈案，
谢安著子。
洪杨革命，
孙黄共和。
婉约词宗，
红楼巨子。
永宣舰队接云霄。
古天仪，
承现代射线，
星汉更妖。

路宁看了宁澜的《沁园春·江东》，以佩服的口吻对宁澜说："你对江东研究得比我好。江东的历史、胜景、风味、人物，被你囊括在词中。尤其是你在词的下半阙点出的"江东九大业绩"——东吴孙权抗曹、东晋谢安指挥淝水之战、太平天国政治领袖洪秀全和军事统帅杨秀清、辛亥革命政治领袖孙中山和军事统帅黄兴、婉约派词宗南唐李煜、出生在江东且童年时代生活在江东的《红楼梦》作者曹雪芹、明初永宣之治时期从江东出发的世界古代史上最大规模的郑和远航船队、现存紫金山天文台明正统二年复制的元代伟大天文学家郭守敬（亦是当时世界上最伟大的天文学家）设计制作的天像观测仪、'中国现代天文学的摇篮'中国科学院紫金山天文台为代表的可与世界一流科技水平竞争的江东现代天文科学及空天电子观测技术等，我仔细想了一下，江东的其他业绩，无出其右了。”

宁澜高兴地听着路宁的夸奖，红着脸说:“都是因为你在江东市，我才认真研究江东。另外，我也确实喜欢品尝江东初春的多种野菜和桂子飘香时的桂花鸭；喜欢游览保留下来的长度为世界所有环绕古城的古城墙之最的江东明代城墙。”

宁澜有些羞涩地看着路宁，笑吟吟地继续说:“‘婉约词宗，红楼巨子’，江东可真是一个温柔之乡呀，李煜、曹雪芹回忆的都是江东生活啊!”

二

从一定意义上，恢复高考后的最初几批大学生，真是“天之骄子”啊。仅以路宁所在班级为例。全班四十名学生中，据不完全统计，大学毕业后的奋斗历程上，共产生了一名省部级、十二名市厅级、七名县处级领导干部，四名教授、三名副教授、四名中学高级教师，还产生了一名国家非物质文化遗产代表性传承人。产生的高中级领导干部、高级知识分子比例，占全班学生数的五分之四。

路宁担任了江东师大 78 级哲学系（1）班班长，副班长姓江名源。江源出生于高级知识分子家庭，父亲是著名的从事铁路客车研制的浦镇车辆厂的高级工程师。路宁发现，江源的特点与其姓名相符：研究问题必先之以穷究细微源头，继之以翻卷浩瀚巨澜。并且有能力穷究到细微源头，有能力翻卷起浩瀚巨澜。路宁一辈子都是一个见贤思齐的人：小时候，因为与有着优异体育素质的孔杰为伴，激励了他在体育上出成绩；长大了，因为与有着优异研究素质的江源为伴，同样会激励他在研究上出成就。他非常佩服江源的研究方法和研究能力，认真向他求教，真心向他学习。

江源告诉路宁:“科学研究似织网。材料要优质，纲目要清晰，组织要严密。这也是形成一篇优秀论文的三要素。”

江源还对路宁说:“我非常珍惜思想火花。人们往往是从一个思想火花中受到启迪，促进了面临问题的解决。人类历史上任何重大发明、许多重大成就，都初始于思想火花。如果养成珍惜思想火花的良好习惯，一生中一定能卓有建树。简单的方法是：常年在身穿衣裤的口袋中放一支笔和几页纸；同时在紧靠自己睡觉的床边的床头柜或书桌的抽屉中放一支笔和几页纸。一有思想火花，迅即记录下来，即使它很初步、很不完整，但只要能在一瞬间打动了你的心灵。之后要做的事情，就是在有空闲的时间里，经过深思熟虑，将记录下的思想火花加以升华，或加以条理化。经常产生思想火花，是一个人天赋条件良好的典型特征。珍惜良好天赋、使其造福人类的首要基本功是：一有思想火花，迅即记录下来。我编了一首及时抓住思想火花的顺口溜：

衣袋常装纸和笔，
思想火花不放弃。
精妙思涌即记录，
神来之笔不容易。”

路宁读过一篇江源精妙思涌的文章：《中华文明起源、形成、成熟的三个阶段都有标志性遗址》——

三皇时期、五帝时期、夏商周时期，是可以用考古成果支撑起来的，分别代表着中华文明的起源、形成、成熟时期。中华文明起源、形成、成熟的标志性遗址已经可以串接。

中华文明起源的标志性遗址：中华文明至少起源于 8000 年前的聚落向中心聚落过渡及中心聚落向部落联盟过渡时期：距今 8000 年前黄河流域的甘肃大地湾遗址文化（似与传说中的伏羲氏同时间、同地点），距今 9000 年至 8000 年前淮河流域的河南舞阳贾湖遗址文化，距今 8000 年左右辽河流域的内蒙古兴隆洼遗址文化，距今 7000 年前长江流域的浙江河姆渡遗址文化，距今 7000 年前淮河流域的安徽双墩遗址文化，距今 6800 年左右黄河流域的陕西半坡遗址文化，可以代表三皇（一般指燧人氏、伏羲氏、神农氏）时期的文明。

中华文明形成的标志性遗址：中华文明至少形成于 5500 年前的部落联盟强盛时期或曰早期国家时期：距今 6000 年前长江流域的湖南城头山古城遗址文化、距今 5600 年前至 5300 年前淮河流域的安徽凌家滩古城遗址文化、距今 5500 年至 4300 年前长江流域的浙江良渚古城遗址文化（有专家认为是与黄帝部落联盟同时的蚩尤部落联盟的都城）、距今 5000 多年前长江流域的湖北石家河古城遗址文化、距今5000年前辽河流域的辽宁牛河梁女神庙遗址文化、距今4600年前黄河流域的山西陶寺古城遗址文化（似为唐尧的都城）、距今4500年左右黄河流域的陕西石峁古城遗址文化，可以代表五帝（一般指黄帝、颛顼、帝喾、唐尧、虞舜）时期的文明。需要特别指出：城头山古城遗址文化时期比一般认为从距今5000年开始的五帝时期文化要早1000年。凌家滩古城遗址文化时期比一般认为从距今5000年开始的五帝时期文化要早600—300年；并且出土了似为远古八卦和洛书的玉龟和玉版，其意义是为史书记载的伏羲氏时代（三皇时代的主要代表）产生八卦图提供了证据。因此，凌家滩古城遗址文化似可认为是从三皇时代向五帝时代的过渡。城头山古城遗址文化、凌家滩古城遗址文化的最大意义是使我们看到：在传统认为的以五帝时代开始为标志的五千年中华文明以前很久，我国的文明程度就已经达到相当高度：繁华城市、精美玉器、精密工艺、先进工具、科学理念等。源远流长的中华文明形成时间，远远超过五千年。

中华文明成熟的标志性遗址：中华文明至少成熟于4000年前至3300年前的夏商时期：距今4000年前黄河流域的河南二里头夏墟（夏代都城）文化、距今3300年前黄河流域的河南安阳殷墟（商代都城）文化，可以代表三代（夏商周）时期的文明。

考古已经基本证明：传说中的三皇时代是中华文明起源时期；传说中的五帝时代是中华文明形成时期；夏商周时代是中华文明成熟时期。

中国考古的最大意义之一是：证明了中华文明远远不止传统认为的只有五千年。

路宁还读过一篇江源握毛笔用行草书就的精妙短文《论汉族》：

汉族称谓始于汉代，本义是指汉朝（中国）疆域内的所有国民。汉代文有张骞通西域（史称丝绸之路），开启了东西方文明交流的滔滔历史长河；武有卫青霍去病打得匈奴西徙（史称汉击匈奴），西徙的匈奴后来瓦解了罗马帝国。汉代通西域、击匈奴这两项伟大功业，对东西方文明交流，对世界历史进程演变，有着巨大恒久的意义。譬如，在历史长河中，通过丝绸之路这条人类文明交流大动脉，中国向世界贡献了水稻、大豆、茶等作物及栽培方法，还有丝织、瓷器、造纸、印刷、火药、指南针等方面的技术，也引进了小麦、棉花、玉米、马铃薯、西红柿等作物及栽培方法。再譬如，汉击匈奴、迫其西徙的历史结果是：东方大地上大一统的中国延续至今，西方版图上原来的罗马帝国分崩离析成今天众多的欧洲国家。因汉代（史称“强汉”）功业享誉世界，为后世景仰，因此，汉族称谓沿用到今。

汉族名称来源于汉朝。汉朝名称来源于刘邦受封汉王。汉王名称来源于汉王受封地——以汉水（汉江）为母亲河的汉中。汉王刘邦得天下后为纪念创业出发地——以汉水为母亲河的汉中，立国名为汉。汉朝疆域内由众多族群构成的所有国民统称为汉族（汉人）。

概括地说，第一，汉族不是血缘闭塞的民族，而是血缘融合的民族。汉族这个概念始于汉朝。汉族概念出现时，汉族中至少已经包括了华夏、东夷、南蛮、西戎、北狄这五个血缘不同的部族或民族。第二，汉族是政治意义上的民族。汉族这个概念，始于文治武功享誉世界的中央集权制的汉朝。它深刻揭示了一个道理：没有强大的中央集权制的中国，就没有汉族的出现。汉族概念饱含着政治意义。汉族这个概念出现时，本义是指汉朝（中国）疆域内的所有国民。后来的历史，不再将所有中国人都称为汉族了。但汉族的融合功能仍在延续。隋唐时期完成了将大规模内迁的被称为“五胡”的匈奴、鲜卑、羯、氐、羌等少数民族与汉族实现民族大融合的历史使命，实现了比秦汉疆域更辽阔的多民族国家统一。至今天，汉族人口占中国总人口的95%左右。没有强大的中央集权制的中国，就没有汉族的繁衍昌盛。

哲学系到中国古代儒道佛三大思想融合圣地嵩山实习。全系在嵩山最高点峻极峰进行实习交流时，江源畅谈了自己的中岳实习体会：

嵩山坐落在中国中部的中原地区，被称为中国东西南北中“五岳”之中“居天下之中”的中岳。中岳嵩山的最大特点，就是有着广纳三大思想、五系岩石、七朝建筑的伟大气度。

在文化领域，嵩山有“儒道佛圣融一磐”之誉。竖立在嵩山少林寺大雄宝殿前的《三教圣像碑》上的石刻画，将儒教创始人孔子、道教创始人老子、佛教创始人释迦牟尼三圣头像合刻为一个头像，意寓三大思想的融合。盛唐时期武则天时代实现了中国历史上前无古人的儒、道、佛三教合流。武则天下令修撰的最大一部书是《三教珠英》，她倡导三教合流，使多元文明融为一体，形成具有巨大包容力的大唐文化，导出了大唐文化海纳百川、气魄宏伟的光辉灿烂的局面。武则天于公元700年遣使往中岳峻极峰顶也就是我们今天坐在这里进行实习交流的地点投下金简，祈祷苍天佑盛世延续。嵩山先后出现了驰名中外的道教圣地中岳庙、佛教圣地少林寺、儒教圣地嵩阳书院，成为中国名山中独一无二的“三教共荣”圣地。

在地质领域，嵩山有“五系岩石寰至美”之誉。嵩山在地球地质史上拥有太古代、元古代、古生代、中生代、新生代五系岩石“五室同堂”构成的地球上发育最完整的岩石系。

在建筑领域，嵩山有“七朝建筑旷世繁”之誉。嵩山拥有包括汉、魏、唐、宋、元、明、清在内的七个时代建筑构成的历史建筑群，世所罕见。

有广纳无限时空的气度，方能为“天下之中”；无广纳无限时空的气度，只能为天下一隅。

嵩山气度是中原气度的象征，中原气度是中华气度的象征。中华气度就是广纳无限时空，常居天下之中。

人生创业也要学习嵩山精神，具备中岳那种三圣融合、五系岩石、七朝建筑的世所罕见乃至独一无二的伟大胸怀和气度。

说到忘情处，他脱口而出一首《七律·嵩山颂》：

大唐紫气嵩山环，
儒道佛圣融一磐。
少林光佛世民碑，
中岳妙道则天坛。
峻极金简盛世替，
嵩阳书院儒风传。
五系岩石寰至美，
七朝建筑旷世繁。

江源虽然很傲气，但也是有眼光的人，在路宁认真向他求教、真心向他学习的过程中，他发现路宁具有天然的良师益友素质——品德、智慧、学识、才能、毅力、实践经验都有高出于人之处，属于那种接触越多、交往越深，越可以源源不断地从他那里获得真知、得到启示的人。于是，两人成为了终生的好朋友。

关绮在 1978 年考入了江东体育学院。同一时期关绮父亲被撤销遣返，工作上返回原工厂担任原职务，生活上回到江东市原来居住的别墅。关绮边学习训练边忙活着帮助父母亲办理手续、整修房屋、搬家整理，开学三个月左右才基本安置妥当，从忙乱中脱出身来。关绮其实一直思念着路宁，但随着年龄的增长，她越来越感到不好意思再麻烦路宁一家人了。她想以一种崭新的姿态重新去见路宁，这也是她到江东体育学院上学后一直没有来路宁家的原因。现在，自己又和最初认识路宁时那样，可以自豪地去见路宁了。

星期天晚上，关绮在回江东体育学院前，来到在她人生遭遇最大寒潮时给她最大温暖的路宁家。七年多没来这里了，站在路宁家门口她曾经在雨夜哭坐的台阶上，不知怎的，她忽然产生了一种回来晚了的强烈自责、强烈害怕的感觉。

她听见，路宁家里很热闹。她轻轻敲了几下门，屋里的欢声笑语仍在继续。关绮听见了路宁母亲的声音、路宁父亲的声音、路宁的声音，尤其是，她听见了一个她从来没有听到过的操着动听的北方口音的年轻姑娘的欢乐声音。

关绮有些紧张了。路宁家的家门是虚掩着的，她轻轻推开门，从门缝里看见了路宁和那位姑娘正共同举杯向两位老人敬酒。关绮的后脑勺又如同当年被足球狠狠地砸了一下，一时有些眩晕，她凭借体操训练培养出的很强的平衡力没有使自己大幅晃动，镇定了一下情绪，又仔细向屋内看了一会儿，轻轻掩上门，从台阶上退下。脑海里只剩一个念头：今晚一定要向路宁问清楚是怎么回事。

关绮在文化局宿舍大院外的一棵法桐下等了很久。路宁伴着那位姑娘出来了。他们沿着长江路转上中山路再转上广州路，来到江东大学学生宿舍大门前。那位姑娘同路宁告别后走进校门，路宁等她走进宿舍楼后，刚一转身，差一点撞上立在面前的关绮。

“关绮！”路宁非常兴奋地喊道。

关绮什么声音也没有。

“关绮，这么多年没见面，你怎么了?”路宁十分关心地问。

“我怎么办?”关绮开口了。

“又出什么事了，关绮?”路宁有点紧张地问。

“你跟她好了，那我怎么办?”关绮继续问道。

路宁沉默了。

过了一会儿，路宁诚恳地说:“关绮，七年多没见面了。今晚猛一见到你，从心眼里高兴。先别问这些难题，到我家坐坐，我妈挺挂念你的，让她老人家放心放心。”

关绮向杜阿姨、路伯伯（路宁父亲）汇报了自己和家人的近况。路宁父亲已经落实政策，回到江东市，享受地（师）级干部待遇离休了。大家听到关绮全家的好消息都非常高兴，说关绮有志气、有出息；祝贺关绮和她的家人。

路宁对母亲说:“妈妈，看到关绮熬出来了，你也就放心了。让我和关绮到宁澜屋里去谈谈。”

走进自己熟悉的卧室，关绮说:“女主人变啦?”

路宁说:“关绮，今天挺高兴，能不能说点高兴的事?”

关绮说:“我心里七上八下的，高兴不起来。还是那一个问题，我怎么办?”

路宁沉默了很久，缓缓说道:“关绮，对于我来说，你和宁澜，既有相同处，又有不同处。相同的是，小时候，我与你是江东的朝夕相处、永远难忘的同桌同学，与宁澜是青岛的朝夕相处、永远难忘的同桌同学。不同的是，在那些特殊的日子里，在青岛是宁澜管着我；在江东是我管着你。宁澜对我、对我家有恩啊。”

停了一会儿，路宁继续说:“你喜欢我，我喜欢宁澜，其实都是循着基本的做人道理，美好人品是一样的。”

“你不如宁澜。宁澜始终喜欢管你，而你不能始终喜欢管我。”

“只要你愿意，或者说只要你还像以前那样信任我，我会始终管你的!”

“怎么管?”

“你要相信我说的以下话。你很清楚的过去在中小学校时期，你不清楚的后来在工作单位时期，我基本都是最出色的男青年。当然这个话只能在你面前放胆说，因为我相信你会原谅我的一切胡说。但是现在，我遇到了一个我很佩服并视为学习榜样的男青年。他是我的同班同学江源。”

“我不要。”

“关绮，听我的。你一直是很讲道理的。你和宁澜我只能选择一个。若不选择宁澜，我在道德上要永远受谴责的。她照顾了姥姥七年啊!”

关绮熟悉姥姥。关绮沉默了。

“我知道你喜欢我。这样，你经常到我们学校找我玩，玩的时候，我把江源带上。你先近距离考察一段时间，我真的很担心，我在你心目中的美好形象，会因为江源的出现而暗淡下去。”

关绮奇妙地看了路宁一眼。

三

路宁梦见了令虹。梦中的情节是片断的。

梦境一：路宁出差到北京，抽空专程到令虹就读的大学看令虹。在冰天雪地的校园里，令虹陪着路宁边参观校园边友好地说话。参观、进餐毕，临分别时令虹问路宁：“你还有什么话要对我说吗?”路宁来看令虹，就是因为有话要说。但他的自尊心告诉自己，就现实情况，只能由令虹主动说。如果令虹不说，自己宁肯不说。于是回答：“就是看看你。再见。”

梦境二：路宁给令虹写了一封信。要义有三：很喜欢你；达人知命；事业永恒。令虹回信：“我会用这封信永远激励自己。”路宁在信中写了真心赞美令虹的话、很有自知之明的话、终生执着奋斗的话。令虹感到路宁这封信中的每一个要义都激励着自己。因为——路宁真心赞美令虹的话实质是讲令虹的优点，而若不永远激励自己，优点是会蜕变的。路宁很有自知之明的话实质是讲令虹的优势，而若不永远激励自己，优势是会失去的。路宁终生执着奋斗的话实质是讲人生的优选，而若不永远激励自己，优选是会放弃的。还是将路宁在梦境中编织的这封信全文录下吧：

令虹：你好！尊敬的朋友，我想请你听我叙述一件往事，我不愿将它永远埋葬在心底。如果你知道我对你品德的信赖程度，那么，你自然会宽恕我以下的陈述。这是一个坦白，一个诚实人向他心目中的一位贤明而温和的良师益友的坦白。这段往事只能借助笔墨，因为它实在无法当面启齿。你可能知道中外历史上，一个人对另一个人产生重大影响的许多史实：导致社会的变迁；促进自然科学的新发现；决定个人的命运和前途。可是……我不愿意唠唠叨叨地写出在过去的工作合作和友谊交往中，你给我留下的极深刻而又美好的回忆，心灵深处，是她最好的驻地；可是，我想告诉你，我真正体味了《黄鹤楼》作者的凄楚心境，是在你上大学后，我站在荒岗，眺望场部广播室的时候。我不能麻烦你来细读促使我报考大学的一系列原因，可是我得说句实话，你的上学，是刺激我下定决心一定要考上大学的最有效动力。入学江东，向往北京。好在君子安贫，达人知命。我自深知你我之间存在着差距，因此，我对你素来只能是心向往之而已。不过，我还有话要说，你曾经是激励我开辟新生活道路的精神力量；你的才智、品德、性格和音容笑貌，在我心目中一直统治到写这封信的今天。卢梭写了本《忏悔录》，书中有段这样的文字："不管末日审判的号角什么时候吹响，我都敢拿着这本书走到至高无上的审判者面前，果敢地大声说：请看，这就是我所做过的，这就是我所想过的，我当时就是那样的人。"我就引以自喻吧。在艰难困苦和远大前程中，我们都成长起来了，多了些科学知识，有了点生活阅历，并且也都更善于通情达理地对待人间事物。对某些意料之外的事情，大惊小怪，不是我们的气质；取鄙视态度，可能是不公正的判决；与其嘲笑，不若视其为挺有意思而又值得研究的资料。在今天的生活中，我深知正直、向上、诚实的友谊之难能可贵，不要因为这封信件而毁灭掉她。在我们曾经共同奋斗过而今后仍在不同道路上为之继续奋斗的事业中，我们都已证明过并且还在继续证明着我们是属于哪一种类型的人物。衷心祝愿你——胜利完成学业，愉快和幸福。路宁。

梦境三：令虹出国留学了。出国前，她从首都机场寄给路宁一张明信片，上面写着："记住串串美好回忆，让一切成为永恒。"

梦境四：令虹从德国寄给路宁一张明信片，收信人地址和姓名、寄信人姓名是中文，寄信人地址是一串长长的德文。路宁不懂德文，始终没弄明白令虹在德国的哪座城市、哪所大学读书。

梦境五：路宁和宁澜的儿子出生后，令虹寄来了一件漂亮的质地非常好的毛料儿童制服。儿子冬天穿在身上，很气派，很暖和。宁澜很喜欢、很珍惜这件小衣服，对路宁说："你看女人的眼力真的不一般。"

梦境六：令虹留学归来给路宁打电话："我们到咖啡厅去坐坐吧。"路宁说："就到我办公室坐坐吧。"令虹问路宁的办公地点，路宁告诉了她。令虹说她知道那个地方。她说了一个单位名字，约了一个时间，要路宁到那个单位的门口等她，然后一块儿去路宁办公室。路宁见到令虹时，比约定的时间迟到了三分钟。令虹问："你怎么迟到？" 路宁答："这个单位有两个大门。电话中我没听清楚要在哪个大门口等你。我就两个大门来回跑，我到这个大门口已经是第三趟了。"令虹笑了笑，没接话。她心里清楚：自己根本就不知道这个单位有几个大门，自己也没有在电话中说要路宁在哪个大门口等她。到了路宁办公室，路宁取出一只一次性纸杯，准备为令虹泡茶。令虹一边脱身上的外套一边说："我不用一次性纸杯，我就用你的茶杯。"路宁便从办公桌上端起自己的茶杯，到办公室内设的卫生间将自己喝的茶倒掉，认真清洗自己的茶杯。身后传来令虹的声音："不用那么认真洗，泡上茶就行。"路宁回头一看，令虹站在卫生间门口。路宁用自己的茶杯泡上茶，递到令虹面前："这是虎踞山林场产的早春雨花茶。"令虹接过去，品了一小口，看着路宁，一语双关："早春的，真好喝。"她端着茶杯，欣赏着杯中的清碧茶色，细闻着随杯中雾气散发的如兰之馨，自言自语："难忘的青春，如上等的春茗，青涩而馨远。"她看了路宁一会儿，缓缓问道："青春时代的事情你都还记得吗？"路宁回答："不会忘记。"令虹又问："你不想把青春时代的故事写下来吗？"路宁再回答："大学毕业后就开始写了。断断续续的，进展很慢，一直没有豁然开朗、下笔如神的感觉。"令虹说："写作如品上等之茗，保持芽似锋状的精神状态，享受如兰之馨的缓缓散发。我相信，豁然开朗、下笔如神的感觉会出现的。"路宁笑着赞扬："听君一句'写作如品上等之茗，保持芽似锋状的精神状态，享受如兰之馨的缓缓散发'，真是胜读十年书啊！"交谈中，两人交流了各家教育孩子的方法。令虹说："我教育孩子的方法是行万里路。"这可能与令虹自己经常到全国各地、世界各地进行学术交流形成的开阔眼界风格有关。路宁说："我教育孩子的方法是读万卷书。"这可能与路宁写作涉猎政治、经济、科技、军事、历史、地理、哲学、文学、艺术、宗教、自然、考古、国际关系等广泛领域养成的博览群书习惯有关。令虹问:“具体教孩子怎么个读法?”路宁道:“按照知物、识事、明理的认识规律安排孩子读书。譬如,孩子一出生,最先接触的事物往往是奶瓶。这叫‘知物’。一岁左右学走路时,家长会告知‘慢点走,摔跤很疼。’这叫‘识事’。两岁左右学说话时,家长往往会教其背诵‘锄禾日当午’这首诗,让孩子知道劳动艰辛。这叫‘明理’。从孩子理解力的顺序看,先知物、再论事、后说理,符合由表及里、由此及彼、由易到难的认识规律。就说读古文吧。先教孩子读《古文观止》中柳宗元、苏轼、韩愈的文章及司马迁的《报任安书》。按柳、苏、韩文顺序读,同时反复读《报任安书》。柳文的突出特点是把一个‘物’的蕴含说透,苏文的突出特点是把一件‘事’的道理说透,韩文的突出特点是把一个‘理’的逻辑说透。读古典范文要在尊重孩子认识事物规律的基础上,挑选最优秀的剖物、论事、说理的文章。至于《报任安书》,那是中国古文中励志的典范之作。反复读司马迁这篇文章,对培养孩子战胜一切困难的意志非常有好处。”路宁发现,令虹年轻时那傲视一切的眼神今天似有所缓和。令虹说自己做学问头脑里经常塞满了需要追根溯源的问题,夜间常常失眠。路宁说宁澜理政务头脑里经常塞满了需要权衡决策的事项,夜间也常常失眠。自己作为丈夫,理应关心妻子,便在出差到盛产高原中草药的四川阿坝州时,为宁澜弄了一个调理失眠的中草药方并按方子配齐了中草药,回江东市后泡酒给宁澜喝,管用了一段时间,后来效果渐弱。令虹对路宁说你给宁澜的方子让我也试试。但后来路宁没把方子给令虹,因为路宁觉得自己了解宁澜失眠的具体情况但不了解令虹失眠的具体情况,不能贸然将方子给令虹以免服用出错。中午,路宁带着令虹来到机关餐厅,路宁排队为令虹打了一份饭菜,又为自己打了一份饭菜。令虹吃不完,拨给了路宁一些。临分别时,令虹调侃地说:“谢谢你的午餐。”令虹这句告别话,使路宁回想起知青时代令虹多次热情为自己准备的午饭、晚饭,心中似微风拂过,泛起一阵涟漪。后来还是宁澜自己摸索着初步解决了失眠问题。她对丈夫路宁说:“女人的头发整理起来比较麻烦,因此她们一般不是每天都洗头。其实坚持每天洗澡时用热水冲洗头发,用双手摩挲头皮,使头部舒服,很有助于解决失眠症状。用早晨早起半小时整理头发换取一夜的好睡眠,还是很值得的。”路宁记在心里。可惜不知道怎样联系令虹,告诉她这个方法。

梦境渐渐玄了起来。

路宁梦见春天的早晨，令虹同路宁一起在盛开着桃花的果林中散步。一团接着一团的晨雾从令虹面前掠过，整个散步过程路宁都很难看清楚令虹的脸庞。

路宁梦见黎明前天边现出一线微微红色的时候，宁澜低着头使劲地拉着板车在山道上前行，路宁在板车后面帮着她推车上坡。

醒来后，路宁思考最久的是梦境中出现的“宁澜拉车”的情节。

他深深叹了一口气，自言自语:“初恋是永恒的彩霞，夫妻是永远的依靠。”

四

宁澜是一个非常纯洁的姑娘。路宁是她的初恋，她就是冲着路宁填报高考志愿来到江东市的。

可在江东市与路宁交往的日子里，她发现路宁虽然对自己很友好，但感情温度却迟迟升不上去，时时有些精神恍惚。不过，有忍耐精神是宁澜的一大优点；更主要的，是她从小时候起就信任路宁的品德。

果然有一天，路宁开口了:“宁澜，你不要担心什么，给我一段时间，我不会辜负你的。”

“路宁，能跟我说说你精神恍惚的原因吗?”宁澜语气缓和但问题直指核心。

“有品质好的一面，也有感情复杂的一面。”路宁用的是哲学系教育出来的理性分析方法。

“能详细说说吗? 我就是冲着你到江东市来的。我想知道你的一切。”宁澜用的是中文系教育出来的感性提问方法。

“品质好的一面是，我真的感到现在还不能谈恋爱。否则，对不起褚华的在天之灵。”

顿了一会儿，路宁还是说了:“感情复杂的一面是，我在林场七年多，精神层面上曾非常强烈地喜欢过一个姑娘，她叫令虹。”

善于抓住要点，对事物做透彻解释或曰精彩描述，是路宁的突出长处。

路宁简要介绍了褚华的情况。宁澜为之深深感动，她动情地说:“我要去看褚华！”

路宁又简要介绍了令虹的情况。宁澜似有不小触动，她警觉地问：“你不能自拔了？”

路宁真诚地说：“在青春时代的艰苦奋斗征程中曾经遇到并心仪的女孩子，如果没能成为自己的妻子，便只能是终生的远望朋友。中国字中‘朋’的意思是双月相照而不相连。为了双方及各自家庭的幸福，青春时代互相心仪的异性各奔东西后，终生都不深度交往，相互之间只似永远明亮的远距离温馨月光。也只有终生都不深度交往，那温馨月光，才能在心灵深处长久。”

宁澜感受到路宁的诚实，理解这两名女知青在路宁心中的沉甸甸分量。她知道路宁属于自己的事实不会改变；同时隐隐认识到，要让路宁从“知青时代的精神恋爱”中彻底走出，会是一个不短的时间过程。

宁澜一直催促着路宁，要到被她称为他“战天斗地、精神恋爱”的虎踞山林场去看看。清明节时，这一愿望实现了。

清明节那天，柳絮飞，杏花落，覆盖在山行道上；时阳光，时细雨，构织出天空彩虹。和风阵阵，绿色遍野。宁澜跟着路宁来到虎踞山林场。她看了龙蟠岗上路宁担任农机厂团总支书记时居住过的小草屋，看了林场场部路宁担任林场宣传队队长时工作过的广播室，看了玉龙湖畔路宁担任雨花茶园会战指挥部指挥时指挥部所在的松霞寺。身临其境地深刻理解着“小草屋”、“广播室”、“松霞寺”这些对于她来说只是因为路宁才有意义的地方，对路宁的青年时代乃至一生灵魂铸就所具有的刻骨铭心的人生旅途重要站点的意义。她走过路宁救火的车间，走过路宁破案的宿舍，走过路宁救人的水库边。当她仔细品味了镌刻在褚华墓碑背面的路宁填的词，宁澜在内心深处已经深深原谅或者更准确地说已经深刻理解了路宁的“精神恋爱”——那是多么艰难困苦、多么感情真挚的一段火热岁月。用文学语言表述，那是艰难困苦与真挚情感融合得多么完美无缺的可歌可泣的岁月啊。

宁澜突然醒悟，应当用“艰难困苦，玉汝于成”的眼光认识路宁——岁月的沧桑，已经将自己魂牵梦绕的可爱男孩，锻造成了经过坎坷的深沉智者。

路宁在青岛时对路宁“严格管理”三年、路宁不在青岛时精心照料路宁姥姥七年的宁澜，在褚华墓前献花后对褚华说：“褚华，我已经尽力了，但我还是不如你。如果天堂真有派往人间的使者，那一定是你。真心祝福你在天堂过得永远幸福。请别嫌麻烦，我们每年都拜访你。”宁澜尊敬和怜惜褚华，还有一个原因，就是自己在野外工作几年后调到机关从事文秘工作的经历，同褚华大致相同。

一直器重路宁的抗日战争时期参加八路军的虎踞山林场老党委书记兼场长，中午用林场自产食品招待了两位年轻人。听说宁澜是老八路的女儿，老场长高兴地亲自站起来为宁澜姑娘斟茶夹菜。

进餐时，老场长谈兴甚浓，游刃有余地展示了老革命的风采。

老场长说：“我和你们俩的长辈是老八路，你们俩是老知青。前者探索中国革命道路，后者探索中国建设道路。都是艰苦卓绝、任重道远啊。我国古典文学名著《西游记》的取经故事中前后共设‘八十一难’，这是人间任何事业都有困难伴随始终的艺术写照。去西天取经的唐僧、孙悟空一行途中历经劫难而不回头，这是有志者为追求事业成功将克服困难视为天职的形象表现。一部《西游记》，如果只有捧回的真经而没有取经途中的‘八十一难’，就没有什么价值，就不会流存下来。《西游记》的永恒价值在于：在往‘西天’取经的途中，战胜‘八十一难’，就有八十一个胜利，取回的真经还不算！每战胜一个困难，都会增长能力、积累经验、更接近最终胜利。你们的父辈通过战胜‘八十一难’，实现了中华民族的伟大解放；希望你们这些改革开放后的第一批大学生也能战胜‘八十一难’，实现中华民族的伟大复兴。”

将“八十一难”视为事业途中的必然伴随，将战胜“八十一难”视为创业者的神圣天职，是路宁、宁澜这次林场行在思想上的最大收获。

玉龙湖的水鲜、虎踞山的野味、龙蟠岗的春笋、雨花茶园的新茶，这些产自路宁奋斗过的地方的山水食物，给宁澜留下了永远美好的味觉回忆。

临别时，老场长对宁澜说：“姑娘啊，你很有眼力。虎踞山林场五千多名知青中，我只选拔了三名领导干部，其中就有路宁；全林场只有路宁一人在正常晋升工资外，以其突出表现，又连续两次按政策享受了奖励性工资晋升，他现在一定是从地方录取的大学生中工资最高的一位。”

从虎踞山林场长途汽车站开往江东市中华门的长途汽车刚要发车，从车前门上来了一位二十多岁的小伙子，他左手拎着一只无盖的汽油桶，汽油桶里装着大半桶汽油，右手从自己左胸衣服口袋中掏出一支香烟递给客车驾驶员:“兄弟，带我到前面，不远。站里刚接到电话，一辆车没油停在那里了。”

“你为什么不骑自行车去送油?”客车驾驶员感觉不妥，委婉问道。

“太累了。搭顺道车省点劲。”携汽油上客车者回答。

因为是站里同事，客车驾驶员不好意思硬要携汽油上客车者下车，只得提醒:“危险，你注意点。”说着，右手伸向操纵杆，准备发动客车。

浓烈的汽油味已经弥漫在整个车厢。

坐在车后方座位上的路宁浑身热血已经升腾起来。他的脑海里出现了几年前精加工车间职工点烟后顺手弹出火柴瞬间引起车间里汽油剧烈燃烧的一幕。“不许开车!”他大声喝道，从座位上站起，迅速走到车前门处，指着汽油桶，严厉地对携汽油上客车者说:“乘客要求你立即把汽油桶拿下客车!”

“关你什么事?轮得着你出来啰嗦!”携汽油上客车者满不在乎地回答。

“你若不立即把汽油桶拿下客车，为了全车乘客的生命安全，我立刻动员车上乘客将你扭送公安局!”看到携汽油上客车者完全无视客车上所有人的生命权利，路宁有些出离愤怒。

“你敢!”携汽油上客车者被路宁激怒，边说边凶狠地凑上前用自己脑门对着路宁脑门猛撞了一下。“哎哟!”撞击路宁后的携汽油上客车者立即紧闭双眼，一手慌忙捂住自己脑门，一手赶紧扶住客车车厢内的把手，身体摇晃不止，显然是把自己撞得很痛、很晕。

跟着路宁来到车前门处的宁澜这时说话:“小师傅，你也应该珍惜自己的生命。汽油很容易引燃，火势非常凶猛，不论驾驶员发动汽车、刹车还是乘客吸烟或者客车颠簸，都很容易引燃汽油。万一汽油在客车上被引燃，瞬间车厢里就是一片火海，包括你在内的全车人一个都跑不了呀。”

“是啊，快把汽油桶拿下车去!”

“不要危害大家的安全!”

客车上的乘客们纷纷强烈要求。

携汽油上客车者感到众怒难犯，也从撞脑门的教训中发现首先指责他的乘客不好对付，于是弯腰拎起那大半桶汽油，一只手捂着脑门儿一言不发地下了客车。

回到座位后，宁澜一边伸手轻揉路宁脑门，一边关心地说:“被那小流氓撞了一下，一定很痛!”

路宁回答:“撞我的人要比我痛十倍。”

“为什么?”

“忘了我们在青岛上小学时练习头球攻门吗?”

宁澜亲昵地用左腕挽住路宁的右胳膊，右手继续轻揉着路宁的脑门儿，话意已有延伸:“与你相撞是找对人了!”

在返回江东市的长途汽车上，宁澜甜蜜蜜地紧靠着路宁的肩膀、紧握着路宁的手，沉沉地睡着了。

五

全班同学都知道路宁是带薪上大学的，并且在从地方录取的带薪上大学同学中工资最高。因此，路宁请吃饭大家从不客气。这天下午上完课，路宁对江源说:“江源，我一直向你求教学术研究的方法，你一直不厌其烦。今晚我要请客答谢你，请赏光。”江源爽快答应了。

所谓请客答谢，其实就是到江东师大正门左边斜对面的阳春面馆吃上一顿。这家面店有“三绝”：阳春排骨面、鸭血粉丝汤、牛肉锅贴。男女学生都爱吃，价格不算太贵。

路宁带着江源进入阳春面馆小包间坐定，正喝着茶，关绮出现在小包间门前。

“快进来，关绮，你迟到了。”路宁热情招呼着。

他向江源介绍:“这是关绮，江东体育学院78级本科生。”

他刚想对关绮介绍江源，关绮打断他，说:“知道了。你从不佩服人，但你佩服江源。耳朵都听出老茧了。”

关绮有着俄罗斯女子体操运动员般的优雅身材和容貌；江源高大魁梧，脸庞方正，浓眉大眼，鼻梁挺拔，一双嘴唇透着男性坚毅厚重的魅力。

江源礼貌地站起来与关绮握手打招呼后，开玩笑地对路宁说:“路宁，我们班还没有这么标志漂亮的女生呢。我说你老兄怎么回事?我见过你的那位美人，现在又来了一位美人。人间仙女都被你占了。”

路宁说:“哪里的话。”他指着正在给大家斟青岛啤酒的关绮说:“关绮从小学到中学一直跟我同课桌。如果说江源你是我大学的铁哥们，关绮她就是我中小学的铁哥们。”

关绮一边斟着酒，一边头都不抬地数落：“还没喝酒呢，就开始胡说。”

江源笑呵呵地接话：“路宁说话做事，从来目的明确，有章有法。只有在你我这样的铁哥们面前，才会尽兴胡说。”

关绮看着江源说：“路宁一直跟我说，江源跟他是一路人。今天见识一下还真是，都挺自以为有谋略，都挺非常热衷于胡说。”

“哈哈哈哈！”

“哈哈哈哈哈！”

在路宁的巧妙安排下，关绮和江源第一次见面的相互感觉，真的都还不错。

三人酒足饭饱后，摇摇晃晃地骑着自行车来到江东市长江大桥。这是江源提议的。他的脚踏实地的作风与吞江吐海的追求结合得非常好。这是路宁敬重他的地方。那个时代的很多年轻人都有为国服务的远大志向，但很少有人像江源那样学习毛泽东、学习曹孟德到大江边寄志，且能留下优秀篇章。站在灯光夜洒的大桥上，望着宽阔的江面舟火点点，对着浩浩长江往大海奔去的方向，路宁与关绮扶着微醉的江源，听他脱口而出了一首寄吞江吐海之志的七绝：

子建文章千秋索，
去病功业万古卓。
无路创作亦为路，
用之可以尊中国。

关绮从小在路宁家没少看路宁小书架上的小人书，对曹植《洛神赋》、去病击匈奴等，一点儿也不陌生。中学时代她还是受到庞老师夸奖的文学评论者。江源的词作，正切她的素质亮点，于是她洒脱评价道：“江源的七绝诗，壮怀激烈，用典贴切。子建即曹植，他的《洛神赋》千秋流传；去病即霍去病，他的驱虏功业万古有益于中华民族。江源夜临大江之上，抒著千秋文章、创万古功业的宏图大志，实为当代青年的经典之举。”

江源遇见知音，忘情地一把握住关绮的手放在自己胸前：“路宁你不要生气，天下知我者，关绮也。让我放胆赞美关绮吧。关绮啊，你是拜月闭月、醉酒羞花、浣纱沉鱼、出塞落雁的蕴远古之风的大美女呦。若幸得结连理，定当终身比翼。”

路宁怎么会生气，他从心底为这两位最铁的“哥儿们”有缘分而高兴。

后来，在江源电话约关绮、说路宁要共同参加、而路宁借故没有参加的两次活动中，江源彻底“征服”了关绮。

关绮应江源之约参加的第一次活动是学校组织的板书即时答题比赛，目的是提高在课堂上通过板书及时准确解答学生提问的能力。江源获得冠军。关绮在给路宁的电话中说：江源真是无人可比。他站到讲台上后，一名学生从赛题箱中抽出一个题目提问，江源略一思考，便转身在黑板上似电一般闪光飞奔、似云一般磅礴旋转地书写起来。他一边风骨仙飘地板书着，一边得其要领地讲解着。真是迷死人了。江源的板书真够漂亮，风旋云卷，一任自然，纵横无常，奇峰无限，台下不少师生都说仿佛见到了“颠张狂素”再现，有的甚至拿出照相机拍下了江源挥洒在黑板上的草书书法，说这真是求之难得的偶然一现，值得珍藏。裁判老师评价江源的即时答题板书是“好文章、好书法集于一体”，很有助于学生们对何为人才的近观、对知识之美的远求。江源当之无愧地应得板书即时答题比赛第一名。关绮对裁判老师所用的“近观”、“远求”两个形容词的解释是：裁判老师认为江源就是近在眼前的人才；要达到江源“书文双璧”的境界，需要经过比较漫长的追求。

关绮应江源之约参加的第二次活动是江源组织的“爱江东古都，绕明城墙一周”活动。跟着江源从石头城古迹出发，经城西汉中门明代古迹、城南中华门明代古迹、城东中山门明代古迹、城北神策门明代古迹，绕着江东明城墙一天之内走了近四十公里的关绮，累极了大睡一觉后，第二天晚上打电话给路宁：“江源比你勤劳。你整天喜欢坐而论道，江源则注重实地考察，掌握知识比你扎实细致，江东市每一处古城门的典故，你能细细道出吗?”

路宁明白：关绮是在用这种方式告诉路宁，她对路宁介绍给她的这位“白马王子”，还算比较满意。

关绮的以下话，使路宁深深感动：

“路宁，我要跟江源好了。一来江源确实不错；二来我不想让你苦恼了。其实我很悲哀自己不能跟你白头偕老。如果江源以后对我不好，我还要回来找你。因为在这个世界上，除了你，我不知道还能找谁帮我渡过生命中的难关。希望我的生命中不要再有难关了。否则，我一定还要麻烦你。记住，在我心里，你永远是天底下最好的男人！当我数次想放弃生命时，都是你把我从死亡边缘救了回来。你是我心中永远不会暗淡的最美好的男性形象，当我离开这个世界的时候，可能会挂念很多人，但我知道，那时我心底深处珍藏着的一个最值得依恋的人，就是你。”

路宁流眼泪了。当然，电话那边的关绮没有看见。

大学毕业时，关绮和江源结婚了。江源留校任教。后来，他成长为博士生导师，成为“中国道路”的著名研究学者。关绮毕业后也留校任教。后来，她成长为著名教授、著名教练，培养了一批又一批优秀的体操运动员。

他们生了一个女儿，女儿像母亲一样标志、漂亮。一家人仍然住在关绮小时候就居住的那栋宽敞漂亮的民国别墅里，幸福地生活着。

六

路宁班上有一位女同学被同学们称为蔷薇姑娘，有一位男同学被同学们称为“师妹杀手”，他们是一对恋人。这天，蔷薇姑娘找到路宁，告“师妹杀手”的状:“他一边跟我恋爱，一边又跟体育系的一个女生好上了。你是班长，有责任管管他。”路宁说:“怎么管？他没有和你领结婚证，从法律角度，他有选择自由呀。”蔷薇姑娘流出了眼泪:“我不好意思详细说，他跟我已经不是普通关系了。”路宁明白了:“你别哭。那我就有责任管管他了。”

“师妹杀手”与蔷薇姑娘相好，路宁是有印象的。一次上体育课，全班同学坐在学校操场上听体育老师讲课。坐在路宁左边的颜华轻轻拍了拍路宁的肩膀，指了指坐在路宁右侧稍后的“师妹杀手”和蔷薇姑娘，悄悄说:“你看他俩在干吗？”路宁侧首向后看去，“师妹杀手”和蔷薇姑娘坐在全班最右后侧，“师妹杀手”正左手撑地后仰坐着，右手放在坐在他右后侧、穿着短运动裤的蔷薇姑娘的裸着的雪白大腿上，不停地边滑动边揉捏。颜华笑着低声对“师妹杀手”说:“你在搞什么名堂？”

“师妹杀手”煞有介事地回过头去，看了看他正在继续揉捏着的蔷薇姑娘的雪白大腿:“哎哟，我以为是男生的大腿呢。”“男生的大腿和女生的大腿你分不出来?”颜华压低着声音笑问。蔷薇姑娘满脸通红地将“师妹杀手”放在自己大腿上的手推开:“在这么多人面前你乱搞什么?”颜华和路宁都笑了，其他偷看的同学也都笑了起来。站在班级前面正讲课的体育老师提醒道:“右后角的同学们精力要集中在体育课上。”一位男生用双手拢着嘴巴成传声筒状调皮地回应:“右后角的同学正在上最销魂的体育课。”右后角的七八位同学又笑了起来。体育老师厉声道:“右后角的同学在搞什么名堂? 大点声说出来!”全班同学先是肃然，继之大家回头看见窘得满头大汗的“师妹杀手”和羞得满脸通红的蔷薇姑娘，都哈哈大笑起来。体育老师气得怒吼一声:“自由活动!”转身走了。几个男生有节奏地跟着喊:“自由活动! 自由活动!”大家更是笑得前仰后翻。

路宁约了“师妹杀手”围着美丽的校园大草坪散步，“师妹杀手”拿着一只“熊猫”牌小型收音机，音乐台正播放着轻松快乐的美国圣诞歌曲《铃儿响叮当》。路宁与“师妹杀手”正东拉西扯不知从哪里切入正题，“师妹杀手”看见前方一位体态健美的高个子女生，指着那位女生对路宁说:“班长，我去跟她说几句话。”便追上那位女生和她嘀咕起来。过了一会儿，“师妹杀手”走回路宁身旁。路宁说:“是体育系的吧。听说你在跟她谈恋爱?”“师妹杀手”并不否认:“正在接触着。”路宁笑着问:“那我们班的蔷薇姑娘怎么办?”“师妹杀手”笑着答:“在实践中比较比较。”路宁提醒:“班上同学公认，你跟蔷薇姑娘的关系已经很深了。你的意思是在同时与两位姑娘都相处很深关系的实践中进行比较吗?”“师妹杀手”问道:“我在深入比较的实践中自由选择配偶，有什么错吗? 我不想隐瞒我的观点——趁着年轻，轰轰烈烈地恋爱一场，制造一些轰动的恋爱故事也不要紧。世界上最著名的文学名著，如曹雪芹的《红楼梦》、托尔斯泰的《安娜·卡列尼娜》，不都是三角爱情吗?”路宁说:“想听听我的看法吗?”“师妹杀手”回答:“按不按你的看法办是一回事，听一听你的看法是另一回事。”路宁说:“曹公、托翁笔下的主人公，都是悲剧结局。为了自己不是悲剧结局，也为了别人不是悲剧结局，当与一个姑娘深入交往之后，就应当停止与另一个姑娘的深入交往。”这次交谈的意义只有一个——讨论了两种不同的恋爱观点。路宁的观点是：当与一个姑娘深入交往之后，就应当停止与另一个姑娘的深入交往。“师妹杀手”的观点是：在深入比较的实践中自由选择配偶，制造一些轰动的恋爱故事也不要紧。谁也没有说服谁。后来“师妹杀手”与蔷薇姑娘结了婚，两人没有孩子，不久就离婚了。个人婚姻的不幸，没有击倒蔷薇姑娘，她奋斗为学术有成的教授。她还是班级活动的热心组织者，几次大学毕业后的班级活动，她都是主要发起者之一。她缺乏温暖，她需要温暖，哪怕是人生长河中瞬间的温暖；她感到，同学相会，就是瞬间的温暖。路宁知道，蔷薇姑娘直到五十岁前没有再婚。后来路宁没再参加班级活动，也就不知道蔷薇姑娘后来的情况了。“师妹杀手”与蔷薇姑娘离婚后，很快就与他同时深入交往的另一位姑娘结婚了，有了孩子。后来因再婚后又同时与另一位姑娘深入交往，受了处分。在全班同学的印象中，“师妹杀手”确实达到了“轰轰烈烈”。大学毕业后，同学们相聚时提起“师妹杀手”都众口一词：“他上大学时就这样，不知害了几个师妹。”上大学期间，班长路宁与副班长江源就此事交换过意见。江源有一段深刻话语：“我们的任务不是简单的制止。因为从理论上说，人类恋爱方式包括婚姻方式并未穷尽。我们的任务，首先是评判‘师妹杀手’的‘同时深入交往’方法是否体现了平等原则。如果蔷薇姑娘也奉行‘同时深入交往’方法，那他俩就是平等的，也就无所谓谁对谁错；如果蔷薇姑娘奉行专一原则与‘师妹杀手’交往，那就是‘师妹杀手’对蔷薇姑娘不平等，也就是‘师妹杀手’的错了。因为他违背了自由的前提是平等这一法则。”

宁澜母亲病危，宁澜和路宁分别向学校请假，一起回到青岛。弥留之际，宁澜母亲握着路宁的手说：“路宁，你从小就是个让人放心的好孩子。”路宁说：“妈妈，我一生都要做让人放心的好孩子。宁澜跟我在一起，我一辈子都会珍惜和保护她，决不会让您老人家失望。”宁澜母亲含着眼泪微笑着离开了人间。宁澜、路宁的挽联是：“献给普通的中国劳动妇女，我们的敬爱母亲——在人民革命战争中，默默地送丈夫入革命军队；在崭新中国建设中，默默地育孩子成事业栋梁。”

在海滨公墓，路宁匍匐着进入宁澜父亲的墓，宁澜跪着从墓门外将母亲的骨灰盒捧入墓内，路宁接过将两位老人合葬在一起。他在墓内对两位老人说：“爸爸、妈妈：宁澜和我一起生活，二老就放心吧。我一定和宁澜相亲相爱，白头到老。到时候和二老一样，天长地久地在一起。”

从海滨公墓回家的路上，宁澜一直主动紧握着路宁的手。走到宁澜家门口，两人刚要共同跨入宁澜家门时，宁澜又一次像对待最亲的亲人那样很自然地拥抱住路宁，再一次轻轻念着《阿诗玛》中的歌词："哥哥哟像顶帽子，盖在哟妹妹头上。"然后，她将自己湿润的双唇，深情地紧紧贴在了路宁的双唇上。

宁澜是一个非常严谨的女孩子，这是她一生中第二次拥抱男孩子，而这两次拥抱的对象，都是路宁。十一年前，在宁澜家门口，宁澜第一次拥抱了路宁，那是情窦初开的少女对美好未来的憧憬；十一年后，还是在宁澜家门口，宁澜第二次拥抱了路宁，这是正值青春的姑娘将自己的一生托付。

路宁和宁澜带着姥姥生前喜欢吃的核桃酥、川贝梨、炒虾仁、荠菜饺，来到海滨公墓姥姥的墓前。宁澜说："姥姥，我和路宁来看您了。我代替路宁照顾您时，您夸我是孝顺的好孩子，还说路宁如果有福，一定会娶我。今天我来向姥姥报告：我就要成为你的孙媳妇了。真佩服姥姥的先知先觉，真感谢姥姥的预先祝福。姥姥，我和路宁会常回青岛来看望您的。"

回到江东市后，两人心无旁骛地继续大学学业，认真负责地做好学生工作；忘了交待，宁澜是班级党支部书记。江东大学与江东师大距离不远，都是有着著名近代建筑群的著名高等学府。晚上有暇，不是路宁到江大找宁澜，就是宁澜到师大找路宁。江大汉口路校门口的青菜肉丝小煮面，师大宁海路校门口的牛肉锅贴，都是他俩非常解馋的夜宵。前面已经说过，在一般没有工资的大学生中，路宁有工资且工资比较高，其实宁澜的工资也不低。在当时的学生情侣中他俩算经济实力强的一对儿。在路宁的推荐下，宁澜喜欢上了江东市夫子庙的马蹄糕、新街口的柠檬饼干。路宁提供了充分的物质保障，与宁澜同宿舍的女生们乐坏了，特别欢迎路宁的到来，并且多数都养成了与宁澜同样的习惯，喜欢吃夫子庙的马蹄糕和新街口的柠檬饼干。说到江大图书馆和师大图书馆，那可都是著名的近代经典建筑，当华灯扮靓校图书馆的时刻，路宁和宁澜一块儿佩戴着校徽进入，在那将大学生视为"天之骄子"的时代，他俩心中真有一种"最佳情侣共入神圣殿堂"的自豪和幸福感，并且油然而生了要珍惜这段美好时光、珍惜这段美好姻缘的信念。于是与许多情侣不同，两人同坐图书馆时，恰恰是这对情侣最能安心读书的时刻，当然，这要有时间界限——他们每次都严格遵守着共同安心读书两小时的约定。她俩的另一个主要去处就是学校的大草坪或大操场。在师大的大草坪上两人主要是“静”，夜幕下并肩坐在或并肩仰躺在维护得非常好的、四面环绕着著名近代经典建筑、散发着幽香的柔软干净的大草坪上聊天，这在春秋两季乃至初夏非常惬意；在江大的大操场上两人主要是“动”，夜幕下绕着江大北校园标准跑道转圈散步说话，因为江大操场是学生们足球运动的场所，几乎每个白天都有的满场奔跑的厮杀，已使操场草坪布满征尘。实在不想“动”时，江大南校园学生宿舍区的小树林、师大中文系台阶下的湖水边，都是路宁与宁澜相会的绝妙去处。上大学期间路宁和宁澜最豪华的一次约会是携手前往长江路上的人民大会堂，观看甘肃歌舞团以举世闻名的丝绸之路及敦煌壁画为素材创作的大型民族舞剧《丝路花雨》。舞剧所体现的自然美、人物美、开放美、盛世美，强烈地震撼了两颗年轻的心灵。

江东市高校大学生运动会开幕了。

路宁所在班级有四名同学成为江东师大大学生体育代表团运动员。他们是：路宁、江源、吉江、颜华。路宁是田径队队员，江源是足球队队员，吉江是排球队队员，颜华是乒乓球队队员。

江东市高校大学生运动会期间，江源、吉江、颜华一起陪着路宁到五台山体育场，见证了代表江大大学生田径运动队参赛的宁澜夺得女子100米短跑桂冠的时刻。

江源、吉江、颜华争着与夺冠的未来嫂子握手表示祝贺时，他们身后的江东师大大学生田径运动队的几名女运动员，指着他们的背影愤愤地议论：

“看看我们师大那几位男生，是多么可恶的背叛者!”

“真不明白他们为什么对竞争对手的胜利那么兴高采烈!”

“难道他们不知道我们会因此怨恨他们一辈子吗?!”

男子200米短跑决赛开始前，除了路宁外，其他参加决赛的大学生运动员都在紧张认真地做着热身准备。路宁懒洋洋地躺在径赛跑道内侧的草坪上，安静地看着蓝天白云。

宁澜来到路宁面前，看着躺在草坪上的未婚夫说:“你怎么不进行赛前热身?”

路宁微笑回答:“我基本了解参加决赛选手的200米短跑成绩。放心吧，跑得最快的，让他十五米，也稳稳夺冠。”

“赛前还是动一动吧，活络活络筋骨，防止比赛时扭伤。”

为了表示尊重宁澜的意见，路宁从草坪上站起，稍稍活动了几下之后，往赛道起点走去。

路宁在青岛市海湾小学田径运动队时，就最喜欢径赛 200 米短跑项目。因为只要你具备实力，就可以在前 100 米的弯道转直道处，非常潇洒地享受一个接着一个地超越所有对手的无比乐趣。这一从小就因多次参加比赛而深印脑海里并无数次出现在梦境中的激励人心的情景，今天在赛场上完美地再现出来——当从前一百米弯道转上后一百米直道时，路宁的场上优势已不可撼动地确立。

那几位江东师大大学生田径运动队的女运动员，热烈鼓掌，为自己的队友路宁夺冠而欢呼，这等于为她们一雪前耻。当她们看到自己强有力的竞争对手宁澜竟用张开双臂拥抱路宁的热烈方式表示祝贺时，有些愕然，继而有些明白了，对刚才本校几位男同学的“背叛”行为稍稍释怀，姑娘们调侃着：

“同学们，能解释‘背叛’学校的行为为什么屡屡出现吗?”

“可能因为爱情和友谊是跨越学校界限的。”

“冠军万岁还是爱情万岁、友谊万岁?”

“那还用问吗？当然是爱情万岁、友谊万岁啰。”

“姑娘们，看来我们应当学习路宁，不，应当学习拥抱路宁的那位姑娘，并行不悖地做到两条：一要有本事当冠军为本校争光；二要有胸襟拥抱当冠军的其他院校异性同学。”

“哈哈哈哈!”

宁澜陪着路宁观摩了关绮参加的女子自由体操竞赛。共同祝贺她夺得冠军。

宁澜亲热地拥抱了关绮：“关绮，我们两人有缘分。都热爱着体育运动；都从小看着路宁长大。”

关绮笑着回应：“宁澜啊，我跟路宁一起上小学低年级时，路宁总在我面前夸上幼儿园时的冷霞；我跟路宁一起上中学时，路宁总在我面前夸上小学高年级时的宁澜。路宁从来没有夸过我。”

两个姑娘一块儿拍打着路宁，嘻嘻哈哈地玩笑着。

路宁始终认为，上大学期间的最大收获不是课堂上的知识，而是能够当面接受学术大师的风范熏陶。宁澜知道路宁在知识追求、才能锤炼上注重什么。路宁一生都很感谢宁澜邀他到江大图书馆讲演厅共同听过的一次讲座。那是一次多么酣畅淋漓的学术大师风范展示。教授站在讲台上，手里只拿了一张约一寸宽、三寸长的纸条，路宁看得非常清楚，纸条正反面各写了四五行字。教授就凭着这张纸条，整整讲了三个小时。坐在台下的学生个个都像被钉子钉住一般，一动不动地被教授的精彩讲座自始至终深深吸引。什么叫知识渊博，什么叫思路清晰，什么叫见解深刻，什么叫出色的讲演才能，整个大学期间，这次讲座对路宁一生知识追求、能力锤炼所起的激励作用最为深远。这真要归功于宁澜的邀请。

宁澜毕业论文的题目是《“天才”为什么稀少》。

她在论文中论述的核心内容是讨论世上“天才”为什么稀少——

世上“天才”为什么稀少？究其主要原因是：很多人也许能渐渐发觉自己的天赋所在，但很少有人能长久耐心地运用天赋。他们往往先匆匆让天赋去承担那通常不能实现的一蹴而就的使命，接着就任凭惰习将天赋吞噬。其实，天赋是有其自身成长规律的。天赋是一颗有着优良素质的种子，她有旺盛的自我生长能力，但她的成长也有一个过程。合乎规律地运用天赋，就是要既坚信天赋的自身生长能力，又尊重天赋发芽、开花、结果的规律。不要先是不尊重天赋成长的规律，继之又否定天赋自我生长的能力。对于一个人来说，没有什么能比有着良好的天赋更珍贵了，无论因何种原因而荒废自己的天赋，都是人生最大的愚蠢、错误和悲剧。

结论：先是不尊重天赋成长的规律，继之又否定天赋自我生长的能力。这就是世上“天才”所以稀少的深刻原因。

路宁毕业论文的题目是《主观努力与事物转化机理》。

他在论文中论述的核心内容是主观努力与事物转化的机理。

机理之一：事物不是固定不变的，而是永远处于发展变化之中，可以向好的方向转化，也可以向不好的方向转化，这取决于我们的战略与策略正确与否。

机理之二：事物向高级形态（或称好的方向）发展过程中的艰难曲折性，是客观规律。要有充分的准备，以顽强的意志度过艰难曲折的过渡期。

机理之三：只要我们采取正确的战略与策略，并一贯坚持，科学完善，事物就一定会在艰难曲折的过程中，向好的方向转化。

这两篇毕业论文，本质上都是研究人生奋斗的思想方法；为宁澜和路宁大学毕业后正确投身社会实践，进行了比较深入的理论准备。

路宁本想报考中国哲学史研究生。恰巧，同班的颜华，也有志于此。颜华同路宁一样，出身于革命军人家庭，比路宁小几岁。善于倾听并在倾听后给出简要意见，是颜华的突出特点。在班里，如果说路宁与江源交谈时是脑筋最费力的时刻，那么，路宁与颜华交谈时就是脑筋最轻松的时刻。因为前者要求的是精辟思想，后者需要的是畅开思想。常常是，在与颜华无拘无束的交谈中，路宁逐步形成了精辟思想；在与江源斟字酌句的交谈中，路宁完整表述了精辟思想。颜华是酝酿精辟思想的最佳交谈对象，江源是考验精辟思想的最佳交谈对象。与颜华交谈思想放松、酣畅淋漓，固然与颜华小弟尊重路宁老兄有关，但最根本的，还是颜华与人相处的风格使然。颜华曾对路宁说:“这个世界上，空虚自负的人多，谦虚厚积的人少。空虚自负者，平日夸口，临阵失招；谦虚厚积者，持重待机，一鸣惊人。”这种善于倾听并在倾听后给出简要意见的风格，使他在大学毕业时被分配到了北京的中央国家机关，先从事中央国家机关的人民来信来访接待工作，后成为中华全国总工会的领导成员。全班只有两人被分配到北京的中央国家机关，另一个就是路宁。因为父母身边只有路宁一个孩子，母亲是革命伤残军人，加之宁澜分配在江东市，因此，路宁选择了留在江东市。路宁与颜华有“三同”——同出身于革命军人家庭，同喜欢研究中国哲学史，加之有同被分配到中央国家机关的经历，因此关系很亲密。两位中国哲学史爱好者在到党政机关工作后，遇到了相同的苦恼——学术研究与本职工作难以高质量兼顾。颜华每天晚上去离办公地点五分钟路程的北京图书馆查阅中国哲学史资料；路宁每天晚上苦读《周易》、老子、王充、慧能、朱熹、王夫之。分神的结果，导致学术研究难以进一步深入，本职工作亦难以达到高水平。毕业后的一段时间，颜华、路宁北京—江东之间多次往还信件探讨摆脱困境的方法，渐渐的，他们共同想到了学习人民领袖毛泽东。终于，他俩共同在追求事业的思路上实现了从专注于学术研究到专注于当好“人民公仆”的重要转变。明确了“本职工作出类拔萃是事业发展的坚实基础，广泛掌握各种知识是在领导机关工作的基本要求”的学习奋斗思路。在精益求精对待本职工作的基础上，广泛涉猎政治、经济、文化、科技、哲学、历史、法律、军事、国际政治等方面的知识，让思想之光射向当好“人民公仆”所需要的一切知识领域。颜华后来成为他大学所在班级同学中惟一一位省部级领导干部，路宁的工作论文则经常被国家级报刊、网站登载、转载。

四年的大学生活结束前，路宁与宁澜登上江东市最著名的观江景点燕子矶，站在耸立于大江边的形似飞燕展翅的矶石顶上，在脚下卷起千堆雪的江水隆隆拍岸的惊涛声中，每人手捧一杯青岛啤酒，遥望北方告慰亲人——“我们顺利完成了大学学业；祖国信任我们，我们都被分配到了核心领导机关。”是的，十年动乱，造成了国家各个领域人才普遍严重短缺。路宁、宁澜等作为改革开放后的第一批革命化、年轻化、知识化、专业化人才，被分配到了国家机关。

告慰北方亲人仪式完毕。路宁和宁澜从比较危险的燕子矶矶石顶小心往下退，来到一块离矶石顶不远的处于相对安全地点的大矶石上。

路宁对还沉浸在思念中的宁澜说:“宁澜，我们苦修行了四年，可以领略一下浪漫主义了。这块造型酷似唐代酒杯的大矶石，相传为‘李白观江饮酒处’。你我苦修行功德已圆满：一是顺利毕业；二是遵守了孝道。从今天起，我们两人的生活该从苦修行阶段转入浪漫主义阶段了。”

宁澜懂得路宁的意思，带着感激的微笑回答:“对不起了，这三年委屈你了。”

路宁回应:“遵守传统孝道，是我应该做的。不过从现在起，就要听我的了。”

“听你的，听你的。”宁澜脸红了起来。

宁澜与路宁坐在传为“李白观江饮酒处”的大矶石上，你一口我一口地喝光了告慰北方亲人仪式后瓶中剩下的青岛啤酒，两人之间的浪漫主义，就要开始了。

七

路宁对宁澜说要领着她去攀登江南丘陵。宁澜问丘陵的定义是什么。路宁回答丘陵指海拔不高、起伏不大、连绵不断的低矮山丘。江东地区有着江南丘陵的典型地貌。

路宁说："我们老家山东有'五岳之首'的泰山，那是巍峨的山峰。其实，构成巍峨山峰的八大自然要素——泥土、巨石、泉水、地衣、草地、灌木、乔木、动物，江南丘陵全都具备。泥土如红壤，又称红土地，还有高端装备制造不可缺少的稀土；巨石如黄山奇峰、太湖怪石，还有衡山的'南天柱'、井冈山的五指峰；泉水如南京汤山温泉、杭州大慈山虎跑泉，还有井冈流水、庐山瀑布；地衣如南京青苔明城墙、江南青苔古石径，还有'中国第一民国别墅区'——南京颐和路上的青苔巨树群；草类如江浙的春兰，还有南京野菜马兰头、菊花脑；灌木如井冈山的杜鹃花，还有茶树中的龙井、碧螺春；乔木如黄山松、桂树、桑树、樟树、水杉、南方红豆杉，还有桃树中的无锡阳山水蜜桃、橘树中的浙江黄岩蜜橘、枇杷树中的苏州白沙枇杷；动物如云豹、金钱豹、梅花鹿、娃娃鱼、中华蟾蜍、黄腹角雉、白颈长尾雉、黄腹山雀、画眉、鸳鸯，还有阳澄湖大闸蟹和太湖三白（白鱼、银鱼、白虾），都是闻名于世的。"

宁澜说："你介绍的江南丘陵充满魅力。我也写过赞美泰山的杂言诗：'中国雄风，源在岱宗。领五岳，襟江河，牵四海，一揽中华悠悠。文圣止步，始皇膜拜，强汉盛唐祈福。仰止矣，九州山水之宗，华夏英雄之崇。'从祖国壮丽河山分布的角度看，深隐在江南丘陵中的'南朝四百八十寺，多少楼台烟雨中'的柔美，与突凸在山东大地上的玉皇顶那'会当凌绝顶，一览众山小'的豪雄，是刚柔相济的。"

一个星期日，路宁和宁澜到江东市郊，选择了一处海拔三百多米的山峰准备攀登。

江南丘陵的海拔虽不高，但山体的基本构造与其他巍峨山峰则大体相同。从山下向山顶攀登，要经历土道、小石块道、中石块道、大石块道四种分布比较明显的地貌形状，然后到达巨石山顶——这是整个山体的第五种地貌形状。仔细一想，真正的山峰，一般由地质运动、地热运动造成的地壳凸起或岩浆喷发形成，也就是说，构成山体中坚的，都是地壳凸起或岩浆冷却后形成的岩石。而随着海拔升高，从地面带上山的土层越来越少，构成山体中坚的岩石随之越来越完整地显露出来，自然形成了一般山体自下而上的五层地貌形状——土道、小石块道、中石块道、大石块道、巨石山顶。

虽是覆着厚厚落叶的弯曲羊肠小道，但从山下开始向上攀登之初的土道和小石块道还是比较平缓的。既然宁澜已经同意她与路宁的生活从苦修行阶段转入浪漫主义阶段，路宁就开始按自己的浪漫意志行事了。他攀登一会儿，就停下脚步紧紧搂住宁澜，在她漂亮的脸蛋、湿润的嘴唇、诱人的双眼上热烈亲吻一阵。几次三番后，宁澜在路宁怀中一边仰着脸闭着眼任由自己心爱的男人亲吻，一边轻轻捶打着路宁后背说："满脸都是你的唾沫，山风一吹，唾沫干在脸上，好难受。"

路宁看见前面是一处由中等石块构成的长约几十米的小陡坡，便说："好，暂时不亲你了，集中精力过小陡坡。"攀登中等石块小陡坡的难处在寻落脚处，石块露出处凸凹不平，攀登时很难找到够一脚之大的平稳落脚空间，很容易因落脚不坚实而失控滑下山坡。好在小道两旁的青藤和树根比较多，可以手抓青藤或树根助力攀登，增加安全系数。路宁对宁澜说："攀登陡坡时，我抓哪根青藤或树根你就抓哪根，我踩哪块石块你就踩哪块石块。"宁澜说："放心吧，我的优秀运动员底子还没有丢尽。当然啰，还是要谢谢你很关心我的安全。"

两人到底少年时代都当过运动员，运动基本功没丢，没费多大劲就攀上了凸凹不平的岩石小陡坡，来到山腰处一块平缓地，听到了潺潺流水声。这里有从山顶流下泉水积成的一潭山泉。那一潭山泉清澈平静似一面明镜，倒映着四周的青松、杉木、翠竹、粗藤，水底的沉木、青苔和石块及水中欢快游动着的小鱼，清晰可见。路宁俯身双手掬泉水入口品了品："极清洁而微甘甜。"宁澜用泉水洗净了脸。

"休息一会儿吧。"路宁坐在泉边说。

"好吧。"宁澜靠着路宁坐下。

路宁将宁澜揽入怀中，温柔地抚摸着她那曲线分明的身体："我还没看过自然天体的你呢。"

"不对吧。小时候在青岛春雪中挖荠菜那次。"宁澜仰躺在路宁怀中，红着脸微笑着提醒。

"真是不识好人心呦。那时我光顾着向四周观察保护你了。哪有工夫回头看躲在我身后换裤子的你。"路宁说着，已经解开了宁澜的内衣。宁澜顺从着路宁，没有拒绝。

路宁的手掌托住宁澜光滑的脊背，将宁澜紧紧搂在怀里，宁澜雪白丰满的身体既有弹性又结实，就感觉似怀抱着既凉爽滑润又温热柔软的一长条雪白的舒展脂玉。路宁埋首在宁澜的身体上亲吻着。直到这时，他才恍然彻悟了家中珍藏着的那块纯洁无瑕的雪花白在生理学方面的比拟意义。

宁澜被路宁完全解开内衣的身体微微颤抖着，任由路宁亲吻爱抚。

沉浸在宁澜体香中的路宁，感觉在宁澜的胸前吻到了微咸的泪水。他抬起头来轻声问越来越紧地搂住自己的宁澜:“宁澜，你在想什么?”

“路宁，自父母去世后，其实我已经没有家了。在这个世界上，家对于我来说，就是你了!”宁澜的声音有些凄凉。

“还记得那块雪花白吗?”路宁问。

“怎么会忘记!”宁澜答。

“是父亲要我珍藏的。我入二老黄泉之地发过誓，一定永远珍惜。”

宁澜双手托住路宁脸颊，带着泪眼，在路宁的唇上深情亲吻。

世界静极了，只有泉水潺潺的天籁之音。

几只黄鹂和几只喜鹊飞落在不远处的草地上，黄鹂在草地上欢快地跳跃着，喜鹊在草地上悠闲地踱着步。宁澜在她与路宁初次解衣开怀肌肤相亲的那潭山泉边留下了七八块她最爱吃的柠檬饼干，给这些古往今来为人类带来无限美好向往的可爱精灵。

她站起来和路宁一起，向前方由大块岩石构成的陡坡走去。路宁和宁澜互相帮助、互相保护着攀上一边是悬崖、一边有青藤助力的大块岩石陡坡，来到由巨块岩石构成的山顶。这里，在尽情领略呼啸山风的同时，向北可望巨龙长江，向南满目肥田沃野，向西远眺莽莽群山，向东似见无际大海，有着美不胜收的境界。

第二章　后继者

八

路宁和宁澜在 1984 年中华人民共和国成立三十五周年纪念日结婚了。

宁澜一直认为自己是 1984 年国庆大阅兵那天怀的孕。她轻轻拍打着路宁说:“我觉得，你那天晚上在床上紧紧抱住我，看着窗外节日之夜的灿烂礼花做事特别来劲，一炮打响，怀上了儿子。”路宁亲了亲她，微笑着也不否认。

宁澜真正知道自己怀孕，是在出差西安期间。出差前期的周末，她还与同事一起登上了西岳华山，并很有激情地写出一首《七律·登华山》：

高山流水万仞穿，
关险道危一径钻。
云蒸王猛谋至伟，
霞蔚韩愈文止观。
六合一扫风兹起，
汉唐淋漓由此蕃。
无路打出通天路，
致胜红旗力犹酣。

宁澜还在西安碑林《玄秘塔碑》前聚精会神地站立良久。一块去的同事问她有关《玄秘塔碑》的情况。

宁澜说：“柳公权志在克服唐中期以后楷书的肥厚积习，其字劲拔利落、清瘦舒展，形成了‘柳体’的典型风格——精髓在骨。虽仁智各见，但比较主流的评价是：柳公权的《玄秘塔碑》是楷书‘天下第一碑’。这是因为，颜真卿的楷书代表作《多宝塔碑》和《颜勤礼碑》，前者创作于颜氏楷书书法艺术完全成熟之前，略显经书体痕迹；后者创作于颜氏书法创作后期，已露肥厚之习。惜乎颜真卿楷书书法成熟鼎盛期的鸿篇巨制代表作尚未得见。而柳公权的《玄秘塔碑》则是柳氏楷书书法艺术成熟鼎盛期的鸿篇巨制代表作：既突破了经书体的藩篱，又纠正了肥厚积习。是近乎完美的楷书艺术鸿篇巨制。中国字以‘唐楷’为基本标准，其中‘柳体’克楷书肥厚积习、为楷书‘风骨’之首的作用和地位世所公认。”

圆满完成任务准备回江东市前，她和几位同事来到享有盛名的西安钟鼓楼广场“同盛祥泡馍馆”，准备高高兴兴地品尝一下“陕西一绝”西安羊肉泡馍。谁知刚吃上第一口香气四溢、汤醇肉嫩、馍有嚼劲的羊肉泡馍，宁澜的五脏就翻江倒海了。同来的几位男女同事都已结婚生子，看到宁澜这种状况，不约而同地对宁澜说：“宁澜，要恭喜你了，你怀孕了。”

七月“荷花节”在晚风习习的江东湖畔看节目那一晚，宁澜和路宁印象深刻地感受到了生命的奇妙，同时感到做父母的日子近在眼前了。当节目进行到驾小舟的小伙子在船上击鼓追求在湖水中的荷花仙子时，宁澜忽然激动地小声对路宁说：“路宁，快看，孩子在我的肚子里蹬腿了。”路宁看见，在击鼓声的强烈刺激下，宁澜因怀孕而高高凸起的腹部，一会儿右边肚皮被肚子里孩子的小脚蹬鼓了起来，一会儿左边肚皮被肚子里孩子的小脚蹬鼓了起来，孩子显示了很强的生命力。路宁用手触摸，隔着宁澜薄薄的肚皮，能清楚地触摸到孩子小脚的轮廓，宁澜幸福地微笑着。路宁小声说：“我们离开现场吧。产期临近了，要更加注意保护你和孩子了。”

路宁和宁澜都出生于革命军人家庭，对人民军队有着天然的感情，他们选择在军区总医院生孩子。

宁澜在整个生产过程中体现了坚强意志。

产房中的另一名年轻产妇哭天号地：“哎呀，疼死我啦，你（指她的丈夫）害死我啦，我再也不生啦。”

她的丈夫站在产房门外痛苦地大声回应：“我对不起你呀，我做的孽呀，我一辈子都要对你好呀。”

产科医生一边工作一边劝他两口子：“女方生产正常，你们两口子学学人家两口子，一点声音都没有。”

站在产房门口的路宁是没有声音，但躺在产床上的宁澜还是有声音的——她在用力蹬脚下的铁栏杆。胎儿头大难产出，宁澜一声不吭地用力蹬弯了脚下的产床铁栏杆，浑身湿透、精疲力竭地生下了儿子。与孩子“哇”的一声响亮地向世界报到的同时，一位年轻漂亮的军医大实习女军医高兴地喊了起来：“是个儿子！”躺在产床上的宁澜朦胧中感到非常幸福——一位年轻漂亮的解放军女神迎接儿子来到人世间。

军区总院的医护条件是好的，两位产妇一间病房；纪律是严格的，晚上十点家属必须离开产妇病房。

主要由于路宁和宁澜都没有经验，路宁离开后，危险情况发生了。

宁澜是晚上九点左右生的孩子，产后流血一直没有停止，于是就不停地用卫生纸巾擦拭，路宁和宁澜都以为这是自然的、正常的，都没有想到要请医生来看看。这是路宁一生都感到对不起宁澜的事情。路宁离开宁澜时，地上已经有一小堆拭过血后扔掉的卫生纸巾了。大约又过了半个小时，在晚上十点半左右，宁澜同房间的年轻军嫂，因是生第二胎，有些经验，看着宁澜床下那堆拭过血后扔掉的卫生纸巾不断增多，便对宁澜说："你这种情况不正常，要赶快请医生来检查一下。"此时宁澜也感到心跳越来越快，人越来越虚弱，便按了呼叫铃。医生进来一看，二话没说，就把宁澜重新送到产房进行了紧急处理。宁澜和路宁都非常感激这位生第二胎的年轻军嫂，若没有她的及时提醒，真不知道会发生什么事情。

路宁和宁澜给儿子起了名字——远方。

九

20 世纪 80 年代初的中国国家机关，汇聚着各个时期参加革命的工作人员：建党时期、红军时期、抗日战争时期、解放战争时期、新中国前十七年时期、“文革”时期、改革开放时期……这种几代同堂的景象，是空前的，也是绝后的。

路宁在领导机关从事宣传工作。幸运的是，他继在大学期间遇到学术风范大师之后，进入领导机关又遇到了领导风范大师。

路宁单位的领导是解放战争时期中国共产党在“国统区”发动的一场影响重大的运动——南京“5.20”运动的现场主要负责人。1947 年南京爆发的“5.20”运动，在全国引发了整个新民主主义革命时期规模最大的一场学生运动和群众运动，彻底彰显了人心向背，有力配合了解放战争。路宁能够在这场伟大运动的现场主要负责人领导下工作，并得到他的欣赏，是难得的幸运。

路宁在领导机关从事宣传工作三年。这期间，他一直在理论处工作，他精读了《马克思恩格斯选集》《列宁选集》《毛泽东选集》《鲁迅全集》。在一份由路宁起草的改革开放宣讲材料上，首长批示："观点正确，针对性强，论证有力，语言精练。本机关人员传阅学习。"一次，首长在路宁办公桌上发现了有路宁批注、划杠、画满着重号的列宁著作专集《社会主义在实践中》。首长写文章急需此书参考，便向路宁借书。半个月后，首长来到路宁办公桌前还书，他慈祥地对路宁说："我从书上的批注、划杠、着重号中受到许多启发。看得出，你学习比较得法。要继续坚持下去。”在不久后召开的全机关工作人员大会上，首长要求机关青年同志学习路宁勤奋学习、认真钻研的精神。

他说：“不要幻想一诞生下来就是《西游记》中所向无敌的齐天大圣孙行者，或者是《希腊神话》中无懈可击的爱琴海神维纳斯。其实，孙行者是在征途上经历了八十一难才取得真经；维纳斯是在大海中经历了万里搏击才成为海神。切记：杰出的事业家由客观上经实践千磨万砺、主观上对自己精雕细刻造就。”

但路宁心里清楚，宣传部里还是有值得自己学习的综合素质很高的优秀人才的，这就是吉江。比路宁小一岁的吉江，属于全能型人才，也就是说，每一个单项虽不在最高峰，但综合素质很少有人能比过他。吉江跟路宁很有缘。两人上的是同一所中学，都在农场当过知青，是大学的同班同学，大学毕业时一起分配到宣传部工作。作为同学、同事，路宁在大学上学期间的班级学生领导工作、在宣传部工作期间的机关青年领导工作，都得到吉江的真心尊重和支持。路宁也一直对吉江很友爱、很尊重。吉江在宣传部宣传处工作，他写材料的深刻性虽不如路宁，但才思敏捷、行文流畅，出稿效率比路宁高。理论处路宁文章的深刻性，宣传处吉江文章的时效性，是当时宣传部的“双绝”。吉江与路宁都是宣传部乒乓球队主力，吉江是第一单打，路宁是第二单打；都是宣传部排球队队员，吉江在主力阵容，路宁在替补阵容。宣传部办公楼与组织部办公楼靠得很近，两部门77级、78级大学毕业生都比较多，路宁是宣传部机关团支部书记，他与组织部机关团支部书记相约，于是两部门的乒乓球队、排球队便经常聚在一起激战，激战时两队队员之间免不了相互严厉指责。排球比赛中，当主攻受挫时，副攻吉江的灵活轻打，每每产生奇效；乒乓团体赛中，只要进入决胜盘，心理稳定的路宁，回回将五比四中的五，带给本队。后来的时间长河里，宣传部、组织部这批在比赛中吵吵闹闹的中国乒乓球队、中国女子排球队的崇拜者中，有不少人成长为省部级、市厅级领导干部。多少年后相见，都清楚地记得当年热情奔放的情景。宣传部里一位年轻漂亮、工作优秀的姑娘曾向吉江、路宁推荐她熟读过的《大卫·科波菲尔》，说：“我欣赏大卫·科波菲尔这样的男青年，一生善良、向上。”有人想给她介绍对象，这位秀丽而有气质的姑娘说：“就按吉江、路宁那样的标准选择。”介绍人的脑海中就有些空白了。吉江很感谢路宁。因为吉江与他很爱的一位姑娘失去了联系，在路宁邀吉江到江东市工人文化宫去看路宁母亲领导的江东工人艺术团演出时，吉江巧遇了正在演出的这位他朝思暮想的姑娘。路宁也很感谢吉江。路宁的社交能力、生活能力都不如吉江。路宁结婚时，吉江帮着挑选家具；路宁出书时，吉江帮着联系出版。路宁两口子生了宝贝儿子，吉江两口子生了宝贝女儿，两家四个大人笑约“娃娃亲”，可惜长大后，吉江的聪明漂亮女儿从江东外国语学校毕业时，被美国一所著名大学录取，去了美国。吉江后来成长为宣传部常务副部长，一辈子在宣传口工作。

还有必要提及当时市委组织部机关团支部书记、乒乓球队男子一号主力肖敏。路宁当时担任市委宣传部机关团支部书记，工作中与肖敏接触比较多。后来两人保持了长期友谊。肖敏出生于 20 世纪 50 年代后期，少年时代是市少年男子乒乓球队选手。肖敏的正手弧圈球打得非常好，尤其是他那多变的发球，每每在关键时刻起定乾坤的作用。但由于市委宣传部乒乓球队的整体实力比较整齐，所以团体比赛常常打到四比四，而各队的一号种子选手一般是不会放在第九盘出场的，因此只要打到四比四，心理素质稳定的市委宣传部二号种子选手路宁上场打决胜盘，几乎回回将胜利拿到手中。不过若论单打，市委宣传部就没有肖敏的对手了。肖敏乒乓球打得好，工作也出色，他是机关里比较难得的文武双全的人才：起草公文的能力、处理公务的能力都非常强。他处理复杂的机关人际关系恰如他打乒乓球时发球的技战术一样灵活多变，能够卓有成效地妥善应对各种风格的领导和各样性格的同事。后来他担任了省领导，展示了很有魅力的领导风格：每年植树节植树，从来少不了肖敏。因为即使办公厅不安排，他也主动参加每年的义务植树。他的想法是：一来有利于祖国绿化，二来有利于个人健康，三来有利于端正作风。有一年的植树节，在江东市郊县六合义务植树时巧遇也来参加植树活动的路宁，两位老朋友相见甚喜。中午肖敏拽着路宁，悄悄来到六合街上一个小餐馆，由肖敏掏腰包，不事铺张地将富有地方特色的肉、鱼、蛋、蔬、素点齐备了，又要了路宁家乡的特产青岛啤酒，两人边叙旧边饱餐了一顿六合特产——六合“活珠子”（受孕后已成鸡雏形正在发育中的草鸡蛋）、六合龙池鲫鱼、六合猪头肉、六合水芹菜、六合卤豆腐，尽兴而散。一次分管部门起草的一份重要公文几次送他审阅都远远达不到要求，他对这个分管部门的负责人说：“你坐在我这儿看报纸，我来起草这篇文稿。”当时正值盛夏，只见肖敏端起茶杯注满开水后将茶杯重重往办公桌上一放，在办公椅上坐下后，蹬去双脚上的鞋子，伸手脱去两只脚上的袜子，双脚踩在地上，伏案奋笔疾书起来。写满龙飞凤舞字迹的稿纸一页一页从他手中扬出，那位部门负责人满头大汗地在一旁辨认从肖敏手中扬出的每一页稿纸上的内容。大约两个小时，肖敏将十几页的文稿一气呵成。他对那位忐忑不安的部门负责人说：“要想写好机关公文，一要非常熟悉有关法律政策制度，二要确切掌握有关真实情况。你作为部门负责人，严肃地想一想，你对有关法律政策制度是否非常熟悉，你对有关真实情况是否确切掌握？”

路宁在市领导机关从事三年宣传工作后，被调到省里做组织工作了。20 世纪 80 年代中期的机关作风比较质朴，这从组织上正式找路宁谈话宣布工作调动事宜的场景可以反映出来。那是在一次布置完理论研讨会会场后，路宁到机关澡堂洗澡，当时机关澡堂很空，只有一块儿布置理论研讨会会场的理论处处长和路宁两人。路宁正坐在池子中洗头，泡在池子热水中缓解刚才劳动疲乏的处长开口了：“路宁，组织上委托我找你谈话，由于调动比较急，就在这里谈吧。”路宁端坐在洗澡池中接受了组织的工作调动谈话。这真是一次永远值得回忆的既非常严肃又非常质朴的组织谈话。

宁澜在省领导机关担任核心机要工作。宁澜对路宁说：“到领导机关担任核心机要工作的最大好处，是可以直接当面学习那些经过残酷战争和严峻斗争历练的领导者处理重大问题、驾驭复杂局面的领导才干和领导艺术。”宁澜曾多次在指挥现场亲见并记录了首长们妥善处置重大突发事件、重大自然灾害、重大安全事故的惊心动魄的过程；曾多次在核心空间亲见并记录了主要首长团结领导班子成员共同完成历史使命的炉火纯青的驾驭才能和统帅艺术。

宁澜是一位“行有本色之俊、思有通达之巧”的姑娘，在经年累月、得其要领地向那些经过残酷战争和严峻斗争历练的领导者们学习的过程中，她渐渐成熟，具备了理想坚定、视野开阔、沉着冷静、勇于负责等优良素质，为后来成为优秀领导者，打下了坚实基础。她写了一篇《小草与江河》，立志学习那些领导者们的崇高精神：

学习小草，
岁岁霜冻而生生不息；

学习江河，
历无数坎坷而永远向前。

十

路宁到省级机关从事组织工作后，去革命老区出差时，遇到过两件印象非常深刻的事情。

一次到泗泽县执行任务，一位七十岁左右的老翁走进了路宁宿舍，颤颤巍巍地对路宁说："我是老红军，要求组织按红军待遇让我安度晚年。"路宁请他坐下，递过茶水："老人家，你不要着急，慢慢将情况仔细回忆一下。我认真做个记录，组织上会负责任地了解清楚的。"老人详细回忆了红军时期他为中央红军首长饲养马匹，曾在某驻地亲自将一位中央红军首长扶上马背，后来在一次战斗中负伤被安置在老乡家养伤，因部队转移，他伤好后找不到部队，千辛万苦回到家乡，一直务农至今等细节情况。路宁的详细记录逐级递送到北京。北京老首长的答复是："记得在这个地方，有这个情节。但具体是哪一位战士，记不清楚了。"后来当地有关部门根据了解的结果，将这位向路宁反映情况的老翁，按红军待遇作出安排。

路宁住在泗泽县招待所内的一个小院落里。当时正值盛夏，小院落内的水池中荷花盛开。由于小院落最多也只能住十人左右，所以只有一间不分男女的洗澡间。谁进去洗澡，就从里面插上门销。路宁洗澡时发现，门销下方留着一个比乒乓球外周大一些的孔洞，他就回宿舍取一张报纸卷起将孔洞堵上后洗澡。洗完澡出门时，发现堵在孔洞上的报纸卷已经掉在洗澡间内的地面上。

小院落有两位漂亮的女服务员，都是年轻姑娘。其中一位属苗条型，另一位属丰满型。她们在洗澡间洗澡时，路宁发现有一个招待所男管理人员站在洗澡间门外，通过洗澡间门上的孔洞朝洗澡间内窥视。第二天上午两位女服务员来路宁房间打扫时，路宁对她们说："你们这个招待所洗澡不安全。洗澡间门上有个孔洞，昨天傍晚你俩洗澡时，我看见有一个招待所男管理人员从孔洞口朝里窥视。"苗条型姑娘微笑了一下，说了句"是吗?"便无动于衷地继续干活。丰满型姑娘边干活边大大咧咧地回答路宁："好像是有规定，在集体洗澡间门上要留个孔洞，便于发现在里面洗澡的人有没有要流氓。管它呢，反正我洗澡时或者背着身体或者侧着身体对门口，偷看的人也看不到我正面身体。”苗条型姑娘说：“我也是这样。”丰满型姑娘指着苗条型姑娘说：“她就更不在乎了，反正已经谈恋爱，身体早就不止被人看过了。”苗条型姑娘红着脸：“你就别说啦。”丰满型姑娘接上：“为什么不说？昨天下午我找你打扫房间怎么也找不到，拧没有客人住的105号房门怎么也拧不开，我就知道你准是在里面办好事。过了一会儿，就见你披头散发、慌里慌张地从105房跑出来，你那相好的也跟着跑出来溜了。”苗条姑娘赶紧回答：“好啦，我知道错了。今后我上班不这样了。”

两位姑娘很感谢路宁的善意提醒。一天晚上洗澡后，她俩敲开了路宁房门，热情地说：“到院子里来吃西瓜。我们下午招待客人时悄悄留下了一只沙瓤的大西瓜。”盛情难却，路宁招呼了一块儿来工作的另两位同事，同两位姑娘一起，在小院落内盛开着荷花的水池边，品尝甜美可口的沙瓤大西瓜，留下了仲夏之夜的美好回忆。

还有一次到泰如县执行任务，这是新四军“黄桥决战”的发生地。路宁代表组织去慰问一位参加过“黄桥决战”、离休后常住泰如的副省级新四军老战士。聊天时，这位新四军老战士说：“黄桥战役之前，新四军几乎没有独立自主发展壮大的战略空间，严重受制于国民党部队。粟裕指挥打赢黄桥战役意义重大。后来我们能够打赢定乾坤的淮海战役，就得益于黄桥战役胜利后，我军在苏北、苏中乃至中原地区，取得了独立自主发展壮大的广阔战略空间。得中原者得天下。粟裕没当元帅有些可惜。”之前路宁没认真研究过粟裕，正是听了这席话后，路宁购买了许多书籍、搜集了大量资料，深入研究粟裕，先后在《群众》《新四军研究》等刊物上发表了《黄桥决战的伟大意义》《粟裕在解放战争中的四大决定性贡献》等文章，被许多报刊和官方网站广泛转载。

路宁在日记中写道：“中国有句成语叫‘疏而不漏’。如果将这句成语引申到一般领导方法的境界，‘疏’的本质就是：对非关乎要害的事情可不计较；‘不漏’的本质就是：对关乎要害的事情决不放过。完整表述如下：从领导方法上讲，‘疏而不漏’就是，对非关乎要害的事情可不计较；对关乎要害的事情决不放过。”

宁澜的一位大学同学在基层从事组织工作。一次同学聚会时他对宁澜说：“宁澜，我与你家老公在工作上合作过一次。嗨！你家老公工作认真！太认真了！认真得让人害怕！”这位同学当时脑袋摇晃得像拨浪鼓似的并唉声叹气的模样，深深印在宁澜脑海里。她回家后笑问丈夫：“你是怎么给我的同学留下了‘认真！太认真了！认真得让人害怕！’的形象的？”路宁回答：“那很简单。在工作中，决不让关乎要害的细节漏掉，是准确了解情况、科学处理问题必须坚持的基本要求。而在工作中能够做到准确把握关乎要害的细节是很困难的，很多人做不到这一点。具体到你的那位同学，在那次工作合作中，我代表上级领导机关三番五次地要他提供我们所要了解情况中的关乎要害的细节，他提供不出来，当然害怕了。不过，你的这位同学能够用‘认真！太认真了！认真得让人害怕！’的‘三认真’精神概括你老公的工作特点，我还真是很感谢他。”

十一

路宁接到关绮电话：“路宁，你到市妇幼医院来一趟，我在生孩子。江源在美国读博士后，回不来。”

宁澜在中央党校学习。

路宁一人来到了关绮住院的床前。关绮生产条件很好，住着宽敞的单间。

关绮看见路宁，流下了眼泪。

路宁从衣兜里掏出干净的手帕，为关绮擦去眼泪：“是喜事，不要哭。我照顾宁澜生孩子时听老人说，产妇流泪会带一辈子流泪的病根的。”

关绮不再流泪了：“我生了个女儿。江源不在身边，我整天躺在床上感到孤单，想起了你。”说着眼圈又有点儿红。

“我照顾宁澜生孩子有了一点儿经验。江源不在国内，就由我来照顾你吧。”路宁安慰着关绮。

“宁澜在干吗？”关绮问。

“她在中央党校学习一年，还有三个月才能完成学业。”

护士抱着孩子走进来，对关绮说：“到给孩子喂奶的时间了。”

关绮对路宁说：“路宁，你扶我坐起来。”

路宁上前托住关绮腰部，慢慢扶她坐起。他发现和宁澜生孩子时一样，关绮的下身也是裸着的。忙用被子裹住她完全裸露着的雪白丰腴的臀部。

路宁扶关绮坐稳后，仔细端详着护士递到关绮手中的孩子，对关绮说:“女儿集中了你和江源的全部优点，非常漂亮。”

关绮幸福地微笑着:“孩子才生出几天，你就能看出来?”

路宁见关绮撩起上衣要给孩子喂奶，起身要离开。

护士说:“妻子喂奶，丈夫有什么不好意思的?”

关绮说:“坐在这里陪我说说话。”

孩子吸了几口母亲的乳头，吸不出奶水，放开母亲的乳头哇哇哭了起来。

护士对路宁说:“你妻子生产后你今天第一次来。对妻子关心不够引起产妇焦虑，会影响奶水的数量和质量。你工作再忙也要关心妻子。”边说边解开关绮的上衣，关绮的美丽双乳整个裸露出来。护士用双手在关绮双乳上按摩。

路宁又想离开。

关绮用一只手紧紧抓住路宁的衣袖，向下用力扯了几下，暗示路宁不要离开。

路宁只好坐稳不动，将目光落在对面墙上，仔细欣赏墙上挂着的一幅“文艺复兴三杰”之一拉斐尔的代表作《椅中圣母》。在这幅人物形象逼真完美的世界著名油画中，美丽安详幸福的圣母坐在椅子上，怀中抱着一个、肩上伏着一个天真可爱、健康活泼的天使。

护士边为关绮双乳按摩，边对路宁说:“伸出手来，跟我学一下。”

关绮说:“他笨手笨脚的。还是我自己来吧。”她脸色羞红地看着路宁说:“来，帮我抱好孩子。”

护士手把手地纠正了几次关绮按摩乳房的手型、位置、力量，准备离开前很有职业精神地对路宁严肃布置:“我刚才教的按摩乳房增奶方法你都听见了。产妇不能劳累。你应当主动帮你妻子按摩。”

看着走出房门的护士，路宁一边轻晃着怀中的孩子，一边悄悄说:“一口一个夫妻，什么眼神。”

关绮听见了路宁的嘟囔，接口说:“不是夫妻不等于护士的眼神不准。”

路宁没有接话。

关绮用上衣掩了双乳，一边按护士要求继续按摩着自己的双乳，一边对路宁说:“几年不见，你没有什么变化，你看我有什么变化吗?”

路宁一边轻拍着怀中的孩子，一边回答:“看得出，你生活得很幸福。过去的苗条加上现在的丰腴，更加美丽动人了。”

关绮的脸更加红了，伸出手拍打了一下路宁的胸口:“你从来都是鼓励我。”她的乳房又露出来了，还带着几滴乳汁。

“可以给孩子喂奶了。”路宁轻声提醒。

关绮低头一看，脸庞忽地涨红起来，乃至雪白细腻透着淡淡青筋的乳房和颈项也现出了粉红色，双乳微涨起来，奶水从凸起的两只乳头中不停地涌了出来。

路宁将孩子递到关绮怀中，关绮赶紧将淌着乳汁的乳头塞进孩子小嘴里。

“路宁，给我拿条干毛巾来。”

路宁取一条干净的毛巾叠成四方形递给关绮。关绮接过干毛巾，捂住了自己淌着乳汁的另一只乳头。

孩子躺在母亲怀里，幸福地闭着双眼，大口吸着母亲的乳汁。

又看了一眼这幅比墙上挂着的母婴图更温馨的画面后，路宁悄悄离开了房间。

从此，路宁担负起照顾关绮产后康复的责任。

路宁隐隐有一种很强的责任感:是自己将从小与自己一起长大的关绮介绍给江源的。关绮生产时江源不在她身边，若自己不能使关绮母女安然无恙，关绮是要怨恨自己一辈子的。

关绮很乐意接受路宁的关心照顾。每天晚上都盼望着等待着路宁送来他亲手做的饭菜，喜滋滋地边吃边对路宁说:“我从小就喜欢吃你做的饭菜。”

路宁半开玩笑半认真地说:“你要注意一点啰。前不久我们班级同学聚会，江源喝多了些，摇头晃脑地对我说，‘路宁老兄，我告诉你，我们家全成山东人了。关绮每周都要做一次胶东卤面或芸豆肉丁面。她说这是跟你学的，很好吃。偶尔不做，女儿就喊要吃山东面条。’”

关绮笑嘻嘻地说:“江源早就被我俘虏了。隔一段时间就会对我说，‘关绮，我一想到胶东海鲜卤面就淌口水。’于是我就做一顿胶东卤面满足满足他。”

一天，关绮边吃着路宁送来的香喷喷的饭菜，边同路宁闲聊起了大家庭相对于小家庭的好处。她说:“大家庭生活相对于小家庭生活，至少有两个优越性：一是有利于家风建设。几代人相处在一起，要想其乐融融地生活，必须遵循一些千百年间流传下来的良好规矩，如尊老爱幼、互相帮助、敬业爱家等。相对于小家庭而言，大家庭更有利于良好家风的形成。因为从规律上看，人多时比人少时，相互监督所起的作用更大一些。同时，客观上法律也起着基础作用，譬如，根据《继承法》，尽了主要赡养、扶养老人义务的可多继承。如果房子是老一辈的，老一辈肯定传给敬老的下一辈。二是有利于抚幼养老。小家庭往往是祖辈不在身边，照顾下一代出现困难；成年子女不在身边，照顾年迈父母出现困难。大家庭则迎刃而解了这些问题：祖辈可以长期在孙辈身边抚幼，成年子女可以长期在年迈父母身边照顾。相对于小家庭而言，大家庭更有利于抚幼养老。当然，如果像我一样，小一辈住着老一辈的大房子，家庭的凝聚力一般会更强一些。养老院里住着的老人，多是自己没有大房子的。”

关绮调皮地笑了笑，继续说道:“路宁耶，诚恳提醒一下，你不娶我，任务可就重了。你一定要挣一套大房子哟。”

路宁说:“你谈的问题涉及赡养老人。中国人口众多，经济欠发达，这一问题比较突出。赡养老人，有三个难关要过：一是经济困难关。一般而言，让老人幸福、有尊严地走完人生最后一程，需要比较强大的经济实力支撑。在比较长期实行普及中低水平社会保障的情况下，用于养老的经济实力，主要靠本人一生的奋斗积蓄，辅之以晚辈的经济支持。在这一问题上，不可对中低收入水平的晚辈存过高奢望。二是老人辨识关。通常情况下，人在逐步进入高龄的同时，辨识能力是逐步弱化的，易导致在人身财产权益方面作出难以挽回的错误决策，从而给自己走完人生最后一程设置很大困难。具体地说，老人辨识能力逐步弱化导致的不良后果一般表现在两个方面：养老经费丧失；遗产继承无序。当出现这类问题后，弥补措施很被动，挽救余地很有限。三是亲属杂念关。不少情况下，当面对赡养老人问题时，亲属们往往本末倒置，对继承问题非常计较，对赡养老人敷衍了事。实践中往往导致科学的赡养老人方案缺失或最终迫不得已地放弃科学的赡养老人方案。”

“赡养老人问题涉及制度安排、经济实力、法律准绳、道德要求、利益平衡等众多方面。比较可行的办法，是‘五个应当’并举：一是制度应当趋于完善；二是收入应当逐步提高；三是继承应当依法办事；四是子女应当履行义务；五是老人应当通情达理。能够比较完美处理这一问题的国家和家庭是值得学习的。"

关绮笑着说："我要记住你的'五个应当'并举，你要记住我的'挣一套大房子'。"

当房间里只剩下关绮和路宁两个人时，关绮一只手握着路宁的手，另一只手温情地抚摸着路宁的手背说："路宁，辛苦你了。我不是非要吃你做的饭菜。江源远在天边，暂时抓不着。所以我想你来陪着我。"

路宁笑着回答："我真的很高兴。在关绮心里，终于江源第一，路宁第二了。"

关绮深情地久久看着路宁："知道我和江源有孩子后，全世界我第一个想告诉的人是谁吗？"

路宁含笑不语。

关绮说："我想第一个告诉你。童年时代，你一直让着我，我一直跟着你玩；少女时代，你多次有力地保护过我的尊严和生命；青春时代，你为我找了丈夫。我无数次在梦中陷入危险、面临绝境，但每一次都是在投入你那温暖可靠的怀抱后幸福地醒来。我原以为离开你我会痛苦一辈子。你精心挑选江源给我，使我渐渐从痛苦中走了出来。但你知道你在我心中的地位吗？上小学的时候，我把你当成最亲爱的哥哥；上中学的时候，我把你当成我生命的保护神；上大学的时候，我想做你的妻子；跟江源结婚后，我把你当成我灵魂最深处的家园。每当我的人生有重大事情发生，我都想最快地让我灵魂最深处的家知道。我跟江源结婚后，你自觉地从不与我联系。但我不想失去与我灵魂最深处的家的联系。江源给我幸福我固然高兴。但只要在人生有重大事情发生的时候不失去与我灵魂最深处的家的联系，我一生的生活决不会失去勇气。这个信念，在我还在豆蔻年华时，就已深深扎根我的灵魂。"

看着路宁每天下班后就往医院跑，送晚餐、陪关绮，关绮的情绪和身体都迅速好起来，奶水又多又好，把小外孙女喂得精神抖擞，关绮父母感动地对路宁说："关绮从小到大，一遇大难题，都靠路宁解决啊。"

十二

"家长是孩子的第一教师"，确实是规律性总结，甚至孩子才能的最初显露，也由这“第一教师”引出。

机关中存在不称职者是客观现象。路宁从事组织工作后遇上的一位处长，就印证了这一点。一次，这位处长正在主持基层调研会，手机响了，他从座位上站起来，接听着手机往外走，边走边回话：“你不要着急，我刚刚查过，我给你联系的运送那批木材的火车车皮明天到。”一副不下海却经商的派头。处长接完手机从会议室门外进来，落座后继续主持调研会时，参加调研会的基层领导们对领导机关来员的尊敬态度已经荡然无存，发言也敷衍起来，因为他们发现，调研会主持者的心思，根本不在他们的发言上。不久这位处长因违反经济纪律被调离重要岗位。单位主要领导找他进行调动谈话，他发表了一通“高论”：“我热爱我现在从事的工作，一辈子不提拔都没有关系，我愿意在这个岗位上工作到退休。”单位主要领导回答：“你目前所处的位置是谁都会热爱的。但违反纪律的人必须离开。若不服从调动，则做好接受处分的准备。”

还是该处长风头正劲时的一件事，引爆了路宁儿子的作诗才能。

事情是这样的：

路宁所在处室的副处长，是一位高级知识分子。机关分配干部宿舍时，处长、副处长、路宁分在一栋楼里。这天下班路上，副处长与路宁走在一起，处长在后面三十米左右处走着。副处长回头望了一眼走在后面的处长，对路宁说：“你是一颗金子，”他再回头望了一眼走在后面的处长，处长正加快脚步，副处长接着对路宁说，“很难被发现，”他又回头望了一眼走在后面的处长，加快步伐的处长离副处长和路宁只有二十米左右距离了，副处长开始小声对路宁说话了，“发现了也挖不出来，”他最后一次回头望了一眼走在后面的处长，处长离副处长和路宁只有十米左右距离了，副处长迅速地吐出最后一句话：“就是挖出来了也用不起来。”便低头走路不再说话了。此时，处长已经走到副处长和路宁身旁。

路宁回到家中长吁短叹，越品味副处长的四句话心里越不是滋味，便对着刚接孩子回到家中便忙着做饭的宁澜，口中是一番“欲渡黄河冰塞川”、“自古才大难为用”之类的只敢在家里说的牢骚话。宁澜说：“少说两句吧。”正在床上玩玩具的儿子早就听烦了父亲怀才不遇的叹息声，听见妈妈制止爸爸发牢骚，便从床上站起来大声对爸爸说：“说才不是才，是才比你好。”路宁听了不太高兴，脸色露出不悦问儿子：“什么？”儿子看父亲脸色不对劲，有些害怕，忙小声说了一句缓和气氛的安慰话:“不成就罢了。”宁澜笑了起来。儿子看有母亲撑腰又来了劲，冲着父亲大声说出最后一句:“你本不是才!”宁澜和路宁都拍手鼓掌哈哈大笑起来。儿子非常高兴，跟着拍起手来。

宁澜早已熟记了儿子创作的这第一首诗。她一边搂着儿子亲吻，一边笑着对丈夫说:“记着儿子的箴言吧，‘说才不是才，是才比你好。不成就罢了，你本不是才!’”儿子作这首诗时，刚过三周岁生日。这首儿童天然之作中蕴含的深刻道理，长期指导着路宁：清醒认识自己；端正奋斗方向；处世心态淡定。

路宁是一位富有正义感的哲人，虽然寡言，却勤于用笔。他从心底里厌恶那位奸商般的处长，同时在心态淡定下来后感到，类似“恶”的存在，对“善”的成长有积极作用。路宁连续在两天的日记中，分别写出了如下文字：

> 善只有在恶的重大压力下，在与恶进行全力的斗争中，才能防止自身蜕变；才能激发顽强的生命力和进取力；才能不断走向更高级形态。恶的永恒作用在于：阻止善的蜕变；促使善长期保持顽强的生命力和进取力；推动善不断走向更高级形态。没有恶，善必然发生蜕变；没有恶，善必将失去顽强的生命力和进取力；没有恶，善必不能再有质的进步。
>
> 历史
> 这样为杰出人物
> 书写墓志铭——
> 恶力的摧残，
> 本意是
> 置我们于绝境，
> 结果是
> 使我们永久辉煌。

路宁的冷静思考，得益于儿子的天真规劝。

无数杰出人物的成长史表明，在孩童时代锻造出优良的“童子功”，对日后成为出色人才具有不可替代的基础意义。而在孩子“童子功”形成的最关键时期，接触最多的就是家长。因此，家长对孩子的熏陶非常重要。

路宁不仅能背诵数百首唐诗宋词，不仅教儿子背诵经典诗词，还积极从事包括诗词创作在内的创作事业。孩子无数次看见，父亲或专心致志伏在书案上写作，或突然推开餐桌上的碗筷取来笔纸奋笔疾书，或半卧在床拿起放在床头柜上的笔纸行云流水，或走在路上冷不丁从衣裤口袋中掏出笔纸飞龙走蛇，或在等候、排队时旁若无人地洋洋洒洒挥笔。于是，孩子也站在父亲身旁伏在书案上，或在父亲身旁伏在自己的小桌、小床上，或依着半卧在床的父亲，拿着笔一会儿念念有词、一会儿聚精会神地在纸片上写写画画。儿子将妈妈的案头书——上海古籍出版社 1978 年 7 月版的《唐宋词一百首》包上牛皮纸书皮，用铅笔端端正正在书皮上书写了“唐宋词一百首”六个字。由于还未上学掌握不住字的大小，这六个字从左到右是由大渐小的。宁澜一直将儿子题书名的这本词集珍藏着。优美的中文韵律、良好的写作习惯，就在跟着家长背诵诗词、学习写作的过程中，潜移默化地形成了。而掌握优美的中文韵律、形成良好的写作习惯（实质是形成良好的思维习惯）的过程，就是锻造大有益于一生的优良“童子功”的过程。

还是儿子三周岁走向四周岁那一年，宁澜将从青岛家中带来的一只老式怀表拿给儿子玩。玩了几天怀表之后，一天晚上洗过澡舒舒服服躺在被窝里拿着怀表一开一关怀表盖时，竟然随口创作了一首儿童诗：“小小表儿手中拿，又能开来又能关。咔嚓一声开了盖，兹兹儿声调时间。”并自己题名为《念怀表》。宁澜高兴地脸贴着儿子的脸对路宁说：“儿子这首诗，把怀表的主要特点都融入诗中了。反映了他观察能力、概括能力、形容能力、表达能力都非常强。”

这期间，小远方也受到了奶奶的夸奖。路宁母亲笑呵呵地对儿媳妇说：“宁澜啊，你这个儿子聪明绝顶。我中午躺在床上休息，小远方在我身边玩。就听他一个三周岁的孩子从头到尾把爷爷教他唱的《中国人民解放军军歌》，一不走调、二不错字地唱了几遍。”宁澜和路宁加班多、出差多，爷爷奶奶照顾和教育孙子的担子比较重。路宁母亲对儿子、儿媳说：“你们工作忙，家里有困难，这不是坏事；儿童克服困难，有利于增长本领，老人克服困难，有利于延缓衰老。你们安心工作吧。”

一次，宁澜的一位女同事对宁澜说：“宁澜，你家老公教育孩子的方法我真受不了。”

宁澜好奇地问：“你怎么知道我家老公教育孩子的方法？”

这位女同事说:“嗨!一个星期天我带着儿子在机关乒乓球室学打乒乓球。乒乓球室内六张乒乓球桌基本都是机关干部带着孩子在学打乒乓球。我带着儿子打了一阵乒乓球，就听见另外有一张乒乓球桌两边对阵的父子不停地说话，尤其是那位父亲，不停地表扬儿子，而且表扬得头头是道。我扭头看了一下，认出了那个打乒乓球的小男孩是你儿子，我在你办公室见过正在做作业的你家公子。听得出，你家老公蛮有口才的，他神采飞扬地说他儿子乒乓球打得如何如何好。这就吸引了我。我一边跟儿子打乒乓球，一边观察这对父子。看了半天，也没觉得你儿子的乒乓球打得好到哪里去。但你家老公仍不放过任何一处亮点，不停为他儿子打出的球叫好，有时还停下球来对孩子刚才打出的好球及时分析评点。我当时想，真能拔高表扬。我家儿子乒乓球打得都比你家儿子好。”

宁澜听得满脸通红，呵呵呵地大笑起来。

这位女同事继续说:“这件事情我想了很久。你家老公为什么要这样教育孩子呢？后来我有些想明白了。你家老公其实蛮懂教育方法的。他对孩子打出的每一个球观察得都很仔细，认真寻找孩子的亮点及时给予鼓励。目的在树立孩子对任何不懂的事情都敢于去做的信心，并自信能做出亮点。”

十三

一段时间，路宁在接送儿子的路上，经常自得其乐地哼着台湾电视剧《一代女皇》中的片头曲“蛾眉耸参天，丰颊满光华。器宇非凡是慧根，唐朝女皇武则天。”

儿子听多了，一天回到家问妈妈:“爸爸为什么总喜欢哼‘唐朝女皇武则天’?”

晚上宁澜躺在床上，对身边的丈夫说:“儿子说你一天到晚哼‘唐朝女皇武则天’。看来你很崇拜武则天?”

路宁回答:“是的。”

宁澜微笑着:“是不是因为你遇到过不少优秀的女性，启发你研究这位中国女性的杰出代表?”

“在不自觉中可能存在着这个潜意识。不过，武则天确实值得认真研究。”路宁说，“人们所称的盛唐时期，从宏观历史角度评价，是指从公元626年‘玄武门之变’至公元755年‘安史之乱’爆发这129年间。武则天统治中国近五十年（公元655年—公元705年）的整个时期，都处于盛唐阶段，且占盛唐总时间跨度的近40%。武则天统治的五十年，是唐代‘贞观之治’到‘开元盛世’的过渡期，在这一过渡期中，中国经济持续发展，疆域版图不断扩大，科学文化走向高涨，用人制度更趋合理。人们往往忽视一个重要史实：从武则天册封皇后起（公元655年），到她离开帝位止（公元705年），五十年间全国没有发生过任何在历史上有影响的农民起义，总趋势呈向‘盛世’前进的良好态势。武则天对‘贞观之治’有良好的发展，对‘开元盛世’有良好的铺垫。她是中国惟一的女皇帝，又是中国所有皇帝中少数杰出者中的一位。

“武则天是值得所有中国男性和女性永远尊重的伟大中国女性——世界公认中国古代史上最辉煌的是‘强汉盛唐’时期。在‘强汉盛唐’历史阶段中，武则天时期中国的疆域版图最辽阔。公元669年唐王朝疆域极盛时，疆界北抵贝加尔湖以北地区，西抵咸海西岸，南抵今越南中部（在河内设都护府），东抵今朝鲜大部地区（在平壤设都护府）。此时武则天在皇后位上已十四年，处于高宗、武后‘二圣临朝’、一切政事实际决于武后时期。

“武则天至少有三大功绩永垂青史。

“第一，定选官制，推进科举制度完善。从历史角度看，武则天对中国封建社会官吏制度进步的最大贡献是两项。第一个贡献：将选任重要官吏的范围充分扩大。从陇西集团（唐太宗李世民祖籍在陇西成纪，即今甘肃秦安。因此，部分史学家称李氏亲属及一批跟随李世民征战治国的文臣武将及亲属为陇西集团）扩大到整个地主阶级。措施之一是修《姓氏录》取代《贞观氏族志》，将选择官吏范围从陇西集团扩大到中小地主阶级；措施之二是完善科举制度，所有知识分子皆可通过科举考试进入官吏队伍。第二个贡献：将选拔官吏的科举制度大体规范。中国科举制从出现到成熟，有三个重要节点。第一个节点：科举制始于隋开皇七年（公元587年）。第二个节点：基本规范科举制，则是武则天对科举制度的最大贡献。她开创并确定君主殿试制度；开创并确定‘以文取士’制度；开创并确定既进行‘文试’、也进行‘武举’制度，使科举制度基本形成完整框架。第三个节点：直到北宋时期，科举制在武则天大体规范的基础上，又进行了进一步完善，如确立了更有利于公平取士的密封个人信息的“弥封”制度等。扩大选人范围的意义在于广泛发现人才；规范选人制度的意义在于遴选优秀人才。大唐盛世的出现，与武则天对中国官吏制度所做的‘扩大选人范围、规范选人制度’这两大贡献密不可分。

“第二，发武威军，确保丝绸之路畅通。公元692年，女皇武则天命王孝杰为武威道行军大总管，统兵收复安西四镇，重置安西都护府于龟兹（治在今中国新疆中部），留重兵三万驻守，军号武威军。需要指出，汉朝始即在西域设武威等四郡，但中国中央政权第一次派重兵驻守西域地区，是自女皇武则天开始。从此盛唐时期丝绸之路安全畅通。我国历史上丝绸之路最辉煌的一段时期，是从武则天时代开始的。直到公元755年，安史之乱爆发，大批驻守西域的唐军调往内地，丝绸之路最辉煌的一段时期结束。

“第三，取文学士，引领唐代诗文辉煌。首先，唐代诗文辉煌，离不开武则天推动的历史背景。文化上武则天时代实现了中国历史上前无古人的儒、道、释三教合流，她下令修撰的最大一部书是《三教珠英》。倡导三教合流，使多元文明融为一体，对于推动形成具有巨大包容力的大唐文化，具有重大意义。她倡导的国际国内先进文化的大融合，导出了大唐文化海纳百川、气魄宏伟的光辉灿烂的局面。其次，唐代诗文辉煌，离不开武则天采取的重大措施。从武则天时代开始，以诗、文取士，成为唐代科举风尚。武则天首创君主殿试制度，录用殿试时策论文章写得优秀的人才；公元681年，‘二圣临朝’（唐高宗、武皇后同时上朝，因高宗身体多病，不能多思辛劳，政事主要决于武后）时期的武则天下令改革科举考试内容：参加进士科举考试的考生要依式写出诗、赋各一篇，同时还要写出政治或哲学论文。上述措施，对引领唐诗、唐文创作走向辉煌起到重大作用。

“定选官制，推进科举制度完善；发武威军，确保丝绸之路畅通；取文学士，引领唐代诗文辉煌。这是武则天对中国的三大贡献。科举制度、丝绸之路、唐诗唐文对我国封建社会政治、经济、文化发展的正面推动作用，都是巨大的；尤其是丝绸之路、煌煌唐诗，至今仍具有巨大、持久的世界性影响。

“陕西汉代十一陵、唐代十八陵总计汉唐二十九陵中，安葬着武则天的乾陵保护利用得最好。虽然汉武帝、唐太宗的历史地位都不在武则天之下，但安葬着汉武帝的茂陵、安葬着唐太宗的昭陵，保护利用都不如乾陵。这在一定程度上反映了武则天的历史魅力何其之大。我在清晨和傍晚都到过武则天陵——乾陵。太阳每天朝起夕落，每当这时，乾陵无字碑就沉浸在血色的霞光之中。在血色霞光衬托着的高大无字碑上，隐隐现出了来自社会各阶层的泱泱人才从各个领域烘托而起的中国古代最辉煌的盛世——盛唐；隐隐现出了通过安全畅通的丝绸之路浑然融就的贯通中西、领先世界、永享盛誉的大唐文化。

“武则天就是永远不会消失的血色霞光。”

宁澜说：“真要感谢儿子的提问，也很感谢你讲述了武则天业绩。听起来确实振奋，一代女皇对中国政治、中国文化、中国外交的历史性贡献，真是不让中国历史上任何一位伟大的须眉皇帝啊。”

宁澜有着天生的摄影构图直觉。有一年盛春时节在洛阳出差，她利用星期日带着照相机去了趟洛阳牡丹园。洗出来的牡丹图千姿百态。看看路宁为妻子这批牡丹摄影作品的题名，就知道这批牡丹图有多美妙了：一幅洛阳红牡丹图被题名为“火凤起舞”，一幅姚黄牡丹图被题名为“雄鸡一唱”，一幅魏紫牡丹图被题名为“紫峦千层”，一幅豆绿牡丹图被题名为“仙鹤落人间”。一朵硕大盛开的牡丹图上，立着一只光亮神气的“天牛”（一种昆虫），路宁为这幅牡丹图题名为“天牛品天鹅”。宁澜笑眯眯地说：“这幅作品的题名最有趣了。”宁澜将自己在洛阳看牡丹时作的一首诗附在这批牡丹摄影作品后，寄给了一家摄影杂志。

七绝・牡丹

中原沃土滋国色，
大唐盛世润天香。
时空恰顾洛阳后，
千年至尊仪群芳。

十四

宁澜曾作《五言・润物》一首，总结自己教育儿子的体会：

风轻新枝秀，

日和初蕊欣。

春雨静润物，

天躬地自茵。

她说：“‘天躬’是‘两个始终’，一是始终以身作则；二是始终教育得法。这都是比较困难的。践行‘天躬’，‘地’必‘自茵’。”

宁澜常常回忆她母亲的话：“孩子就是一棵小树苗，一开始理正了，将来就会长成冲天大树；一开始理不正，将来就会长成歪脖子树。幼苗理正比较容易，长成歪脖子树再理就难了。”因此，宁澜非常重视在“比较容易理正”的“幼苗”时期，塑造儿子的优良品质。

幼儿园老师夸奖小远方：“这孩子品行端正，整个上幼儿园期间，一次也没有欺负过别的小朋友。他很善良，见到有小朋友被欺负哭了，他就过去跟哭的小朋友玩。”

小学班主任夸奖小远方：“暑假前班级大扫除，别的孩子干了一会儿后，陆陆续续都走了，只有小远方一个孩子在教室坚持打扫卫生。天黑时，班主任下班路过教室发现了，很感动，拉着小远方的手来到街上，买了一份冰激凌奖励他。”

初中班主任夸奖远方：“小远方热爱集体，每次办班级墙报人手紧张时，我第一个想到的就是叫远方帮忙写稿子、出墙报。他出的墙报质量很高，有的被评为年级第一名，有的被评为全校第一名。”

高中班主任夸奖远方：“高中入学军训，远方得了全体入学新生军事训练第一名，军训营地的大校军官在全体参训的师生面前为他授奖，真给我们班争光。我就让他当了班级团支部书记。”

在市教育系统举办的“青少年优良品质培养研讨会”上，宁澜应邀做了以下发言：

今天我和各位家长及青少年教育研究专家，共同分享如何教育孩子的心得。

中外思想家们对如何教育孩子有许多精辟论述。

孔子曰：“少成若天性，习惯如自然。”这是说，孩子在少年时代形成的基本品质和习惯，将如自然的天性一样，伴随他终生。可见早期教育（主要是优秀品质和良好习惯的教育）的极端重要性。

《资治通鉴》写道：“太子之善，在于早谕教与选左右。”“早谕教”与“选左右”，不仅仅适用于太子。为何要“早谕教”，罗素说过：“早期接触的事物比起晚期来，对人的思想具有更强大得多的影响。”科学研究表明：“童子功”对人生创出辉煌业绩有重大作用。所谓“童子功”，就是少儿时代经过刻苦学习、牢牢掌握的知识和本领。何谓“选左右”，就是要求孩子与品学兼优的同龄人或品学兼优的年稍长者相处，为孩子创造有所学并能够学、有共同语言并能够使智慧在碰撞中升华的良好的同龄人的交际环境，这对孩子进步，是一种极好的促进。在少儿时代，近朱者赤、近墨者黑的效应是十分明显的。

《格言联璧》称：“言行要留好样与儿孙。”这是说，家长是孩子的第一教师，责任重大，不仅在“言”、尤其在“行”上要为孩子做出正面榜样。还说：“要好儿孙，须方寸中放宽一步。”就是说，对孩子的教育要宽严有度，在对品学等大节方面严格要求的前提下，创造并保持适当的宽松环境，理解和容忍孩子在成长过程中难免出现的过失，很有利于孩子身心健康成长。这就是既要有“方寸”，又要在“方寸”中“宽松”（即在不出“方寸”的前提下“宽松”）。宽严有度的环境，有利于培养孩子的优良素质。

托尔斯泰在《安娜·卡列尼娜》中写道：“只要不宠坏小孩们，不伤害他们的天性就行了。”这是说，对孩子的爱护和管理要有科学性。一要爱护孩子，但不要宠惯孩子。《资治通鉴》指出：“贵宠过盛，即为祸患。”这个道理，对大人、孩子都是一样适用的。二要管理孩子，但不要伤害孩子的优良天性。一些孩子的天性中有许多因先天禀赋和后天教养而形成的优良素质，这是极为难得、需要珍惜的。不伤害孩子优良天性的关键，在于观察要细致，培养要耐心，教诲要简洁，要掌握将深思熟虑后的必要引导，选择适当时机融于简洁的教诲中的本领。时机是成功的前提，简洁是智慧的灵魂。正确的时机，简洁的教诲，孩子最能牢记。还有就是，对孩子要像对朋友一般地尊重。尊重孩子在成长过程中依据自己的天性进行的多样化尝试和选择。其实，进行多样性尝试和选择的过程，就是找准、显露天赋的过程。历史上有“世家”现象，如文学家大仲马与小仲马，史学家班彪与班固等，其实子承父志，从根本上说，也是孩子自身有这方面天赋，这是决定因素。否则，为什么就多数而言，不能子承父志，在同一领域创出与父辈齐名甚至超出父辈的业绩呢？因此，家长的重要作用，在于“引而不发，跃如也”。即示范、引导而不强求；孩子有哪方面天赋，就帮助他在哪方面“跃如也”。

曾任美国总统的威尔逊说：“明白了孩子永远需要援助，也需要自主，心里会有很深的感受。”这是说，培养孩子尤其要注重及时援助和鼓励自主两方面，使其辩证统一。其一，孩子在成长过程中是需要多方面的援助的，要及时给予必要的援助；其二，不培养出孩子出色的自主能力，将来难有大成就。因此，在相当多的情况下，应当要求孩子自主，训练孩子自主，尊重孩子自主。

对孩子的教育，从根本上说，应当是“随风潜入夜，润物细无声”（杜甫诗句）式的。即：依据成长规律，坚持以身作则，尊重孩子天赋，进行科学引导，提供必要帮助，鼓励不断实践，长期耐心细致地进行教育。其精髓是：正其品，壮其体，供其器，率其法，励其志，尊其行。

宁澜的《如何教育孩子》的发言，公开发表了。

宁澜确实疼爱孩子，但疼爱有法。宁澜最满意自己创作的一首词是《清平乐·浙江行》：

烟雨楼弯，
留影南湖船。
咸亨畅饮绍兴酒，
百草园中神谈。

虎跑农家茗恬，
春日越曲悠闲。
吾儿志异父母，
径向鹏举问剑。

她说：“这是一首春之曲。春之曲者，和风静雨也。和风生千景，静雨润万物。”

全词出现六景。其中三景为国家级的爱国主义教育基地：中共“一大”会址之一的浙江嘉兴烟雨楼旁的南湖船；浙江绍兴的鲁迅故居百草园；浙江杭州的岳飞墓。依据人生早期教育效果胜于人生中期教育十倍、胜于人生晚期教育百倍的学说，通过“行万里路”方式，使孩子在人生早期接受生动形象的爱国主义教育，这种和生千景、静润万物的春之曲教育方法，对孩子一生正确人生观的形成，具有潜移默化的夯实基础的意义。

宁澜对带孩子“行万里路”的理解是比较独特的。她说：“‘行万里路’的实质，不是游山玩水，而是学山习水。学习山的风姿：大气磅礴，风光秀丽，林木葱郁，风雷隐作，表至朴而里至华，外冷峻而内炙热。学习水的品格：涓涓细流终成江河，滴水之功久而穿石，曲曲折折势向大海，殷殷善下最为渊深。”

一天，宁澜带了一份当日的《解放日报》回家。吃晚饭时，她对丈夫路宁和儿子远方说：“上海博物馆正在举办‘晋唐宋元国宝书画展’。有没有兴趣星期日全家人去上海，欣赏一下？”儿子远方放下手中碗筷，从母亲手中接过报纸认真一阅：“好家伙！王羲之、王献之、欧阳询、颜真卿、怀素、米芾、赵孟頫，还有《清明上河图》《韩熙载夜宴图》《五牛图》《步辇图》《簪花仕女图》《潇湘图》。从来没有见过如此众多的顶级国宝书画同时在一个空间展出。去看！我要去看！”

在王献之的行草《鸭头丸帖》前，宁澜认真研究着东晋王献之创造的笔丝上下相连、一笔连贯数字的“一笔书”笔法；在古代中国画第一代表作《清明上河图》前，路宁仔细揣摩着北宋张择端创作的这幅中国画史上宏观和谐与微观精妙绝佳结合的巅峰巨制；在古代中国人物画第一代表作《韩熙载夜宴图》前，远方对五代顾闳中在这幅长卷中描绘的“饮酒听乐”、“击鼓观舞”、“清洗小恬”、“摇扇醉曲”、“起身送客”五个故事情节的递进饶有兴趣；一家三口人来到唐代韩滉的《五牛图》前，远方指着玻璃橱窗内这幅古代中国动物画第一代表作说：“第一头牛在缓行，第二头牛在回眸，第三头牛在伫立，第四头牛在昂首，第五头牛在觅草。”宁澜亲切地鼓励儿子：“韩熙载的五个不同动作，五头牛的五个不同形态，你观察得很细致，分析得很准确。爸爸妈妈也从你的细致观察、准确分析中，升华了对这两幅伟大作品的认识。”

他们还认真观看了被专家确认是晋代真迹的三希帖之一《伯远帖》以及晋代王羲之的行书《上虞帖》、唐代欧阳询的行书《仲尼梦奠帖》、唐代孙过庭的草书《千字文》、唐代颜真卿的行书《湖州帖》、唐代怀素的草书《苦笋帖》、唐摹《王羲之一门书翰卷》、北宋米芾的行书《多景楼册》、元代赵孟頫的行书《秋兴赋》等，还认真观看了中国画中迄今存世最古的画卷隋代的《游春图》以及唐代阎立本的《步辇图》、唐代周昉的《簪花仕女图》、五代董源的《潇湘图》、五代卫贤的《高士图》、北宋李公麟的《临韦偃放牧图》、南宋李唐的《采薇图》、元代吴镇的《渔父图》、元代倪瓒的《渔庄秋霁图》、元代王蒙的《青卞隐居图》、元代王冕的《墨梅图》、元代黄公望的《天池石壁图》等。

路宁说："今后恐怕不会再有这么灿烂辉煌的书画展了。《清明上河图》《韩熙载夜宴图》《五牛图》《步辇图》《簪花仕女图》《潇湘图》《鸭头丸帖》等都是珠峰级（最高峰）的国宝，《伯远帖》《游春图》等都是太古字级（最古老）的国宝。譬如，王献之在中国书法史上的主要贡献，一是创造了行草体字体，二是创造了'一笔书'笔法，《鸭头丸帖》是同时体现这两大创造的最主要代表作。在中国书法史上，行草体与'一笔书'的完美结合，从《鸭头丸帖》开始；之后的另一个高峰，就是唐代怀素狂草体与'一笔书'完美结合的《自叙帖》了，该帖现藏台北'故宫博物院'。再譬如，董源在中国绘画史上的主要贡献是创造了皴笔画法，'董源皴笔'在中国绘画史上具有划时代意义，从此解决了中国水墨画的'归真'问题。《潇湘图》则是'董源皴笔'的最主要代表作，亦是中国水墨画'归真'的神圣奠基之作。如此众多的顶级国宝同一个时间在同一个空间展出，从确保文物安全的角度来说是不可取的。作为普通公民，几乎可以肯定地说，我们获得了绝无仅有的一次集中饱览中国书画顶级国宝的机会。"

远方说："这真要感谢妈妈。"

宁澜高兴地说："我要好人做到底。先介绍给你们精神食粮，再介绍给你们物质食粮。我请你们父子品尝上海南翔小笼包和上海功德林蘑菇素浇面，然后再去上海第一食品商店买六碗个大馅多的上海八宝饭带回家。"

在父母的熏陶下，儿子养成了踏古探胜的习惯，安阳殷墟、西安碑林、北京军博等国家级爱国主义教育基地，都有他一个人探寻的身影。上学期间乃至毕业后，他都完全具备到发达国家学习乃至工作的条件，但孩子坚定地对父母表示："我不出国上学和工作，我就要在国内上学和工作。"

天躬地自茵！

十五

古运河岸六月风，
林茂秧新荷微红。
麻鸭爪出莹水外，
文台隐入碧丘丛。

焖嫩鹅，
烹龙虾，
秦邮啤酒鲜黄瓜。
当时之肴当地酒，
古驿好客遗风犹。

路宁下派到秦邮县的一个乡镇，担任乡党委副书记。到达秦邮的当天，他怀着轻松的心情，以填词的形式，写出《鹧鸪天·到秦邮》，记录下了当天的美好经历。

秦邮，秦代中央政府在此建邮驿，为传送命令书信的使者提供食宿等，古驿今已成为全国重点文物保护单位。秦邮是北宋著名词人秦观的故乡，秦观因写出“两情若是久长时，又岂在朝朝暮暮”的千古名句而万世流芳。秦邮文游台因历史上宋词豪放派主要代表苏轼与宋词婉约派主要代表秦观相约在此对酌论词而成为著名的“豪放婉约同辉圣地”。京杭大运河穿秦邮而过，矗立于秦邮段内大运河中小洲上的唐代方塔，是整个京杭大运河水系惟一的唐代标志性建筑，夕阳晚照下矗立着唐代方塔的运河景色，已成为京杭大运河的标志性画面。秦邮湖是中国著名的淡水湖，生长于秦邮湖中的秦邮麻鸭是中国食品中的著名品牌，秦邮麻鸭所产的双黄蛋，为中国食品一绝。

秦邮湖的晚霞景色打动人心。落向天边的太阳渐渐现出越来越红的色彩，微微波动着的湖面上映出了两只太阳的影子。难道这“双日晚浴”的奇景，是秦邮湖著名麻鸭双黄蛋的成因之一吗？湖面上一条渔船上的一对年轻夫妻还在劳作着，妻子立在船尾把着舵，丈夫立在船头收着撒在湖中的渔网，不断拽出水面的渔网中，不时出现被网住的活蹦乱跳的青鱼、鲢鱼、鳊鱼、白鱼，挂在网边的还有湖虾、螃蟹。一位年轻妇女摇着一条小船向岸边划去，小船的左、右、后方水面上，成队形地长长排列着数百只在湖中觅食后晚归的秦邮麻鸭。湖的上空出现了一批接着一批有力地振着翅膀飞向岸边芦苇荡的野鸭群，它们俯冲到芦苇荡附近纷纷滑向水面，欢快地扑腾着翅膀游入芦苇荡。东升的月亮出现了，与西沉的太阳一起，在秦邮湖上空形成了日月双挂天边的壮丽景观。

20 世纪 80 年代的中国农村，农民的生活一般还是自给自足的。

农家有田、地、菜园子。

先说说田地。毛泽东词有“分田分地真忙”句，将田与地分别表述，说明中国人民的领袖真懂农村。在中国南方，田是整片的，一般在凹处，水分足，又称“水田”，种粮为主，如种植水稻、小麦等。地是零碎的，不拘凸凹处，一般水分少或曰半干旱，又称“旱地”，种油料作物、杂粮为主，如种植大豆、芝麻、红薯、土豆、玉米等。长江流域一带适种油菜，但油菜与小麦都是越冬作物，播种、收获时间很接近，油菜是秋季播种，次年 5 月收获，小麦是深秋或初冬播种，次年 5 月底 6 月初收获。因此，当年用于种小麦的田当年就不能种油菜，同样，当年用于种油菜的田当年就不能种小麦。当“水田”中的稻子收割后，可以根据需要选择播下麦种或者播种油菜籽。好在长江流域的气候湿润，“旱地”只要提供适量水分，也可以种油菜，这在一定程度上缓解了小麦与油菜争“水田”的矛盾。池塘对于农家是非常重要的，所谓水乡，标志之一是池塘多，池塘的主要功能之一是能够常年取其水灌溉田地。

一般五六户农家合养一两头水牛，用于这五六户农家耕田耕地。他们在一处适当位置建起牛舍，按每家分田人口一人一天轮流负责放养耕牛。

介绍秦邮地区的田地，不能不介绍垛田。秦邮地处东部江淮之间的里下河地区。里下河地区是呈扁而浅状的约 1. 35 万平方公里的碟形水网洼地。“水网之中，垒土成垛，垛上种田”，在里下河水网中用水里泥沙整齐堆出的块块田地称为垛田。宛如辽阔水面中无数绿岛的里下河垛田，是中国农业文化遗产和世界农业文化遗产。每到春季，被大面积水网纵横割开的无数垛田中盛开的金色油菜花，构成了中外闻名的“里下河垛田奇景”。乘小舟行于蜿蜒的水面上观赏垛田油菜花，仿佛进入了人间仙境。

再说说农家菜园子。菜园子一般在农家的房前屋后，主要种自家食用的蔬菜，如青菜、韭菜、包菜、毛豆、四季豆、豇豆、扁豆、冬瓜、南瓜、丝瓜、黄瓜、西红柿、青椒、茄子、莴苣、菠菜、白菜、萝卜、葱、姜等，一年四季，农家都有菜可种、可吃。池塘可以种植莲藕、菱角等（池塘中的淤泥厚些，有利于莲藕、菱角的生长），也算是菜园子的一部分。

一般农家一年养两口猪就够全年食用了。端午或中秋宰一口猪，留二三十斤猪肉自家食用，其余猪肉卖出得一些现钱；腊月宰一口猪，少部分春节期间新鲜食用，大部分腌制成腊肉来年长年食用。养两口猪的好处是不浪费饲料且猪长膘快。养一口猪时，喂猪的饲料常常因猪挑食剩下变质而浪费，猪因挑食长膘也比较慢。养两口猪时，猪争着吃食，喂猪的饲料一扫而光，一点都不浪费，且两口猪争食，长膘都快，有利于养出大肥猪。路宁就饶有兴趣地观赏过双猪争食的憨态：两口猪都争先恐后地将嘴鼻没入食槽，含起滴着淘米水的整片大白菜帮子，昂首大嚼，迅速吞咽。

一般每个农户家庭都养着一群鸡。有池塘的农户，还养着鸭及鱼虾。鸭喜欢跟鸡在一起觅食、活动，只是不时需要下池塘畅游一番。一个农户家养四五只母鸡和四五只母鸭，家里的鸡蛋、鸭蛋就足够食用了。养鹅有池塘更好，无池塘也行，只要有地方让其觅食青草就行了。江淮以南的大地常年绿色，所以养鹅的也多。

这样，一个农户家庭的主粮、杂粮、食用油、蔬菜、荤菜等食品问题，就基本解决了。

多数农家的院落里都有井，农户用井水做饭菜、烧开水。少数没有井的农户，就从池塘中挑水倒入自家大水缸里，在水缸中加入明矾过滤出清水，用于做饭菜、烧开水。做饭菜、烧开水所用的能源，主要是杂树枝、干树叶及自家田地中的稻秆、麦秆、油菜秆等，还有沼气。

路宁看到过一幅农村自给自足的生动景象。刚到秦邮不久，走村串户中，一个盛夏的中午，路宁从一户农家出来，看到这家的牛、羊、猪、狗、猫、鸡、鸭、鹅等动物，在门前一棵大树的茂密树荫下，和睦相处，集体休闲纳凉。

路宁发现，农村的劳动妇女，有着可爱的共性。她们大多勤劳、整洁、善良、灵巧。受气时，几天内便消瘦下来，脸蛋呈暗黄色；舒心时，数日后便丰腴起来，脸蛋现微红色。她们朴实单纯、干活麻利，最怕别人说自己懒惰邋遢。你公平待她，她一定用诚实劳动回报。农村的男子汉们，普遍话不多，但明白事理，你公道待他，他一定认真尽到自己的职责。

路宁所在乡的党委书记是一位朴实的中年基层领导干部。乡党委书记曾经是农业技术员，做著名农业科学家的助手，将自己所在的乡镇建设成为全省先进的农业科研基地。他有着中等壮实的身材，黑黝黝的皮肤，外衣袖永远上卷着，裤腿也经常上卷着。走进乡党委书记的办公室，就见门侧墙壁上挂着一顶草帽和一件雨衣，办公椅旁的墙边，放着一双高筒雨鞋。路宁笑着说:“你还真是典型的农村基层领导干部形象。”乡党委书记笑着答:“这样随时到村尤其是随时下田方便。”乡党委书记的工作作风，就像田野里的庄稼，朴实无华，给人希望。他尊重上级机关派来挂职的同志，分工路宁协助乡党委书记的全面工作。他对路宁说:“你先调查研究一段时间，然后确定想抓什么工作，解决什么问题，我会支持你。”

路宁经过近二十天的调查研究，感觉针对突出问题，有三项工作在下派期间应能抓出成果。一是抓多种经营发展；二是树一个先进典型；三是建一个乡镇水厂。他将自己的调研思考向乡党委书记做了认真汇报。乡党委书记说:“没有重点就没有事业。你通过调查研究，确定了自己在下派期间的三项重点工作，思路不错。其中建一个乡镇水厂是难点，主要难在缺乏资金。但难点就是闪光点。你努力干吧，我会全力支持你。”

路宁下派所在乡是农业大乡，在水稻生产上有多项国家、省、市级的科研成果。存在的问题是，该乡尚没有充分利用地处里下河水网地区这一优越的自然条件大力发展多种经营。经乡党委、乡政府同意，路宁代拟的乡党委、乡政府关于大力发展多种经营的意见印发，他率领一个工作班子，逐一解决了资金支持、技术保障、销售渠道、利益分配等主要问题，该乡由农业大乡时代迈向农业大乡与多种经营大乡并举时代的历史转折开始了。

真正富民还是要靠实体经济。路宁下派所在乡有几个村的实体经济比较发达，村民平均富裕程度在全乡遥遥领先。经过对这几个村的领导班子建设、产业发展后劲、三产协调发展、共同富裕程度、村庄现代化建设等综合要素反复对比，路宁确定，其中一个先进村的经验比较全面，可以作为向全乡推广的典型。该村党支部书记梁萍是一位三十五岁的女同志。她在带出一个先进村之前，曾带出一个浪子，有一个使“浪子回头金不换”的故事。梁萍十九周岁那年，嫁给了该村一位当社办企业驾驶员的男青年。这位男青年是梁萍的中学同学，梁萍是班级团支部副书记，学校文艺骨干，分管班级文体活动，她后来的丈夫是班级文体委员，学校体育骨干。阴之美，阳之力，都算得上是班级中的佼佼者。两人在共同组织班级文体活动的过程中产生了感情。中学毕业后两人都回乡务农。结婚时男方家为儿子结婚盖房欠了债务，讲好了由当社办企业驾驶员的男青年结婚后自己还。于是梁萍从一嫁进夫家起，就同丈夫一起背上了债务。梁萍承担了小家庭的全部农活，春耕春播，夏收夏种，秋季采摘收割，冬季农田基本建设，终年劳累。丈夫常年驾车在外走南闯北，不慎染上吃喝嫖赌的毛病。结婚后第一年忙了一年回家，只给家里带回不到一百元钱。这点钱，连应付最基本的家庭开支和还债务的利息都不够。梁萍火了，坚决要跟丈夫离婚，丈夫不想跟她离婚，到公社主管部门办理离婚手续时，丈夫说忘了带户口簿，结果夫妻俩又回家一起过。由于丈夫吃喝嫖赌样样来，把家里折腾得实在是太穷了。梁萍二十周岁生孩子时，丈夫没舍得花钱送她到医院生产。在家里，丈夫和婆婆守在梁萍身边，一个劲地要她自己用力，梁萍躺在床上自己使了两个黑夜一个白天的劲，其间数次以为自己要大便，下床慢慢挪动到院里坑挖得很深的茅厕蹲着，却排不出便来，无助而又难受的梁萍一个劲哭着。二十周岁的女孩子第一次生孩子不懂得，那其实是要生产的感觉。幸好没有在坑挖得很深的茅厕蹲着时生下孩子，否则，生下的孩子掉入深坑，不是摔坏，也被淹了。经过两个黑夜一个白天的长时间折磨，梁萍感到自己快不行了，求生的本能促使她用最后的一点力气爬下床跪在地上，对着丈夫和婆婆虚弱无力地哭求：“救救我，救救我呀。我刚二十岁，不想死啊。”在满地的鲜血中，丈夫和婆婆将刚露出头来的婴儿硬拽了出来。儿子呱呱坠地的刹那，梁萍浑身似筛子剧烈抖着，意识完全丧失，昏迷了过去。丈夫目睹了妻子在死亡线上生孩子的全过程后，沉默了一段日子，幡然悔悟了。他对妻子说：“梁萍，过去我把挣来的钱几乎都花在了吃喝嫖赌上，你生孩子都没舍得花钱送你到医院，我太缺德了。你念老同学的感情还跟我过，我起誓，从现在起，我一辈子都要对得起你。”从此后，丈夫几乎将全部挣到的钱都交给妻子，不久，家里还清了债务。渐渐地，家境也初步殷实起来。孩子培养得很好，在学校成绩一直在所在年级名列前茅。改革开放后，梁萍的丈夫干起了个体运输业，发挥聪明才智，很快发家致富。梁萍很早就担任了村妇女组织主任，后来担任了村党支部书记，在丈夫包括经济方面的鼎力支持下，带领全村成为发展比较全面的先进村。经乡党委讨论同意，路宁代拟的乡党委关于开展学习先进村党支部活动的决定印发。县委认为这个先进村的经验在全县具有普遍意义，派员进一步深入总结该村经验后，以县委名义印发了在全县开展向该先进村党支部学习活动的决定。

路宁在到乡任党委副书记之初开展调查研究时，该乡文教助理曾在一次调研会上汇报说：“我们乡的乡级中学饮用水源严重污染。该中学地处乡医院下游，与医院共用一条小河流的水。乡医院的医疗污水都排入这条小河流中，下游的乡中学师生饮用的就是从医院经过的小河流的水。每年冬季都是该中学出现伤寒病例的高峰期，去年冬天该中学有近二十名师生得了伤寒病，其中有两位女学生不治而亡。水源污染是伤寒病菌传播的主要原因。冬季枯水季节，小河流中的水少且流速慢甚至不流动，造成越来越多的伤寒病菌聚积，是伤寒病菌传播的主要时间段。”路宁当时听了心灵受到强烈震动。

乡文教助理是一位刚毕业三年的女大学生，很有朝气和正义感，有一股天不怕地不怕的劲头，她对路宁说：“我已向有关方面正式呼吁了三次，希望彻底解决乡中学的饮用水源问题。得到的答复都是‘先抓好学校内部防控吧。暂时还不具备彻底解决问题的条件’。”

她可能感觉路宁大学毕业比自己早不了几年，充其量也就是一个“学长”，无非是到基层“镀金”一下，因此，毫无顾忌地带着挑战口吻问路宁：“你也会回答‘暂不具备解决条件’之类的话吗？”

路宁对同时代的大学生之间的平等交流早已习惯，他也迎战似的反问：“你希望我怎么回答？”

姑娘一愣，脸一下红了起来，她勇敢地看着路宁，大声回道：“我当然希望你能回答‘我一定尽快解决问题’。”

路宁内心很赞赏这位有责任感和使命感的姑娘，他落地有声地回答：“虽然我还要请示，但我一定认真学习你这种有强烈责任感和使命感的精神。我负责地回答你，一定尽快彻底解决不卫生饮用水源问题。”

当晚在宿舍，路宁一气呵成了《七律·带职当有东坡心》：

伤寒死夺两千金，
污水饮入百体痉。
事大莫过佑生命，
带职当有东坡心。
击案挺身任都督，
群策群力扭惰习。
精算立断决一战，
七一万户浊水清。

路宁立志学习宋代苏东坡在徐州、杭州任职时治水的精神，在自己下派工作期间建成所在乡的自来水厂。

经乡党委、乡政府决定，成立了乡自来水厂建设工作小组。工作小组四位成员为：乡党委副书记路宁、副乡长陈岩、乡文教助理史娟、乡财政所所长柏明。这个工作班子的成员全部由恢复高考后入学的大学毕业生构成，他们拥有共同语言，富有战斗精神，没有官僚习气，充满欢声笑语。工作小组的四名成员似乎都有一个共同感觉，仿佛是回到了大学时代从事充满激情的学生会工作。

按照分工，乡党委副书记路宁全权组织协调乡自来水厂建设工作。乡财政所所长柏明负责筹款，筹款难度比较大，路宁亲自带着柏明等工作人员在两周内走遍本乡的乡、村所有单位和企业，基本筹足了建设乡自来水厂所需的款项。副乡长陈岩负责自来水厂选址论证、设计施工工作，包括建筑材料、水厂设备、自来水管道采购工作，进展也比较顺利。乡文教助理史娟负责抓好乡自来水厂建成前的学校内部饮用水安全保障工作。

从史娟反馈的信息看，由于往年冬季伤寒流行的阴影，学校师生对冬季枯水季节饮用水安全还是心有余悸。

路宁协调乡政府增拨了一部分学校内部饮用水安全保障资金给史娟；又带着史娟到县卫生防疫部门争取到防病防疫技术支持。做妥这一切后，路宁决定到乡中学驻点一段时间：一来对农村教育状况实地考察一下，二来与乡中学师生同吃同住以稳定人心。

在乡中学，路宁组织并参加了学校冬季运动会；组织并参加了学校师生文艺联欢活动；组织了乡机关工作人员与学校教师的排球比赛；组织了乡机关工作人员与学校师生的元旦、春节联欢。他一日三餐到学校食堂凭饭菜票吃学校伙房做的饭菜；他在课堂听课、在办公室找人谈话、在调研会会场、在宿舍喝的都是从学校锅炉房打来的开水。

资金技术保障加同吃同住示范，初步防止了伤寒流行，有效稳定了师生人心。

乡自来水厂建设四人工作小组是苦中有乐的集体。

副乡长陈岩夫妻都是秦邮人。记得一个大雪纷飞的晚上到他家聚餐，他妻子烹调的青菜烧河蚌、昂刺鱼茨菇汤、麻鸭炖老藕等用里下河、秦邮湖食材配制的菜肴，撩人胃口，暖人心肠。

财政所所长柏明是广陵人。记得一个薄雾微雨的早晨四人聚会早茶，他在乡政府所在地的运河边小街道上一处粉墙黛瓦老店中，找一张吱吱呀呀四腿不稳的靠窗旧桌，几人落座赏着窗外运河上游雾飘雨中的行舟，泡上四杯新绿茶、点上一荤一素各一笼大蒸饺，雨中淮扬早茶的气氛，幽思久远，令人难忘。

乡文教助理史娟说："晚上有空，我找在乡中学当老师的我的几个女同学来陪你们几个男子汉跳舞。"

路宁笑着说："跳舞可以，但要在节日联欢会上跳。"

陈岩关心地说："路书记下派在农村，白天工作忙，晚上一个人很孤独。现在到处都跳舞，有什么要紧。晚上史娟请几位女老师来乡政府，我们大家一起跳舞。"

路宁摇摇头："《贞观政要》记载着魏征对唐太宗讲的一段关于'自制'的话。

"第一句讲贤者与愚者的共同点：'嗜欲喜怒之情，贤愚皆同'。开宗明义，讲贤人与愚人的天性是相同的。食、色，性也；喜、怒，常情。在天性方面，贤者与愚者没什么区别。

"第二句讲贤者与愚者的区别点：'贤者能节之，不使过度；愚者纵之，多至失所'。贤与愚的区别在于：贤者对人的天性能够加以科学节制，'不使过度'，这个度就是当时的国家法律、道德规范、修养要求。而愚者则放纵人的天性，即'愚者纵之'，大多都失去或超过了所应把握的度，违反当时的国家法律、道德规范、修养要求，也就是'多至失所’。

“第三句讲怎样成为贤者：‘常能自制，以保克终之美’。据《辞海》解释，‘常’字有三种意义：一曰经常；二曰永久；三曰平常、常态、习以为常。‘常能自制’中的‘常’字，这三种意义都含有，是一步一步升华的。何为贤者？就是在自我节制方面，第一步经常化，第二步永久化，第三步成为习以为常的本色。做到‘常能自制’，就能‘以保克终之美’。

“我们就从自制跳舞做起吧。节日联欢会上跳。”

应当提及一个淡淡的美好记忆。

路宁在乡中学驻点一周后，这天傍晚在学校食堂吃晚饭时，史娟发现路宁只是拨拉着饭盒里的饭菜，几乎没有吃。她仔细看了看路宁，发现路宁气色很不好。

史娟轻声问：“不舒服？”

路宁回答：“有一点儿。”

“到医院去看看？”史娟关心地提醒。

“先回宿舍吧。”路宁说着有点吃力地站了起来。

回宿舍的路上，路宁听见了校园围墙外的绵羊叫声。他抬头望去，在天边泛着红色的夕阳下，校园围墙外不远处满覆着金黄色秋草的高坡上，一户农家院落紧闭着两扇木门。一公一母两只大绵羊带着四五只绒色雪白的小绵羊，拥挤在院落门前的青石阶上，紧贴着院落紧闭着的两扇木门，一齐昂首向着家门“咩——咩——咩——”地呼唤。

“它们想回家了。”因发烧而浑身虚汗、走路有些头重脚轻的路宁，心灵被深深触动。

这幅大自然的杰作——《晚霞里的归羊》的动人情景，永远清晰地留在了路宁的脑海。

回到学校临时给路宁住的办公室兼卧室后，路宁无力地躺在床上。

史娟用手掌心轻轻抚摸着路宁的额头，说：“在发烧，头还挺烫的。”

“你带药了吗？”史娟问。

“没有。”路宁答。

“目前正值冬季枯水季节，是伤寒病菌传播的主要时间段。你可能不适应乡中学的饮用水，染上轻度伤寒了。我到乡医院去一趟。”史娟说。

“不要惊动其他人。否则人心又要乱。”路宁嘱咐。

“放心，我会悄悄的。这几年我处理过一些乡中学师生的伤寒病例，知道要什么药。”

史娟说毕，急步走出去。

天完全黑下来后，史娟从乡医院回来了。

她站在床头，轻轻扶起发着高烧、流着虚汗的路宁。

路宁吃下了药，轻声说道：“史娟，谢谢你。”

在昏暗的灯光下，史娟看见，不知什么原因，身体虚弱、冷得发抖的路宁眼中闪着泪花。史娟有些动情：“路书记，你为我们建水厂，吃苦了。”

路宁吃过药，昏昏沉沉睡着了。半夜醒来，看见史娟坐在他的床脚处，侧身伏在床架上。路宁坐起来，将自己的棉大衣盖在史娟身上。史娟转过身来，大大的眼睛看着路宁。路宁发现，史娟是那么的美丽动人。

“你找陈乡长来陪我就可以了。”

“你说过的，不要惊动其他人。”

由于史娟及时对症下药和精心照料，也由于路宁体质比较好，伤寒没有发作起来。除了史娟，谁也不知道路宁的这次病情。

乡自来水厂“七一”前夕建成时，路宁下派结束时间已到，就要回省级机关了。

乡自来水厂工作小组四名成员一起在乡电影院观看了正在本乡上映的经典故事片《罗马假日》。影片的大致经过是：男女主人公经历了相互怀疑时刻、共同紧张时刻、一起欢乐时刻，最后分别了。

电影散场时，走在路宁身边的史娟轻声说：“看来我们也像《罗马假日》的结局一样。”

路宁微笑着，声音不高地回应：“有人说过，比喻总有缺陷。但我们共抗伤寒建水厂的美好经历，永远难忘！”

路宁后来从秦邮的实践总结工作方法：“抓工作似下围棋。开局阶段：部署控制战略要点；中盘阶段：全力夺得取胜大势；收官阶段：精心确保全局完胜。”

美好的世界由旺盛的生命力创造。旺盛的生命力，来自阳光、雨露的哺育；也来自严寒、酷暑的磨砺；更来自永远根植于肥沃的大地。

路宁下派秦邮期间还有一个重要收获，就是结识了一位求学不倦、笃行不止的良师益友，他叫卓平。卓平也是新中国的第一代孩子。他是江东市一所著名大学的系党总支书记，下派挂职县委副书记。路宁是省级机关下派秦邮工作近二十名干部的召集人。这样，就县里工作而言，这位良师益友是路宁的领导；就下派管理而言，路宁是这位良师益友的领导。县城距路宁下派乡镇不远，这位思路清晰、温文尔雅的良师益友，一有空就乘坐着县委分配给他的吉普，来到路宁宿舍，两位心存高远、不近世俗的年轻人，总是兴致甚浓地在海阔天高的谈话中，认真交流着学问与思考，真知灼见常现，相互启迪不断。下派结束后，他们一直保持着相互求教的真诚友谊。每年相约见面一两次，每次都涉猎多方面学问的思考与交流，少则畅谈半天，多则畅谈一天。两人都觉得，这样深蕴学问、经验与思考的无拘无束的畅谈，既有益于当时工作思路的拓展，更有益于科学思想方法的升华。后来这位良师益友担任了一个省辖市的主官，在任上，他果断决策，力付实施，将历史上住在黄浦江边的梅兰芳、住在濠河边的张謇一直希望长江上一桥飞架使沪通相连的宏伟梦想，变成了壮丽现实。卓平任省辖市委书记时，一次两人相见畅谈，卓平说：“1988 年离开秦邮时，县委、县政府赠给每位下派干部的陶瓷匾额《事茗图》意境真好——山水之间，读书品茗。我一直留着，工作累了时，看看这幅陶瓷匾额画，头脑能放松不少。你还留着吗？”路宁回答：“挂在家中卧室阳台上。我从明代唐寅这幅代表作中引申出的思考是：读书如品茗，或者说读书与品茗道理同一——有幽居山水之间的淡泊心态，才能读出书中之精灵，品出茗内之神韵。精灵与神韵既得，虽山水之间亦必出峰峦飞瀑。”卓平笑着点题：“引申得很深刻　以山水之心，兴峦瀑之业。与《事茗图》的中描草庐、左绘峰峦、右画飞瀑的意境很贴切啊。”卓平任省领导班子成员分管宗教工作时，一次两人相见，畅谈起 2008 年在长干寺地宫中发现的佛顶真骨。卓平说：“据史籍记载，世界各地有八万四千座佛塔供奉佛骨舍利，而佛顶真骨舍利目前世界上仅南京长干寺地宫一处发现。因此被海内外宗教界尊称为‘佛塔之王’。佛教起源于南亚，兴盛于东亚。从历史事实看，佛教比较有利于社会稳定。”路宁记得这位良师益友在省领导岗位上分管统一战线工作时，有一次相见畅谈，送给路宁一本中共党史出版社出版的《朱理治传》：“这是我任市委书记的地区产生的一位人物。毛主席和中共中央、中央红军到达陕北前及到达陕北时，这位传主是中共中央派在陕北地区的最高领导。和这位传主相比，刘志丹了不起的贡献是了解陕北实际情况，采取了实事求是的统一战线政策，团结了许多阶层，因此保存了当时全国仅有的一块革命根据地。”路宁说：“你做统一战线工作，就研究中共统一战线工作的典范人物刘志丹。这种将工作过程当成科学研究过程的方法，很值得我认真学习。”路宁退休后，两人仍然定期交流，保持着追求学问与思考不止的习惯与真诚的友谊。宁澜评价丈夫：“一生交友极慎，个个都有质量。”

十六

宁澜被派到阳澄县，担任了阳澄县委副书记。

宁澜后来总结自己在阳澄县工作两年的经验，说自己主要是学到了三个方面的知识：一是保护中国古文化主要是保护江南古镇方面的知识；二是农业现代化方面的知识；三是中国特色社会主义现代化道路方面的知识。

1984 年，见过列宁的美国哈默博士访问中国时，赠送给中国党和国家领导的一幅中国画家的油画作品《我的故乡》，画面上的江南水乡景色就采自阳澄湖畔的古镇。从此古镇名扬四海，成为中国江南水乡的典型代表。如何将保持江南水乡古韵与改善当地村民居住条件完美结合？宁澜作为分管外事旅游工作的领导，参与了不断解决这一难题的有益实践。

宁澜在分管外事旅游工作期间，为了突出本地区旅游特点，科学利用江南水乡旅游资源，同时实现发展旅游事业与保护文化资源、改善居民生活“三结合”推进，她深入江南水乡古镇驻点调研。

清晨晓雾中，宁澜站在桥栏雕着莲花、桥墩雕着龙首的古石桥上，欣赏着流淌过古镇的小河流两旁临水而建的粉墙黛瓦古民居。朝霞映红东方天空的时候，面向小河流的古民居后门接二连三开启了，从圆型、菱型、长方型后门中走出的婆婆、媳妇们，挎一两篮衣物、食材，沿自家用青石条建起的小码头石阶而下，蹲在河流边临水石阶上，在小河流中清洗衣物和食材。小河流不到十米宽，同岸左右邻居家的小码头也仅相距十米左右，于是，隔岸对门邻居、同岸左右邻居的婆婆、媳妇们，便在不停的欢声笑语中熟练地浣洗。

宁澜走过古石桥，来到古镇中心的十字路口，在楠木斑驳的牌坊下，沿车辙痕深的青石街，古巷中早晨的集市正红火。活蹦乱跳的鱼，扑腾乱叫的禽，刚宰杀不久还带着温热的猪、羊、牛肉，各种新鲜的豆制品，还有各种时令蔬菜和水果深受赶集买菜的古镇居民欢迎。

宁澜随游人乘坐着小舟，听着水乡摇橹姑娘哼唱着江南小曲，赏着水乡两岸居民生火做饭、吆喝生意、打牌下棋、品茗闲聊的日常生活。每当小舟过古石拱桥之前，舟中游人从古石拱桥的桥孔中看前方，仿佛是一幅天然而成的绝美中国画——古石拱桥桥孔恰似一副古老而神奇的画框，框入了石拱桥孔前方弯曲着的小河流及在小河流中行进着的小舟，框入了小河流两岸建筑形态各异的古色古香的民居，还框入了更远处古桥、古树的依稀身影。

下雨了。小舟停靠在阿婆茶馆的古老码头。宁澜随游人离船，从码头拾阶来到阿婆茶馆的宝瓶型后门，进入茶馆后坐在临古巷的小木格子玻璃窗前，品着一盏透着恬馨、冒着热气的春茗，看着窗外哗哗落雨中的古巷，在雕梁画栋、勾心斗角的两三米宽的古建筑走廊中，两位背着书包的高挑漂亮女学生，共打着一把色彩鲜艳的雨伞，仙飘一般地行走在浇上雨水后显得更加光亮、凹凸不平、弯弯曲曲的古青石街上。

宁澜在驻点调研中发现，水乡古镇一天中每个时段的景色各有千秋。清晨朝霞中，白鹭在穿过古镇的小河流上空盘旋。落日余晖里，古镇楼阁身影倒映在小河流静静的水面。中秋节的圆月下，临水的古镇戏台上好戏连台，除了戏台前小广场上看戏的人群满满的，戏台前方小河流中点着渔火的小舟上，戏台两旁民居及戏台前方隔水民居亮着灯光的窗口前，都晃动着看戏人的身影。

冬日的水乡古镇，厚厚的白雪覆盖在老屋顶、小舟篷和古桥栏上。老屋门前、小舟檐下、古桥头上高挂着大红灯笼，烹调节日美食的诱人香味从各家各户飘散出来，这一切，共同烘托出江南水乡古镇居民过大年的喜庆祥和。

在深入调研的基础上，宁澜提出了“进行顶层设计，发展旅游事业、保护文化资源、改善居民生活‘三结合’，协同推进江南水乡古镇旅游业”的建议。作为分管领导，她提的一个重要而具体的建议是，应当请城乡规划学、风景园林学排名全国高校学科前列的上海同济大学的专家组进行顶层设计。但她深知，这不是一茬人就能够解决的难题，这是一个永远需要不断完善的实践过程。

高效农业是人多地少的江南地区发展农业的惟一出路，而高效农业就是现代化农业。宁澜作为协管外向型经济工作的领导，率队到农业强国加拿大学习现代化农业经验。不断扩大经营规模的家庭农场、以信息化为主要特征的精准农业、高度区域化和专业化的农业产业化生产、重视科研和环保的可持续农业，她从加拿大带回了世界一流的农业现代化经验。具体成果之一是从加拿大等发达国家引进现代农业投资、现代农业科技、现代农业管理，在全国较早地建设起了集现代农庄、精准农业、产业化生产、可持续发展于一身的观光农业。以当地的特色花卉、湖滨渔蔬、古镇民俗为资源，逐步发展成为新型农业与新型旅游业相结合的观光农业示范基地。中国古代伟大科学家祖冲之曾在阳澄湖畔为官一任，阳澄湖地区应当走在中国现代化前列。

阳澄湖地区有中国第一个“实现全面小康县”，是中国特色社会主义现代化之路的一个缩影，具有全国影响。宁澜向中国第一个“实现全面小康县”的开拓者们近距离地学得了解放思想、勇于创新、不断进取的精神。

带着对江南水乡的美好记忆，宁澜回到省级机关后，写下了《忆江南》：

江南好，
柔雾黎明飘。
蓑衣绿水江鲜罩，
小裙青山碧茗挑，
春光小曲娇。

江南好，
古寺松槐茂。
碧螺清泉悠悠品，
素面野菇津津逍，
夏雨享林涛。

江南好，
金橘漫山瞭。

沙家浜中芦飞雪，
阳澄湖里蟹满膏，
秋风桂子骄。

江南好，
瑞雪妆古桥。
玲园年灯古今照，
画舫岁笛久远邀，
阿婆茶馆到。

江南好，
水乡愈富饶。
流水小桥旧景秀，
城市现代新貌妖，
科苑古园交。

十七

路宁和宁澜在下派基层锻炼中成长，他俩的孩子远方也在成长。这不，都能比爸爸妈妈高出一筹地改动爸爸妈妈的作品了。

这里摘录江东出版社出版的《求索集》“后记”中的一段，就能看到曾经作诗批评父亲“说才不是才”的小远方的惊人进步了。

> 《求索集》第二版书稿交付江东出版社前，两位作者共同疼爱的一个虎头虎脑的近十五岁的少年，阅读了部分书稿，在与作者的讨论、辩论中，提出了六条意见：
>
> 第一，《帝王为何惩功臣》中的“惩”字不妥，因为并不是所有的帝王都惩罚功臣的。但可能所有帝王的心理都有点惧怕功臣，最好改一个字，改成《帝王为何惧功臣》。
>
> 第二，《陆地·海洋·天空》中的“天”字最好改为“太”，因为这一部分写的是航天的事。应改为《陆地·海洋·太空》。还有，此文中一处称“加加林号”飞船不准确，应为“东方号”飞船。是

加加林乘坐“东方号”飞船，第一个冲出地球的。

第三，曹操、曹丕去世后，曹氏家族腐败了，若不是司马懿夺了曹氏的权，魏国可能就要败给孙刘联盟了。（作者根据这位小读者的这个精彩思想，进一步修改了《司马懿的持久战略》。）

第四，《功大于过的人》说马谡功大于过，一部分人可能不同意。恐怕需要把道理写详细些、写清楚些。（这个意见很重要。作者根据这个意见，进一步修改了《功大于过的人》，但可能仍有欠妥之处。）

第五，《地球人类探索宇宙的根本目的》一文说，将来要适应在其他各文明星球长期生活的需要，改造到那里去居住的地球人的身体构造。这不全面，还必须写要改造其他文明星球，使之适应地球人生活的需要。（作者根据这条意见，对该文进行了必要补充。）

第六，我最喜欢《求索集》中的一篇文章——《不要失去了锐气》。这篇文章中“登山”那一节，写得蛮有意思。

《不要失去了锐气》中“登山”一节原文如下：

锐气的“天敌”是惰性，在追求事业的征途上，惰性会频频发难。犹如登山，在山的面前会有人怕累不愿攀登，登山途中又会不断有人嫌累停下，登上山顶后躺倒不再前行的人更多，真正能一个山峰接一个山峰地攀登下去的人，是不多见的。一个人，如果能在锐气与惰性经常发生的搏斗中常使锐气居于上风，他的翻山越岭的脚步就不会停止，就能征服一座又一座山峰，就有希望登上风光无限的最高峰。

远方小小年纪，就能一下子准确抓住爸爸妈妈所著《求索集》全书的核心思想和最高境界。

惊人的进步还在继续着。2008 年远方出版了第一部长篇小说《剑舞江湖》，2010 年远方出版了第二部长篇小说《梦中国度》。从古到今、从武到文，小说都涉猎了。

远方说自己的文学创作原则是：“取自然之灵动千姿，法大道之刚柔万化。”

他还说：“我认为，自然的完美，人世的缺陷，这是产生永恒作品的两大源泉。李白诗篇的灿烂，受启于自然的完美；莎士比亚剧作的辉煌，感触于人世的缺陷。我在创作两部小说时，尽可能地展示了自然的完美、人世的缺陷。”

男孩子喜欢研究战争。他在写现代战争小说时善于活用古典。他说：“诗中有战法。杜甫的《前出塞·九首之六》云：‘挽弓当挽强，用箭当用长。射人先射马，擒贼先擒王。’这首诗，对我们进行现代战争的作战准备，具有很强的战略和战术指导意义。‘挽弓当挽强’可以理解为‘死击’。挽强弓是为了死击敌人。打击敌人必须实施雷霆重击，一定要置敌于死地。并且，如果敌人知道对手有‘挽强弓’置其于死地的能力，也就不敢把战争强加给对手了。‘用箭当用长’可以理解为‘点穴’。用长箭是为了打击敌人纵深。打击敌人必须具备毁灭其最重要的纵深战略目标的能力，这最令敌彻底胆寒。‘射人先射马’可以理解为‘去威’。先射马是为了使敌人失去利器。战端一开，必须首先打掉强敌的关键设施，使其在装备上不具备压倒性优势。‘擒贼先擒王’可以理解为‘斩首’。先擒王是为了使敌人不战自乱。战争全过程必须高度重视使用‘斩首’战术，力争使敌人各级指挥系统陷入严重混乱甚至瘫痪。如何进行现代战争的作战准备，从中国‘诗圣’那里获得的启示是：死击、点穴、去威、斩首。”

路宁在看儿子《梦中国度》校样时，对小说中的几处提出了修改建议。儿子没有完全采纳父亲的建议。他说：“个别地方我有意虚化。完整与残缺都有至美。譬如：托尔斯泰的《战争与和平》之完整，曹雪芹的《红楼梦》之残缺；张择端的《清明上河图》之完整，黄公望的《富春山居图》之残缺；罗丹的《思想者》之完整，米洛的《维纳斯》之残缺。我有意在小说中留 点残缺。”

爸爸妈妈在写小说方面成了儿子的徒弟——直到 2017 年，才出版了第一部长篇小说。

在儿子的小说中，永远善良与不懈奋斗，是男主人公的基本特点；不论是主宰命运还是被命运主宰都继续搏击，是女主人公的基本特点。

儿子的小说写得非常感人。譬如《剑舞江湖》中“永别”一节：

“庄泉艳的青色锦袍已经被敌人划开无数裂口，鲜血几乎浸透了锦袍的每一寸布料，身体里的血将要流尽，她露出了浅浅的笑容，遥祝在她掩护下已经远去的身负重伤的三师弟：‘三师弟，再见了。你一定会恢复的，但师姐真的要先走了……我们还会有来生吗？如果有，我想永远不离开你的身边……永远啊。’心里这样想着，眼前仿佛又看见了与三师弟在七星堂的每一个阳光灿烂的日子。默默地，她拉开那只三师弟送给她的焰火筒的引信，将它抛向空中，那绚烂无比的青色花朵盛开在明月下，凄美动人并充满着哀怨缠绵。她永远地倒下了……”

宁澜和路宁每读到这里，眼眶内都满含着泪水。

儿子的小说又写得非常诙谐。譬如《梦中国度》中“租房”一节：

“县委将我和清清两名选调生分配到开发区。我是小伙子，清清是大姑娘，都是单身。开发区领导为节约经费，几经会议，制定了租一小套两室一厅房子给我与清清合住的方案。郁闷的清清发短信给我：‘开发区领导对解放思想的落实，总是在令人意想不到的地方’。”

宁澜和路宁每读到这里，都会捧腹大笑。

儿子说他在小说中对清清所言“开发区领导对解放思想的落实，总是在令人意想不到的地方”的“总是”，描写得不够。儿子小说中没写出的开发区领导“令人意想不到的”“解放思想”还在继续着。开发区主要领导易人了。新接任的开发区主要领导否决了小伙子与大姑娘合租一小套两室一厅房子的方案。不是因为他不“解放思想”，而是因为他有更“令人意想不到的”“解放思想”——他一眼就看上了清清，决计不让别的男士有机会近距离接触他盯上的“猎物”。接任后，他马不停蹄地带着清清到国内外的名胜之地“考察项目”。不久，他与自己的妻子离婚了，还算有恻隐之心，将原配和已经上小学的女儿留在了原来的住房里。自己娶了清清，住进了手中握有的更好的住房。

正如儿子所言：写小说时“个别地方我有意虚化。完整与残缺都有至美。”

第三章　向远方

十八

机要员送来一摞人民来信，并附一张当天的日历，这张日历的记事栏中写着：“请路宁了解并提出处理意见。”日历上的签字者是前些年处理了路宁所在处处长的路宁所在单位的主要领导。

这批人民来信反映的是在一个国有企业中，党委书记与厂长之间的矛盾由来已久，已经到了十分尖锐、不可调和的程度，严重影响了该企业的发展。其中一些来信站在厂长立场上揭发书记问题，另一些来信站在书记立场上揭发厂长问题。

路宁接受任务后，仔细研究了全部来信，列出了来信中反映的所有问题，并针对其中必须彻底弄清楚的几个主要问题，详细制定了调查方案。两天后，路宁带着配合他工作的同事，心中有数地来到了需要解决问题的企业。

经过与领导班子每一位成员个别谈话，经过找所有知情者了解情况，经过查阅全部相关档案资料，经过对关键问题充分取证，路宁弄清了主要问题，明确了党委书记及厂长的各自责任。

但究竟如何解决问题，路宁陷入了反复权衡考虑的过程。

这由三个主要原因造成。第一，就责任而言，党委书记承担的责任相对多些，厂长承担的责任相对少些。第二，由于书记与厂长在该企业的时间都比较长，在领导班子成员和中层干部中客观上已形成“书记帮”和“厂长帮”.从以往处理类似问题的经验看，若只调走一个，容易引出这一帮“胜”、那一帮“败”的争论，该单位还是稳定不下来。第三，也是最使路宁头疼的，客观上该企业的上级主要领导欣赏该企业的党委书记，而该企业的厂长则是路宁所在单位主要领导的亲戚。路宁经过反复权衡考虑，在调走书记、调走厂长、都不调走、都调走四个解决办法中，最后还是下定决心选择了书记、厂长都调走的解决方案。

最后的结果是这样的：

该企业的上级主要领导在听完调查报告后语藏深意地对路宁说:“我仔细听了你所讲的每一个字。我对解决方案没有异议。”他在请路宁吃饭时，多喝了几杯酒后说:“请你回单位后报告主要领导，我对上级机关的公正，感到满意。”

此事处理完毕后约半个月，路宁单位的机要员又给路宁送来了一摞人民来信，还是附着一张当天的日历，这张日历的记事栏中写着:“这些表扬信请路宁一阅。”日历上的签名者还是路宁所在单位的主要领导。路宁认真阅读了这些表扬信，核心是感谢上级领导机关派来的同志，公正解决了长期拖而不决的问题，有力促进了该企业的发展。

路宁有些感动。

使路宁感动的主要原因并不是因为收到了表扬信——身为领导机关的国家公务员，奉命解决基层单位存在的问题是他应当履行的职责。使路宁感动的主要原因，是遇到了一位代表国家公正履职的优秀领导干部。这位首长是新中国成立初期培养出的大学生。路宁理解，首长把表扬信批给路宁看，是一种鼓励性的暗示：不要有任何担心，我肯定你的作为。

从此在路宁心目中，以这位首长为榜样，代表国家公正履职，成为一生不懈的追求和坚守。

首长是一位对知识、对工作的掌握都要求精确的人。首长在“求精确”方面的示范影响、严格要求，对路宁一生正面影响很大。

路宁出版过书名为“永恒之笔”的中共党史军史专著，同事们喜欢听他讲党史军史故事。一次出差路上，坐在面包车上的路宁应邀讲开了党史军史故事。路宁清楚地记得，在他讲党史军史故事的过程中，首长插话修正了他讲述中使用的一个概念。当讲到“全国刚解放不久美帝国主义就发动了侵略朝鲜的战争”时，首长插话修正道:“大陆刚解放不久美帝国主义就发动了侵略朝鲜的战争。”“全国”与“大陆”两字之差，反映了对知识掌握的精确性上的差距。

一次为核实一位主要领导干部在现岗上是否存在“大额挪用会议经费”问题，路宁将该领导干部任现职期间由他召集的所有会议的经费使用情况都认真检查了一遍，确定不存在“大额挪用会议经费”问题。听汇报时首长说:“路宁已经很认真了。但还不能完全否定这个问题。因为他是主要领导干部，权力很大，即使不是由他召集的会议的经费使用，从理论上说，他也可以行使权力干预。”首长嘱咐:“路宁，在汇报材料上写明‘在其召集的会议的经费使用上不存在大额挪用会议经费问题。’”

当然，首长对路宁工作的“求精确”或曰“不马虎”特点及由此导致的较高工作质量，在实践上是充分肯定的。一次，一个地区推荐了一名主要领导干部人选。路宁经过细致考察发现，该人选的孩子在该人选负责的地区有利用该人选影响力的严重走私行为。首长听取路宁汇报后果断要求查处，惩治了这“一窝子”腐败分子。另一次，评选全国性表彰对象。三位同志分别筛选人员、组织材料。首长听取汇报后，全部采纳了路宁提出的人选建议。首长说：工作质量最怕比较。相较而言，路宁负责的推荐工作，建议人选更能体现精选要求，表彰材料更能体现精当特点。

首长在这次会议上谈兴很浓：“有一个规律性现象，对哪件事情精心组织，这件事情成功的把握就比较大。精心组织，就是将无序变为有序，将粗糙变为精细，将混沌变为清晰。清晰的思想，来源于对问题透彻的理解。在人的一生中，精心组织的事情越多，成功的事情也就越多。人生失败的基本原因，是对重要事情精心组织不够。

“不要做‘平日夸口千人有，临阵成功一个无’的人。

“什么是能力？能力就是在需要的时候，能够解决需要解决的难题。

“什么是威信？威信就是能够多次在需要的时候，解决需要解决的难题。”

路宁永远将首长的一段话作为座右铭：“做好一件事情的要诀是，全神贯注地沉浸其中，直到经过周密思考后认为，所有的要点已无遗漏，重要的细节已经完善。”

十九

宁澜带着工作小组，奉命来到因“撤乡并镇”工作做得有些粗糙，引发了个别乡镇公共秩序陷入混乱局面的地区。

她乘车来到离混乱现场很近的地方。看到的是几辆执行公务的车辆被掀翻在地上。在宁澜到达该地区之前，有关机关曾几次派员要拖走这几辆被掀翻在地的执行公务的车辆，都遭村民阻扰。为避免发生流血事件，公务人员只能暂时离开现场。不远处的村庄路口有人在把守着，村庄里还扣押了几名公务人员。当下任何公务人员都难以进村庄，因为面临着遭扣押的危险。当地乡、县的上级政府派来的工作小组已经开展工作十几天了，仍然丝毫没有制止住个别乡镇公共秩序严重混乱的局面。情况的复杂性在于：当地政府说服不了村民，也不能动用强制手段。因为毕竟事发于村民对政府行为的不理解，且尚没有出现打死人等犯罪行为。

宁澜听取了当地政府及工作小组的情况汇报，又尽可能找了一些比较深入了解具体情况的人员进行了详细询问。情况基本弄清，主要问题基本找到：

一是对领导干部强调纪律不严肃。少数领导干部对已确定的“撤乡并镇”后乡镇政府新址所在地有不满情绪，譬如不满意乡镇政府新址所在地不在自己老家所在的乡镇，并将这种不满情绪散布到自己老家所在乡镇的村民中，是引发个别乡镇公共秩序混乱的重要原因。

二是处理突发事件缺乏法治思维。前一段当地政府及工作小组只是一味强调村民必须服从政府决策，而没有按有关法规处理问题。于是陷入了政府强调村民必须服从政府决策、村民强调政府决策不正确的各执己见、没有交集的窘境，脱离了按有关法规处理问题的科学途径。

宁澜果断采取了两项措施：

一是严肃纪律。召开领导干部会议，十分严肃地强调：在当前个别乡镇公共秩序陷入严重混乱状态的情况下，是否煽动、纵容、支持破坏公共秩序，决定一名领导干部是否立即失去担任领导干部的资格。

二是依法治乱。立即针对本次事件中出现的违纪违法行为，简明扼要地按党纪国法有针对性地分别整理出处分、处罚、刑法的有关规定，分送到公共秩序陷入混乱乡镇的全体成年人手中。

两大措施显示了作用：领导干部在大是大非面前不愿失去担任领导干部的资格；党员及村民都清楚了自己行为的底线。

宁澜率工作小组到达后的第三天，清理混乱现场的工作开始了。公务人员拖走被掀翻车辆的行动没有再受阻扰。清理混乱现场后，公务人员重新入村入户开展工作也没有再受阻扰。局面开始稳定下来。

公共秩序失控局面结束不久，随着政策的完善，该地区的“撤乡并镇”工作终于完成了。

当地几级政府从先前十几天处置未果和宁澜来后三天平定混乱局面的事实对比中，感激和敬佩宁澜。宁澜完成任务回省城后，当地几级主要领导先后数次到机关来看望宁澜，他们真心诚意地说：“高层很关注这件事情的处理，我们压力很大。你指导我们迅速平定了已经持续了一段时间的混乱局面，我们是真心感激和敬佩你。”

宁澜也实实在在地说：“我处理这件事情掌握的原则其实很简单：依法治国，敬畏法律。只说‘政府要求你们怎么做’的时代已经过去了。”

来看望宁澜的当地领导同志说：“你在实践中引导了我们治理方式的重大转变——按法治社会要求进行治理，即由权威治国转变为依法治国。”

宁澜说:“法治社会的基本内涵是依法治国、敬畏法律。所谓依法治国、敬畏法律，就是任何人、任何组织都必须遵守法定行为规范，违背法定行为规范必受追究。党的各级组织和国家各级机关、共产党员和国家公务员尤其是领导干部，应当是依法治国、敬畏法律的示范者。但从实际情况看，不论是共产党员、领导干部、国家公务员还是普通群众，依法治国、敬畏法律的四大基本要素——学习法律、熟悉法律、遵守法律、运用法律，两大基本要求——必须遵守法定行为规范、违背法定行为规范必究，都做得远远不够。”

来看望宁澜的当地领导同志说:“你概括的依法治国、敬畏法律的四大基本要素、两大基本要求，对我们具有可操作的现实指导意义。对照依法治国、敬畏法律的四大基本要素、两大基本要求，我们有了方向，但同时挺汗颜的。”

宁澜作了一首新体诗，总结自己处置突发事件的工作方法，取名《无畏与谨慎》：

谨慎，
无畏中的周密，
开创中的稳妥。
谨慎，
在登险途中
寻找
坚实支凭。
只有
不坠深渊，
才能
登临峰顶。

二十

如何科学处理工作和生活中必然遇到的几个基本问题，是宁澜和路宁经常认真探讨的。在认真探讨中，夫妻俩的认识不断升华、愈趋科学，在指导这对伉俪的实践中，取得良好效果。

如何教育孩子？夫妻俩在探讨中形成的最基本共识就是：“引而不发，跃如也。”“引”是自身模范带头、提供必要帮助、适时正确指导的“三结合”之引；“不发”是尊重孩子的天赋，不强迫孩子的具体事业选项；“跃如也”是只要能准确发现孩子天赋并加以“三结合”地正确引导的，不用强迫，孩子也会用自己的力量对准目标、箭穿靶心。儿子在父母的影响下，立志著书，先后出版两部小说；立志从政，考入国家公务员队伍，在基层锻炼几年后，被选到省级机关从事宏观经济工作。一天晚上，宁澜和路宁看中央电视台《动物世界》节目，其中有几组让他们印象深刻的镜头：小老虎的父母教小老虎捕获猎物，小老虎认真地学习着；小老虎渐渐长大，基本可以独立生活了，小老虎的父母要小老虎离开它们独立生活，小老虎不肯离开，一次又一次回到父母身边，父母坚决地让小老虎离开了；几年后，一只年轻雄壮的大老虎来到父母身边，亲切地亲吻着父母。宁澜感动地作了一首《七绝·虎育吟》：

虎教子女击获才，
爱是为了能离开。
忍心厉砺远行去，
经年虎王山中来。

事业发展的正道怎么走？一次夫妻俩在宽阔的明城墙上散步，宁澜一边欣赏着前方的钟山胜景，一边对丈夫说着自己的体会：“不虚伪则人信赖；不怠政则无乱象；不极端则有和谐；不伸手则敢出手；不废学则能引众。握‘品、勤、能、廉、识’五要素者，事业大体安然前行也。”“另外，作为女性领导干部，不黏糊则无绯闻。人类的眼睛很厉害，不黏糊对于女性领导干部赢得身后名非常重要。”路宁笑着搂住妻子的肩膀：“对丈夫可要除外。”路宁继续对妻子说：“我感觉你的从政经历体现了基础战、持久战的功力。基础战靠厚培本领，厚养资历，关键在循正而行；持久战靠咬定目标，不骄不馁，关键在始终冷静。基础战的循正而行，持久战的始终冷静，你做得都比较好。”

宁澜亲切地对丈夫说：“我感觉你追求事业的思路比较独特，能分享一下精髓之处吗？”

路宁答：“精髓有两条：其一，不硬撞力有不逮的顽石；其二，不浪费人生途中的闲时。”

路宁敬重的那位首长，被中央调到其他省担任了主官。

接替者到部里一干近十年，后来因严重违纪违法受到了党纪国法的严厉制裁。此人得意时，在一次完成公务后设“庆功宴”，宴会上此人一通言论后，各餐桌人员几乎全数奔到他面前“答谢”，四五桌几十人中惟有一张餐桌上的三个人未起身去“答谢”——路宁和两位曾与路宁一同处理过复杂问题、了解和佩服路宁品德和才干的基层地区部门主要领导同志。他俩起身后，看路宁坐在那里没动，也都又坐了下来。后来成为刑事罪犯的那个人注意到了这三个人，他不屑一顾地甩掉了身边众多的殷勤者，冲出重围来到了路宁等三人面前，手中晃着一只空杯，阴阳怪气地说：“你们不过去，我过来敬你们酒。”与路宁同餐桌的两位基层地区部门主要领导同志是有骨气的，他们见来者持空杯“敬酒”，便只喝了半杯；路宁更厉害，他见来者这么目中无人，便当着来者面将杯中酒全部倒入烟灰缸，举着空杯子往唇边送了一下。后来成为刑事罪犯的那个人见状愣了一下，说：“我记住了。”后来成为刑事罪犯的那个人悻悻走后，两位基层地区部门主要领导同志对路宁说：“我们感到自己够有骨气了，与你路宁一比，还差得很远。”这两位领导同志当中，有一位领导同志姓曲名明。一次路宁到曲明工作所在地区考察一名拟任县长人选。这位地区组织部门主要负责同志告诉路宁：“这个人选是你们处的处长打电话要求我们上报的。我们了解了一下，并不是上级组织的正式意见。我们觉得不符合程序。但你们处是管地区干部的，我们考虑到工作关系和个人感情，不好驳回。”路宁一听就明白了，就是自己工作所在处室的那位在主持座谈会时打电话谈生意的“商人”处长打来的电话。他不动声色地认真考察了该人选，发现了其行贿受贿问题，果断以考察组名义建议否定了这个人选。从此路宁在这个地区威信树起。另一位领导同志姓黄名元。他是一位很有思想的领导者。黄元曾对路宁说：“我当过铁道兵，在幽暗的山洞里开凿了十年。因此，我特别珍惜阳光。”他将一生的学习和实践心得，用心血汇聚成四卷本“阳光系列”著作。每一卷出版后，黄元都题上洒脱的字赠路宁收藏。路宁对黄元题词印象深刻：“阳光是温暖的帮助，阳光是生活的希望。我们今天所处的环境，决不会见不到一缕阳光。常年在山洞里的人，最珍惜每一缕阳光。”路宁从黄元“阳光系列”著作中得到的最大启示是：从曾经的磨难中走出的经历，教会了我们用阳光的心态对付现在的磨难。这个启示对路宁当时所面临的环境，有很强的针对性和指导意义。后来成为刑事罪犯的那个人此前至少有两条“精彩语录”，给路宁留下了抹不去的不良印象。该人对自己的评价是:“共产主义，那是以后的事情。我就是一个现实主义者。”该人对自己执意要提拔的人员，说服大家的理由是:“人，都是有缺点的。”于是部内人员明白了：第一，主要领导是一个现实主义者；第二，主要领导要提拔什么人大家都不要再提意见了。因为，“人，都是有缺点的。”这位官大一些的后来的刑事罪犯，特别喜欢三种“有缺点”的人：供其钱财的富人，供其玩弄的女人，供其使唤的谀吏。他后来就彻底“栽”在这三种人身上。

这位官大一些的后来的刑事罪犯，喜欢部内一位官小一些的后来的刑事罪犯。这位官小一些的后来的刑事罪犯得意时做不妥事，亦遇到了路宁的硬撞。一次，这位官小一些的后来的刑事罪犯拿一张近万元的发票，叫他的两位丈二和尚摸不着头脑的年轻下级在发票上经手人一栏中填上了他们俩的名字，再由这位官小一些的后来的刑事罪犯在批准人一栏中签上了自己的名字，吩咐两位丈二和尚摸不着头脑的年轻下级去会计室报销。两位丈二和尚摸不着头脑的年轻下级有些害怕，便拿着发票来到他们的另一个上级路宁的办公室，向路宁说明了情况，请求领导帮助。路宁想了想，觉得还是替两位年轻下级解难比较好，就说:“把发票放在我这儿吧。就说我不同意报销。”两位年轻同志长舒一口气离开了路宁办公室。这位官小一些的后来的刑事罪犯一怒之下向那位官大一些的后来的刑事罪犯控告路宁闹不团结。不久，那位官大一些的后来的刑事罪犯将这位官小一些的后来的刑事罪犯提拔担任了基层地区部门主要负责人。不久，这位官小一些的后来的刑事罪犯因严重受贿罪受到了法律的严厉制裁。

贪者鲜有不淫。那位官大一些的后来的刑事罪犯，长期拥有着年轻的情妇。那位官小一些的后来的刑事罪犯，似乎是患有不可抑制的见色起淫症状。与他跳过舞的女同事说“他就像一个把持不住自己的低等动物”;被他侮辱过的女性深有同感:“他非常直白地告诉你，跟他做完事，就为你办事。”此人整日无精打采，精力全不在工作、学习上，一次上级机关来省里调查研究时，他在调研会上的即兴发言，被上级机关来人批评是“满嘴境外语言”。一次他在外单位执行公务时，参加该单位组织的舞会，在灯光暗淡的舞池中跳舞时把持不住自己，对舞伴上下其手，被年轻的异性舞伴告发，组织上要求他中止执行任务返回单位。正是此事发生后不久，那位官大一些的后来的刑事罪犯用“人，都是有缺点的”托辞，将这位官小一些的后来的刑事罪犯提拔担任了一个地区的部门主要负责人。

不过在大小两位部门正职部长因严重受贿罪受到《刑法》严厉制裁前，路宁也因硬撞大小两块力有不逮的顽石，得到了人生途中的闲时。

宁澜说:“我想起来了。这两条精髓体现在你写的两首诗词中。精髓之一似乎体现在你写的《七绝·青藤韧》中：

山中花草纷繁坡，
大千世界魔力多。
杂芜难除寻常事，
青藤韧力谁堪卓。”

宁澜接着说:“你的意思大概是大千世界万物纷繁，有青藤必有杂芜。青藤存在的主要作用不是铲除杂芜，而是证明杂芜就是杂芜。如同莎士比亚所说，当凭一己之力没有能力扫除垃圾时，不要轻易搅动垃圾，以免熏了自己。顽石、杂芜、垃圾，在这里都是指凭一己之力改变不了的社会陋习面。当我们改造整个社会的陋习力有不逮时，当一根维系社会进步的强有力的青藤就成为使命。碎顽石、除杂芜、扫垃圾要靠组织的力量。个人的力量能成为青藤，就已经是为祖国和人类贡献的一生了。”

路宁回答:“当社会风气不好时，我是坐定莲花，不论云卷云舒，花开花落，抱定循正而行、一以贯之的宗旨。虽有不成大业之憾，然绝无临头大难之忧。其实，‘出淤泥而不染，濯清涟而不妖’，不仅是高尚品质，更是出色智慧。”

宁澜对路宁说:“我长期近距离观察，你有一个显著的优点，能够在事业上遇到比较大的困难和阻力时，将别人牢骚太盛、放荡形骸的时间，专注地用在读书、思考、写作上。”

路宁说:“爱妻的表扬使我感到很温暖。还想听一听你对我追求事业思路精髓之二的评价。”

宁澜关注、支持、熟悉丈夫的事业:“精髓之二似乎体现在你写的《摸鱼儿·闲赋》中：

阳春原野记花期，
万蕊千卉次第。
夏日大海迎浪头，
仰在沙滩神怡。
秋登山，
尽领略，
无际金赤辉煌曲。
隆冬风雪，
往北国深处，
呼气成冰，
冰粘须与领。

闲可贵。
张弓射日力疲，
弛怀能量重蓄。
发展全面多情趣，
常藉悠悠涓滴。
清静日，
思潮涌，
创业精灵歇中聚。
不见前贤，
虽困苦艰难，
一旦得闲，
文章千古炬。”

“你的意思很清楚，人生得闲是一件幸事。伟大作品都在得闲中产生。人生有成与一事无成的玄机之别，在于是否浪费得闲的时间。”

如何处理好与领导班子其他成员的关系？推而广之，如何处理好与同事的关系？

宁澜的经验是，作为一个组织的主要负责人，科学的领导方法应当是：适当地让自己不舒服、不尽兴。

人的本能意愿，往往趋向追求完全的舒服、完全的尽兴。其实，完全的舒服和完全的尽兴，必定带来负面作用。规律表明，在一个组织里，当一个主要负责人感到自己完全舒服、完全尽兴时，往往就是别人感到非常不舒服、非常不尽兴的时候。当一个人感到自己不完全舒服、不完全尽兴时，往往就是别人感到比较舒服、比较尽兴的时候。

科学的领导方法是：通过适当地让自己不舒服、不尽兴，而让别人比较舒服、比较尽兴。或者说，科学节制自己的舒服、尽兴，是有利于大家的舒服、尽兴的，从而是有利于团结合作、事业有成的。

当然，节制与放任是不同的：因为有必须坚持的部分，才叫做节制；若无必须坚持的部分，就叫做放任了。组织的团结，事业的成功，不会来自毫无节制的"由己"或放任自流的"由他"，只能来自科学坚持与科学节制的辩证统一。

科学坚持与科学节制的辩证统一，就是科学地按平衡规律办事，就能长久保持一个组织的强大生命力。

宁澜很会照顾老人。"文革"中宁澜的父母双双被造反派批斗并强迫劳动改造，从事在荒石岗上挖坑栽树等繁重体力劳动。每天天亮前，宁澜都不让人发现，挑一担水送上荒石岗，为天亮后来挖坑栽树的父母减轻一些繁重劳务，然后才去上学。宁澜父母在困难时刻为有这样的好女儿心里得到很大安慰。宁澜与路宁结婚后，一个夏日夜晚，婆婆心脏有些不适。宁澜立即要路宁打电话叫救护车，同时自己立即提高空调制冷度数，又迅速将正对着的南屋窗与北屋窗打开，形成空气对流。婆婆说躺着难受，想坐起来，宁澜就缓缓扶婆婆半坐起来。救护车到达时，婆婆的病情已经缓解。宁澜在救护车中陪护着婆婆，救护车鸣着救护笛向医院疾驶。遇到红灯，救护车没有停下，迎着红灯行驶过去；遇到车堵，救护车没有停下，驶上对面机动车道，对面机动车道上行驶着的车辆都自觉让着反道行驶的救护车。闯红灯行驶、反车道行驶，是执行任务时鸣着救护笛的救护车的交通特权。医院进行治疗处置后将病人转入病区住院，宁澜为婆婆请了护理工。宁澜白天上班，晚上在医院病房陪护着婆婆，直到婆婆安然出院。事后宁澜对路宁说："一般情况下，家人突发病情时，不论是否需要送医院，都要做到三条：一要提供舒适温度；二要形成空气对流；三要尊重病人要求。做到这三条，有利于病人突发病情的缓解。"如何处理好与长辈老人的关系？一次宁澜在服装店为公公婆婆挑选服装，陪在一旁的路宁对妻子说自己的想法："一是不气老人。不将自己的意志强加给老人，慢慢引导渐失自理能力的老人服从子女符合法律的管理。二是不弃老人。为老人生活舒适、安全有靠提供实实在在的保障。三是不替老人。不包办老人所有事情，使老人生活在自由空间。”宁澜说：“不受气则有乐趣，不担心则有底气，不包办则有活力。有乐趣，有底气，有活力，何愁不长寿?”路宁的父母、宁澜的公婆都年近九十，还健康快乐地生活着。

如何处理好夫妻关系？一个夏日，路宁和宁澜往江东湖赏荷。夏雨中，荷花盛开。有的荷花，似被淋得满身雨珠的窈窕少女正扬手含羞遮面；有的荷花，似健美俊俏的姑娘在风雨中热情旋舞；有的荷花，似幸福的丰腴少妇半卧在翠伞下悠闲地听雨；有的荷花，似疲惫的慈爱母亲一往深情地注视着尖尖小蕊雨中初绽；还有的荷花，恰似点缀着天赐甘露从九重云端下凡碧波荡漾湖水中的圣洁莲花坛。荷花，是纯洁和智慧的象征。看着湖中硕放的并蒂莲，两口子触景生情，在探讨中共同归纳了三个“决不”：一曰决不提不尊重配偶事业的要求；二曰决不迫配偶做有损尊严的事情；三曰决不使配偶感到家庭没有内在力量。相互尊重事业、相互维护尊严、相互凝聚动力的伉俪，一定家庭幸福，事业有成，天长地久。另外，原谅配偶的一般性短处。这方面，宁澜做得尤其好。路宁生活能力比较差。譬如，一辈子不会给孩子换尿布。宁澜生孩子后的一个冬日晚上，孩子尿湿了尿布哭闹，路宁不会换尿布，正在洗澡的宁澜赶紧光着身体从浴室过来帮忙。卧室不大，取暖炉置在屋中央，宁澜只顾着弯腰给孩子换尿布，一不小心臀部碰到取暖炉温度非常高的管道（俗称烟囱）上，“滋”的一声，臀部被烫去一层皮，许多年后疤痕才渐渐化去。再譬如，路宁一辈子不会宰杀家禽。一次宁澜买了一只老母鸡，因办公厅有急事加班没来得及宰杀，便留条要路宁下班回来后宰鸡煨汤。宁澜加班完毕回家进门一看，路宁坐在小板凳上对着活鸡发傻，宁澜问：“怎么了?”路宁答：“杀鸡有些难度。”还有就是，关键时刻关心到位。还在路宁与宁澜恋爱期间的 1984 年 5 月，路宁到苏州出差，住在市政府西美巷招待所。西美巷是一条离苏州古城中心观前街不远的旧青石路小巷，小巷里旧青石路两边的明清民居保存得很好，还散布着古井。对苏州人来说，西美巷的最重要意义，是坐落着“况公祠”，那是古代苏州百姓为他们所爱戴的明代宣德年间到任苏州知府的况钟而建。况钟在苏州知府任上十三年，为苏州百姓“减重赋、平冤狱”，昆剧《十五贯》表现的就是况钟在苏州知府任上平冤狱的故事。

1956年毛泽东主席在中南海观看并赞赏了昆剧《十五贯》，中国古老的剧种昆曲因一部颂扬清官况钟的《十五贯》而再生辉煌。人们永远记着越剧《红楼梦》中饰贾宝玉的徐玉兰和饰林黛玉的王文娟，同时也应当永远记着昆剧《十五贯》中饰况钟的周传瑛和饰娄阿鼠的王传淞。新中国成立后，前二人使越曲再生辉煌，后二人使昆曲再生辉煌。西美巷“况公祠”原为五显庙，况钟曾在该址读书会客。苏州市政府招待所设在西美巷，有传承人民爱戴的苏州知府况钟待客古韵之意乎？路宁住在西美巷招待所新楼403室。夜里23时38分发生了地震。三分钟后，招待所总机转来宁澜从江东市打来的电话：“江东市有轻微感觉的地震，你那里情况如何？”路宁回答：“苏州有较强震感。”“你最好暂时离开楼房到空地上去。”宁澜关心地要求。为了表达对宁澜意见的尊重，路宁回答：“好。我这就离开楼房。”他放下电话，来到招待所空地上，看见不少住在招待所的人都离开房间来到这里。四十五分钟后，在一切都显得平静下来时，路宁回到房间。电话铃声又响起。路宁在电话中向宁澜介绍了自己经历的地震情况：“我在熟睡中被床的连续晃动惊醒，看见床头柜上的台灯在不停摇动，整个楼房也在明显抖动。较剧烈的震感持续了五六秒钟，之后停了十秒钟左右，又有持续近一分钟的不太剧烈的震感，最后又剧烈震了四五秒钟。这次地震给人的感觉是两头剧烈，中间轻微。我还是有生以来第一次在现实中对地震产生了紧张情绪，在楼房抖动中离开床走到窗口往下看了看，四层楼高，没敢往下跳。现在地震已经过去，安全了。”第二天早晨，中央人民广播电台新闻节目播出：5月21日23时38分，上海以东180公里海面上，发生5.8级地震……长期生活在一起，夫妻之间总会有矛盾。路宁和宁澜找到了成功处理这一问题的万能钥匙，用宁澜的话说就是“心里真正想着对方”。还是那次江东湖雨中赏荷时，宁澜和路宁看着两只喜鹊从并蒂莲上掠过，显着幸福神情的宁澜说：“处理好夫妻关系的核心，是心里要真正想着对方。夫妻双方的心中都要以社会公德、职业道德、家庭美德为天平，在没有矛盾时不要主动制造矛盾，在产生矛盾时要主动化解矛盾。譬如，当我们俩之间产生矛盾时，我的做法是从来都克制自己，不使矛盾升级；你的做法是总能找到台阶，及时化解矛盾。女性的一般特点是爱唠唠叨叨，男性的一般特点是大男子主义。当产生矛盾时，我总能克制自己，你总能主动缓和，这在女性和男性中是比较明显的优点。其实夫妻长久恩爱并不难，只要心里真的想着对方，就不会主动制造矛盾，就会主动化解矛盾，于是家庭也就和睦了。”路宁将撑起的雨伞悄悄地侧向着宁澜，自己的左肩暴露在雨中，他带着赞赏的口吻对爱妻说：“你表述的处理夫妻矛盾的原则，可以提炼成四句口诀：以‘三德’为天平，有对方在心中。无矛盾不制造，有矛盾善化解。”

如何处理好子女成家后的几对家庭关系？在几次三个家庭的聚会后，路宁与宁澜逐渐形成了一致看法：基本原则应当是保持独立与提供帮助的结合。第一，要保持儿子与儿媳家庭、儿媳父母家庭、儿子父母家庭这三个家庭的各自独立性，不将自己的意志强加给其他家庭。这是长期和睦的基本保证。第二，要知道孩子家庭的困难主要是什么，提供保证孩子家庭常态运行的帮助。这是后代兴旺的基本保证。宁澜说：“前人处理家庭问题的科学方法，后人往往要很久以后才能领悟。前人不需要后人赞扬，只要后人领悟时继续按这些科学方法做就行了。”

当家庭需要家政服务时，处理好与家政服务工作者的关系十分重要。宁澜从三个方面着手。一是高度重视家政服务工作者的第一需求——挣钱养家防老。按合同或协议按时足额发工资是关键。并且，国家法定节假日只要家政服务工作者加班，一定按规定发足加班工资。还有，当家政服务工作者提供了比较优质的服务时，工资之外适当发一些奖金（譬如，在中秋节、春节适当发一些奖金）。另外，细节上注意，当经常使用手机布置家政服务工作者的工作时，适当发给家政服务工作者使用手机的费用。宁澜每年总计发给家政服务工作者的工资（不包括无偿提供的伙食费等。即用家政服务工作者的话说：“每年能够拿回家的纯收入”），约为全国居民年人均可支配收入的三倍，全国城镇居民年人均可支配收入的二倍，全国农村居民年人均可支配收入的六倍，全国农民工年均收入的二倍多。宁澜对路宁说：“我们要适应相对而言货物价格逐步走低、服务价格逐步走高的市场趋势，不吝啬在购买服务方面多花钱。其实就家庭总体支出而言，并没有多花很多钱，只是把购买货物节约下来的钱花在了购买服务上。”二是切实关心家政服务工作者。在选择身体健康的家政服务工作者的前提下，对家政服务工作者的休息、饮食、患常见病等，给予实质关心。譬如，依法保障休息权。按四时、日常之需，适当无偿提供一些衣物、日常生活用品及无偿帮助医治常见病等。在宁澜家的家政服务工作者因过去常年风来雨去地在田里干农活，患有比较严重的肩周炎，宁澜主动无偿地为她寻医开药，按医嘱长期为她在患处贴敷膏药，治愈了她比较严重的肩周炎。家政服务工作者在家提供服务时，与家人饮食一样；在医院陪护老人时，宁澜作了周到安排，工资之外，保证陪护工每天早餐有一瓶鲜牛奶、一只煮鸡蛋、一份配有或荤菜馅或素菜馅或豆沙等甜馅的主食；中餐一大荤、一半荤半素、一素、一汤的三菜一汤加主食；晚餐一半荤半素、一素、一汤的两菜一汤加主食；并保证每天有水果吃。三是平等尊重家政服务工作者。平等待人主要体现在：尊重家政服务工作者一切受法律保护的权利；带头认真履行、依法文明履行合同或协议（譬如，不布置家政服务工作者做合同或协议范围外的事情；善意地文明指出家政服务工作者未履行合同或协议的一般性欠缺）；认真听取、采纳家政服务工作者的合理化、专业化建议。宁澜、路宁家请的家政服务工作者，刚来时，人很消瘦，脸蛋呈暗灰色，在宁澜、路宁家渐渐丰腴起来，脸蛋开始白里透红。经常听说一些人家的家政服务工作者换了一个又一个，宁澜、路宁家的家政服务工作者，多年来从没换过。宁澜从理论高度对路宁道："人的基本要求是一样的。我就经常想，我希望工作单位能够尊重我的哪些最基本权利？对于家政服务工作者来说，服务对象就是她（他）的工作单位。任何单位都应当尊重职工的按劳取酬权、生命健康权、人格尊严权。工资足额、切实关心、平等尊重，做到这三条，家政服务工作者的心理就稳定了，就能够自觉提供良好的家政服务。当然，从优质的家政服务公司选择优秀的家政服务工作者，是一般前提。"路宁回道："使用家政服务工作者一方的第一需要，是解决足以影响家庭正常生活的劳力短缺问题；家政服务工作者一方的第一需要，是解决足以影响家庭正常生活的经济来源问题。双方按契约为对方的第一需要提供服务。从本质上看，就家政服务需要者与家政服务提供者双方的第一需要而言，双方处在平等互需的地位。"宁澜和路宁对家政服务工作者是心存感谢的。感谢她的辛勤劳动，使自己的家庭生活得以正常运转，使自己的工作事业得以正常进行。家政服务工作者对宁澜和路宁也心存感谢。印象很深的是一次春节过后，家政服务工作者从家乡农村带来 100 只新鲜的红壳鸡蛋："这是我妈用稻谷喂的散养母鸡下的蛋，我妈要我带给你们尝尝，比城里买的鸡蛋有营养多了。"

路宁写过一首《七绝·古智双绝》：

范蠡三徙当强时，
张良两居指弱处。
粗观时时非恰时，
细看处处是妙处。

宁澜要路宁对这首诗做一下注解。

路宁说："我作这首诗，是用来在哲思层面指导自己。普适性不大。‘范蠡三徙当强时’，是指范蠡在越国弱时徙越辅越王灭吴；灭吴后弃相徙齐国务农成为农业大户；成为农业大户后徙山东定陶经商成为巨贾。‘张良两居指弱处’，是指张良辅刘邦建汉后，不受封万户侯而求封与刘邦首次相遇地留（留为地名）为千户留侯；不求居京城任高官而求随赤松子浪迹天下。

"范蠡与张良是中国古代帝王首辅中居功至伟而又圆满善终的两个最杰出典型，被公认为中国古代最杰出的智者。范蠡的同事伍子胥、张良的同事韩信，居功至伟后，下场都不好。范蠡与张良之‘智’的核心，是对‘功业难舍我，权势易折我’的深刻理解、科学把握。

"‘功业难舍我’，体现的是绝世才华；‘权势易折我’，体现的是绝世明哲。

"因此我评价‘三徙’、‘两居’，‘粗观时时非恰时，细看处处是妙处’。"

二十一

路宁的体会是：如果一个团队中最难的事情由这个团队中的主要首长漂亮地解决，这个团队在这位主要首长的领导下既出优秀成果，又出优秀人才，还出优秀范式，这个团队就一定是富有战斗力的团队，这位首长就一定是富有魅力的首长。

路宁有独特的批评人的方式。他的批评方式是：当对部下的工作不太满意时，将自己认为应当如何解决这个问题的具体方法或者说具体研究成果告诉被批评者。譬如，对多数机关工作人员来说，起草出高质量的公文这道关卡很难通过。路宁开始批评部下了："优秀公文的标志是‘四个准确’：概念准确，数据准确，事实准确，叙述准确。概念准确，来自通过勤奋学习，准确掌握党的路线方针政策和国家法律法规，功夫在勤奋学习；数据准确，来自通过不断积累，及时掌握工作需要的各种数据，功夫在不断积累；事实准确，来自通过深入调查研究，对有关事实清楚了解，对其意义清晰理解，功夫在清楚了解事实，清晰理解意义，或者说功夫在锐意穷究；叙述准确，来自逻辑能力和精益求精，功夫在自我磨砺和敬业精神。请想一想，我们在勤奋学习、不断积累、锐意穷究、自我磨砺、敬业精神方面做得究竟怎样？功夫不负有心人，反过来说，功夫不赐无心人。”路宁的部下都喜欢记录路宁关于工作心得的话，通常接受批评后会开开心心地对路宁说：“领导，你今后多批评我们一点。你批评得越多，我们的思想方法、学习方法、工作方法就越有明显进步。”

当然，出优秀成果、优秀人才、优秀范式的前提，是这个团队中不能仅仅只有主要首长一个人才。路宁是幸运的。他领导的团队中，有一位才华横溢的年轻副手，姓金名涛，还有几位敬业、仔细的下级。根据团队特点，路宁大体分工如下：自己主要负责基础性工作；副手主要负责突击性工作。实践结果是：基础性工作是全国先进；突击性工作在全国是屡创经验。金涛的出色组织协调能力，为路宁省出许多深入思考工作和著作的时间；路宁的充分信任和尊重放手，使金涛成为路宁的又一位终身朋友。金涛后来成长为优秀的市厅级领导干部。路宁认为，其实自己就是认真落实了毛泽东主席关于做好领导工作的六字要求。路宁说：“我擅长深入思考，是为‘出主意’；我尊重出色人才，是为‘用干部’。”

路宁的团队，是战斗力极强的团队，又是生动活泼的团队。团队恰好是四男四女。路宁长期在自己办公室里自觉承担着本团队最沉重的任务——起草主要文件，很少到大办公室去。团队中的几位女士批评路宁不联系群众。金涛很严肃地说：“领导有重要问题要思考，有重要文件要起草，你们不要胡乱打扰领导。”路宁趁热打铁：“本团队男女同胞们在大办公室里紧密地团结在一起，大大提高了工作效率。我若常过来联系女同胞，深恐男同胞们不高兴。”团队中的男士们跟着起哄：“感谢领导把幸福都留给了我们。”团队成员哈哈大笑。调进省级机关要通过考试，路宁亲自为团队中由金涛负责借调来的几位同志迎考精心准备详细的复习提纲；几位外地同志调进后，路宁又认真帮助解决家属调宁工作问题。在路宁领导的几年里，团队工作满负荷，工作紧张时，团队简直到了男的蓬头垢面、女的披头散发的地步。一天晚上加班，路宁送起草好的文件到大办公室付印。一进大办公室门，看见团队的男士们因白天晚上连续工作而几乎个个蓬头垢面，团队的女士们晚上在家洗过澡后又被召回办公室加班，因来不及梳理头发而几乎个个披头散发。路宁打趣道:“大家跟着我干怎么个个都蓬头垢面、披头散发?”大家开怀大笑，一扫紧张气氛。路宁团队加班加点是经常现象，加上路宁平时不修边幅，提倡朴素，久而久之，路宁团队男士蓬头垢面、女士披头散发加班加点，竟也成了紧张工作的一道别开生面的“风景线”。路宁赞美:“蓬头垢面、披头散发是男性工作不下火线、女性浴后重返战场的难得动人之美!”不过，后来金涛接掌团队，下达的第一道命令就是取消这道影响机关形象的“风景线”:“今后跟着我干与以往跟着老领导干的根本区别是，在任何情况下，都不允许蓬头垢面、披头散发。”金涛是一个敢为人先的小伙子，越是具有创新性的任务交给他，他任务完成得越是出色；他还是一个魅力四射的小伙子，出差时，只要金涛在场，外地、外单位的大姑娘、小媳妇们，绝不会主动搭理与金涛同一个团队的其他男士。其实，路宁团队的其他男士也是很有风采的。舟延的风采是“动”。他是神车手。那时候还没有驾车禁酒令。一年春节前夕，舟延邀路宁团队全体同人到他家聚餐。聚餐后他要开车送路宁回家，路宁见他喝了不少酒，不肯上他车。他一把抱住路宁塞进车里，一边说着“我都不怕死，你怕什么”，一边驾车载着路宁在公路上转悠了近一个小时。路宁回家时，宁澜开门见丈夫寒冬腊月里满脸是汗，吃了一惊:“你病了?”“没病。吓的!”路宁回答。舟延的特点是工作不厌其烦、坚决完成任务，同时坚持权利与义务统一。路宁让他安排两个小组分别到几个兄弟省参观交流，舟延在考察计划书上安排：金涛带一个组，舟延带一个组，留路宁看家。路宁虽心中“大怒”，也只能苦笑同意。黎路的风采是“静”。他是书法家。一开始并没有引起路宁注意，后来路宁发现，这位年轻书法家确实厉害，只要省级机关举行书法比赛，他的书法作品必定是第一名。路宁便将自己写的一首词交给他。从此，路宁家中书房墙上，多了这位小伙子的优美书法。黎路工作上默默奉献、谨慎仔细，不过，这位小伙子很有点傲气。一天中午，路宁在大办公室里应团队女士们之邀谈天说地，见黎路在旁仰着头闭目养神，便幽默道:“黎路，你藐视我的谈吐?”小伙子睁开眼睛机灵地回答:“没有。我正在聚精会神地思考如何完成你上午布置的工作任务。”路宁团队的女士们也个个“身怀绝技”。其中一位是省劳动模范，她校对文稿从来不出任何差错。还有一位是转业军医，她分析团队男士的身体状况就如同福尔摩斯探案般犀利透彻，团队男士们听了她的分析，几乎个个都从自信满满转向神情恍惚。一天午休时间，女同事们又邀路宁到大办公室闲聊。这次路宁大大赞赏了一番女性的知识渊博、阅历丰富。路宁说：“我上下班时乘公共汽车，听乘客们闲聊获得不少知识。譬如，怎样乘换公共汽车及地铁能一次性将江东市著名旅游景点方便地串接起来，并且在中午十二点赶到六合街上大啖六合菜肴，晚上十八点三十赶到夫子庙品尝夫子庙小吃；到哪条小巷能买到最正宗的江东市著名传统早点烧饼夹油条。一次听坐在身后单人座位上的一位年轻姑娘用手机与‘闺蜜’通话，告诉‘闺蜜’她要去香港旅游，准备回来给‘闺蜜’带化妆品。她告诉‘闺蜜’她上网查了一下，发现香港市场上有二十多个世界著名的化妆品品牌。她一口气报出了这二十多个世界著名化妆品品牌的名字，又重点分析对比了其中近十个著名品牌的各自优势及劣势。最后问‘闺蜜’想要哪个品牌。”路宁对听得入神的女同事们说：“我非常后悔当时没带录音机，这真是一堂非常精彩、极为难得的著名化妆品品牌传播课程啊。”女同事们说：“真不知道全世界有这么多著名的化妆品品牌。连我们都被深深吸引了。”路宁接着说：“如果说姑娘们是化妆品讲师，那么，老太太们则是生活阅历教授。一次我在公共汽车上听坐在我前排双人座位上的一位老太太对坐在她身边的另一位老太太说：‘你听到过一个家庭中老头子先离世后，剩下的老太太不安分，把家庭搞乱掉的事情吗？’她继续说道：‘没有听说过吧？都是一个家庭中的老太太先离世后，剩下的老头子不安分，把家庭搞乱掉。’”女同事们七嘴八舌接上：“这真是真知灼见。”“真是这样哎。女的越老越安心，男的越老越花心。”“家庭不幸，主要是男的在外面乱搞造成的。”路宁说：“怎么我越是表扬女性，你们就越是批评男性？”女同事们欢快自豪地笑着：“本来嘛。女性是家庭的凝聚力量，男性常常破坏家庭。”路宁笑着说：“还是回到正题吧。我的意思是说，只要有心学习，公共汽车就是一个大课堂。而担任公交大课堂讲师的，几乎全是女性。”女同事们笑问：“你究竟是在表扬女性？还是在批评女性？”路宁郑重回答：“学到了这么多有用知识的学生，批评老师就是不讲良心。”路宁团队大概太团结了，以致一次团队到基层联系点活动时，基层先来接待的同志自以为是地一一分析对号，很有把握地向后到的接待同志介绍：谁是谁的夫人；谁是谁的丈夫。一对一的将路宁团队的四男四女全对上了。引得全体欢乐。路宁履新与团队告别时，金涛代表团队风趣而真诚地说：“我们要改变路宁团队蓬头垢面、披头散发的形象，但我们永远怀念路宁团队凝聚人心的风格。”

二十二

“路宁：好！我刚离婚，非常痛苦。请你今晚十九点务必到江东饭店西餐厅，我等你。你是我极度痛苦时唯一想对之倾诉的人。请告诉你妻子，让她放心：林场的历史已经证明，我夺不走你的心。不过我也想告诉你：林场的历史同样证明，在我极度痛苦时，你出现与否攸关生死。曾燕即日。”

宁澜在班上看过路宁转来的曾燕发给路宁的信息后，诙谐而又认真地给丈夫回了信息：“我放心：你喜欢令虹，曾燕喜欢你。你去吧，帮助一下曾燕。”

路宁按曾燕所约准时来到江东饭店西餐厅，认真环顾了一下，没发现曾燕。正想取出手机看看是否自己弄错了时间和地点，忽然被人从身后拥抱住，他的嗅觉和触觉告诉他，拥抱自己的是一位身上洒了法国高级香水的女性：

“是曾燕吧。怎么还是见人就抱的老毛病？”

“只有这个老毛病，才能医疗我现在的痛苦。”

曾燕说着，从路宁身后转到路宁面前，用自己的左右脸颊亲热地碰了路宁的左右脸颊：“你好，路宁。刚才没有惊动你，在你身后观察了你一会儿，你那非常吸引女人的外柔内刚模样一点都没有改变。”

“在我看来，曾燕那高窕靓丽的模样丝毫未变，只是多了雍容华贵的气度。早就听说你去法兰西深造了几年。今天还真是享受了一次浪漫的见面礼哟。”

“不喜欢这样吗？”

“当然喜欢。但是我怎么看不出你的痛苦？”

“见到我的初恋情人，就暂时忘记了痛苦。”

“咱们都是很成熟的人了，说话能不能含蓄点。”

“正因为咱们都是很成熟的人了，说话才再不用羞羞答答。好了，路宁你今天别批评我了。其实正因为我非常痛苦，并且找不到解除痛苦的办法，才鼓起勇气从上海跑回江东市来打扰你。我的脑海里永远记着，当我人生最初两次陷入极度痛苦时，都是你帮助我解除了痛苦。还记得吗？第一次是我偷西瓜的事；第二次是我被强吻的事。我挺迷信的，就是迷信路宁能帮助我解除痛苦。”

“这次我怎么帮你呢？”

“今天晚上陪我吃饭、陪我跳舞，就是最好的帮助。”

路宁是第一次享用法式西餐。曾燕要了法式煎鹅肝、焗烤蜗牛、法式焗龙虾、黑松露汁牛排、奶油蘑菇汤、茄汁土豆饼、草莓色拉，配上法国红葡萄酒，真是形色悦目、滋味爽口的一顿美妙大餐。

边吃边聊天，路宁听到了一些令虹上大学以后的情况。曾燕告诉路宁，自己在欧洲留学时，与同期在欧洲留学的令虹见过面，两人共进午餐，合影留念。曾燕还告诉路宁，令虹所在的中学德语班女生集体，有着一个绝大多数集体难以企及的令人羡慕之举——1974年高中毕业集体上山下乡赴虎踞山林场前夕，全班女生一个不少地攀上学校对面的明城墙，以江东湖和钟山为背景，集体拍摄了一张合影。二十五年后的2000年春天，全班女同学再聚首，在1974年集体照的原地点、按1974年集体照的原排序、取1974年集体照的原姿势，又成功拍摄了一张合影。曾燕将手机中留存的令虹所在的中学德语班女生时隔二十五年的两次集体合影找出给路宁看，路宁发现，经四分之一世纪的磨砺，在第一张集体照中既清纯腼腆又富有气质的漂亮姑娘令虹，在第二张集体照中已经变成自信潇洒、魅力四射的成功事业女性。路宁的脑海里响起了“再过二十年，我们来相会。举杯祝英雄，光荣属于谁”那激荡人心的旋律，他对曾燕说：“刚唱‘再过二十年，我们来相会’这首歌时，心想二十年多么遥远啊；没想到时光真如白驹过隙。”路宁由衷地赞美说：“光荣属于令虹和曾燕。”

边进餐边聊天，路宁大致清楚了有关曾燕的两大要点。

一是曾燕的事业成就。法国是创造了脚尖点地技术的芭蕾舞的故乡，曾燕留学法兰西，取得的成绩比较骄人。她在巴黎经过深造，达到了芭蕾舞女学员的最高一级——主演法国芭蕾舞的巅峰之作《吉赛尔》中的女主角吉赛尔。曾燕告诉路宁：“《天鹅湖》中女演员角色的难度，是由白天鹅与黑天鹅分担的。《吉赛尔》中的女主角吉赛尔，是公认的所有芭蕾舞剧中，表演难度最大的女角色。在芭蕾舞世界中，《吉赛尔》的地位仅次于《天鹅湖》；但吉赛尔这一角色的地位却高于白天鹅、黑天鹅。所以在芭蕾舞界，哪一位女演员能够主演《吉赛尔》，她就进入了芭蕾舞演员的最高级别。”

二是曾燕为什么离婚。曾燕在法国巴黎深造几年回国，到上海著名高校从事芭蕾舞教学后，嫁给了一位苦苦追求她的产业做得比较大的文化商人。开始夫妻感情很好，生了一个可爱的女儿。后来渐渐暴露出矛盾：丈夫是为了赚钱，宁可牺牲妻子的人格尊严；妻子是宁可不赚一大笔钱，也要维护人格尊严。矛盾的爆发点是一次曾燕丈夫请一位商家大老板吃饭并准备签生意合同，要曾燕陪餐。这位大老板答应给曾燕丈夫一笔三千万元人民币的大单生意。意想不到的是，席间这位大老板忽然说要现场欣赏曾燕跳几曲芭蕾舞，被曾燕婉拒。这位大老板立刻不高兴地讥讽：“高级知识分子就是跟我们做生意的人不一样，不钻进钱眼里嘛。这单三千万元的小生意就不劳你们了。今后如果有三亿元、三十亿元的大单再跟你们商量吧。今天的饭钱算我的。”说罢起身走了。曾燕丈夫气极之下，当着餐厅服务员的面，狠狠扇了曾燕一个耳光，咆哮着：“人格，人格，就为你那一丁点儿可怜的人格，丢掉了三千万！”曾燕惊愕地看着丈夫，没有流泪，只丢下两个字“离婚！”转身走了。事后曾燕丈夫多次请求曾燕原谅，曾燕回答：“一个人如果真的尊重另一个人，是在任何情况下都不会赏一个耳光的。你这一个耳光打醒了我。你在骨子里就不懂人格尊严对于一个真正的人的重要性。你说什么都没有用了。”

在舞池中，略显醉意的曾燕脸颊伏在路宁肩上，微闭着双眼，随着舞曲缓缓移步，曾燕幽幽地表白：“路宁，我要纠正你一句话。我可不是见男人就抱的女人。说了你可能不相信。我其实至今都很纯洁。结婚前没有男人，因为你不要我；结婚后只一个男人，可他不珍惜我；离婚后什么都不缺，就缺一个男人，当然，必须是真正疼我的男人。”

路宁说：“我相信你说的话。”

曾燕越来越紧地拥抱着路宁，转动着脸庞将脸上的泪水抹在路宁脸上：“除了那个我已经跟他离了婚的男人，我只抱过一个男人，那就是你。”

路宁轻轻提醒曾燕：“别哭了。抹泪水的本事越来越大了，过去是将泪水抹在我的衬衣上，现在怎么把泪水抹在我脸上了？”

曾燕又哭又笑的：“路宁，其实我挺高兴的，今晚你能来，我真的很高兴。”她又开始抽泣。

夜渐渐深了。在由一支接着一支柔和小夜曲伴奏的慢步舞中，路宁温和地轻拍着曾燕的脊背。和四分之一世纪前一样，曾燕伏在路宁怀中，痛苦渐渐退去。如同路宁在梦中听过令虹的许多话一样，曾燕也仿佛在梦境中私语：

“路宁，一个人在青春时代能够与优秀的同龄异性深交实在是幸事。这必定对自己的一生产生良好、深刻的影响。从一定意义上，我一直在享受着人类最高尚的精神恋爱。我以为的人类最高尚的精神恋爱，就是虽然相互在肉体上从未拥有，但在精神上却从未远去；就是相互永远以对方的成就激励自己奋进。我一直在互联网上关注着你的情况。我知道你喜欢令虹，因此我也一直在互联网上关注着令虹的情况。我发现了一个有趣的现象：每当你出版一部重要著作后的一两年内，就会在互联网上发现令虹也出版了重要著作，当然，在这一两年内，我在舞蹈事业或舞蹈教学事业上也会出现一个高潮。而当令虹和我有重要成就的一两年后，我又会从互联网上发现你在事业上再出重要成果。如此长期不断反复。”

两天后，曾燕收到路宁从手机上发来的信息：

“曾燕：好！我的朋友圈有限，但比较可靠。我有一位同事姓章名云，从军区司令部转业，国家公务员，在省委综合部门担任正处长，与你同岁。人品、相貌、经济条件、健康状况都很好。妻子在部队从事医务工作，抗击特大自然灾害时在一线积劳成疾，因公殉职。留下一个儿子，教育得很好，与你女儿同岁。关键是我对章云了解。他为人诚实厚道，这是德；组织能力很强，这是才。这两条优点不仅对工作重要，对家庭同样重要。不妨试试。相信我。盼复。路宁”。

后来的事情就比较顺畅了。曾燕相信路宁。路宁、宁澜参加了曾燕和章云的婚礼。曾燕调回江东市，在江东艺术学院从事舞蹈教育工作。

在曾燕与路宁江东饭店之会两周年的那天，路宁收到了曾燕发来的信息：

“我真心感谢你，路宁。章云待我非常好。整个家务活他都包了，还有理论支撑：‘家务活是纤细手形、婀娜身姿的可恶杀手。我的妻子在著名高等学府从事舞蹈教育工作，需要永远保持纤细的手形、婀娜的身姿。’经济上他很大度。对我说‘你用与前夫离婚分得的财产在南京购置了一套五室三厅四卫的大房子。我的工资也不低。这辈子剩下的家庭所有开支——包括家庭生活费用、孩子教育费用、休闲旅游费用、医疗养老费用等，我全包了。你的工资福利全放在你的名下，你自己自由使用。还有，不需要在我们现在住着的这座房子的房产证上加我的名字。我坚信我们能够白头到老，这样你自然不会把我从这座房子中赶出。如果我们不能白头到老——我坚信不会出现这种事情，只不过是对房产问题表个态，我顶天立地一个男子汉，为什么要夺一个女人用自己的辛酸泪水购置的房产？’在他一再坚持下，已经作了公证：他原来的138平方米的三室两厅两卫房子将来归儿子，我购得的222平方米的五室三厅四卫房子将来归女儿。儿子现在就读于南京大学，女儿现在就读于上海华东师范大学。两人相处得还不错呢。当然，主要是儿子像他父亲，处处关心、让着、照顾他那漂亮的妹妹。章云说过并身体力行着‘慈养女儿严育儿’。这一点我不同意，不能对他生的儿子就严，对我生的女儿就宽，既然两个家庭已经合二为一，对儿女的养育就要一致。他天天烹调的食物花样翻新，都很好吃；他日日整理的房屋都如新婚，常有创意。如你所说，诚实厚道、组织能力对凝聚家庭非常重要。章云对再婚妻子的诚实厚道、对家庭生活的精心组织，深深打动、吸引了我。再婚真不见得是一件坏事。最起码更懂得互相珍惜。我是不是有点幸福得昏了头？警醒我两句吧。问宁澜好。曾燕于江东饭店重逢两周年之日发”。

路宁回复如下：“从泪水抹衬衫到泪水抹脸庞是二十五年。下次再抹什么地方应当是五十年后。祝福你。看后删去，记在心里。”

把有关曾燕的话题在这里结束吧。曾燕是一位孝顺女儿。曾燕有兄弟姐妹多人。当她母亲患老年痴呆症后，渐渐的，除曾燕外，看到自己其他子女都面无表情，只在看到曾燕时，喊着曾燕名字，眼中流出泪水。而人类中的弱者眼泪是只对寄于希望的人流淌的。曾燕吃力地协调着兄弟姐妹们共同履行照顾年迈父母的义务，她自己在其中承担了最大部分。一次路宁去医院看望曾燕的母亲时，曾燕对路宁说：“多子女家庭中，老人能够幸福而有尊严地走完人生最后阶段，一定要有至少一个善良的子女在兄弟姐妹中作出最大妥协。”曾燕母亲去世时，嘴里喊的不是

‘妈妈’，而是女儿曾燕的名字。这是多么深沉的感谢。曾燕的父亲是一位收藏家。年逾古稀后，曾燕的兄弟姐妹回家看望老人时，不经同意陆陆续续取走了一些老人的收藏品。老人头脑很清醒，基本清楚哪个儿女取走了哪件藏品。他信任曾燕，把这些情况告诉了她。曾燕建议父亲按照子女公平继承原则拟出家庭财产继承办法。然后双管齐下采用两个措施：第一，哪个子女取走了哪件收藏品，就将该件收藏品写在这位子女的继承清单中。第二，继承办法公证前，由父亲召集全体子女开家庭会议，讨论该继承办法，并介绍法律中有关“抢劫”、“盗窃”等行为的认定对象不排除违法子女。曾燕的兄弟姐妹们看到由自己继承的清单中列出了自己擅自取走的收藏品名字；听到父亲介绍法律中有关“抢劫”、“盗窃”等行为的认定对象不排除违法子女。都明白了父亲一是原谅子女以前的行为；二是不允许子女再有此类行为。曾燕发言时说:“毫不客气地说，在照顾年迈父母方面，我出钱出力最多，依法可多继承。但我倡导公平继承，不会多继承一分钱。不过我支持父亲的做法：一是既往不咎，二是谁若再违法，就别怪我不客气了，我一定会帮助父亲依法维护权益。”曾燕的带头谦让和高明建议，既维护了亲情，又保证了父母财产的依法有序继承。

二十三

“江山代有才人出”，路宁深有体会。最难忘的是“太湖笔会”。

一次为完成中央有关机构交办的重要课题，省委组织部抽调了几名文字骨干，一行五人由路宁带队，到太湖边临水而居，研讨写作。

路宁带足了资料，准备身先士卒，苦干一番。岂知写作分工会上，全无推脱之声；一周下来收齐诸稿，怀着忐忑心情开读，越读心情越好。

路宁发现，这四位同志的文稿，遣词上专业内行、概念准确，行文上要素全面、层次分明，全无起草机关公文时比较普遍存在的表述不专业、概念不准确、要素不全面、层次不分明之弊病。

出生于20世纪50年代的廖民，讨论中胸中有数，对他不赞成的意见，友善地呵呵一笑，不纳入实际操作中，其文稿概括得当把握稳；出生于20世纪60年代的肖俊，讨论中敢于表达不同见解，不轻易附合别人意见，但认为正确的，则在实际操作中采纳，其文稿行文流畅要点全；出生于20世纪70年代的金涛，讨论中很尊重路宁，路宁有指示意见的，他认真落实，路宁无指示意见的，他操作的实际效果往往更加出色，其文稿语言精炼有韵律；出生于20世纪80年代的小伙子许舟，讨论中经常贡献对大家很有启发性的新鲜思路，且发言往往一语中的，其文稿视角新鲜触时弊。

路宁大喜过望地整合了诸稿，仅画龙点睛地增加了几处有深意的议论和结论，便大功告成。

这次围绕遴选人才问题的“太湖笔会”，探索出了“三重”规律。

其一，注重基本能力。基本能力高强，是出色人才的本质特点。观察能力、思维能力、动手操作能力构成基本能力。基本能力通用于各个领域。基本能力高强对在任何领域做出出色成绩都具有基础意义。

其二，着重实践成效。大凡人才，在成为“大器”前，决不会没有“红光紫气”闪现；“红光紫气”闪现的次数越多，闪现的领域越广，证明其能力越出色。

其三，尊重淘汰法则。据对历届奥运会综合统计，平均每次大赛都有30.6%的名将被新涌现的优秀选手淘汰。各领域淘汰率虽不尽相同，但必须尊重严酷的竞争淘汰法则，事业才能永葆生机。

该文稿在国家级刊物发表，被中央有关机构评为一等奖，为国家重大决策做出了贡献。只要在网络上打出文稿题目，各大官方网站上都能看到这篇文稿。

这是路宁一生中印象非常深刻的一次“群贤毕至”。之前和之后的所有公务活动中，没有哪一次似“太湖笔会”那样无一庸者。“太湖笔会”诸同志，后来都成为各条战线上的栋梁，廖民、肖俊、金涛、许舟都同路宁保持着长久的友谊。

五人写作小组到过离住地不远的雪浪山上的雪浪寺探古品茗。寺院门前有一百多株树龄六百多岁的古茶树产雪浪茶；寺院内绝壁下有一处“雪浪古潭”，潭深泉清，用于烹茗。史载朱元璋、康熙及蒋介石夫妇都曾来到雪浪寺，观山脚下太湖如雪浪般的波涛，品在太湖氤氲久笼中生长的雪浪茶。

在路宁心中，永远伴随着群贤毕至的“太湖笔会”这一美好记忆的，是使人置身仙境之中的太湖晨雾，是让人品出阳春气息的雪浪茶香。

二十四

宁澜的艺术才华，充分体现在以她本人创作支撑的家庭布置上。

客厅里挂着一幅巨大的宁澜摄影作品——《仙鹤落人间》，那是一朵惟妙惟肖的形似仙鹤降落的硕大牡丹花。还挂着一幅宁澜作诗、著名书法家草书的书法作品——《七绝·秋》：金风渐劝紫日和，玉露慢引野色多。流水碧深行伟力，高山墨重斑斓卓。

书房里挂着一幅宁澜填词、著名书法家楷书的书法作品——《沁园春·江东》。

餐厅里挂着一幅宁澜的花卉摄影作品——《兰指》。作品中，玉兰花瓣巧夺天工地妙垂着。

卧室里也挂着一幅宁澜的花卉摄影作品——《莲心》。作品中，亭亭玉立着一朵纯洁无瑕的映日荷花。

兰指莲心——兰指巧夺天工，莲心无瑕映日。

过道里挂着一幅宁澜颇为得意的雪景摄影作品——《原驰蜡象》。宁澜说："暴雪覆盖青松而天成原驰蜡象状。形象虽有点笨拙，然难掩不畏严寒气概，像路宁。"

终生共同著述，是宁澜与路宁高度一致的共同习惯。

宁澜对路宁说："我有一个朴素的想法。中国人崇尚'立德、立功、立言。'在当代，'立德'就是模范遵守社会公德、职业道德、家庭美德；'立功'就是在本职岗位上兢兢业业、建功立业；'立言'就是将学习、工作、生活的心得通过辛勤笔耕转化为文字成果。"

夫妻俩共同著述的三卷本著作《夜读晨思》出版了。

该书的前言这样写到：

> 司马迁在《报任安书》中写道："《诗》三百篇，大抵贤圣发愤之所为作也。"我们从 20 世纪 80 年代中期结合，便开始了《夜读晨思》的读写历程。积勤近三十春秋，著文三百余篇。志在师法前贤，不芜今生。亦脑海中常运太史公"发愤之所为作"韵律，久之决计至少成文三百篇所致。
>
> 夜读者，邀其静；晨思者，恋其清。思绪清静，乃成作为；真

正作为，常葆青春。

宁澜一边校着出版社送来的《夜读晨思》校样，一边对路宁说：“我觉得，‘日计不足，岁计有余’，可以当做自学、创作的座右铭。基本要义有两点。一是‘日计’：每日坚持按自己意愿读一点书，创作一点东西，养成坚持不懈的习惯；二是‘不足’：每日不要负荷过重，否则，难以长期坚持。这样，每过一段时间回顾一下，就会发现：自己已经掌握了许多知识，留下了不少作品。年复一年地坚持下去，既不负荷过重，也不空度时光，渐渐地也就成了拥有丰富知识、创出许多作品的人物，所谓‘岁计有余’是也。”

出版社要作者自题一幅字，作为作者手迹放在书的扉页。宁澜准备用自己的诗作“静收至伟力，动放无限殊”句。

她刚要提笔，路宁说:“且慢，来，先跳一曲舞，再喝一杯酒，然后取硬粗笔写，字会更好看。”

路宁引经据典道:“大气淋漓、神采飞扬的伟大书法作品尤其是行书、草书方面的伟大书法作品出现，与‘气势、酒兴、器助’三大要素关联。譬如，王羲之的‘天下第一行书’《兰亭序》、颜真卿的‘天下第二行书’《祭侄文稿》，都是在作者情绪高昂或激昂的状态下挥就，是谓得‘气势’；王羲之的‘天下第一行书’《兰亭序》、怀素的‘天下第一狂草’《自叙帖》，都是在作者酒后兴起的状态下挥就，是谓乘‘酒兴’；怀素用‘短锋硬毫’挥洒出‘天下第一狂草’《自叙帖》，颜真卿用‘秃笔燥墨’挥洒出‘天下第二行书’《祭侄文稿》，是谓有‘器助’。”

宁澜说:“听你的。跳舞、喝酒、用硬粗笔。”

宁澜曾对路宁说:“我们俩一辈子相亲相爱的很重要的原因是有共同语言。别人不会相信夫妻俩经常在床上共同探讨深奥学问及工作方法。”

确实，路宁和宁澜的“床上夜话”是有很高质量的。夫妻俩将“床上夜话”视为互相帮助的良机，都有意识地将自己最新的学习、工作、生活心得，用尽量准确、精辟的语言说给对方听，使对方简洁地掌握重要成果。夫妻双方基本都有能力在对方需要的时候，通过“床上夜话”的形式，深入探讨问题，将自己掌握的学问和方法提供给对方借鉴。

印象深刻的是在“床上夜话”时，深入探讨过这样几个学术问题和方法问题。

一个深春之夜，宁澜被路宁热情地拥在怀中好长一段时间后，对丈夫说:“你休息一会儿，我给你讲一个我最近研究的学术问题。”

路宁松开了妻子。

宁澜轻松地喘息了一会儿，说:“人们喜欢争论曹雪芹是南京人还是北京人，根源在于究竟是北京人写出了《红楼梦》，还是南京人写出了《红楼梦》。其实，《红楼梦》产生的关键，不在于曹雪芹是北京人还是南京人，而在于曹雪芹有没有南京生活。”

路宁的兴趣从妻子的身体转到了《红楼梦》研究上。

宁澜头脑更清醒地说:“就目前掌握的资料看：曹雪芹出生在南京；一生最美好的生活在南京；终生魂系南京；写《红楼梦》是追忆南京生活。这四个要素决定了一个不可推翻的结论：没有曹雪芹的南京生活，便没有《红楼梦》。也就是说：就地域对《红楼梦》产生的影响而言，南京无疑是最具决定性的。曹雪芹 1715 年出生在南京，1729 年离开南京，在南京生活的十四年是他一生中最美好的十四年。离开南京后，终生穷愁潦倒。有了南京生活，曹雪芹无论住在哪里，都有可能写出《红楼梦》；没有南京生活，曹雪芹无论住在哪里，都不可能写出《红楼梦》。南京是曹雪芹魂之所系；南京是《红楼梦》情之所系。没有南京之魂之情，还会有《红楼梦》吗?”

“对我来说，你的思想很新鲜。”路宁鼓励妻子，又抱着她狠狠亲了一通。

宁澜看丈夫差不多亲够了，睁开眼睛说:“你别捣乱，我还没说完呢。”

她继续说:“南京是‘婉约圣地’。中国历史上最著名的‘婉约词章’——李煜词、最著名的‘婉约小说’——《红楼梦》，写的都是对南京的永恒怀念。

“李煜是‘婉约词宗’。李煜被俘至汴京（开封）后所写的怀念金陵（南京）生活的晚期词，代表了李煜词的最高水平。譬如，《虞美人》中‘问君能有几多愁，恰似一江春水向东流’、《乌夜啼》中‘剪不断，理还乱，是离愁’等代表李煜词最高水平的千古名句，都是对永远逝去的南京生活的无限眷恋。

“《红楼梦》居‘中国小说之首’地位。《红楼梦》之所以有久远生命力，主要在于曹雪芹倾全部感情生动描写了林黛玉、薛宝钗、王熙凤、秦可卿、史湘云、妙玉、贾探春等‘金陵十二钗’的命运。曹雪芹对‘金陵十二钗’形象的塑造，包括对‘金陵十二钗（副册）’中的香菱和尤三姐及平儿等、‘金陵十二钗（又副册）’中的晴雯和袭人及鸳鸯等的形象塑造，根源是对南京生活时期身边的众多少女和青年妇女的美好回忆。

“李煜因对南京生活的永恒怀念，成为‘婉约词宗’；曹雪芹因对南京生活的永恒怀念，成为‘中国小说之王’。

“‘婉约词宗’、‘小说之首’因南京的存在而产生，有两个主要原因：

“其一，南京是中华文化的‘天堂’。秦淮文化（即南京文化）在中国历史上的东晋南北朝时期（西晋灭亡—隋朝建立）是中华文明的重要继承者，这一历史时期中原地区大乱，先后主要由五个少数民族建立了十六个政权（史称‘五胡乱华’），汉族中央政府南渡，将南京作为中央政府驻地，从而使南京成为中华文化的心脏地区；明朝开国皇帝朱元璋在南京建都，再次使南京成为中华文化的心脏地区，明清时期秦淮仍然是中华文化重镇。李煜生活的时代属南唐时期；曹雪芹生活的时代属清朝时期。李煜、曹雪芹都是在中华文化的‘天堂’南京熏染浸泡的文人，都是在中华文化的‘天堂’南京享受荣华的贵族，都是在离开中华文化的‘天堂’南京后坎坷潦倒的‘罪人（罪族）’。人在‘天堂’时往往不知道什么是‘天堂’，从‘天堂’跌入‘地狱’后才知道什么是‘天堂’。从而在‘地狱’与‘天堂’的强烈反差对比中，写出怀念‘天堂’的绝世作品。

“其二，南京文化（即秦淮文化）是孕育‘婉约巨制’的最佳土壤。‘婉约词宗’、‘小说之首’的产生，客观上与由‘至文’、‘至美’、‘至柔’交融而成的绚丽清奇的南京气韵有关。秦淮文化在东晋南北朝时期的近三百年间是中华文化的代名词，可谓‘至文’；江南水乡是‘至美’的代名词；江南女性是‘至柔’的代名词。河洛（中原）文化以万象更新著称，长安文化以恢弘致远著称，齐鲁文化以文韬武略著称，燕赵文化以刚烈之气著称，杭州在秦统一后作为中国文化中心的时间远不如南京长。‘至’是最高境界，也就是说，河洛文化、长安文化、齐鲁文化、燕赵文化在‘至柔’方面不如秦淮文化，杭州在‘至文’方面的历史地位不如南京。中国大地上‘至文’、‘至美’、‘至柔’融合的‘婉约圣地’，仅有南京。孔子曰：‘居移气。’李煜、曹雪芹都在南京生活多年，深受‘三至’交融而成的绚丽清奇的南京气韵熏陶，从而在李煜词、《红楼梦》中，完美地体现了‘至文’、‘至美’、‘至柔’的‘婉约圣地’南京的气韵。”

路宁越来越紧地搂住妻子：“我看你比江南女子好。我的妻子体贴丈夫柔情似水，追求事业坚强如钢。不过受你的婉约研究强烈感染，现在我要领略婉约气韵了。”

宁澜闭上眼睛不再说话，听凭丈夫夸奖爱抚。

宁澜在相当长时间内从事着高度机密的工作。与宁澜在工作中接触多、熟悉她特点的机关同事和各地区、各单位同志的共同感觉是：请宁澜吃一顿饭，比请天上神仙吃一顿饭都难；与宁澜工作中长期相处，听不到她说一句不该交谈者应当知道的工作秘密。谨言慎行是宁澜的鲜明特点。在政治生态不良的环境中，严守工作秘密成为得罪人的原因。一个寒冷的雪夜，宁澜躲在路宁怀中取暖。她有些躁动不安，边亲吻丈夫边说：“有什么心得可以讲给我听听吗？”

路宁盯着闭着眼睛热吻自己的妻子看了一会儿，若有所指地说：“我最近认真研究了‘对付诽谤’与‘忍耐精神’问题。”

妻子更热烈地亲吻着丈夫：“讲给我听听。”

路宁说：“关于对付诽谤，我的研究成果是，能够坦然对待难以忍耐的事情的人是难以战胜的。做到这一点，靠心胸豁达，更靠思想深邃。有些事情，因己力远不及彼力，在当时难以逆转，惟一正确的办法是‘卒然临之而不惊，无故加之而不怒’，谨其所发，善忍善待。因为，激怒与冲动无济于事。一位哲人曾说，愤怒犹如卵石下坠，将在击中的硬物上粉碎。眼光长远的人决不做这种‘粉碎’自己的事情。止谤莫胜于无言，莫胜于大处要处无懈可击，莫胜于坚定坚持优良本色，莫胜于积累雄厚实力和辉煌业绩，莫胜于在沉默中经受住时间的过滤，让混沌的是非沉淀清晰，莫胜于藏锋不露，坚韧待机。应当坚信，岁月会使力量发生变化，时间会使真理受到尊敬，只要善于在忍耐中谨慎而持久地奋斗，终能走出事业的低谷。”

宁澜已经安静下来，抱紧丈夫，温柔地亲了他几口：“继续说。”

路宁亲吻了一下妻子：“关于忍耐精神，我的研究成果是，领导者应当具有‘忍’的品格。对于领导者或居于主导地位的人来说，最难做到的就是忍，最能成其大事的亦是忍。忍是美德、胸襟、智慧的化身；忍是威严、力量、本领的体现；忍是百花齐放，星空灿烂；忍是渐之进也，水到渠成；忍是留有余地，断之无过；忍是冬雷藏地，至春激薄。忍是科学的思想、工作方法的运用：或者是通过忍直接达到目的，或者是通过忍为达到目的创造条件。”

宁澜静静地躺着，看上去已经安闲地睡着了。

路宁停止了说话，渐渐睡着之际，感觉到妻子亲了自己一口。

路宁闲暇时喜欢从互联网上看韩国电视剧，他特别喜欢《拜托小姐》和《那个傻瓜》，不知反复看了多少遍。宁澜问路宁为什么这么喜欢这两部电视剧，路宁回答:“这两部电视剧中的女主人公都是非常出色的。一般男人追求不到她们。但两位女主人公共同的最优秀之处，就是都用慧眼选择了看似不惊人、实质却非常内秀的丈夫。”宁澜笑着拍了丈夫一巴掌:“又骄傲了吧。”

宁澜对路宁说:“记得你问过我，盛世作品的灵魂和神采是什么，我考虑了一下：在中国，李白诗歌最能体现盛世的灵魂，怀素书法最能体现盛世的神采。

“中国文学的最高代表是唐诗，中国艺术的最高代表是书法。李白是唐诗的最高代表人物；怀素是存有真迹的中国书法的最高代表人物。李、怀二人都是大气磅礴的唐朝人。

“中国书法‘篆、隶、楷、行、草’中，最富于艺术感染力的是行与草。‘书圣’王羲之以行书成名，惜真迹无存；‘颠张狂素’中，张旭亦无确凿真迹，惟与张旭齐名的怀素有真迹尤其是被称为‘天下第一草书’的代表作《自叙帖》存世，现存台湾‘故宫博物院’。

“盛世之作的本质，不在歌舞升平，而在大气淋漓。大唐时期的中国，是处于世界巅峰的国度。李白与怀素都生活在创出了开元、天宝盛世的唐玄宗时期。泱泱大唐气象，在李白、怀素的作品中得到淋漓尽致的展示。这种淋漓的大气，是时代长期积蕴的必然产物，非长期盛世积蕴而不能得。

“李白的诗歌、怀素的书法，永远使人领略着中国古代最鼎盛时期的灵魂和神采。”

路宁说:“在爱妻面前我还真是不能骄傲。感谢爱妻提示，我要认真揣摩李白诗歌中体现的盛世灵魂、怀素书法中体现的盛世神采。”

二十五

宁澜所在机关的职责，似乎是在昭示“人民公仆”应当做什么。

“人民评议公仆”活动就是宁澜所在机关具体组织实施的。几年“人民评议公仆”的实践证明：人民群众的指向很犀利，凡机关服务形象差的，凡机关首长搞腐败的，都是人民群众批评的重点。评议结果的每一次公布，对改进机关服务、警醒“公仆”廉政，都有很大推动。宁澜作为具体组织实施的主要领导，感觉评议的具体方法有待不断完善，但“人民评议公仆”的方向必须坚持。

“安泰拥抱母亲”活动也是宁澜所在机关具体组织实施的。几年“安泰拥抱母亲”的实践证明：领导干部每年抽出一段时间直接深入到人民群众当中，对弘扬优良传统，了解民情民意，正确把握和解决改革发展稳定难题，具有显微镜的微观功能，具有察实情的基础作用。随着时代发展，深入人民群众、了解民情民意的具体方法有待不断创新，但长期坚持领导干部深入人民群众之中、防止安泰双脚离开大地母亲的方向必须坚持。

“人民评议公仆”、“安泰拥抱母亲”活动似一枚金币的两面，比较完整地昭示出“人民公仆”应当做什么——全心全意为人民服务，真心实意受人民监督。

在实现中华民族伟大复兴的机遇与风险并存的历史环境下，宁澜为防范“公仆”脱离人民这一最大风险而在密切“公仆”与人民关系、人民监督“公仆”正确履职方面的创新尝试、不懈努力，受到了充分肯定——她当选为中国共产党第十七次全国代表大会代表。

当选党的十七大代表的当晚，宁澜写下了一首步入人生之秋的自励诗《七绝·秋》：

金风渐劝紫日和，
玉露慢引野色多。
流水碧深行伟力，
高山墨重斑斓卓。

宁澜是一束和射着定力、挥洒着金灿的秋霞。

这束美丽的秋霞从不忘温暖丈夫和儿子。参加过党的十七大回到江东市时，她从北京带来了精神食粮和物质食粮。精神食粮方面，送给儿子的是有着妈妈这位十七大代表签名的中国共产党第十七次全国代表大会首日封，送给丈夫的是印着妻子姓名的中国共产党第十七次全国代表大会代表证；物质食粮方面，到雍和宫附近的北京稻香村食品店买了几十块丈夫和儿子都喜欢吃的稻香村黑芝麻饼。她知道，在丈夫和儿子眼里，这是最好的早餐。

二十六

路宁是理想主义者和崇敬英雄的人。少先队员时代读过一厚本《革命烈士诗抄》，一生长久地受着该书气宇轩昂的卷首诗激励："是谁动手换人间，非神非佛非圣贤。五四以来新历史，光芒万丈此诗篇。"还是在少先队员时代，学校少先队大队组织少先队员到南京雨花台革命烈士陵园瞻仰革命先烈。在革命烈士纪念馆里，他很快背下了挂在墙上的中国共产党第一次全国代表大会代表董必武瞻仰雨花台革命烈士陵园时写下的七律："烈士血洒雨花台，暴露奸权尽蠢才。毕竟人民得胜利，斗争规律史安排。遗容遗物见遗风，先烈精神永世崇。踏着血迹仍前进，红旗高举气如虹。"少年时期的故事片《董存瑞》、青年时期的苏联故事片《解放》、中年时期的电视剧《长征》，他分别都看了不下十遍。《十送红军》《山丹丹开花红艳艳》《太行山上》《八路军军歌》《新四军军歌》《中国人民解放军军歌》，他都唱得感情充沛、字正腔圆、不错一字。他工作过的所有单位，同事们都喜欢听他唱这些歌曲，一有机会，就报出歌曲名字，请路宁歌唱。以至于在那次离开虎踞山林场多年后令虹与路宁公务相会之余的私下交谈中，令虹对路宁说："我在网上查看你的信息时发现，你至今还保留着登台演出的习惯。一则信息说，你在省级机关春节联欢会上演唱了《十送红军》《太行山上》《新四军军歌》《沂蒙亲，沂蒙美》等好几首军歌。"路宁回答："这都是些思想性与艺术性结合得非常好的英雄主义歌曲。经常吟唱，既有利于始终保持昂扬斗志，又有利于不断深化文学修养。这些歌曲的词，都是非常优秀的文学作品。经常边哼边琢磨，在情真意切、细节准确、宏大气势、精练隽永等方面，对创作常有很好的启示。"

在路宁心目中，中国乒乓球队、中国女排、中国围棋队，都是在祖国需要的时间为祖国做出辉煌贡献从而鼓舞祖国人民大踏步向前的当代中华民族英雄。

作为理想主义者和终生崇敬英雄的人，路宁一生感到满意的是，改革开放以来中国体育战线上对国人“振兴中华”理想激励作用最大的具有标志性的英雄团体和英雄个人，他几乎都近距离观察乃至主动接触过。因工作需要，路宁出差比较多。他在数十年不断的出差过程中，偶遇过“五连冠”时期的中国女排，偶遇过创造了第一、二、三届中日围棋擂台赛“三连冠”辉煌的棋圣，偶遇过新时期中国乒乓事业重新拨云见日的那一时期几乎所有杰出乒坛将帅。

一次路宁在太湖之滨的无锡主持召开一个业务部门的小型会议，恰巧与在无锡参加赛事活动的棋圣同住一个宾馆一个楼层。路宁登门邀棋圣同参加路宁主持的小型会议的同志合影，棋圣询问了一下情况，正确理解了路宁崇敬为中华民族做出杰出贡献的英雄的心理，应约而至。一次路宁在素有“天堂”之称的苏州执行公务时住在苏州体委招待所，正好“五连冠”时期的中国女子排球队也住在这里（路宁印象中当时已是“四连冠”）。路宁每天中午在体委餐厅就餐时都能看到中国女排队员安安静静地进餐，悄无声息地离去，纪律性很强；路宁的宿舍在二层楼的楼梯口，每天早晨五点十分，都能听见中国女排队员去晨训时集体下楼梯的脚步声，亲见了“黎明即起”对事业成功的重要作用。当然，英雄们也有轻松的时刻。一次路宁在“长江之滨”的镇江带队调研，与中国乒乓球队同住一个宾馆，同在一个餐厅就餐。看见坐在主桌上的蔡、邓、孔、刘等最著名的乒坛将帅，彬彬有礼地与地方领导们交谈着，而在另两张餐桌上，其他年轻的男女世界冠军们，可就欢声笑语、热闹非凡了。

2012 年 11 月至 2013 年 1 月，路宁以访问学者身份公派到美国。在一次交流会上，一位美国学者问参加会议的中国访问学者:“你们最崇敬的美国人是哪一位?”路宁回答:“林肯。这次在华盛顿，我去了林肯纪念堂。”那位美国学者继续问:“你为什么崇敬林肯?”路宁说:“他是制止美国分裂、解放黑人奴隶的伟大英雄。中国也有解放西藏农奴、制止台湾与大陆分裂的伟大英雄。”中国访位学者们都鼓起掌来，那位提问的美国学者说:“很感谢你崇敬林肯。”

真是说什么来什么。在2013年元旦那天，就亲见了林肯解放黑奴的历史性成果——巧遇了美国第一位非洲裔美国人总统。路宁当天日记如下：

2013年美国元旦下午，在华盛顿从航空航天博物馆往自然历史博物馆行走途中过马路时，看到了正好路过的美国总统警卫车队及美国总统。

这位美国第一位非洲裔美国人总统坐在轿车后排右侧，穿着白衬衫和深色西服，右膀正几乎平肩地端起比划着对坐在后排左侧的人说着话。轿车后右座的窗帘是拉开的。

美国总统警卫车队的阵容大致如下：五辆摩托车开道，驾驶摩托车的警卫人员在摩托车经过十字路口时，一手驾驶摩托车，一手向两侧行人指点比划着，意思大概是：不要拍照，不要抢过马路。除最后一位欧洲裔警卫人员的摩托，前面四位非洲裔警卫人员的摩托通过十字路口时，都是这一动作。跟着警卫摩托的是一辆警车。警车后面是两辆黑色轿车，美国总统在第二辆轿车上。两辆轿车后面，又是一辆警车。

美国总统车队过去了。

我在新年的第一天，在美国的第一城市首都华盛顿，巧遇了美国的第一号人物——美国的第一位非洲裔美国人总统。“四个第一”叠加，是一件挺有意思的事情。特记之。

在美国做访问学者期间，路宁还去了西点军校。

西点军校是美国最著名的军事统帅的摇篮。美国南北战争联邦军（北方军）总司令格兰特上将（美军历史上第一位上将）、第一次世界大战美国远征军总司令潘兴五星上将（美军历史上第一位五星上将）、第二次世界大战美国西太平洋战场最高军事统帅麦克阿瑟五星上将、欧洲战场最高军事统帅艾森豪威尔五星上将、欧洲战场美军地面部队统帅布莱德雷五星上将、欧洲战场美英军队中军事业绩最显赫的美军将领巴顿四星上将，都毕业于西点军校。西点军校造就出一批打出了美国统一、打出了美国世界强国地位的著名军事统帅。

路宁去西点军校之日是大雪天。军校内两处具有显著特点的景物，给路宁留下深刻印象：一是西点河湾。哈德逊河自北向南流经西点军校。西点军校位于哈德逊河西岸，坐落在哈德逊河西点河湾高地上。西点河湾是西点军校的组成部分，河湾里碧波荡漾，河湾三面的高地被皑皑白雪覆盖着。二是城堡教室。哈德逊河通往纽约及纽约港，是一条具有战略意义的河流。西点军校所处的位置，是哈德逊河最蜿蜒曲折处，是凭借西岸高地控制哈德逊河中舰船航行的最有利地段。因此，西点军校所在地同时也是军事要塞，建筑着许多军事堡垒。西点军校的教学大楼，按军事要塞标准建筑，有着厚重的古典城堡之美。巨大古城堡型的教学大楼顶端，翻卷着被强寒流吹起的团团雪雾。

蓝天、白雪、红枫，装点着美丽的西点河湾和庄重的城堡教室。西点军校这两处具有显著特点的景物，令人难忘。

站在哈德逊河之滨的西点军校，路宁想到了珠江之滨的黄埔军校。

路宁深谙军史，引以自豪的是：20 世纪 50 年代初期决定朝鲜战场上中美交锋结局的三所里龙源里阻击、长津湖战役、上甘岭战役这三场最著名的交锋，都是黄埔军校毕业生领导的部队，教训了西点军校毕业生领导的部队。

三所里龙源里阻击战中，参战的中国人民志愿军第 38 军是黄埔军校第四期毕业生林彪领导的中国人民解放军第四野战军的主力；长津湖战役中，参战的中国人民志愿军第 9 兵团的司令员宋时轮是黄埔军校第六期毕业生。三所里龙源里阻击、长津湖战役期间的联合国军总司令麦克阿瑟是西点军校毕业生，还曾担任过西点军校校长。三所里龙源里阻击、长津湖战役的战略意义，是将从南向北越过“三八线”的以美军为首的联合国军，全部赶回“三八线”以南。

上甘岭战役中，参战的中国人民志愿军第 3 兵团的司令员陈赓是黄埔军校第一期毕业生，此时的联合国军总司令克拉克是西点军校毕业生。上甘岭战役的战略意义，是彻底粉碎了以美军为首的联合国军重新从南向北越过“三八线”的企图。

美国人喜欢把撤退乃至溃逃说成是掉转方向进攻。不论美国人怎么说，真实历史是：当西点军校毕业生领导的部队在朝鲜半岛上从南向北越过“三八线”后，黄埔军校毕业生领导的部队进入朝鲜半岛，将西点军校毕业生领导的部队从“三八线”以北赶回“三八线”以南，并巩固了战线。

二十七

路宁所在机关的职责，似乎是在警示“人民公仆”不应当做什么。

路宁在奉命巡视中发现，无论在普遍性方面，还是在特殊性方面，“人民公仆”队伍中都存在一些不良现象。

路宁巡视的一个地区，较普遍地存在着一个现象：领导干部尤其是主要领导干部退休后，都要有一处可供其用公款吃、住、行的处所，若是风头不对，该处所的名称是可以随时做出规避性改动的，但该处所的实际用途始终如一——为退休领导干部尤其是主要领导干部提供免费的吃、住、行消费。人民群众对这一现象深恶痛绝。

路宁巡视的那个地区的上述情况简直够写成一部“世外桃源”的小说了。退休者以单位名义从所在地的行政村用公款租了十几亩地，要求在各个方面担任主要领导职务的老下级用公款“赞助”老领导，雇人种植品种各异、琳琅满目的“环保蔬菜”，免费提供给“老同志”，以“保护老同志健康”。

出身于“老八路”家庭的路宁，很清楚“老同志”概念的本来定义。他发现，此地用“环保蔬菜”来维护健康的“老同志”中，没有一个经历过革命战争年代的枪林弹雨。都是在和平年代参加工作的——真是辱没了“老同志”的英名。他代表组织断然下令：一切滥用公款的行为（即没有政策法律依据的使用公款行为）——包括用公款租地、用公款雇人种植蔬菜免费提供给曾经担任过领导职务的退休者的行为，必须迅速纠正。

个性方面的不良事例，更是触目惊心。路宁在巡视一个单位时发现，该单位一伙十数人在不良场所参加吸毒活动，被公安机关抓获时，都在公安机关提供的公务值勤单上签名，承认了参加吸毒活动，并进行了尿样检查。后来的情况是：参加吸毒活动的这些人员中，除一位领导干部的儿子被悄悄放掉、并且其尿样检查资料也不知去向外，其他所有参加这次吸毒活动的人员都受到行政拘留处罚。后来，这名被悄悄放掉的吸毒活动参加者还被提拔成领导干部。路宁代表组织严令有关组织严肃查处这一问题。结果是：玩忽职守的公务人员受到处分；参加违背社会公德活动的人员被免去领导职务。

路宁在巡视中发现，利用手中权力，以大幅低于市场价格的支出，甚至分文不付或象征性付款获取由公有资金开发运作的商品房的产权，是腐败的重要表现形式。在出售公有公司开发的商品房时，公有公司负责人竟有权任意降低商品房出售价格，甚至出售价格比市场价低 50%以上；更有甚者，以组织领导、规划设计商品房有功为由，使用公有资金工程款充抵私人购房应付的购房款，直至分文不付或象征性付款取得用公有资金开发的商品房的产权。尤为严重的是，司法机关负责人以掌握商品房开发运作者污点相要挟，让商品房开发运作者将非法工程款充抵转让给司法机关负责人。购房腐败严重侵犯公有财产。当发现购房腐败后，路宁代表国家职能机关要求严肃处理：不使公有资产受损失，要使腐败者受惩罚。

路宁认为：若对司空见惯的不良行为习以为常、视若无睹，若对触目惊心的不良行为麻木不仁，任何参天巨木，都会衰枯的。

路宁和宁澜去过太平天国"天京内讧"的代表性遗址——东王府，址在南京夫子庙瞻园，东王杨秀清在这里被诛。瞻园其实是两朝伟大军事统帅的府邸——明朝开国军事统帅徐达府邸，太平天国军事统帅杨秀清府邸。全中国还没有第二处住宅，居住过两位在中国历史上功高盖世的伟大军事统帅。瞻园真是个无与伦比的"红光紫气俱赫然"之地。

路宁和宁澜去过太平天国失败的标志性遗址——"湘军破城处"，址在南京明城墙太平门龙脖子拐弯处。"湘军破城处"城墙上弹痕累累的地方，为湘军围攻天京的炮火遗痕；城墙上砖石平整的地方为湘军炸塌城墙攻入天京后在炸塌处复建的城墙。春天，城墙上开着成群的紫花；夏天，城墙上长着茂盛的绿草；秋天，城墙上挂着金赤的树叶；冬天，城墙上覆着皑皑的白雪。

站在"湘军破城处"，宁澜问路宁："路宁，说说你的看法，对洪秀全、杨秀清究竟怎么评价？太平天国的根本意义究竟是什么？根本教训究竟是什么。"

路宁回答："洪秀全、杨秀清作为太平天国的主要领导者，前者是政治领袖，后者是军事统帅，在这场伟大的革命运动中各自发挥了不可替代的巨大作用，建立了不可磨灭的历史功勋。尽管他们逐步腐化，闹天京内讧而导致太平天国革命运动最终失败，但以洪、杨为主要领导者的太平天国领袖集团领导广大人民群众从根本上动摇封建清王朝的统治，在中国近代史上开全国性大规模反帝反封建伟大斗争先河的崇高历史地位，是不可动摇的。”

路宁见宁澜聚精会神地听着，就继续说：“太平天国最具根本意义的贡献是两条。第一条，在中国自 1840 年进入半封建、半殖民地社会后，太平天国革命首举反帝反封建双重历史任务大旗，具有同时承担起中国近代革命反帝反封建两大根本性历史任务的首创作用，在解决近代中国主要矛盾问题上，为后来的革命者提供了光辉榜样，对后来的反帝反封建革命产生了重大深远的影响。第二条，太平天国革命给清王朝以前所未有的巨大震撼，近乎摧毁性地打击了清王朝中央政府直接领导的嫡系军队、清军主力，使清中央政府被迫依靠地方地主武装如湘军、淮军等，从此清王朝逐步走向四分五裂，太平天国运动的成果为推翻中国封建帝制创造了现实可能性。”

宁澜掰了一块黑巧克力塞进路宁嘴里：“你讲得很精彩，接着说。”

路宁嚼了嚼黑巧克力，嘴中带着黑巧克力特有的苦香接着说：“太平天国的历史教训是深刻的。它给后人留下了两个需要深入思考的根本性问题：一是如何防止核心领导层腐败；二是如何防止核心领导层分裂。历史上这两个根本性问题解决得好的，事业就胜利；这两个根本性问题解决得不好的，事业就失败。”

宁澜说：“听着你的分析，我的口中只感到了黑巧克力的苦涩。近些年，仅在身边的同学、领导中，暴露出的腐败问题就十分触目惊心。前几年组织上推荐我参加了一个中青年后备干部培训班。我统计了一下，后来在厅、处级领导岗位因触犯刑律受到法律制裁的同学有五名，占全班四十名同学中的八分之一；近些年我省还有五名省级领导干部因触犯刑律受到法律制裁。现实同样昭示，越是在党和国家重点培养的领导人才中，越是在党和国家的中枢机关中，腐败与反腐败斗争的尖锐性越显突出。”

路宁的目光在城墙上仔细搜寻着，他在寻找着“湘军破城处”弹痕累累的墙体与后来复建的平整墙体的分界线，他指着分界线说：

“统治阶级腐败，遇重大关头，盛世会即刻转入衰世。唐代‘开元、天宝盛世’年间，由于以唐明皇为代表的统治阶级腐败引发‘安史之乱’，致一夜之间盛唐不再。唐王朝调回镇守西域的重兵平乱，既未佑住盛唐，又造成因硬实力空虚致儒家文明从此在西域衰弱。直到今天，西北地区仍存在的伊斯兰极端主义，根子之一就在于此。另一个严重情况是，统治阶级腐败，不可避免会导致社会各个方面的腐败，国家的武装力量难有强大战斗力，是不经打的。清朝的甲午战败与慈禧统治集团腐败密切关联，国民党政权丢失大陆与‘四大家族’腐败密切关联。想想看，在1948年8月间国共兵力相当的情况下，从1948年9月人民解放军拉开战略决战的序幕——济南战役起，经辽沈战役、淮海战役、平津战役三大战略决战，到1949年10月1日新中国成立，短短一年时间，国民党几百万军队土崩瓦解。貌似如此强大的力量在如此短的时间内被基本解决掉，在世界战争史上极为罕见。具体原因虽多，但最基本的原因，是统治集团腐败，失去了民心。”

宁澜抚摸着弹痕累累的城墙，仰头看着一棵离“湘军破城处”城墙不远的高大青松，沉思着：

“路宁说得对。遗患千年的严重后果，顷刻瓦解的强大力量，根源都在统治阶级腐败。”

经长期领导实践磨砺，宁澜对严格廉洁自律与模范履行公务的关系有着深刻理解。她说：“廉洁自律对在领导工作中敢于坚持原则意义重大。说到底，关系到在模范坚持原则的同时有效保护自己。按政策、制度、法律办事是会得罪人的，尤其在涉及个人利益时。明明有国家政策、制度、法律限制，但当涉及个人利益时，少数人却把矛头指向按国家政策、制度、法律要求忠实履行公务的国家公务人员。主要手段之一就是‘你不按我的要求给我解决问题，我就用尽一切手段告你’。在坚持原则者须经受各种告发考验的历史条件下，得出的结论必然是：廉洁自律已成为履行公务时敢于坚持原则的必要条件或曰前提条件。”

二十八

宁澜出国考察，有三篇出自她手的文章，反映了其根本信念和学习方法。

她到英国考察，在春雨中来到伦敦海格特公墓马克思墓前，向全世界无产阶级的伟大导师敬献鲜花，并呈上一篇亲笔写的题为《马克思墓前》的纪念文章：

他立足在坚实深厚的大地，逻辑严密地科学揭示出人类历史发展规律和人类社会必然轨迹。他在坚不可摧地奠定了解放全人类的基石性理论后，长眠在这里。

他的科学理论，曾指引地球上疆域最辽阔的国家，取得历史性突破；他的科学理论，正指引地球上人口最众多的国家，取得令全世界日益惊叹的越来越辉煌的胜利。他指出的人类必由之路，越来越显不可逆转的光明。他锻造的改造世界的武器，越来越呈无坚不摧的锐利。

马克思——

人类智慧的代表，

无产阶级的圣人，

永照时空的火炬，

共产主义的基石。

她在晚秋到美国硅谷地区考察，重点研究了“中关村与硅谷创业基本要素对比”课题，并亲笔写出题为《中关村与硅谷创业基本要素对比》的论文。

中关村科技园区是中国首个“国家自主创新示范区”，战略目标是在 2020 年左右成为具有全球影响力的科技创新中心。美国硅谷科技园区目前占据全球科技创新集聚地制高点，中关村正在有力竞争。试将占据全球科技创新集聚地制高点的八大基本要素对比一下：在国家支持、高校集聚、人才众多、资金雄厚、产业巨大、文化多元、机制优越（包括管理创新和激励机制两方面）、法制完善八大基本要素中，中关村正逐步占优势的是：国家支持、高校集聚、人才众多。硅谷仍占优势的是：品牌产业巨大、创业文化多元、法制环境完善。资金雄厚是硅谷与中关村的共同优势，中关村前景更好；机制优越方面各有长处，中关村能够集中力量办大事，硅谷激励创业的机制更完善。

中关村主要应当学习硅谷的文化多元、管理创新、激励机制、法制环境。

创业文化多元可博取全球智慧，形成世界眼光，占据国际竞争制高点。创业文化多元的实质是争取利用全球人才、全球资源、全球市场。硅谷的经验表明，具有不同深刻底蕴的多种文化之间的相互激荡，更有利于产生整体趋向世界领先形态的创新成果。据2015年4月8日《光明日报》《2015中国国际移民报告》一文介绍：据联合国估计，2013年居住在中国境内的外籍人员占我国人口的0.06%，而发达国家、发展中国家的平均水平分别是10.8%和1.6%，世界平均水平是3.2%。说到底，只有人才利用全球化、资源利用全球化、市场利用全球化，才能成就世界一流科技园区。

管理创新居勇攀高峰诸要素的核心地位。理念创新是方法创新的基础。全球创业组织形式日益多样化（管理方法创新）首先得益于管理理念创新：从本质上看，对创新而言，最重要的不是将物理人组织起来，而是将物理人的创新思想组织起来。以将人才的创新思想组织起来为核心的创业组织创新，对企业成功有着越来越巨大的作用。创业组织形式创新大多产生于中小企业，英特尔、谷歌、苹果等世界著名公司都是二三十年间因管理创新从小公司发展而来。大公司本身实行革命性的管理创新通常有难度，有远见的大公司一般通过不断收购实行了创业组织形式创新的小公司而吸收革命性的管理创新理念，从而保证大公司与时俱进，长盛不衰。管理创新是为了进一步解放和发展科技创新，因此，管理创新是赢得未来的核心建设。

激励机制完善可促进人才智慧最大程度地迸发。激励机制完善主要包括创业环境宽容和保护知识产权两方面。创业环境宽容主要指：一是尊重个性。文化多元必然个性多元。二是来去自由。其深刻含义是适应全球创业组织形式日益多样化的趋势；其基本前提是维护契约精神。三是宽容失败。统计表明：就长时期而言，宽容失败之地远比苛责之地取得的重大创新成果多。保护知识产权主要指，只有保障创业者合法地争取个人利益最大化，才能激励创业者尽力为人类做出更大贡献。

法制环境优良对吸引和留住人才起根本作用。法制环境优良才能真正依法维护以诚信为基本要义的市场交往契约。契约精神是市场经济的核心支撑，契约精神的基本要义是诚信，法制环境优良是以诚信为基本要义的契约精神得以维系的根本保障。法制环境优良才能真正依法保护知识产权，而有效保护知识产权是使人才智慧持续迸发的根本动力。也就是说，法制环境优良可达两大目的：一是通过保障契约严肃性长久维系诚信，从而使创业必需的合作日益巩固和深化；二是通过保护知识产权长久激发创业者的创造力。

从根本上说，国际博弈，掌握科学观念、科学方法，是解决基础性、根本性、长久性问题的。广泛利用全球人才、创业组织不断创新、充分保护知识产权、不断优良法治环境，是中关村需要进一步掌握的科学观念、科学方法。

占据全球科技创新集聚地制高点——

全球人才是源泉，

管理创新是核心，

知识产权是动力，

法治完善是保障。

据 2014 年 8 月 16 日《光明日报》介绍：北京已开始建设“来去最自由、落户最便利、创业最宽松、生活最舒适、人才最向往”的首都国际人才自由港，目标是形成人才、资本、科技、产业、文化“五位一体”集聚的全球人才竞争战略高地。据 2015 年 2 月 4 日《光明日报》介绍：中关村人才战略的目标是，到 2020 年，在国际人才竞争力方面达到国际发达地区一流水平。

这篇论文在重要刊物上发表了。

宁澜在出国考察期间进行中西比较的过程中，准确把握中国优势，写出了《实现中华民族伟大复兴的基本因素》。文中指出：在实现中华民族伟大复兴的诸多因素中，有四个基本因素最具决定意义。一是制度优势。二是人才优势。三是市场优势。四是地缘优势。“中国是欧亚大陆核心地带国家中地缘禀赋最好的国家之一。在国际经济竞争中，地缘优势对中华民族的永续发展，具有禀赋支撑意义。”这篇文章在《求是》杂志上发表。

当然，也有轻松的时候。

在莎士比亚故居，她发给丈夫的移动电话信息是：“西方戏剧圣人的一生，启幕于此，谢幕在斯。全面显示人性复杂的《哈姆雷特》，尖锐抨击资本主义丑恶的《威尼斯商人》，深刻揭露封建制度黑暗的《罗密欧与朱丽叶》，都由诞生和逝世在英格兰亚汶河畔斯特拉福镇的莎士比亚挥就。”

在莫扎特故居，她发给丈夫的手机信息是：“北方的多瑙河灵波，南方的阿尔卑斯山神，久久眷顾着萨尔斯堡。于是，水与山交融，灵与神合一，诞生了现代交响乐之祖——莫扎特。”

在莫斯科红场，她发给丈夫的信息是：“长眠着，掀开纪元的列宁；行进过，拯救世界的红军。”

她知道丈夫写过研究库图佐夫和朱可夫的文章，她从俄罗斯发回了用手机拍下的库图佐夫雕像与朱可夫雕像，并附言：“俄罗斯永远铭记，遇强必胜的两位伟大的英雄：1812 年，当拿破仑最强大时，库图佐夫将其击溃；1941 年，当希特勒最强大时，朱可夫将其击溃。遇强必胜——那是最辉煌的事业！”

在大英博物馆，宁澜给路宁发出信息：“我看到了古楔形文字、古埃及文字，据说是世界上最古老的文字。记得听你说过汉字的伟大，似有与西方不同的看法。”

回国后，路宁对宁澜说：“感谢你关于文字问题发给我的信息，触发了我的灵感，写了一篇文章，寄给报社了。”宁澜看了这篇文章的底稿：

汉字是全世界最具强大生命力的文字

文字是文明的最权威证明。汉字是全世界最具强大生命力的文字。

古代两河流域文明、古代埃及文明、古代印度文明、古代中华文明，是世界最早的四大古文明。古代两河流域文明、古代埃及文明断裂于公元前的波斯帝国统治、亚历山大帝国统治，古楔形文字、古埃及文字不再使用，直到两千多年后的公元 19 世纪以后才重新获得考古界的释读。古代印度文明断裂于公元前 1700 年，古印度文字不再使用，至今仍不能获得成功释读。

汉字是世界四大最早古文字中惟一至今仍在使用的具有无比强大生命力的文字：世界最早使用；从未间断使用；目前在全球使用人数最多，是汉字强大生命力的三大体现。

从汉字最初出现地域看：距今 8000 年前的淮河流域的贾湖遗址、距今近 7000 年前的淮河流域的双墩遗址和黄河流域的半坡遗址、距今 5500 年前的长江流域的良渚遗址、距今 4600 年前的黄河流域的陶寺遗址，都发现了与距今 3300 年前的黄河流域的安阳遗址中成熟甲骨文字有某种联系的文字符号或称初期象形文字。尤其需要指出，在距今 7000 年前的双墩遗址中发现的 600 多件种类繁多的刻划符号，为国外同期考古所罕见，比迄今世界最早出现的楔形文字早出现约 2000 年。国内外专家基本形成共识：双墩刻划符号或曰“双墩刻字”已成为世界早期文字起源和文明形成的重要组成部分。

从汉字进步轨迹看：距今 8000 年前的“贾湖刻文”，反映的是脱离了图画的、表达某种特定含义的抽象符号已经出现；距今 7000 年前的“双墩刻文”和距今 7000 年前至 5000 年前的“半坡刻文”，反映的是表达某种特定含义的抽象符号种类已经相当繁多；距今 5000 年前至 4000 年前的“丁公陶文”（在山东邹平县发现的龙山文化晚期的丁公遗址中，一件灰陶盆底部残片上有 5 行 11 个极似文字的刻画符号），反映的是抽象符号已经发展至构成句子的成行符号阶段；距今 3500 年前的“早商字骨”（在属于商代早期的郑州二里岗文化遗址中，发现了字骨），反映的是比较成熟的中国字已经出现；距今 3300 年前的晚商甲骨文，反映的是中国字已经成熟。

汉字很可能有多个源头。譬如，“贾湖刻文”、“陶寺朱文”的写法就类似后来的商代甲骨文，“丁公陶文”的写法就不与后来的商代甲骨文同体。

从史书记载看，黄帝以后的人事记载开始清楚起来。这说明，在黄帝之前的生活在中国境内各大河流流域的中国先民们创造汉字的基础上，大约在距今 5000 年前的黄帝时代，有组织地对汉字进行了一次整理创新。距今 5000 年前至 4000 年前的构成句子、极似文字的成行符号——“丁公陶文”，尤其是距今 4600 年前的已经比较成熟的文字——“陶寺朱文”显示，对汉字进行整理创新的条件已经基本具备。从此，中华文明以汉字为承载，越来越清楚地从未间断地永久传承下去。

语言是交际工具。人类最基本的交际是围绕经济利益的交际。谁能稳定提供最大的经济利益，谁使用的语言就成为主要交际语言。历史上英文和美式英文曾先后随着英国成为全球最大贸易体和全球最大经济体、美国成为全球最大贸易体和全球最大经济体，而先后成为世界最重要的交际语言。2013 年，中国超过美国成为全球最大货物贸易国；2014 年，按购买力平价法计算，中国超过美国成为全球最大经济体。随着中国逐步成为全球最大贸易体和全球最大经济体，中文成为世界最重要的交际语言之一，将越来越成为世界性的潮流。

汉字在世界上诞生得最早；汉字的前途在世界上最光明。

宁澜读路宁颂赞汉字文章的时候，路宁陪在妻子身边，很感兴趣地就着鱼子酱抹黑面包，品起了伏特加酒，还不时地大口嚼着酸黄瓜。鱼子酱、黑面包、伏特加、酸黄瓜，这四样俄罗斯著名特产，都是宁澜读托尔斯泰的《战争与和平》时留下深刻印象，从俄罗斯带回请丈夫品尝的。路宁喜欢鱼子酱抹黑面包中蕴含的俄罗斯红色文化基因，据他读过的托洛茨基回忆录记载：十月革命胜利的当天清晨，列宁和托洛茨基在十月革命总指挥部圣彼得堡斯莫尔尼宫所用的早餐，就是抹着鱼子酱的黑面包。

宁澜还告诉过路宁，她在美国期间对食物上的最深刻印象，是品尝了肉质饱满、鲜美耐嚼的大西洋硬壳大龙虾。价格虽不贵，可惜生猛海鲜带不回来。不过听说中国市场也有生猛的大西洋硬壳大龙虾。前面写到路宁崇拜英雄，其实路宁也喜欢美食。路宁到美国当访问学者时，正值受国际金融危机影响，美国市场上大量销售的大西洋硬壳大龙虾价格大幅下跌。路宁数次到餐馆点一只1.5磅左右的生猛大龙虾，或整只蒸煮熟后，剥去硬壳直接品其原汁原味的龙虾肉；或要求剁成块配上葱姜爆炒，龙虾头尾等煮菜泡饭。趁美国市场硬壳大龙虾价格不贵，大嚼过几回。

二十九

路宁曾写下一首赞扬爱妻的诗篇——《七律·杜鹃》

难学芍药深闺重，
一腔热血映山红。
远离玫瑰娇娇刺，
簇簇火热群融融。
夜合艳美众难睹，
虞花英丽早衰容。

春日红霞杜鹃吐，
燃得漫野赤彤彤。

“春日红霞杜鹃吐，燃得漫野赤彤彤”，是对宁澜的形象写照。

在七月流火的建设工地上，她自觉地每年用一周时间同建筑工人一起汗流浃背地劳动；在寒冬腊月的黎明街道上，她自觉地每年用一周时间同清洁工人一起清扫大街小巷；在拥挤的女职工宿舍里，她自觉地每年用一周时间同普通女农民工同吃同住在一起；在机器隆隆的车间里，她自觉地每年用一周时间同产业工人共同操作。

路宁从宁澜一片真情与劳动群众摸爬滚打在一起的实践中，恍然彻悟了家中珍藏着的那块冰心玉壶般的雪花白在社会学方面的比拟意义。

在每年一个月时间与普通职工在生产一线共同劳动的日子里，宁澜深深感到，目前在生产一线劳动的职工群众中，农民工已占多数。切实维护好农民工权益，是工会工作必须认真解决的重大新课题。

“维护农民工权益的实质是：在城乡一体化、农村城镇化、农民市民化的历史进程中，逐步实现农民工与工作所在地其他职工的‘两个公平’——收入分配公平和享受公共产品、公共服务公平。”

这是宁澜担任地方总工会领导工作后，对工会工作面临的新重点任务的本质内容的概括。

“简单地说，组织农民工加入工会，实现会员普惠化服务，就是使工会成为‘农民工之家’的两大任务。”

“组织农民工加入工会，要解决的难点是在‘两个领域’依法建立工会：一是在农民工集中的建筑承包企业、施工劳务企业等流动性强的领域依法建立工会；二是在农民工集中的现代农业企业、物流业、家庭服务业等新兴产业领域依法建立工会。”

宁澜特别强调实现会员普惠化服务。她说：“在今天的城市生活中，农民工和城市职工已经融合在一起。我们住的房子可能是一个农民工家庭中的父亲盖的；我们家里的家政工可能是他的妻子；每天给我们送快递的可能是他的儿子；我们带回家的菜可能是从他的儿媳妇手中买的。今天的城市生活已经完全离不开农民工，换句话说，在每个城市里农民工和城市职工都已经融合在一起，因此，公平享受该城市提供的公共产品、公共服务，或者说实现会员普惠化服务，已成为社会公正的必然选择。”

“实现会员普惠化服务，要解决的关键是在劳动争议四大突出问题上实现会员普惠化服务，即在劳动合同签订、劳动安全保障、社会保险参保、工资报酬支付等方面按会员普惠化服务原则确保农民工会员合法权益。还包括在提高技能、助学资金等社会服务、社会救助方面的一视同仁。”

宁澜在“全国农民工加入工会工作会议”上介绍了工作经验。

从政治安全角度看，防止长期执政带来严重腐败，防止巨大发展不能实现共享，是执政党长期不能放松的重大战略任务。防治腐败，社会公平，是保障一种政治制度安全前行的双轨。

在改革开放、长期执政的历史环境下，反对腐败是关系党和国家生死存亡的一刻也不能松懈的长期重大战略任务。腐败主要是制度安排以外的非法行为。腐败，是摧毁党的执政能力、毁灭党的先进性的主要因素之一或曰标志性因素之一。解决腐败问题，关键在权力制约制度和民主监督制度的完善、创新、落实。

改革开放以来，在处理效率与公平关系的问题上，我国总体上效率体现较好，公平体现滞后。社会不公主要是制度安排方面存在的问题。解决公平问题，关键在劳动分配制度和社会保障制度的完善、创新、落实。

只有从根本上解决防治腐败、维护公平问题，才能从根本上解决政治安全问题。

路宁所在的单位，主要职责是防治官吏腐败；宁澜所在的单位，主要职责是维护社会公平。夫妻俩忠心耿耿地守护着人民共和国这列巨大列车快速前行所依托的双轨。

中国共产党第十八次全国代表大会在北京召开，宁澜作为党的十八大代表参加了大会。她所住的位于西长安街的京西宾馆，是具有伟大历史意义的党的十一届三中全会会址所在地。

参加党的第十八次全国代表大会期间，宁澜站在天安门广场，看着天安门、人民大会堂、人民英雄纪念碑、毛主席纪念堂，写下了《天安颂》：

最大的宫殿，
最大的广场，
世界无出其右。

历史，
人民，
英雄，
领袖，
永远紧靠，
共铸成就。
华表巍峨，
石狮悠悠：
一只爱抚着幼狮，
寓意中华民族
永远生生不息；
一只把握着寰球，
寓意中华民族
永远昂然全球。
五四运动，
开国大典，
现代以来
振兴中华的两个标志事件，
都在天安门广场成就。
辉煌历史，
灿烂艺术，
深远哲思，
宏伟追求，
尽可在天安门广场寻究。

宁澜在省人民代表大会上当选为副省级领导干部了。省人代会结束后的第一天早晨，宁澜与路宁一块儿在家用早餐。喝的是雨花茶，吃的是“绿柳居”包子。在一笼屉包子里，夫妻俩不约而同，第一只拣的是豆沙包，第二只拣的是青菜包，第三只拣的是三丁包。路宁笑道：“真是夫妻久了有默契啊。”宁澜停下筷子，看着冒着热气的笼屉想了想，回道：“红豆象征着永远恩爱，青菜象征着保持朴素，三丁象征着不断传承。愿我们家永远恩爱，保持朴素，不断传承。”夫妻俩端起飘着雨花茶香的喝水杯碰了一下，都大喝了一口雨花茶。

宁澜发现，在省级领导班子中，尤其在担负主要领导责任的党政领导同志中，涌现出一批优秀领导人才。他们心系人民、一身正气、擅长经济、熟悉党务、尊重法治、遵守纪律，有学问家风范、有实践家本领。在领导工作中，理想信念与世界眼光、宏观发展与微观进步、创业激情与沉着冷静、心中有数与公道待人，很好地结合起来。主持过具有全球影响的大工程，培育过具有国际竞争力的大企业，主办过既有鲜明中国特色又具世界先进水平的大教育，领导过创新力居世界前列的大城市。充满自信力地领导逐步领先世界的大工程、大企业、大教育、大城市，是新一代领导者的显著时代特点。他们是在波澜壮阔的中国特色社会主义事业中成长起来的、致力于中华民族伟大复兴的新一代革命家、政治家、理论家、改革家。

据 2014 年 5 月 8 日《人民日报》、2014 年 10 月 13 日《人民日报》报道：目前全球最重要的两大多边开发机构——世界银行和国际货币基金组织先后宣布，按购买力平价法计算，中国经济规模在 2014 年超过美国，成为世界第一大经济体。

世界银行甚至宣布了按购买力平价法计算，中国经济规模超越美国的具体时间：2014 年 10 月 10 日。

国际货币基金组织和世界银行公布的按购买力平价法计算中国经济规模重回世界第一，具有不容置疑的权威性。国际元（国际标准货币单位）就基于购买力平价。也就是说，按国际元计算，中国经济规模已经重回世界第一。

据 2015 年 12 月 1 日《人民日报》报道：国际货币基金组织于 2015 年 11 月 30 日决定，“将中国的人民币纳入国际货币基金组织特别提款权货币篮子”。

据 2015 年 12 月 2 日《人民日报》报道：国际货币基金组织特别提款权货币篮子中的五大世界货币中，美元权重为 41.73%，欧元权重为 30.93%，人民币权重为 10.92%，日元权重为 8.33%，英镑权重为 8.09%。

这标志着世界正式公认：第一，人民币成为国际储备货币或曰人民币成为世界货币；第二，人民币进入世界货币“三强”行列。

晓风习习，

归云集集。

朝霞清纯，

晚霞浓烈。

宁澜、路宁等新中国成立后出生的第一代孩子们为之奋斗了一生的祖国，实现了“重归世界第一”的第一步。同时，在科技、教育、文化事业的某些点上，中国也达到了世界第一：英国《自然》杂志网站 2014 年、2015 年、2016 年全球科研机构年度指数排名公布：中国科学院连续三年在全球科研机构年度指数排名中位列全球第一，美国哈佛大学连续三年在全球科研机构年度指数排名中位列全球第二。据 2016 年 5 月 22 日《光明日报》介绍：在经济合作与发展组织举行的全球基础教育水平测试（各国 15 岁中学生的数学、阅读、科学三项成绩测试）中，中国上海基础教育水平在 2009 年、2012 年两次名列全球第一。据 2016 年 5 月 16 日《人民日报》介绍：联合国教科文组织统计研究所发布的报告显示，中国已连续四年位居世界文化产品出口榜首。中国的目标是：在科技、教育、文化等国际竞争中代表一个民族高度的领域，中国不仅要在点上、量上重归世界第一，而且要在点与面的结合、量与质的结合上全面重归世界第一。随着经济而在科技、教育、文化、社会事业、生态建设、国防建设等综合国力方面一个接着一个全面重归，中国的发展模式、社会制度亦将随着中国综合国力走向世界最高峰的进程而进一步增加对全世界的吸引力。这，有待于一代接着一代的不懈奋斗……

儿子远方在报纸上发表了一首散文诗《如果》，宁澜认真读后对丈夫说:“儿子已经走上正确的奋斗之路了。”

如果

有一种人，
不敬业当前，
只抱着痴想：
如果
我是将军，
战争会赢。
如果
我是经理，

企业永兴。
如果
我是市长，
治绩全新。
现在，
我什么都没做好，
那是因为，
我默默无名。

有一种人，
不惮无名，
默默准备：
如果
与将军对决，
必先握致胜本领。
如果
与经理竞争，
必先具汰劣能力。
如果
与市长比治，
必先通大治至理。
胜兵先胜后求战，
胜任未来者，
胜在当今。

如果
当需要你的时候，
不能做好，
渐渐地
就没有了美好的如果；
如果
当需要你的时候，

能够做好，
渐渐地
将有更多美好的如果。
无名之时，
有名之际，
道理同一：
如果
能够为胜任需要
——充分准备，
人生将有众多
美好的如果。

三十

路宁在江东市巡视，被巡视地区安排了各个领域的一些单位供巡视人员考察，其中有该地区民营企业的典型——虎踞山农业机械责任有限公司。考察前两天，路宁年过九十周岁的父亲突发脑梗，路宁送父亲到医院抢救。几天后，父亲病情好转，路宁回到单位，同组的同志送来了考察虎踞山农业机械责任有限公司时，该公司董事长带给路宁的一封信函。路宁打开了信函：

“路宁师弟：好！你们组的同志都来了，你这个组长怎么没来？一晃几十年没见面了。你就要退休了，我记得你的生日，退休前来一趟吧，看一看你参加工作后第一个工作单位的大变化，正好给你的整个工作历程画上圆满句号。师姐谭英”。信函上附着谭英的手机号码。

路宁给谭英发了信息：“谭英：好！我明天上午到虎踞山农业机械责任有限公司。路宁”。

谭英回复：“明天上午十点，我在小草屋门口等你。”

虎踞山龙蟠岗上的小草屋，是路宁参加工作后的第一处宿舍。从1971年路宁参加工作住进这间小草屋算起，四十四年过去了。

并列着左右两扇小门的小草屋入口处挂着一块牌子，上面写着“职业教育培训基地暨青少年艰苦奋斗教育基地窗口”。

身着工作服、挂着工作牌的谭英，从小草屋左边小门内走出（那里是她当年的宿舍)："路宁你回来啦?"

路宁看到，高大丰满、脸庞漂亮、眼睛迷人的谭英，气色红润，带着欣喜的笑容，浑身上下透着成功女性的成熟美，只是原来的乌发中有了银丝。

"谭英，我怎么有了四十四年前在小草屋门前你第一次迎接我时的感觉。"

"有那么年轻就好啰。"谭英非常开心，脸色更红了。

谭英陪路宁走进了小草屋右边的那扇小门。

这里是当年路宁的宿舍。路宁看见宿舍中间放着一个橱窗，橱窗内右边放着一件被烧得残缺不全的军装，左边放着一堆裹着干淤泥的稻草。橱窗内的下方有一块小木牌，上面写着说明：

"在虎踞山农机厂发生的一次火灾中，住在这间小草屋的男知青第一个奋不顾身冲向燃火点，脱下穿在身上的这件军装持续扑火，控制火势的快速蔓延，为职工们冲进火灾现场灭火赢得了宝贵时间。住在这间小草屋的女知青第二个奋不顾身冲向燃火点，她怀抱着一大堆车间外泥沼里浸泡着的烂稻草，对扑灭大火起到了决定作用。"

谭英说："灭火后我把你这件军装拿来，洗干净后一看，被烧的地方太多，有多处烧出的大洞，没法补了，就搁在一边了。你也没来要。我一直保存着。办青少年艰苦奋斗教育窗口，用上了。许多年轻人看到这件被烧得残缺不全的军装，都久久驻足，深受感动。"

谭英微笑着继续说："我的考虑是，小草屋内，保留芦席隔开，半间是女知青宿舍、半间是男知青宿舍的原样，更具长久吸引力。本企业青年男职工及来我们企业实习的高等职业学校男学生都喜欢看看女知青的宿舍，本企业青年女职工及来我们企业实习的高等职业学校女学生都喜欢看看男知青的宿舍。寓艰苦奋斗教育于无限遐想之中，增强了教育的生动性。"

谭英接着说："这间小草屋现在已经成为激励企业职工奋发向上的精神资产了。围绕这间小草屋，已经形成了一个美好的寓言故事，小草屋仿佛成为了我们企业的精神图腾。职工们都知道，在知识青年上山下乡的岁月，在这间小草屋里，曾经隔着芦席住过一男一女两位知青。他们有一个共同的师傅，女知青是师姐，男知青是师弟。这对师姐师弟都为我们这个企业做出过重要贡献——农机厂发生火灾时，全厂职工中，师弟第一个、师姐第二个冲进火场；农机厂劳动竞赛时，全厂职工中，师弟得了第一名，师姐得了第二名；农机厂技术改造时，师弟领衔、师姐操刀，两人带头为企业获得了第一个省级技术改造奖。住在这间小草屋中的师弟、师姐先后当上了我们这个企业的领导。恢复高考后，这位男知青考上大学，后来在省里综合部门当了领导干部；改革开放后，这位女知青成为著名的民营企业家。许多新进企业的男女青年，都喜欢争相到这间小草屋中住上几天，说要沾沾灵气。”

“你把这间小草屋按当时的原样留着，帅武是什么意见？”

“他没有不同意见，挺乐意。”

“为什么？”

“别看他们家是普通工人家庭，其实思想封建得很呢。当时帅武感到我喜欢你超过我喜欢他，他母亲就教给他检查我是不是处女的办法。发现我还是处女后，帅武从此不再疑心了。说实话，帅武一直很佩服你，你实际上成了他创业的长期重要的精神推动力。他对我说：‘谭英你放心，我不会被路宁比下去。我一定要让你感觉你嫁给我没嫁错。’帅武很有经营头脑，他认为我们这个农机现代化企业留着企业草创之初的小草屋，做为生动的教育窗口，一来可以教育大家以艰苦奋斗为荣，我们企业就从这间小草屋起步；二来可以产生今昔强烈对比，激励员工继续前进的自信心。当然最根本的，留下小草屋是我这个公司董事长兼党委书记的意见。”

此时，破席抹泪、胸前去烙、灭火相拥、草屋轻依、浴室救助，那些已经远去的画面，都鲜活地浮现在谭英的脑海。

“路宁哎，你在我心目中的地位，一直是非常重要的。年轻时是我深深爱着的对象。经过这么多年，你在我心目中已经不再是爱的对象，而是渐渐定格为一种长期激励自己并且可以用来教育年轻人的榜样力量了。清晨深夜刻苦读书孜孜不倦；带头冲进火海忘我保护国家财产；夺得虎踞山农机厂职工劳动竞赛冠军；领衔为虎踞山农机厂争得第一个省级技术改造奖；在闭塞岁月把企业青年工作开展得有声有色；真情保护遭受侮辱的女知青；真情帮助工伤后的知青们排忧解难；恢复高考后成为那个时期的‘天之骄子’，从我们企业走出去成长为国家干部。这些往事中体现的艰苦奋斗、勤奋学习、英雄主义、勇于创新、关心群众等丰富内涵，我在长期用来激励自己的同时，感到可以作为我们企业的优秀基因，用来长期教育和激励职工尤其是年轻职工。教育窗口就是这间小草屋。正是因为在这间小草屋中的生活，使我获得了激励自己一生奋斗的精神力量。帅武也知道，这间小草屋是他的妻子——公司董事长兼党委书记谭英参加工作后的第一处宿舍，并且是对妻子一生奋斗产生深刻影响的宿舍。”

谭英陪路宁走进了安装着信息化生产线的现代化精加工车间。

她告诉路宁：“这里就是曾经由你担任主任、我担任副主任的精加工车间。新车间是在老车间原址上重建的。长、宽、高度都是老车间的两倍。”

在几条生产着不同小型农机具产品的信息化生产线上，工人们或认真监视着控制生产线的电脑，或在生产线上按所分工的工序仔细操作。

路宁问：“帅武今天怎么没出现？”

谭英答：“帅武上周带队到欧洲考察农机合作项目，下周回来。知道你来，让我代向你问好。我儿子从美国留学归来，现在担任公司技术科科长，跟他父亲一块儿到欧洲考察去了。”

路宁说：“请代向帅武问好。你们培养儿子有方，聚焦科技创新。据我了解，虎踞山农机有限责任公司在适合丘陵地区的小型农机具研发方面很有作为。”

谭英介绍：“农业从使用手工工具、畜力农具转变为普遍使用机器进而实现‘信息化＋机械化’，是农业现代化的重要标志之一。我国70％左右的国土面积属于丘陵地区，不具备大型农业机械作业条件，相对于我国平原地区大型农业机械发展水平，适合丘陵地区的小型农机具研发比较滞后。小型农机具产品远远没有全面覆盖丘陵地区特色产业，譬如，在纤维、油料、糖料、饮料、药用、工业用等中小类经济作物生产‘信息化＋机械化’方面，在蔬菜、瓜果、花卉等园艺作物生产‘信息化＋机械化’方面，在畜牧水产养殖业‘信息化＋机械化’方面，企业研发丘陵地区特色产业小型农机具大有作为。我们企业现在是部省级‘丘陵地区小型农机具技术研究与示范基地’，重点攻关适合丘陵地区经济作物、园艺作物、水产养殖现代化生产的‘信息化＋机械化’小型农机具，尤其是服务产业全程的‘信息化＋机械化’中小型设施设备。”

路宁指着监视着车、刨、磨工序的工人，赞叹地说：“谭英，在你的企业里工作的工人，上班下班都可以只穿一套衣服，不用换，干干净净的。回想我们那时，上班时穿的工作服，就像从油缸里捞出来的。”

谭英笑着回答：“当时是有这种情况，但在你身上体现得最突出。也挺可怜的，刚到厂里时，你还不满十六岁，所以师傅嘱咐我关心你。现在精加工已经实现了‘信息化＋机械化’。工人的主要任务已由过去的动手操作车、刨、磨，转变为监视机器车、刨、磨，当然工作服就不会再那么油腻了。”

路宁还在装配车间参观了装配生产线上排列着的自动化机器手臂（机器人）按电脑设定的程序精密装配小型农机具的完整过程。

谭英说：“吃午饭的时间到了。听说你来，有几位你认识和帮助过的老知青，在餐厅等着你呢。”

谭英陪路宁走进了宽敞明亮的职工餐厅。

几位老知青热情地迎了上来。

路宁认出，其中一位是当年分配在厂里当木工的男知青。一次他在工作时间打瞌睡，被高速旋转着的大木锯瞬间锯掉了左手的两根手指。伤残后厂里仍要他继续从事木工工作。他是共青团员，找到了厂团总支书记路宁。路宁虽不分管木工工作，但从关心青年的角度，以厂团总支名义向厂里正式建议并被采纳，将这位因伤致残的知青调到了不具危险性的仓库管理员岗位。知青大返城中，因其伤残，城里各个单位都不接收他，他就继续留在厂里。企业改制时，谭英留下了他，仍按路宁当时的建议，一直让他做仓库管理员工作。谭英是一位热心人，她为这位男知青在城里老街坊邻居中物色了一位幼儿时因发烧未及时治愈导致左腿神经破坏而有些跛的姑娘。老邻居和老部下都相信谭英。结婚照拍出来了，男子帅气，女子靓丽。谭英参加他们婚礼时对这对新人说：“有两个客观条件只会越来越好。一是高速公路早已通车，从出公司大门到进家门，只要四十五分钟。不久后地铁通了，上下班路上时间更节约。二是在我的公司工作工资不会低，只会越来越高。祝你们互相帮助、默契配合，幸福生活吧。”

路宁又认出其中一位，是当年分配在厂里精加工车间当搬运工的男知青。一次搬运货物时停下车来与一位女知青说话，没有注意站立的位置，车把子在裤裆下，岂知板车上放的货物前重后轻，车把子突然翘了起来，重重击打了他的生殖器，他当时就昏了过去。经医生诊断，他失去了生育能力，也失去了男性的力量。带班的车间副主任谭英找到副厂长兼车间主任路宁，说你既是车间主要领导，又是厂领导，解决这个问题的力度比我大一些。路宁想了一下，作为副厂长，自己分管保卫工作，于是，两人商量了一下，将其工作调换为看守厂大门的门卫。因找不到对象，他比较自卑，知青大返城时他自愿留在厂里。企业改制时，谭英留下了他，仍按当时与路宁商量的意见，一直让他做门卫工作，并为他在附近农村介绍了一位比他小六岁的农村妇女。那位农村妇女与丈夫离婚后一直带着一个女儿过。这位男知青长得比较好看，在谭英的公司工作工资不算低；那位农村妇女五官和身材都比较姣好，只是经济拮据，也不想要第二个孩子。双方把自己情况向对方说明后自愿结婚，一直恩恩爱爱地生活着。

老知青们在“龙蟠岗厅”围着大餐桌就座后，谭英说:“今天是知青老友相聚。我们就吃当年当知青时在宿舍里无厨房少炊具情况下摆弄过的‘囫囵炖’，也挺好吃的。”

整桌菜就是四个‘囫囵炖’，端上来四个大砂锅——龙蟠岗煨猪杂、玉龙湖杂鱼汤、清水塘炖秋鸭、虎踞山烩十素。

龙蟠岗煨猪杂砂锅食材丰富。谭英要炊事员早晨宰了一头黑猪，将猪腰花、猪肚子、猪大肠、猪心、猪肝、猪肺、猪血等洗净切好，入锅撩过开水后，一起放入大砂锅，加上葱姜和足量黄酒，佐之以少量老笋干，宽汤白煨。

玉龙湖杂鱼汤砂锅内容品种颇多。谭英一天前要炊事员从玉龙湖水产公司进了一批初冬季节能捕捞到的各种鱼类。大鱼洗净剁块、小鱼洗净整只扔进砂锅，辅之以适量青萝卜，熬成浓汤。

清水塘炖秋鸭砂锅义重情深。谭英对路宁说，小草屋后的清水塘边，现在还养着鸭子。今天吃的跟四十多年前在小草屋吃的一样，都是小草屋后的清水塘秋鸭。

虎踞山烩十素砂锅山居气浓。购得虎踞山农民在山里自培自种的菌类和蔬菜、自制的粉皮和豆腐，洗净切好放入用虎踞山跑山鸡熬成的高汤，开锅即可食用。

谭英说:“今天路宁来了，我请大家喝藏了四十多年的白酒——普通粮食白酒。当时一斤装瓶的普通粮食白酒一元钱能买两瓶。藏了四十多年，现在可是天价了。”

谭英有些激动，路宁也有些激动。他们的脑海里都出现了四十多年前的那个夜晚，路宁帮谭英找回被偷走的鸭子后，谭英请路宁喝粮食白酒品尝秋鸭汤的美好情景。

那位当年工伤后改当仓库管理员的老知青端着酒杯走到路宁面前："老团总支书记回来看我们啦。感谢你和谭董事长，我现在已经是公司仓库管理科科长了。"

那位当年工伤后改当厂大门门卫的老知青也端着酒杯走到路宁面前："今天我是在公司大门口第一个发现老副厂长的黑色轿车的。感谢你和谭董事长，我现在已经是公司保卫科科长了。"

路宁和两位老知青各干一杯酒后，又敬了餐桌上所有人一杯酒。

之后，路宁转过身来，真情地对身边的谭英说："谭英，你和帅武作为民营企业家，在优良基因传承、企业科技创新、维护职工权益等方面都很有建树，走在了民营企业前列。我敬你和帅武！"说罢一饮而尽满杯酒。

谭英仰起漂亮的脖子喝下了满满一杯白酒："我作为民营企业家，在履行社会责任方面坚持做到两条，第一条是遵守法律，第二条是回馈社会。主要体现在三点，一是按照法规纳税，二是提供就业机会，三是维护职工权益。"

谭英那迷人的眼睛透出深情的光芒，她对着路宁说："这在很大程度上是得益于，能够从'小草屋精神'中永远吸收那丰富的优秀基因。"

老知青相聚，大家都比较兴奋，喝得多了些。那位被车把子重击过的老知青云里雾里地说："我现在精神愉快。前些日子我老婆问我，老公啊，你是不是生命力再生了。我这个月怎么例假没来？"大家哈哈大笑，说你想得美，怕是你老婆开始进入更年期了吧，你要准备床头跪啰。谭英大概也喝得多了点，笑眯眯地低头悄悄对路宁说："我其实看见的第一个成熟男性的那东西就是他的。我当时带班，他被车把子重击后，为抢救他，也顾不得那么多了。厂卫生院当时给他治疗的医生是女的，护士是女的，我作为领导在场，也是女的，是三个女人挽救了他，其中护士和我是女知青，当时还都是大姑娘。我看遇到这种情况，女的救护更负责。嘻嘻。哎，路宁，我可没对别人说过啊，包括帅武。""哈哈。知道，今天高兴。你放心，我不会说出去的。"

三十一

路宁退休那天，办公室的文件资料已经拾掇干净，他坐在办公椅上，伏在办公桌前，写下了参加工作四十五年以来的最后一篇日记。他在日记中没有回顾自己，而是写了对新中国第一代孩子的评价：

诞生于新中国成立至20世纪50年代末的新中国第一代孩子，是新中国历史上三大具有标志性的群体中的主体：

他们作为20世纪60年代的少先队员和共青团员，是雷锋精神诞生之初学习雷锋精神群体中的主体；

他们是新中国产生的规模最大的艰苦奋斗的群体——上山下乡知识青年群体中的主体；

他们是改革开放初期汇入振兴中华洪流的各个领域的革命化、年轻化、知识化、专业化人才群体中的主体。

新中国的第一代孩子，做为一个时代群体，透出过纯洁的时代风貌，经受过艰难的时代磨砺，展现过光荣的时代价值。其作为一个整体体现出的“纯洁、艰难、价值”的三者合一，将在新中国历史上留下恒久的印记。

他舒了一口气，轻松地离开了办公室。

路宁退休时，宁澜用刚劲纵横的书法，写了一篇《健身“五五诀”——贺老公路宁六十大寿》，作为送给丈夫六十诞辰的礼物：

中国古代养生学说中，“五”含有完整、圆满、生命力无穷之意。中国古代“五行”说认为，一切事物的基本构成要素为“五”。就是说，有五种基本要素，就可以构成一个完整、圆满、生命力无穷的事物。健身有“五五诀”。即：五谷粮；五色肴；五味调；五禽戏；五元浸。做到这“五五诀”，实为掌握了健身的真谛。

五谷粮一般指：稻、黍、稷、麦、菽，是秦以前中国古代先民创植的中国本土主要粮食品种。现代一般以五谷泛指各色杂粮。

五色肴一般指：红、黄、绿、黑、白五种自然色的菜肴。

五味调一般指：酸、甜、苦、辣、咸五种自然调味品。

五禽戏一般指：虎威、鹿捷、熊刚、猿灵、鹤逸五种运动方式，相传是华佗创造的健身健神运动。现代一般泛指能够强健身体各部位、强健精神的科学运动。

五元浸一般指：常沉浸于天、地、山、水、神之元气中。

天元日月光；地元泥草芳；山元淋漓气；水元舒脏器；神元心宁静。常浸五元之中，则胸怀开阔、浊气荡然无存；浊气无存则脉络通畅、五脏舒展；脉络通畅、五脏舒展则形神无恙，动静恒常。

多拥抱春野、夏水、秋山、冬雪；多接触自然光明、自然水陆、自然气氲；多食用自然食品（譬如初春的野菜，集聚着抵御严冬的顽强生命基因）；多体验自然的阴阳（夫妻恩爱、阳光星光）、四时（春夏秋冬都要投身于大自然之中），是实施健身“五五诀”的一些具体方法。

五谷营养足；五色基因富；五味气韵美；五禽生力固；五元神仙驻。

路宁将爱妻的贺寿墨宝精心镶嵌，置于书桌上放置的同样精心镶嵌的美妙的雪花白大理石旁边。

路宁退休后的第一个星期天，宁澜对路宁说：“走，我陪你拥抱大自然去。”

老两口寻古探幽，游览了汤山直立人（俗称猿人）洞，这里曾经出土过一具比较完整的直立人头骨化石。从直立人洞出来，坐在江南丘陵的柔软草地上，老两口欣赏着四野金赤秋色。

天空碧蓝，云朵雪白，山岭上茂草金黄，崖岩上枫叶火红。阳光透过金赤的枫叶，暖暖地洒在宁澜和路宁身上。一阵强劲的秋风，惊起丘陵下湖面上游弋着的南来越冬天鹅，天鹅成群，振翅滑翔腾出水面，在天空盘旋列队，向湖纵深处飞去。

夫妻俩一边吃着自带的冷餐，一边闲谈着考古问题。

宁澜说：“我国已经发现了五处有头骨的直立人化石遗址，即北京周口店直立人化石遗址、陕西蓝田直立人化石遗址、安徽和县直立人化石遗址、南京汤山直立人化石遗址、安徽东至县直立人化石遗址。猿与人的基本区别是猿以四肢爬行为行走的基本方式，人以下肢交替前行为行走的基本方式，使上肢从被动运动中彻底解放出来，能够从事主动运动，即成为人类进行创造性劳动的双手。因此，能够解放上肢，直立起来行走，是从猿进化到人的标志性开端。直立人在中国境内的多处发现，充分说明了中国很可能是人类起源地。”

路宁说：“考古最根本的是要解决人类起源、文明起源问题。在人类起源、文明起源问题上，中国考古事业有可能建立两大世界性巨勋。

“一是证明中国是人类最早起源地和现代人类起源地。

“考古取得的科学证据表明：中国是人类最早起源地。约在距今5500万年左右，类人灵长类动物已出现在中国中部和东部。据2013年6月6日《光明日报》报道：我国科学家在湖北省荆州市附近发现了一副近乎完整的距今5500万年前的具有许多类人猿特征的灵长类动物骨架。这是目前世界上已知的类人猿起源最早的时间。或者说，这是迄今发现的地球上最古老的类人灵长类动物化石。这一‘里程碑式的成果’发表在2013年6月初出版的世界著名科学杂志英国《自然》周刊上。据2013年6月7日《参考消息》报道：一些发达国家的科学家认为，这一发现证明了灵长类动物起源于亚洲而不是非洲。现在也许会出现新的问题：人类如何走入非洲？据2016年5月9日《参考消息》《中国化石揭示灵长类进化关键期》一文介绍：‘后来进化成猴类、猿类和人类的灵长类世系被称为类人猿，它们起源于亚洲，最早的化石可以追溯到4500万年前。只是在后来大约3800万年前，一些类人猿才迁徙到非洲’。据2016年5月8日《光明日报》介绍：2016年5月7日，美国《科学》周刊发表了有关人类起源的最新研究成果。在中国西南，发现了距今3400万年的其中包括1种类人猿的6种灵长类化石新属种。该研究成果的结论是，‘最早的类人猿化石出现于4500万年前的亚洲。’据2009年7月3日《参考消息》《新研究称人类祖先在亚洲》一文载：1994年，中国和美国考古学家在中国东部沿海雨林中发掘出了生活在4000万—4500万年前的类人灵长类动物曙猴的足骨化石。比世界上最著名的1974年在非洲发现的距今约320万年的类人猿化石‘露西’、1992年在非洲发现的距今约440万年的类人猿化石‘阿尔迪’要久远得多。尤其需要指出的是，据2015年5月29日《参考消息》介绍：世界上最著名的、1974年在非洲发现的距今约320万年的类人猿化石‘露西’的人类祖先地位正受到挑战——最新研究成果表明，‘露西’很可能‘仅仅是一个范围更大的人类直接祖先候选群体的成员。’我国云南发现了呈现部分最早人类祖先特征的分别距今1500万年、800万年、620万—610万年的开远古猿、禄丰谷猿、昭通古猿化石及距今170万年的元谋猿人化石，基本形成了人类起源的完整链条，从而基本证明了中国云南是人类起源的关键区域。据 2016 年 5 月 17 日《人民日报》、《光明日报》介绍，迄今发现的人类最早用火遗迹、人类最早木制用品，出土在中国云南江川甘棠箐旧石器遗址，距今 100 多万年。尤其需要强调，国际考古界一般认为，距今 600 万—700 万年间是从猿进化到人（早期人科出现）的关键时期。我国于 2009 年 11 月 4 日在云南昭通发现的距今 620 万—610 万年的古猿头骨化石，是迄今世界上最接近出现早期人类（早期人科）时间的古猿头骨化石。昭通古猿的头骨化石（面部骨骼），清晰呈现出了部分最早人类祖先的特征。由于昭通古猿化石的年代比世界上最著名的类人猿化石‘露西’早近 300 万年且是地球上迄今发现的最接近出现早期人类时间的古猿，国际考古界已经出现了比较有影响力的声音：人类祖先很可能在中国云南。如果考虑到距今 5500 万年前的荆州类人灵长类动物骨架化石、开远古猿（距今 1500 万年）、禄丰古猿（距今 800 万年）、昭通古猿（距今 620 万—610 万年）、巫山猿人（距今 204 万年）、元谋猿人（距今 170 万年）、江川篝火和木制品（距今 100 万年）都出现在今天中国西南部的相距不远的地域，推而广之地说，人类祖先诞生在温暖潮湿、盆地众多的中国西南地区，几乎可以成为定论。

“考古取得的科学证据表明：中国是现代人类起源地。距今约 8 万年—12 万年前的中国‘道县人’在进化上比距今 10 万年—8 万年前的非洲智人更加接近现代人。国际考古界公认，智人（早期现代人）是现代人的直接祖先。国际考古界一般推断：非洲智人在距今 10 万年—8 万年前走向世界，世界各地的现代人都是非洲智人的后裔。中国考古界则发出了强大的不同声音。据 2015 年 10 月 15 日《光明日报》《我国首次发现世界上最古老现代人牙齿》一文介绍：经放射性物质铀进行年代测定结果表明，我国科学家在湖南道县福岩洞发现了四十七枚距今约 8 万年—12 万年的目前已知世界上最早出现的现代人的牙齿化石。‘位于东亚的中国华南地区甚至有可能是现代人类出现和演化的中心区域。’这一考古成果发表在世界著名科学杂志英国《自然》周刊上。据 2015 年 10 月 16 日《参考消息》介绍，英国广播公司网站 10 月 14 日报道：‘中国境内发现的化石打破了关于人类源自非洲的传统说法。’普遍认为‘人是 6 万年前从非洲分散到世界各地的。’而在中国南方道县发现了至少 8 万年前的现代人牙齿化石，‘这些人牙可能已有 12.5 万年之久。’‘或打破人类源自非洲说’。中国‘道县人’牙齿化石，显示了中国是现代人类起源地。

“二是证明中华文明是世界各文明中起源最早的文明。

“城市、重大建筑、文字是国际考古界公认的文明形成‘三要素’。城市和重大建筑方面：据 2015 年 9 月 21 日《光明日报》第 5 版介绍：一般认为，距今约 5200 年前（公元前 3200 年左右）的古埃及城市是人类建城之始。1979 年发现的我国湖南常德城头山古城遗址距今 6000 多年，将人类建城史提前了约 1000 年，是目前发现的世界上最早的城市。城头山古城遗址有城墙、护城河，城里有宽阔的大道和完善的排水系统，生活区、祭祀区等严格分开，还有距今 6000 多年的古老的水稻田和配套的灌溉设施。文字方面：在距今 7000 年前的双墩遗址中发现的 600 多件种类繁多的刻划符号，为国外同期考古所罕见，比迄今世界最早出现的楔形文字早出现约 2000 年。据 2009 年 10 月 26 日《光明日报》《专家聚会蚌埠考察双墩文化遗址　刻划符号对汉字溯源意义重大》一文载，国内外专家形成共识：一是‘双墩刻划符号是一种处于前文字阶段的符号体系，深入进行研究对探讨汉字起源有着重要意义’；二是‘把双墩刻划符号的研究提升到世界早期文字起源和文明形成研究的层次’。也就是说，双墩刻划符号已成为世界早期文字起源和文明形成的重要组成部分。城头山古城、双墩刻文，显示了中华文明是世界各文明中起源最早的文明。”

宁澜拧开小保温瓶的盖子，为丈夫手中的便携式水杯续了热水，水杯里有路宁喜欢喝的雨花茶。她总结道：“中国西南地区基本形成的从距今 5500 万年—100 万年前的人类起源完整实证链条、距今约 8 万年—12 万年前的道县现代人牙齿化石，基本证明了中国是人类最早起源地和现代人类起源地。距今 6000 多年前的城头山古城遗址和距今 7000 多年前的双墩遗址刻划符号，基本证明了中华文明是世界各文明中起源最早的文明。”

路宁说：“中华文明的底蕴或者说潜力举世无双。在由联合国教科文组织世界遗产委员会根据联合国《保护世界文化和自然遗产公约》评选的世界文化和自然遗产中，中国的世界遗产总数居全球第一位。我对底蕴或者说潜力至厚的中国考古事业在解决人类起源、文明起源两大问题上建立首屈一指的世界性贡献有充分信心。”

宁澜和路宁身后的山岩上，数株古枫叶正红。宁澜数了数，七只喜鹊在正红的枫叶林中彼伏此起地有力欢叫着。夫妻俩相偎看着远方，天边一轮又大又圆的红日，射出一束似指针一样很长很长的红色光芒，映在山峰下静静的开阔湖面上。湖面上一只行进着的小舟，男人站在船头摇着橹，女人坐在船舱织着网，小舟缓缓驶入了晚霞映在湖面上形成的闪亮指针中央，融入金红色的光芒。

路宁退休一个月后的周末，路宁、宁澜到江南水乡古镇游览。回家后，路宁作了一首《七律·江南水乡古镇》：

五福堂上太湖宴，
四时亭中碧螺恬。
九曲廊仰晶橘雨，
一品楼入桂子眠。
宋桥晓雾闻浣语，
元街晨市吆鱼鲜。
明清三坊解会探，
楠木斑驳到今天。

宁澜读毕，作了讲评：“看得出，这是一首总结人生、规划晚年的诗作。从形式上看，这是一首记游诗。‘五福堂’、‘四时亭’、‘九曲廊’、‘一品楼’是古园景象，‘宋桥’、‘元街’、楠木斑驳的牌坊是古镇景象。一、二句用太湖、碧螺等字眼，写出地点在江南。三、四句用橘、桂等字眼，写出时间在秋季。后四句用宋元明清、桥街坊楠等字眼，写江南水乡古镇的底蕴、景色、生活。

“从实质上看，这是一首人生诗。‘五福堂上太湖宴，四时亭中碧螺恬’是写养生之道：‘太湖宴’意寓水鲜素食；‘碧螺恬’意寓品茗遐思。进入晚年后，得‘五福’、享‘四时’的养生之道在饮食清淡与性情恬淡。

“‘九曲廊仰晶橘雨，一品楼入桂子眠’是写成功之道：‘晶橘雨’是秋天的丰收美景，此句指一生曲折奋斗迎来斑斓秋色的人值得景仰，‘九曲’在这里比喻曲折奋斗；‘桂子眠’是秋夜的桂馨伴眠，此句指培养出优秀后代才是最高品位且能安然入睡，‘一品’、‘桂子’等都是比喻优秀后代。

“后四句写人生之道的要义在生活朴实与底蕴深厚。‘宋桥晓雾闻浣语，元街晨市吆鱼鲜’是写生活朴实：‘闻浣语’、‘吆鱼鲜’都是朴实的生活。‘明清三坊解会探，楠木斑驳到今天’是写底蕴深厚：太湖古镇的古街道上，竖有明清时代乡考第一名‘解元’、会考第一名‘会元’、殿考第三名‘探花’字样的三座楠木牌坊，静静地告诉人们水静流深的深刻哲理：从这个静寂、灵秀、古朴的江南水乡小镇中，走出过‘解、会、探’等各级出类拔萃的人才。

“路宁，我陪你过生活朴实、底蕴深厚的晚年生活。”

还要提及一件事情。冷霞20世纪60年代后期参军后，冷校长在与再婚妻子共同生活了近四十年后离世了，没留遗嘱，遗产全部由冷霞后母继承了。冷霞来信问路宁“怎么办?”路宁回信说:“你经历的历史情况是，杜妈妈就是你的母亲，我就是你的哥哥。过去、现在、今后，我们俩都一直按这个历史处理吧。你把我给你的这封亲笔信留着。”真诚而巧妙地处理了冷霞的遗产继承权益问题。

三十二

路宁终生关心国家大事。退休后，仍坚持勤奋地学习思考。他在日记中写下了《中国发展四论》。全文如下：

一论：中国发展的两大基本手段，四大基本条件。

关于中国发展的两大基本手段：经济的竞争力取决于市场承认，安全的可靠性取决于对手畏惧。性价比优越是制胜市场的关键，撒手锏致命是保障安全的基石。所谓性价比优越，就是产品的性能优越，价格也优越。所谓撒手锏致命，就是在后发制人中致敌死命。如果中国在国际经济竞争中拥有持续的性价比优势，在国际安全博弈中拥有可靠的撒手锏优势，中国就一定能够捍卫和平发展，并在和平发展中拥有最强的国际竞争力。

关于中国发展的四大基本条件：中国有全球各国难以比拟的四大综合性基本优越条件：人力优越，市场优越，周边优越，制度优越。譬如，人力优越方面：中国是世界所有国家中人才最多的国家，目前仍是世界所有国家中劳动力最多的国家，从而是包括创新能力、创业能力在内的发展能力最优越的国家。再譬如，周边优越方面：中国是世界所有大国中周边大经济体环绕最多的国家（日本、俄罗斯、印度、东盟、韩国等），是世界所有国家中周边环绕国家最多的国家之一，从而是包括贸易成本、投资成本在内的发展成本最优越的国家。有这四大基本优越性支撑，中国一定能够雄视天下，实现中华民族伟大复兴。

二论：中国发展的历史轨迹。

“文革”结束后，在国际风云变幻中，中国在实现中华民族伟大复兴的道路上将留下五大发展轨迹：伟大转折；稳住阵脚；跨入前列；全面升华；攀上高峰。

三论：中国发展道路的优越性。

新中国成立以来尤其是改革开放以来中国发展道路的优越性主要体现在：方向一以贯之，指导与时俱进。任任厉精图治，届届都有跨越。中华民族伟大复兴或者说中华民族重登世界之巅已不是遥远的事情。

四论：中国和平发展必须建立在牢不可破的战略基石上。

从历史情况看，中国的最大优势是发展环境好，美国的最大优势是安全环境好。中国的发展得益于“和平红利”，美国的发展得益于“战争红利”。

世界公认的中华文明的两座高峰同时也是当时世界上文明最高峰的唐宋时代，都是经过一百多年的和平时期才登峰造极——涌现出李白、杜甫、怀素等中华文明最高代表性人物的盛唐“开元盛世”，宋代的火药、指南针、活字印刷术等世界古代史上最重要的三大发明。新中国成立尤其是改革开放以来的实践，绘出了中国和平发展的壮丽图卷——我国由新中国成立之初的一穷二白，和平发展到今天的综合国力进入世界第一阵营：按美元计算，经济规模由改革开放之初的居世界第十一位发展到 2009 年超过日本居世界第二位；按国际元计算，经济规模发展到 2014 年超过美国居世界第一位。历史证明，和平是中国的最重要发展条件；只要和平发展，中国一定能走向世界一流。

美国的最大优势是安全环境好，辽阔的大西洋隔离着欧洲和非洲，更辽阔的太平洋隔离着亚洲。第一次世界大战、第二次世界大战中，在战火中的欧洲、亚洲、非洲被打得千疮百孔的历史背景下，美国因靠两洋屏障、本土远离战火而发展起来。

对中国而言，在国际竞争中“森林法则”客观上依然居主导地位的当今世界，形成越来越强大可靠的战略威慑能力，彻底破灭世界霸权主义国家在欺负别国时自己能够获得“绝对安全”、获得“战争红利”的梦想，是确保制止大规模战争发生从而维护和平发展的战略基石。粉碎美国实施的不断在中国周边（譬如东海、黄海、南海）制造矛盾、挑起纷争、怂恿个别国家激烈对抗中国、牵制中国发展的伎俩，既要靠强大经济实力做保障与周边国家经济利益互惠，也要靠战略威慑实力做后盾与周边国家安全利益共享。

在中美博弈中，我们要看透美国的根本企图：遏制甚至打断中国的强劲发展和全面赶超的进程，长期维护美国霸权。中国的深远战略是：依靠中国力量，坚持和平发展，在中美博弈中长期保持上升趋势，使中国成为综合国力世界一流的强国，实现国家完全统一，实现中华民族伟大复兴。

结论是：第一，和平是中国的最重要发展条件；第二，只要和平发展，中国一定能走向世界一流；第三，形成可靠的战略威慑，对捍卫和平发展具有基石意义；第四，新中国成立以来的实践证明：在必要时候，对敌对势力进行包括军事行动在内的有理有利有节的必要反制，对长远维护和平发展，具有重大意义。

进入21世纪以来的实践证明：在中国快速发展的历史趋势下，以美国为首的西方社会正处在“输出混乱、本身正乱”这个制造“两乱”的进程之中。对中国而言，机遇与风险同在，机遇大于风险，中国不能乱。

三十三

深秋晚霞中，路宁、宁澜带着可爱的小孙子在长江边漫步。

宁澜说：“路宁，我俩结婚后，一直在长江边生活。长江是全球现代人的发源地，是中国文化最高代表唐诗宋词的孕育地，是世界航运事业、水利建设的称雄地，是中华民族永远传承的水源地。你一生创作了许多诗词，但我还没有读到你赞美长江的诗词。”

路宁说:“写诗难在对书写对象精髓的准确把握。你已将赞美长江的要点拎出，成诗也就不难了。”

边走边思考了一会儿，路宁说:“循着你刚才概括的长江可圈可点之处，一首《七律·长江》已吟成。

沱沱河头雪山恒，
现代人祖福岩人。
蜀首楚钟青铜纪，
屈相李苏大江魂。
行舟得利千流圣，
固坝取势万川神。
五洲最繁长江口，
中华巨澜浡浡仍。

第一句是说长江源头在唐古拉山主峰各拉丹东雪山南侧的沱沱河。第二句是说长江流域是地球上现代人的发源地。在湖南道县福岩洞发现了四十七枚距今约八万年—十二万年前的现代人牙齿化石，这是迄今在世界上发现的年代最早的现代人牙齿化石。道县在潇水中游；潇水是湘江支流；湘江是长江支流，反映出长江流域中游地区是现代人发源地。第三句中的‘蜀首’指四川省广汉县三星堆出土的古蜀国（殷商时期）青铜人头像，‘楚钟’指湖北省随县擂鼓墩出土的春秋战国时期楚国曾侯乙青铜编钟。蜀首楚钟是长江流域具有世界影响的青铜文明代表作。第四句指屈原（湖北人。一生长期生活在湖北、湖南地区）、司马相如（四川人）、李白（青少年时代长期在四川生活）、苏轼（四川人）等楚辞、汉赋、唐诗、宋词的最高代表人物，都是长江流域孕育出的文化巨人。第五、六句是说，长江的航运事业和水利建设，在世界各主要河流中，均居称雄地位。第七句是说，位居长江口的上海港，是全世界最繁忙的港口。第八句是说，长江将永远为中华民族带来巨大福祉。”

宁澜说:“我写了一首《沁园春·江东》，你作了一首《七律·长江》，了却了我们婚后长期幸福生活在长江之滨，感谢长江、感谢江东的心愿。”

江边雪芦中数只丹顶鹤翩然而起，排成“V”字型向远方飞去。

人类向往丹顶鹤的忠贞、美丽、吉祥、长寿。

奋斗有成、含饴弄孙地徜徉在江边雪芦、晚霞丹顶景色中，是人生最美的夕阳图。

小孙子昂首聚精会神地望着在大江上飞翔的丹顶鹤。宁澜亲密地搂抱着宝贝孙子。在奶奶温暖怀抱中的小孙子，有力地伸出右胳膊，手指着在宽阔江面上飞翔的丹顶鹤。祖母和小孙子的脸上都洋溢着灿烂的笑容。

路宁端起照相机，拍下了这一经典画面。

还在路宁退休前，宁澜、路宁的可爱的小孙子来到了世界上。

孩子的小名叫屯屯。

屯屯出生一百天时，与曾祖父、曾祖母、祖父、祖母、父亲、母亲一起，到照相馆拍了一张四世同堂的相片。

屯屯一周岁生日那天，孩子在满地的各类物件中寻找着、寻找着：他一只手拿起了一本书，另一只手拿起了一只砚台……

新中国的新的一代诞生了——

相信他们将掌握全人类的知识，继续忠诚地为新中国服务！

2015 年 4 月 5 日—9 月 17 日一稿　南京—无锡
2015 年 10 月 1 日—12 月 30 日二稿　南京—镇江
2016 年 1 月 1 日—2017 年 3 月 5 日三稿　南京

后记

这部小说中的男主人公路宁说：诞生于新中国成立至20世纪50年代末的新中国第一代孩子，是新中国历史上三大具有标志性的群体中的主体：

他们作为20世纪60年代的少先队员和共青团员，是雷锋精神诞生之初学习雷锋精神群体中的主体；

他们是新中国产生的规模最大的艰苦奋斗的群体——上山下乡知识青年群体中的主体；

他们是改革开放初期汇入振兴中华洪流的革命化、年轻化、知识化、专业化人才群体中的主体。

新中国的第一代孩子，作为一个时代群体，透出过纯洁的时代风貌，经受过艰难的时代磨砺，展现过光荣的时代价值。其作为一个整体体现出的“纯洁、艰难、价值”的三者合一，将在新中国历史上留下恒久的印记。

创作这部长篇小说，本意是通过描写新中国第一代孩子中的历史个别，折射出那一代人的历史一般。

借此机会，谨向江苏凤凰文艺出版社和本书的责任编辑为本书出版所付出的劳动表示真诚的敬意和谢意。

作者

2017年7月